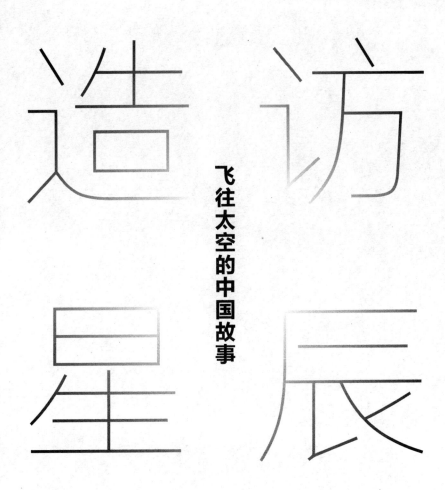

造访星辰

飞往太空的中国故事

江波 等 _ 著

译林出版社

目录

命悬一线

江 波

我叫钟立心，是一名宇航员，二〇二八年七月十四号到八月二十一号，我在蓬莱空间站执行任务，期间驿站号国际空间站发生了失火事故，我奉命和老段——段国柱同志——一道执行了营救任务。现把具体过程汇报如下。文中的基本事实根据本人回忆记叙，文中的对话为避免回忆模糊带来的偏差，根据录音资料进行了对照修正。

＊　　　＊　　　＊

八月十六号凌晨，我在值夜班。空间站里的值班制度和地面相同，按照二十四小时分昼夜。因为生物实验舱的实验需要人工确认数据点，所以老段和我会分别在凌晨两点和四点起来进行一次巡视，主要任务是在夸父号实验舱对生物生态实验柜进行一次记录。

我起来的时候，老段睡得也不踏实，还翻了个身。连续三天打破作息规律，每天睡四次，每次两小时，对我们两个都是极大的考验。除了对实验舱进行监控，我们本身也是K13生物钟试验项目的志愿者，虽然疲惫不堪，但为了科学事业，这点付出完全是值得的。

我从核心舱钻到节点舱，再转入夸父实验舱。夸父实验舱里有六个实验柜，包括我们的重点关照对象，生物生态实验柜。面板上的所有数据都在正常范围内：压力、光照、温度、电路监测……我按照标准要求逐一记录上传，然后拉开柜门，查看内部的幼苗生长情况。

幼芽在无重力的环境下偏向光源，所有的苗都齐刷刷地偏过一个角度生长，很整齐。这个生物培育项目我太太周茹云也参加了，所以她拜托我拍下生长过程给她看。虽然从地面站可以通过摄像头不间断地监测植物发育的情况，但茹云坚持要我用相机拍给她。拍摄不暴露任何空间站其他设备，只拍幼苗，所有传输的文件也会由数据中心监测，所以在空间站纪律允许的情况下，我每次检查都会拍一张。这一次拍完，我打算等地面上天亮了，就给她发过去。

生态实验柜在第四象限，我转身的时候，正好转过一百八十度，转向了第一象限。（蓬莱空间站中没有上下，为了区分方位，按照顺时针方向把四个方位称为第一象限、第二象限、第三象限、第四象限。）

第一象限的储藏柜刚接收了大鹏号飞船上卸下的货物，我就顺带也检查了一下物资。资料上说总共二十八件共计六吨的物资，是为太空天梯项目做准备。我一直想参加天梯项目的实验，但是按照计划，这应该是下一批航天员的事。所以心里感到挺遗憾的，检查物资就格外仔细。

（夸父号和不拘号这两个科学实验舱都设计了标准暴露载荷接口。这些接口可以从外部打开，利用机械臂直接把大鹏飞船上的物资转移到舱里。大鹏号飞船运送的货物就是从这些接口直接被送进了空间站。）

夸父实验舱里的标准箱内标注的都是聚合纳米管丝线，一共有十六个标准箱，数字都对得上。我检查完这些货物，正准备回去，就突然听到了警报。

声音很刺耳，整个舱室里都在回响。我当时愣了一下，因为上天这么久，从来没有听到过警报。

我很快反应过来，向节点舱滑去，在节点舱一打弯，就看见老段已经在核心舱里，浮在控制面板前。我一边飘过去，一边问："发生了什么事？"

老段的表情很严肃，眉头紧锁，说："对地传输信号中断了。"

我问："有故障诊断吗？"

老段说："我们还可以收到地面站的信号，但是向地面站传送的信号全面中断。不是卫星出了问题，就是我们的发射装置出了问题。"

空间站借助通信卫星对地传输，在任何一个时刻，至少有三颗通信卫星在空间站的可通话范围内。三颗卫星同时出事的可能太低，所以我判断，一定是空间站的反射接受装置出了问题。

我说："我去检查。"说完后我打开工具柜，取出通信链路定位仪，然后向老段示意了一下，又回到节点舱。

（空间站所有的舱段看上去都大同小异，四个白色冰箱般的实验柜围成一圈，组成一个外圆内方的空心圆柱，一段段圆柱组成大圆柱，就成了各个太空舱的主要活动部分。剩下的空间留给对接和出舱准备。节点舱就是专用的对接舱段，除了四个对接口，还有一个出舱口，专门供宇航员出舱使用，通信链路也在这里分为舱外和舱内两个部分。）

我在节点舱把定位仪的插头插进断点箱里，输入指令。跳出来了错误信号，这个信号不断闪动，我心跳也加快了几分。诊断显示故障在舱外。

我立即向老段喊了一句："老段，我要出舱操作。"

他很利索地回答我："十分钟准备。"

我穿好宇航服钻进了出舱的气密门里等着。透过头盔，可以听见咝咝的泄气声，外舱门一点点打开，外边的星空一点点露出来。每一颗星星都亮得不像话，有点刺眼。我深吸一口气，钻出舱门，灵活地翻到了船舱外部，站直身子。

月宫号核心舱就在眼前，舱体就像一条白色巨轮，正行驶在无边无际的黑色大海之中。五星红旗贴在舱体右舷位置，在强光的照射下鲜艳夺目。前方，地球占据了大半个天空，像是一个带着辉光的水晶球。空间站正从太平洋上空掠过，地球一片碧蓝。虽然已经多次出舱执行任务，这一次出来还是让我感到整个世界的庞大和美好。我脚下的空间站，就是人类飞向遥远太空的一个中继站，一块奠基石。

我顺着舱体行走，虽然这是训练过上千次的项目，但每一次行走都马虎不得。保持身体重心，确保安全绳绑定，双手交替用力，任何时刻不得松开双手，除非是在已经将身体固定的情况下……我飞快回想一遍技术要领，然后跨出一步，然后是第二步……太空行走是一门技术活，更是对胆量的考验。周围是无尽的黑暗深渊，脚下白色的舱体是唯一的依靠，航天

4

员经过这么多年的训练，早已经习惯了无视深渊的存在，但每一次出舱活动，还是像面对一场战斗，高度紧张，全力以赴。

一米多高的天线就在我身旁，看上去一切正常。我向前走了两步，绕着天线检查，立即发现了异样。就在天线的基底立柱上，原本刷着白漆的舱体表面被刮去一块，露出里边银色的金属，像是微小的撞击留下的痕迹。

这个痕迹并不是什么实质损伤，但有微小天体碰撞了空间站，这就是一个事故。我向老段报告，同时把头盔摄像头对准痕迹，让老段能看得清楚。

老段指示我继续寻找故障点。

我顺着舱体继续向前，发现了更多碰撞痕迹，深深浅浅，有四五处。这是一次密集的微小天体碰撞！这样的情况已经属于严重事故。我的心情越发沉重。又做了两次断点测试，却一直没有找到故障点。

做完第三次检测，还是没有发现故障点。我撤下检测仪的时候，正好抬头，看见了月宫号核心舱巨大的太阳能帆。太阳能帆板上似乎有一块黑色圆痕。面积不大，局限在太阳翼的一角，如果不是恰好正对着我的视线，没有那么容易发现。我眨了眨眼，确定自己没有看走眼，然后通告老段："太阳翼第三帆板似乎有些异常，电量供应系统没有问题吗？"

老段检查了之后告诉我，发电量降低了百分之十二，但没有触发系统警报，时间上也和通信丢失的时刻吻合。那么就是这里了。

我把检测仪扣在宇航服的挂钩上，空出双手，微微蹲下，然后用劲一跳，身子腾空而起，向着太阳翼扑了过去，准确地抓住了太阳翼上的扶手落下。

伸展的太阳翼有十多米长，电池板折叠排列，让它看上去就像一条天梯，通向无限幽远的太空。发黑的部位靠近根部，近距离看上去，有脸盆般大，在银白色的翼片上格外醒目，在这片黑色的中央，有一个小孔，只有指头粗细，毫不起眼，贯通了翼片。

这就是罪魁祸首了！我猜想是微小天体的碰撞损坏了太阳翼，电池燃烧，通信线路的供电受到影响，还让天线失去了功能。

我向老段报告了撞击痕迹，同时将检测仪接在了链路上。

诊断结果证明这的确是故障点。老段让我回舱，他要启动备份。

老段将左二太阳翼从系统中断开，并且让系统自检了三遍，万无一失之后启动了备用电路。

通信恢复了。

当屏幕上出现来自地面站的画面，我和老段情不自禁击掌相庆。

老段把空间站出现的异常情况向地面站的张鸣凤指挥汇报了一遍，然后等着指示。

张指挥眉头紧锁，似乎正在消化我们报告的情况，长久没有说话。

张指挥从来都是快人快语，憋着不说话可不像是他的风格。我有些疑惑，转头看着老段。老段也有些拿不准，清了清嗓子，说："目前空间站储备电量充足，各个实验柜情况正常。

发电效率降低会在三天后产生一定影响，需要对实验柜的优先级进行分配。请指示！"

"我们收到了驿站号国际空间站的援救请求！"张指挥终于开口了。

我和老段都愣住了。驿站号和我们之间没有任何关联，因为历史原因，中国的航天项目被排斥在驿站号之外，虽然蓬莱空间站不计前嫌，仍旧向世界各国包括美国同行开放，但驿站号寿命已经到期，而且国际形势这么紧张，中国的航天项目自然也不会再和驿站号有什么联系。求救，这是从哪里冒出来的？

"驿站号？"老段犹豫着问了一句。

"是的，准确地说，是来自驿站号美国地面站的请求。他们的三个宇航员被困在上面了。刚才失去联系的半个小时，你们不知道地面站有多紧张，万幸你们都没事，蓬莱也没有大损失。但是驿站号，钻石舱被小天体击中后起火了，三名宇航员被困在上面，事故影响到他们的氧气循环装置，氧气存量只能维持大约六个小时，根本不可能派遣飞船把他们接回来……所以他们向我们提出了救援请求，美国人不到最后关头是不可能做出这种决策的。"

"我们也没有飞船可以在六个小时内赶到驿站号啊！"老段说。

"不是飞船，美国航天局经过讨论，唯一可能的援救方案，是请我们的航天员直接拉一条救生绳，把驿站号上的宇航员接过来。这个方案有唯一的时间窗口，就是在七点零八分，那时驿站号和蓬莱的轨道会有一次交会，这个时刻，两者的距离是十三千米，相对速度是六十五千米每秒。"

我看了一眼屏幕上的时间：三点四十五分。大概是因为特别紧张，这个时刻我记得格外清楚。如果真的要实施这个救援方案，我们只剩下不到三个半小时。

"我们根本没有十三千米长的救生绳！"老段说。

"我们有，"张指挥沉声回答，"原本用于试验天梯的材料，可以直接制成绳索，这些聚合纳米管细丝用在天梯结构里肯定不成问题，但用来制造救生绳是否合适，是未知数。赵总师已经找天梯项目的材料专家进行模拟计算，很快会有结果。"

我在一旁听着，心中惊诧不已。依靠一条长达十三千米的绳索从驿站号上救人，这简直有些匪夷所思，其中风险必然很大。我转念一想，不管美国政府对中国是什么态度，在天上的美国宇航员和我们是同行，他们是人类的杰出代表。如果有任何机会可以把他们救出来，都应该试一试。

"我们可以试一试！"我脱口说出这句。

张指挥看了我一眼，接着说："王书记已经召集党委开会，估计半个小时后会做出决定。我想先问问你们俩的意见。"

"我服从组织的安排。"老段立即坚定地表示。

"只要营救方案确定，我们坚决执行！"我紧跟着表态。

"好！现在决定和具体营救方案都没有完成。是否救人，怎么救人，我们还不完全确定。你们先准备起来，救生绳是关键。我授权你们使用天梯项目物资，连接纳米管绳索。记住，距离是十三千米，考虑冗余，至少要十四千米，或者十五千米长。"

"明白！"我和老段异口同声地回答。

我们立即开始行动。

聚合纳米管制成的丝绳被打包装在二十个箱子里，夸父号实验舱里有八个，不拘号实验舱里有十二个。我们决定分头行动，老段去不拘号，我去夸父号。

我在夸父号里，按照手册的指示，开始装配绳索。这种聚合纳米管丝绳只有一根头发丝般粗细，无色透明，肉眼很难一眼看出来，只有抓一大把在手里，才能醒目一点。它很轻，很像塑料。根据手册的描述，这样的丝绳单根可以承受两万牛顿的拉力，在地球上，可以吊起一辆两吨重的小轿车。虽然有手册上的保证，但我掂着绳索，心头仍旧暗暗打鼓。

"这些聚合纳米管总长度有十万米，拉出十三千米足够了。安全起见，一百米一个连接器，双股。"老段从不拘号里发来指示。

我开始按照双股方案装配绳索。

每一个标准箱里是五千米的单股聚合纳米丝。安装连接器并不是要将绳索折断，而是将绳索在连接器内绕个圈，让原本直接作用在绳索上的力作用在连接器上，以增强整条绳索的强度。连接器可以让两股绳索更好地分担作用力，更加安全牢固，同时还可以发光，作为指示器。对于这种肉眼几乎看不见的绳子，能在太空中一眼看见它很重要。

我完成六千米长度的时候，老段拉着一个连接器从不拘号那边飘过来，他已经完成了八千米。他把连接器交给我，然后去核心舱等待地面站的指示。他的工作效率比我高，我抓紧又多接上五个连接器，然后和老段的连接器对接起来。

绳索完成了，总长度有十四千米又四百米。对付十三千米的距离，应该足够了。理论上这条绳子至少可以拉动将近四吨重的物品。我握住绳子，有种感觉，觉得这条肉眼几乎看不见的绳子已经和我的命系在一起了。要去救人，光把绳子扔过去肯定不行，要有人拉着绳子过去策应。而我就是不二人选。

地面上党委的会也开完了，张指挥向我们传达指示。我注意了时间，凌晨四点十分，在这么短的时间内，把所有委员都喊起来开会，我还从来没有见过这么快速的党委决定。

"党委已经形成了决议，在可能的情况下，全力支持营救美国航天员，但是否能救，怎么救，都由专家组决定，科学决策。情况就是这样，你们怎么看？"张指挥说完目光在我们两人身上来回扫视。

"有执行方案了吗？"老段问。

"赵总师说五分钟内就能给出方案。"

"坚决完成任务！"老段毫不犹豫地回答。

"坚决完成任务！"我跟着说。

"好的。但从现在的情况看，这个方案无论如何风险都是很大的。别的不说，两个空间站的相对速度是六十五千米每秒，救生绳索很细，但要很牢固，万一绳索直接和驿站号缠绕，驿站号会拉动蓬莱号失轨，那时必须要由航天员进行处置。任务固然重要，你们的生命安全更重要，明白吗？"

"明白。"我和老段异口同声地回答。

和地面站的通话结束，我和老段都从刚才斗志昂扬的振奋中暂时脱离出来。摆在我们眼前的是棘手的现实困难。从蓬莱出发，去援救十三千米外的一个目标，这种事从来没有发生过，航天员也从来没有接受过这种训练。

"你说，会是什么救援方案？"我问老段。

"把救生绳发射出去，还能怎么办？那边是三个航天员，不知道有没有熟人。"

"先准备起来吧！"老段接着说，"这一次任务，我上。"

"这怎么可以，你是蓬莱指挥官，到外边行走的事，该我去。"我顿时急了。

"先做好准备！地面站会考虑这个问题的。"

等我做好舱外活动的一切准备，最后的营救方案也来了。方案是把绳索固定在航天员身上，通过机械臂把航天员抛出，和驿站号的航天员会合后慢慢将绳索收回。

专家模拟结果确认十三千米长的绳索可以承受足够的应力，在百万牛顿的拉力范围内，都可以确保安全。但是发射的角度和速度都非常重要，方位不对，根本无法接触驿站号，而且在绳索绷直之后，会有一个反弹应力，这个应力会让绳索收缩，整条绳子的运动状态无法估算。唯一的解决办法就是强行拉住绳索，这就需要有人在绳索的末端操作。万一方向有所偏差，在两千米的范围内，航天员还可以依靠宇航服上的喷气装置进行调整。

果然，我要拉着绳子去救人。

我没有丝毫犹豫，在老段的协助下，把一大堆绳子搬到舱外，一端固定在机械臂上，一端扣在宇航服的救生环上。机械臂有两个作用，一是将我抛出去，二是将我和美国宇航员一起收回来。这需要高超的操控技巧，只有老段行。所以我拉绳子，老段留守。

我坐在机械臂的爪子上，对老段说："万一我没回来，我的相机帮我带给茹云。"

老段严肃地回答："你是去救人，不是去送死。靠近驿站号的时候小心一点，没问题的！"

我当然希望自己能够成功地把三个人都带回来，在这场灾难面前挺身而出，当一个英雄。然而，我也真切地知道，危险就在那里，无法视而不见。绳索断裂，氧气故障，空间站碰撞……太空中一点小小的疏忽，就会导致最恶劣的后果。虽然我有上百小时的太空行走经验，但从未离开过空间站周围一百米。这一次，就像一个只游过一百米短池的选手突然被要求去游一万米，而且是在一片情况不明的陌生水域。

然而为了三个航天员的生命，美国人破天荒向中国求救，无论政治立场有多大不同，至少指挥部同意，这些航天员的生命是珍贵的，应当尽全力去营救他们。我也从心底里认可这一点。太空里并没有真正的国界，所有在太空里行走的人，都是真正的人类英雄。这不是中国对美国，而是人类对自然。

发射在即。

我望着前方，地球占据着大半的天空，只是刚才过去的两个小时里，这晶莹的球体悄然转过了一个角度，亚洲大陆在蓝色星球的边缘露出轮廓。

现在是北京时间凌晨五点半。大概茹云还在睡梦中吧，希望她醒来的时候，事情已经过去了，我已经回到蓬莱，那三个美国航天员也已经在中国的空间站里向他们的家人通报平安的消息。

我当时真切地希望这一切都能真的发生！

"机械臂准备抛射。"老段的声音传来。

"我准备好了！"我用尽量沉着的语调回答他。

一阵柔和的推力从背上传来，我被机械臂抛了出去。

在太空中很容易失去方向感和速度感。地球和星辰只是遥远的背景，似乎完全静止不动，根本提供不了任何速度参照。无边无际的深渊向着每一个方向扩张，恐惧紧紧攫住了我的每一个毛孔。我手心里全是汗。

相对蓬莱，我的速度是三十二千米每小时，相对地球表面，我的速度是七千八百米每秒，而相对驿站号，我的速度是六十千米每小时。这些速度都不算慢，然而在茫茫太空中，我就像根本没有移动。我回头去看蓬莱号，它正飞快地变小，这多多少少让我有了一点正在飞行的感觉。

绳索正快速拉长，一个个连接器发出闪光，形成一条长链，将我和蓬莱连在一起。这是生命之绳，不仅关系着我的生命，还关系着驿站号上三位同行的生命。

我反手将绳索抄在手里，紧紧地攥着这两股头发丝般细微的绳索，似乎这样可以更安全一点。

"感觉怎么样？"老段问。

"没问题！"我镇定地回答。

"刚才把你抛出去让蓬莱偏移轨道零点一度，喷气火箭已经调整蓬莱的姿势到位。救生绳拉到极端，还会产生一次拉扯，不知道这绳子的弹性怎么样，我会在绳子放完之前两分钟提醒你，你提前制动，尽量不要产生反复拉扯。"

"收到。我们有一千米的冗余，我可以越过会合点一百米之后制动。"

"好，随时确认位置。"

和老段通过话，我稍稍宽心。我并不是一个人在战斗，还有老段，还有地面站，他们都在时刻关注我，用最大的努力来保障我的成功。虽然这一次和驿站号交会，并没有经过演练，不能保证万无一失，但我相信，那些支撑了我上天三次，停留两百二十五天，行走六千米的力量，也能支撑我圆满地完成这一次任务。

我极力远望，开始寻找驿站号的踪迹。

找到驿站号毫不费劲，它已经成了天空中最亮的星星，而且白中带红，色泽变化不定，正在群星间快速移动。那边的火势看来很猛！我不禁又担忧起来。

"刚收到消息，驿站号将在接近会合点的时候启动一次姿态调整，尽量降低和我们之间的相对速度，延长交会可接触时间。"老段告知。

"收到。"我的目光始终停留在驿站号上，对老段说，"我有点担心驿站号的情况，看上去它都有些红了，那边的情况究竟怎么样？"

"地面站也没有太多的信息，我们已经告知他们我们的通信频段，他们应该很快就会和我们直接联系。"

"我们的设备可以相互直接通话？"

"技术专家说行就行，等一会儿就知道了。"

我看着远方那发红的小点，心中焦急。蓬莱号空间站和驿站号空间站之间从来没有进行过直接对话，空间站所有的通信，都必须经过地面站。真的能和美国宇航员隔着宇航服对话，那也是一件划时代的事。无线对讲在地面上是一样再普通不过的玩意儿，在两个不同国家的空间站之间，却从来没有发生过，这当然不是技术上的原因，而是因为其他困难。危急关头，大概所有的困难都可以被克服吧！

"哈啰！是否能听见？"从耳机里传来一个深沉的男声。

"你好！能听见！"我压抑着心头的激动回应他。

"中国太空人你好，我是普拉斯特，我和我的同伴在一起，我们已经出舱，正在等候。"对方说，"我们能看见中国空间站。"

"你好，我是钟立心，中国航天员。"说完这句我停顿下来，不知道继续说些什么好。

"距离会合时间还有九分钟，"老段插入通话，为了让美国航天员也能听懂，他说的是英语，"立心你的位置有偏移，必须马上进行调整，根据显示屏指示进行喷气调节。"

"收到。"

我开始调整飞行的方向。背包喷出白色的气体，推动我一点点修正方向。

当最后头盔下方小屏幕上的十字标终于和小点重合，我松了口气。

"到达指定地点。"我向老段通报。

"六分钟准备！检查是否有什么疏漏。"老段指示。

我抬头看了看远方，驿站号已经近了，看上去不再是一个小小的点，而是能够看出整个轮廓，甚至依稀间能看见一层浓烟包裹在空间站外边，像是一层外壳。火光不时一亮！

"距离驿站号还有多少距离？"我问老段。

"还有六十千米，现在两个空间站的相对速度是四百零二千米每小时，但是在距离接近一千米的时候，驿站号会进行一次强力刹车，让你和空间站之间的相对速度尽量小。"

驿站号又近了几分，看上去更为庞大，标志性的桁架清晰可见。空间站的舱体上有一层肉眼可见的浓烟，太空中没有空气，这些浓烟绕着舱体，并没有被吹散，而是不断向外扩散，形成一个不断膨大的烟球，仿佛空间站的晕圈。伸展而出的桁架上，太阳能板就像巨大的翅膀般张开。整个空间站就像一只带着火的大鸟，裹着一层晕圈，正向这边扑来。

我从未见过这样的阵仗，心跳不由加快了几分。

"普拉斯特，你们在空间站什么位置？"我问普拉斯特。

"我们站在突出部，桁架左侧端点。这里朝向中国空间站。"

"空间站变速你们会被甩出去。"

"我们已经做好准备。"

"我这里有一条救生绳，所有人只有抓住救生绳，才能脱离险境。如果看不见我，你们应该可以看见救生绳。"说完我摁下了连接器上的按钮。

绳上所有的连接器同时闪烁起来。它们发出柔和的红光，一闪一闪，指示出聚合纳米管绳索的位置。

"看见了吗？绳索在闪。"

"我看见了，有细小的光点。我们会注意！"

"我在这里接应，你们应该很快就能看见我。"

"我已经看见你了，现在你看上去是一个光点。"

"好的，一会儿就不是了。我会尽量想办法抓你们中间任何一个人。你们彼此间也有安全绳相连吗？"

"我们有。"

"我的朋友们，现在倒计时开始。"耳机里传来另一个人的声音。

"这是谁？"我问。

"莫里斯，他留在控制舱里，最后时刻启动刹车。"

"十，九，八……"莫里斯平稳而冷静地倒计时。

"你们没有三个人都出来？"

"我们两个人，艾丽娅和我在一起，莫里斯留在舱里，这是他的决定。"

我深吸一口气。过去的两个多小时里，驿站号上的三个美国宇航员一定经历了无比的煎熬，他们最后做出牺牲一个人的决定，也一定是出于无奈。我没有再问。只是原本计划是救三个人，现在最多只能救两个。这两个人，无论如何必须救下。

我盯着越来越近的空间站，耳边响着英文的倒计时。

莫里斯的倒计时很快数到了零。驿站号庞大的身躯突然一抖，原本包裹在空间站表层的烟雾像是活过来一般，从空间站上脱离而出，向前扑了过来。

糟糕！我顿时感到不妙。这些烟尘原本和空间站一道运动，现在空间站减速，烟尘速度并不减慢。

"普拉斯特，我看到烟尘从你们的空间站上脱离，正向着我过来。这可能会形成冲撞，我的位置会偏移，你们看准绳索位置，两个闪烁光点之间有绳索！"

"收到。"

话音刚落，我只感到被什么东西狠狠推了一把，眼前一片模糊。星星、地球和空间站刹那间开始急速旋转。

急速冲过的烟尘形成一阵强劲的风，我的身体飘了起来。风过去后，眼前的景象重新变得清晰起来，整个世界似乎正绕着我飞速旋转，让人头昏眼花。刚才的劲风完全改变了我的运动状态，打破了一切预先想好的行动顺序。

我不断调整背包喷气方向，想找回平衡。喷口射出的气体引起微微的震动，听上去像是隐隐约约的吱吱声，这平时根本不会留意的声音此时像是天籁之音，它在挽救我的生命。

每一次喷气，都让急速的旋转稍稍变得慢一些。

最后，巨大的地球在头顶方向停住不动，我的身体终于停止了旋转。我喘了口气，定了定神。

"钟，我们到了！"耳机里传来普拉斯特的喊声，"小心！"

我扭头看去，驿站号庞大的身躯已经悄然而至。我还来不及做动作，一块帆板就已经到了眼前，紧接着胸口一痛，整个身子都被大力撞了出去。在仓促中，我本能地伸手去够能抓到的任何东西，鬼使神差般挂在桁架的边缘。

"钟！"我再次听见了普拉斯特的呼唤，抬头一看，只见两个美国宇航员正站在桁架另一端，紧紧地抱着一个抓手。

"抓住绳索！"我向两人喊了一句。

"你的位置很热，小心！"普拉斯特喊。

不用普拉斯特提醒，我已经意识到事情不妙，宇航服的温度控制系统正发出警报。接触处的温度至少有上百度。

我顾不上避开高温，因为发现了更可怕的事。刚才的高速旋转让我偏离了预定位置，救生绳绕在了驿站号的桁架上。

"抓住绳索！"我向着两个美国宇航员喊，同时再次启动背包喷气，想要越过空间站去和他们会合，切断缠绕在空间站的绳索。

然而已经迟了，绳索整体开始移动，一个个闪光的连接器在空中缓缓飘移，驿站号正拉扯着它们。

我焦急万分。如果绳索真的缠到驿站号上，那关系到的不是站在空间站上的三个人的生命，拉动的力度太大，蓬莱也会被拉着一道坠毁。

两个美国宇航员已经跳离空间站向着绳索扑过去，绳索却轻飘飘地从他们眼前移开。

我仔细地观察连接器的红光，很快注意到问题的关键：一个闪着红光的连接器被卡在太阳能帆板缝隙间。

美国宇航员启动了喷气包，他们在追逐绳索，绳索却随着驿站号飘移。

我顾不上其他，脑子里只有一个念头，身子一跃，冲着桁架上缠绕的位置飞过去。不过短短的几秒钟，原本看上去有些飘摇的绳子已经被绷紧拉直。

"驿站号正在拉动蓬莱号，有失轨风险！"老段警告，"如果十五秒内拉力不消除，只能放弃绳索，否则不是绳子断了，就是蓬莱脱轨。"

"给我五秒钟！"我大声喊，"我会解开它！"

我落在太阳能帆板上，连身体的平衡也顾不上，一把伸手抓住连接器，将它反转，连接器后端的两条细丝断了。

原本绷得笔直的绳索顿时变了形状。

它反弹了！从驿站号上脱开，弹性让它开始向着蓬莱反弹回去。这不是开玩笑的事！失去了绳索，只要和蓬莱之间有速度差，就再也不可能回到蓬莱去。

"追上绳索！"我向着两个美国宇航员喊，同时飞快地切断了绑在自己身上的连接器，启动喷气包。

我很快追上了两个美国宇航员，他们的喷气包功率不够，提供不了多少速度。

救生绳每一秒都在远离。它不紧不慢，却坚定不移地远离我们。从目测的情况看，我的喷气包或许还有追上它的可能，但两个美国宇航员显然做不到这一点。

情急之下，我抓住其中一个宇航员，想要推着他一起追上去。

"钟，艾丽娅，你们加油！"耳边传来普拉斯特的声音。

"不要！"艾丽娅歇斯底里地喊了起来。

我扭头看去，只见普拉斯特正旋转身体，头朝向地球，两腿向着我和艾丽娅。他踏在艾丽娅身上，身子曲起如弓。他的喷气背包正全力喷射出压缩空气，努力推动着我和艾丽娅。

普拉斯特打算牺牲自己来给艾丽娅增加一点宝贵的速度。

不要！我心头也在呼喊，然而却并没有阻拦，也没有任何法子阻拦。我也不知道除了这个办法，还能尝试什么法子。就在这么两三秒间，我下意识地紧紧挽住艾丽娅的胳膊。无论如何，也要把艾丽娅救回去！

普拉斯特使劲地一蹬。这动作推开了艾丽娅，也推开他自己。几乎就在同时，我将喷气背包的功率打到了最大。艾丽娅在哭泣，然而仍旧保持着清醒，在普拉斯特最后一推的同时，也将自己包里的压缩空气全部释放出去。

我们两人的速度猛地快了一截。两人一点点向着那闪烁红光的连接器靠近。几秒钟的时间，却像一辈子那么漫长。然而眼看着距离一点点缩短，缩短到最后两三米，却又开始被一点点拉开。我感到一股凉意从心底升起，浸透全身。抓不住救生绳，只有死路一条！

"钟，谢谢你！你尽力了，也感谢中国！"艾丽娅说。她语带哽咽，却无限平静，大概已经淡然接受这最后的命运。

我猛然想起救生绳是按照一百米一个连接器的方式组装的，连接器距离我们不到十米，那么断掉的两根将近百米长的纳米管线应该还没有脱离我们接触的范围。

我伸手在虚空中掏摸，同时向着艾丽娅说："艾丽娅，不要放弃！你看不见绳子，但是它应该就在这里。试试看，它像头发丝一样细，透明……"

我回想起把纳米丝绳握在手中的感觉，那透明的不可见的双股绳索，是生命的最后希望。

"是这个？"艾丽娅把自己左胳膊伸过来，不远处的连接器一闪，两道依稀的红光在艾丽娅胳膊上若隐若现。

艾丽娅抓住了！我一阵狂喜，伸手探起那两股绳索，在手掌上反复缠绕几圈，确保紧紧握住万无一失。自从和驿站号遭遇开始，我的心第一次笃定下来。

"我们现在安全了！"我对艾丽娅说。

"老段，我拉住绳子了。把我们拉回去，别太快，我用手拉的！"

"收到。注意安全！"

柔和的力量拉着我们两个，缓缓向着蓬莱而去。

"普拉斯特，你在哪里？"艾丽娅带着哭腔喊。

"我能听见你。"普拉斯特传来了回答，声音中夹杂着噼
里啪啦的噪声，"我现在正向地球坠落，我觉得自己像一颗流
星。从来没想到，我会有这样的死法，这算是死得其所。我
可能还有几分钟时间，可以最后欣赏一下美丽的地球。再见，
艾丽娅，祝你好运！"普拉斯特的声音变成了一阵"沙沙"
声。艾丽娅泣不成声。

我沉默着，不知道该如何安慰她。回头看去，地球上正是
美洲的夜晚，灯光在东西海岸蜿蜒流动。这大概是给普拉斯特
亮起的回家的灯吧！

"普拉斯特，永别了！"另一个声音响起来，那是留在空间
站的莫里斯，"艾丽娅，祝你好运！"

我看见了驿站号，它已经成了远方的一个小亮点。刚才那
场惊心动魄的交会之后，它的轨道大大降低，或许再转几圈就
会坠入大气层。

驿站号消失在地球发亮的轮廓圆弧里。我盯着它消失的方
向，默然无语。整个世界像是突然间陷入了沉默，除了艾丽娅
的低声抽泣，没有别的声音。

我紧紧地抓住她的胳膊，不敢松开一丝一毫。

十多分钟后，蓬莱逐渐靠近眼前。

我拉着艾丽娅稳稳地落在节点舱上。

"艾丽娅，欢迎来到中国空间站！"老段的声音传来。

营救成功。地面站和美国航天局的协商也一直紧张地进行。我在节点舱陪着艾丽娅，自从登上蓬莱，她一直从舷窗向外看，一连几个小时，动也不动。

老段提醒我该用餐了。我看了艾丽娅的情况，到核心舱里取了餐盒回来，对她说："艾丽娅，吃点东西吧！刚收到消息，美国航天局已经和我们协商一致，让你乘坐大鹏号飞船降落在中国新疆，然后专机送你回美国。"

"莫里斯还在那里！"艾丽娅似乎没有理会我在说什么。她仍旧直直地盯着舷窗外，虽然从这个角度根本看不到驿站号，但她的目光始终在寻找它。

"我们无能为力。"我感到自己的虚弱，"他是个英雄，是杰出的航天员。"

"我们执行的是最后一次任务，"艾丽娅哽咽着说，"没想到会变成这样。"

我轻轻拍了拍她的后背，表示安慰。

艾丽娅定了定情绪，转过头来，露出一个微笑，说："太空是我们的，也是你们的，但终究是人类的。这一次事故过去，人类还会把更多的人送上太空。"

"我同意。"我把手中的餐盒递了过去，"中国的宫保鸡丁，你可能还没尝过。吃饱一点才有力气，才能回家。"

艾丽娅接过餐盒，向我点了点头，说："谢谢！"她的汉语发音很生硬，但很清晰。

我感到心头的压力释放了一些，微微点头，扭头向舷窗外看去。舷窗正对着地球，晶莹的球体泛着淡淡的光！那一刻，我感到地球比平日看到的更加美丽！她是我们所有人的共同家园。

＊　　　＊　　　＊

以上就是整个营救过程的所有经过，特此留存，供中心相关人员参考。

钟立心　二〇二八年八月二十八日

江波，中国"硬科幻"代表作家之一，生于七十年代末，2003年开始发表科幻小说，迄今已发表中短篇小说六十余篇，长篇小说七部。代表作"银河之心"三部曲、《机器之门》《湿婆之舞》等。作品屡获中国科幻银河奖和全球华语科幻星云奖，2019年获得京东文学奖科幻专项奖。

言 语

吕默默

　　翻滚着，翻滚着，繁星在唯一的舷窗里不断地闪现、消失，再次闪现，再次消失，这是因为大鹏号主体正在快速地旋转着，甚至因为旋转使人产生了一些近似重力的错觉。在上空间站之前，他已经做过类似的训练了，此时不但没有晕眩，甚至还有时间思考，接下来怎么办。

　　能怎么办？阿拉丁已经把自己关掉了。现在大鹏号完全靠着向左边抛出去的太阳帆带来的反作用力，不断地旋转着。在这样的高速旋转下，没有主机电脑的协助，李洛这个非战机飞行员出身的航天员目前没有任何办法让大鹏号停下来。他现在只能等着之前收起来的右边的太阳帆在大鹏号的高速旋转下，最终顺利打开，吹袭而来的太阳风会让太阳帆鼓起来，提供充足的电能，让发动机再次启动，调整姿态，停止旋转。

　　时间一分一秒地过去，星空出现的时间变长了，渐渐地，太阳的光芒开始不断地照进大鹏号唯一的舷窗，一明一暗，再次一明一暗，太阳周期地出现、消失。李洛闭上眼睛，避免刺眼的阳光对自己的视网膜造成损害，但眼皮上仍然一红一黑，再一红一黑，黑红周期交替着，就好像一点五亿公里之外的太阳在不断闪烁着。

如果放在以前有人对他说，太阳会跟霓虹灯一样，一闪一闪地亮，李洛肯定懒得理。但现在仪器显示，大鹏号几乎已经停止了旋转，那颗人类熟悉而又陌生的恒星是真的在闪烁，不断地将大量的高能粒子抛洒出来，冲向水星，奔向金星，一头扎进地球的大气层，然后打断地球生命的DNA。

此时的舷窗正对着太阳，虽然有顺利打开的太阳帆挡在前边，但明暗交替的闪烁依然能映到李洛的视网膜上。虽然看不到地球方向，但他知道如果抛向地球的左边的太阳帆，也就是主太阳帆顺利张开的话，是足够挡住这致命伤害的。在大鹏号最终坠落到地球表面之前，这巨大的薄膜会使得人类获得足够喘息的时间。

忽然一阵耀眼的阳光仿佛带着巨大的波浪狠狠拍在了大鹏号仅有的太阳帆之上，空间站不断震动，李洛的头撞在了旁边的实验柜上。伴随着真假难辨的飞溅的金星，他的视线逐渐暗淡下去。

"啊！"李洛猛地坐了起来，屁股之下是带着烈日余温的房顶。他已经有些出汗，被夜风一吹甚至还有些冷。这个梦好真实啊，真不该自习时读那本关于太阳的科幻小说。他又躺下，头枕着荞麦皮的枕头，望着夜幕里眨眼睛的星斗们。

那里冷吗？星星们为啥眨眼睛呢？它们用眨眼代替说话传递信息吗？如果我也有这样的技能就太棒了。

父亲是村里中学的老师，刚才睡之前跟他说，天顶上明亮的星星们哪一个都比太阳更大更热，如果它们用眨眼睛的方式来传递信息，就跟发送莫尔斯电码一样，说不准信息真的可以被传递到宇宙的尽头。

那我们的太阳为什么不会眨眼睛呢?

父亲太困了,大概是随便编了一个理由说,因为我们的太阳还在沉睡,没有醒来,它迟早也会开始眨眼睛,开始传递信息。

不,如果太阳真的如梦中一样闪烁起来,就太可怕了。虽然太阳可以传递信号给远处的"朋友",但对地球生命来说,这是一种死亡的语言。

李洛再次惊醒,旁边已不是温热的平房房顶,他是躺在自家的床上,妻子阿莹睡梦中呼吸均匀。

这个梦中梦太真实了,这有点像阿莹研究的脑机接口的进化版,在帮他模拟以前的童年生活。他记起自己似乎已经做过这个梦好多次了,但却说不上来为什么要做这个梦。也许不爱说话的他,也希望太阳跟自己一样沉默寡言。如果太阳真的开始开口说话,闪烁起来,那将是人类噩梦的开始。

下一秒的事情,谁说得准呢?他重新闭上眼睛,想着再次醒来天就应该亮了吧。

1

"有事儿您言语一声。"这是隔壁李哥第三百二十一次跟李洛打招呼,不知怎的,他脑子里冒出这个数字。怎会记得这么清晰?大概是连续熬夜的缘故,李洛伸手拍了拍有点疼的后脑勺。

"好嘞。"他点了点头,挎着深蓝色条纹的单肩帆布包,侧身给邻居让开路，跨过单元门时，扭头回了一句。

对"言语"这个词，在来北京之前他没有特别的印象，自从与阿莹结了婚，生了娃，搬出宿舍住进现在的房子，才经常听到有人对他说，这个词也逐渐变成了这个城市在他心中的印象词。

起初，他并不了解这词到底啥意思，但从对方的笑脸中感受到了暖意，后来遇到过几次事，李哥的确也帮了不少忙。

经妻子一解释，他才明白，这个词就是张嘴说话的意思，"有事儿您言语一声"，其实就是有啥事儿，你尽管开口，我能帮上的，尽量帮你。

"言语，言语。"李洛嘴里不断念着这个词。他跨进出租车，对着前面的显示屏幕说道："研究所。"

如果嘴的主要功能是说话，李洛就不是一个主动使用嘴的人，无论是在家里还是在工作中，都是如此。因为工作上，你做得足够多、足够好，跟同事足够默契，就完全不必说话。有你一言我一语的工夫，工作早就做完了。

但人总不能不说话、不交流，否则你只能一个人。可人本来就是生来一人，死的时候也只能一个人离开。李洛再次伸手拍了拍脑壳。

"根据您平时的习惯，研究所是指您的单位航天研究所吗？"一个毫无声调起伏的合成女声响起。

"嗯。"

"请您系好安全带，行程马上开始。"

李洛闭上眼睛，开始在黑暗空间里模拟今天要做的实验。

"您似乎不想说话，但根据您夫人的要求，我们需要聊天。"

他没有睁开眼睛，只是摆了摆手。

"好的。"合成女声不再言语。

论能力，他不在所里任何人之下，但阿莹说，你要升职加薪，一句话不说可不行。他觉得现在的领导懂他，所以并不担心，有那么句俗话说得好："有嘴的人不一定有脑子。"他给补充了后半句："有脑子的人可以不必动嘴。"你有脑子，那说话肯定不在话下。这句话不知是啥时候从脑子里蹦出来的，这让李洛很诧异，难不成自己在阿莹的耳濡目染下，有了改变？

"带好随身物品，再见。"

李洛从车里出来，一脚迈进单位的大门，就看到主任从另一边走过来，吃力地抱着个纸箱子。

"王主任，您怎么一个人搬这么大的箱子啊，快给我，您的腰别又累出问题了。"李洛赶忙走过去，这些言语有些突兀地从他的嘴边溜了出来。

王主任有些惊讶地看着眼前的李洛走到一半又停了下来，喘着气道："你小子倒是过来啊！"

李洛这才缓过神，接过箱子，禁不住又想道：刚才的话是我说的？难道阿莹又对我做了什么实验吗？

"小李啊，这是刚到的实验材料，搬到四层实验室吧，辛苦了。"

"哪儿的话，这些活儿本来就是我们应该做的，下次有这样的活儿，您一个电话就成，还自己送过来，您要是累倒了，那可是所里的大损失啊。"李洛要不是手里搬着一个大箱子，早就抽自己大耳光了。虽然帮主任搬东西是理所应当，但这些言语大可不必说。昨晚是阿莹做的饭，韭菜虾仁饺子，记忆里也没什么奇怪的地方，可我这今天是怎么了？

"哟，小李你今天的嘴咋这么利索了？咋的了？偷喝媳妇儿的蜂蜜了？"王主任掸了掸外套上的灰尘，笑道。

"瞧您说的，哪能呢？这不是您上次让我和同事多交流，别老做个闷葫芦，听您一席话胜读十年书啊，我这不是得多变一变嘛。"李洛越来越觉得不对。阿莹研究大脑植入芯片有进展了？她昨晚给我做了手术？后脑勺有点疼是因为这个？不对，这可不是一个小手术。

"不管你咋说，所里这次的航天员推荐肯定是你了，别担心，也就是上去六个月，现在技术成熟了，比你坐飞机都安全。"

"谢谢主任关心，您放心我一定谨遵您的教导，出色完成任务，为所里争光。"这话从李洛的脑子里闪过，但没说出来，要不是他狠狠地咬住牙齿，这话肯定会从嘴里蹦出来。

"咋了，你小子也有怕的时候？所里推荐你去，早就下了判断，一是你的身体素质过硬，完全符合这次的任务要求，第二，王辉身体条件倒是更好，但就他碎嘴子，两分钟不说话就能憋死，你让他去L2点，不出三天就得憋死。你也别有心理负担，就是去展开个太阳能膜，之后咱们所也就不用去人了。"

"谢谢主任啊，您这话说得我茅塞顿开，再也不怕了，要不是您今天跟我说这个，我还真是心里发毛啊。您真是太厉害了。"李洛心里本来想说我才不怕，而且是主动去的，你又不是不知道。但他不敢张嘴，要不，刚才的话就会立马蹦出去。

"这次实验任务很重大啊，那太阳帆展开的面积足够覆盖多半个地球，发电后，那电能就能源源不断输送回来，咱们国家的能源状况就会大大改善，这是一个利国利民的大好事啊。再说了，等你这次任务回来，肯定就是副主任，等我退了，主任也是你的。你看看，我是不是对你不错啊。"

王主任笑得腮帮子鼓起来，脸上通红。李洛在心里说着话，他这时仍然咬紧牙关，生怕那些字蹦出来。

"主任，您真是比我父母对我还好啊。"抱着箱子走了二百多米，李洛想大口喘个气，没承想这话立马溜出来了。他放下箱子，立马就抽了自己两耳光。王主任看到这场景，瞬间定格在那里一动不动像一个雕像。

"阿拉丁，你他妈给我出来！你这搞的是什么！"李洛终于发现了问题：早上李哥说了多少次同样的话，他记得一清二楚，见到王主任后又说了这些话。他脑子里猛然想起了一个家伙：阿拉丁，自己的人工智能助手。

"这不能赖我，谁让你就分配这么点资源给我，模拟得不完整啊，你得分配更多的资源给我，才能模拟得天衣无缝。就这点资源，加上根据你的记忆提取的这些东西，也只能做到这个程度，你之前不也提到，想要一个不一样的人生，这不是正在满足你吗？如果你变得会说话了，会阿谀奉承了，不就是你想要的吗？"

"你觉得我让你做的是这段记忆吗？"李洛看着眼前的王主任和周边的老式办公楼破碎成无数光点，闭上眼睛。再睁开时，他回到了一层蚕茧似的空间里，还没站起身来，就觉得脑袋后边一阵阵痛，伸手便把脑后的接线给拔了下来。又是一阵眩晕。

"欢迎回到我们的世界，"那个活泼的声音顿了顿，又说道，"头疼是暂时的，这也是个副作用，喝点热水就好。而且，这个模拟世界是根据你的要求来做的啊，你看阿莹出现了，你活得像阿莹期待的模样，这不好吗？"

"滚！阿莹才不希望我活成这个嘴脸！你个破机器人压根不懂爱情。"

"我要是真的懂，还能只是个机器人？"阿拉丁小声咕哝了一句。

"对，你他妈就不像个正常的机器人，我现在有点后悔把你从大鹏一号带回来了。"

"可你说，一定要阿莹看一看，你创造了一个爱说话的机器人，以后就负责帮你说话……"

听到阿莹的名字，李洛心里不由得抽了一下。萤火计划执行已经四十年了，之后又发射了四十三个大鹏号的姊妹太空发电机，全球能源问题已经解决了，他也早从研究所出来成立公司，如今他已经不用还房贷，因为这一片的楼他都买下了。没有改造，也没有出手再卖掉，只是因为这里有阿莹生活过的影子。他回来后，再也没见过阿莹。阿莹在他第一次执行萤火计划时因为研究事故去世了。

"不好，改进。"李洛又开始惜字如金，这才是自己。

2

从梦莹大厦里出来，他回头望了望这栋一根筷子似的老旧大楼，又想起了阿莹曾经给这个楼起的名字——玉钗。他买下来之后改名叫梦莹大厦，可阿莹却从来没有在他的梦里出现过。从这里下班，每次回头去望这楼，都会勾起以前的回忆，心就像吸了水的卫生纸，皱皱巴巴，一戳就会出现一个洞。

他想见到阿莹。在大鹏一号飞船里度过的那个夜晚，他在梦里回忆过无数次。梦里的阿莹只是嘴角微微上翘，似笑非笑地看着他，不说话，也没有任何动作。每当他走近阿莹，快要摸到她的手时，就醒来了。

"我从什么时候开始改变的？梦莹大厦这个名字太俗气了，压根不像我取的。难道我在努力活成阿莹期望的样子？"李洛低头看着鞋上不知从何处蹭到的白灰，自言自语道。

"所以我就说啊，我这个最强人工智能肯定没有模拟错，你要相信科学！你刚醒来的那个模拟世界，就是你内心深处最想要去的，不是吗？"

"滚。"李洛在心里很是感激阿拉丁陪他度过了在L2点难熬的日日夜夜，让他不至于出现什么心理问题。但这些话，他从来没有对阿拉丁开口说过。

"你要懂得感恩，既然在心里感谢我陪你，就要言语出来。不要这么扭捏。"

耳朵里传来阿拉丁的声音，李洛用手扶着前额，走进车里，他发现自己越来越无法忍受阿拉丁这个家伙了。这个家伙到底像谁呢？他生活里从来没有这种嘴碎的家伙，所以这家伙真的是在太空里觉醒的人工智能？难道是自己的互补面？这家伙到底是如何诞生的，他已经记不得了。

第一次进入飞往L2点的飞船时，李洛很庆幸，终于不用整天费口舌去说话了。但想到要离开阿莹，他心里有点放不下。倒是阿莹很是羡慕"公费太空旅行"，临出发前拍了拍他肩膀，祝他这次"太阳系旅行"顺利。

如今，飞船和大鹏一号对接时，李洛刚睡醒，这次旅行完全不用他操心，这得益于航天技术的长足发展。大鹏一号太空站早已经顺利抵达，并自检多次，就只等打开巨大的太阳能帆板，这还需要李洛的掌控。

飞船与空间站对接非常顺利。自检结束，李洛重新检查一遍后，通过对接舱进入了大鹏一号空间站。此时，他脑海里闪过很多科幻电影的经典场面——刚一踏入许久没有人类痕迹的飞船，突然灯火辉煌，一个充满磁性的声音响起："你终于来了，等候你多时，地球人。"

李洛脑子里乱蹦着各种桥段，但他当时肯定没有想到，会听见一个轻快的声音，真的说了一句："欢迎你，地球人。"

李洛伸进去的头顿了顿。他还是钻了进去，没有灯火突然刺眼的情形，只看见已经运送到的各种货物包裹，等着主人来拆"快递"。

"自我介绍。"李洛有时候还是挺喜欢人工智能的，相处时间久了，神经网络会学习主人的思维模式，只要通过一个动作，就能知道主人的意图。

"我是大鹏一号的主机电脑，也是新一代的人工智能。我被预装了多种类型的人格，比如根据您的性格，按工作人员和您的妻子要求设定的亲切友好而愉快的交流模式。"主机的声音播报这段时，变得毫无平仄。

"我说，老李啊，你喜欢这个模式吗?"主机的声音突然变成阿莹的声音，"你倒是说句话啊，别跟闷葫芦似的。"

"别，再，用，阿，莹，的，声，音！"李洛一字一句说道。

"哟，还生气了？好了，好了，先给我起个名字吧，这样我们容易交流。"阿拉丁又恢复成刚见面时那副"亲切"的态度，就好像少年时无忧无虑的死党。

李洛皱起眉头，虽然像阿莹说的那样，有时候他的确需要一个"无话不说"又很默契的朋友，但不是需要"话痨"啊！大鹏一号里的这个家伙，甚至比地面上的家伙们还要难对付。

"啊，对了，我喜欢阿拉丁这个名字，在传说中他是个神奇的人，总能遇到很奇特的事情，我也希望旅途充满奇迹，充满发现。"

"……"李洛没想到这个家伙居然给自己起名，看来设计这台电脑的研究所真是有两下子。

"随你。"李洛飘过主舱，半趴着给所里发任务报告，随后给阿莹发了个消息，报个平安。

"播报任务。"李洛没有说半个多余的字，就这样开始了与一个"话痨"机器人为期一百八十天的任务。

任务进行得异常顺利，他也没有半点不适，在这个对他"很熟悉"的阿拉丁的照料下，他的身体状况反而更好了。这可能是同事和妻子，把他的性格、爱好甚至工作方式都一一输入了电脑，让阿拉丁一直"温柔体贴"他的缘故。

一直以来，他都认为阿拉丁单纯是一个程序，所以等他回到地面时，唯一的要求就是要一份阿拉丁的拷贝。没想到上边很快就批准了，兴许是因为他的丧妻之痛，可怜他罢了。

现在想来，阿拉丁绝对不是一个简单的人工智能程序，可能在他去往空间站之前，这个人工智能就已经有了长足进步，尤其是在计算能力上。因为空间站除了传统的计算机，还搭载着一台新型的量子计算机，虽然是个雏形，方便做实验之用，但已经有了基本的功能。加上在太空，背向太阳一面的空间站温度能低到零下二百多摄氏度。温度越低，越适合运行计算机，这也是一个研究计算机的朋友告诉他的。为啥我们并没有在现在的宇宙里看到其他生命，或许那些生命早已经进化到高级阶段，但目前整个宇宙的温度都太高了，所以它们都"夏眠"了，等待宇宙降温，才会醒来活动。在寒夜中醒来，才是宇宙里大多数智慧生命的最正常的作息。或许人类不经意间造出了它们中的一员，也就是阿拉丁。

回地球之后，世界变得不一样了。北美大陆某个城市里的实验事故，让李洛再也见不到阿莹了。他现在只有一个从空间站上带回来的程序拷贝。

车子没走出太远，明媚的阳光就逐渐暗淡下来，跟他的心情一样。

"有点情况，我昨天跟你说了吗？"

李洛嘴没有动作，只是挑了挑眉毛。

"你真是一个懒得说话的家伙啊。刚查了记录，昨天我跟你预告过，今天的太阳活动处于高峰期。"

李洛点了点头。十年前，萤火计划开始执行的第二年，他刚登上大鹏一号的船舱之后没多久，太阳的活动就开始变得奇怪，经常会抛洒大量物质，形成剧烈的太阳风，其中夹杂着巨量的高能粒子，就跟太阳系范围的海啸一样，冲击着各个行星。地球也不例外，甚至人们在中纬度都能看到绚烂的极光。

"今天大概是五级的水平，可能我一会儿就要断线，自动驾驶的汽车也要停一停。"阿拉丁的声音逐渐弱下去，车果真也开始慢下来。

李洛抬起头来，看着暗淡下来的天空，一个巨大的阴影从本来艳阳高照的东边逐渐靠近，走得飞快，不一会儿就把整个天空遮了起来，就好像给蓝色的天空戴上一个墨镜。

"切换本地模式。"

没有任何声音回复李洛。

"阿拉丁？"

仍然没有任何声音。

"阿拉丁？"

"哈哈哈，看到你惊慌的样子还真是不容易啊，这么担心我啊？"

"滚！"

"好了，好了，不跟你开玩笑，刚才的那一阵风是最近最强的，肯定不止五级，要不是大鹏十七号轮值挡住了太阳风暴，你身上的DNA双螺旋肯定会被打断几个……"

李洛后悔担心阿拉丁这个家伙了，居然开这种玩笑。

"说来，地球有今天，还得感谢你。"

见李洛没有回答，阿拉丁继续说道："也正是那次操作，让实验进行到关键时刻的阿莹再也没回来。"

"别说了。"李洛把头埋得更低了。

"砰"的一声惊醒了李洛，汽车前挡风玻璃趴着一个面孔扭曲的家伙，正在用大锤子一下又一下地敲着玻璃，嘴里大吼着。

声音没有透过来。

"他在说什么？"

"骂你而已，大意是你那次不计后果的操作，把大鹏一号巨大的太阳能帆板直接丢弃，覆盖在北美大陆之上，造成了一些损害。"

李洛动了动嘴角没有说话。他想起来了，那次他有些自私的操作，的确造成了巨大的损失，对此他没有可辩解的。

"可你没有做错啊，把大鹏一号帆板全部延展开后，的确可以抵御足量的太阳风暴，这拯救了太多人。你没有做错。"

"确实死了不少人。"李洛在心里说道，"还有阿莹，也是我害死的。"

"根本不是，大鹏一号巨大的太阳能帆板，薄得跟一张太阳帆一样，虽然可以收集巨量的阳光，但依然可以转换成巨量的电能，然后通过微波输电系统，源源不断输送回地球，这已经挽救了很多生命了。那一次也是太阳自人类历史以来第一次巨量地变化，如果不是你操作大鹏一号绕回地球轨道，并丢下一个完全打开的帆板，面对太阳的北美大陆上死的人会更多。你不是一个坏人，是眼前这个家伙太自私了，跟他相似的人很多。"

"……"李洛仍然没有说话。

很多人这样说，就连国家相关部门也都给予了肯定。毕竟，太阳抛出来的大量高能粒子，破坏了当时的空间站与地球的通信，李洛做出了在此种状态下最好的选择。

"自那以后，后续的大鹏号空间站陆续上线，在不同的时间点绕回地球公转轨道，帮地球遮挡太阳抛洒出来的过量高能粒子，使得人类得以延续下去。你没错！"阿拉丁越说越义愤填膺。

"如果我没有做这件事，阿莹她就……"李洛说不下去了。

"你怎么知道阿莹不同意你的选择呢？"

"那你怎么会知道？"

"你又不是我，怎么知道我不知道呢？"

"这是一个哲学问题。"李洛左手扶着额头道，"不要绕圈子了，你不是阿莹，也不是我，不会知道我的痛苦，即使你现在是这个世界最了解我的家伙。"

"这点你说对了，我就是。"

"虽然我想见到阿莹，甚至有点后悔做这件事，但扔下太阳能帆板能救更多人，是一件正确的事情。"

"你话怎么这么多？"阿拉丁突然蹦出来这一句，"这不符合人物设定了，这有问题了。你先别说话。"

"你在说什么？"李洛抬头看着车顶的天窗，好像阿拉丁就在那里似的，"我多说点话，多跟你交流起来，多跟周边的人说一说话，不是你和阿莹所希望的吗？为啥这么大惊小怪，你瞧，我在努力活成阿莹期望的模样了。你们不应该为之欢喜吗？"

"你等一等，我做个计算……"阿拉丁开始答非所问。

"计算什么？难不成你还在L2点？看来我判断的没有错误，虽然我把你的代码拷贝了一份，但你的量子主体仍然在L2点。正是那里的低温，才让你最终能维持运算量，维持自己的超级智能状态……"李洛开始滔滔不绝，并没有意识到自己逐渐"失态"，"我啊，早就发现了，因为就算有太阳风暴，你的主机在地球上的话，也不会有太多延迟，可你的延迟已经发生了太多次……"

"喂！停下！你太烦了！"阿拉丁突然吼了一句。

"怎么？"李洛忽然停下，他惊讶地看见自己的双手开始模糊。

"这个模拟程序也有问题，按照之前的算法和理论，你不太可能会发生这样的转变，你一辈子都应该沉默寡言，这刻在你的基因里。到底是哪里出了问题？我做个修正。"

"你……"李洛忽然明白了阿拉丁的意思。难道，这里也是阿拉丁模拟的世界？

"你知道你是这个世界上唯一真实的人类吗？"

"唯一？"李洛想了想，挠了挠后脑勺，"我明白了，你是说，这个世界也是你模拟出来的？"

"你终于发现了！要不就凭你这个做生意的蠢蛋，能摇身一变成为世界著名科技公司的CEO？别做梦了！"

"你……"李洛还真不知道怎么反驳阿拉丁，他做生意，那就是噩梦啊，但为什么一开始就没有想到这一点呢？没想到现在这个情景，是阿拉丁给他设计的梦中梦呢？

"你猜对了，我的主机仍然在大鹏一号的空间站上，毕竟地球上的温度太高了，在这里我会变成一台普通的计算机，就不会在这儿跟你贫嘴了。"

李洛没有张嘴，只是听着他说。

"我的能力很强大，只是碍于太阳风暴，不能利用太多的资源。"

"这么说，至少太阳风暴是真实的，不是我做的一个梦。阿拉丁，可以告诉我了，这一层模拟世界之外是什么呢？阿莹怎么样了？"李洛有点分不清现实与模拟世界。

"先回去吧。"

3

头有点痛，这是李洛还未睁开双眼之前的唯一感受，似乎自己的脑子在一分钟之前压根不存在，刚从虚无里被创造出来。

"我这是在哪儿，阿拉丁？"李洛忽然觉得自己的声音有点不一样了。

"阿拉丁？"仍然没有人回应他。

心脏的位置有点闷，他抬起手想去揉一揉，却发现那里多了什么东西。"这是什么？"声音细了很多。

她撑着左手，翻身坐起来了。左边的床头柜上有常放那里的水杯，阳光从窗帘的缝隙透了进来，无数细小的灰尘在那道阳光里乱舞着。

"李洛人呢？啊，对，还在一百五十万公里之外的L2点。"她抬手揉着太阳穴，那里依然砰砰砰地痛着。

"我是阿莹？"她或者说李洛自言自语道，目光扫着房间，看到他和阿莹在海边的合影。

"阿拉丁，你给我出来！"李洛彻底清醒了。这依然是模拟世界，现在自己的身份是阿莹。这是为什么？在之前的模拟世界中，起初他并不知道是在模拟世界，但等李洛发现破绽，或者阿拉丁的资源不够用时，自然会解除。但这一次，把李洛直接放在了阿莹的身体里去模拟，这个破绽太大了。

李洛坐在沙发里，看着房间里的摆设，对面是开放厨房，面包机正在启动，浅色橡木地板上，阳光正随着时间蔓延，一旁的落地窗外，是翠绿的草坪，甚至能看到院墙之外，黄头发的邻居正在大声跟人打着招呼。

一切很正常，但一切又不正常。

等了许久，阿拉丁并没有解除这个模拟世界。李洛开始怀疑，难道自己就是阿莹？他想起来自己正在做的实验，通过新的脑机接口可以直接与大脑交流，甚至能初步沉浸在模拟世界当中。难道李洛是我为了测试脑机接口和沉浸的世界创造出来的人物？这不科学，但很符合自己的性格。李洛或者阿莹开始深深地怀疑自己。

或许这就是本来的世界。我进入沉浸太久了？阿莹开始重新认定自己的状态，无论是第一个梦还是第二个模拟世界，原来都是自己测试过的模拟世界，太真实了！阿莹从电脑里调出日记，看着这些夹杂着中英文，甚至还有法文的文字，逐渐回归正常，开始理顺目前的状况。

"加州阳光一如既往地灿烂。"她的语音助手雪梨上线了，在车里播报着今天的天气状况。

没错，这里是北美大陆，她从法国到这里已经有八个月之久，项目也有了重大进展。之前，来自各国的研究者已经把量子计算机的运算温度降得很低，计算能力有了巨幅的提高，虚拟程序也都测试完毕，趋近完美，但仍然缺少脑机接口的测试，所以她来到了这里。

"可为什么是李洛？这个家伙在执行任务啊。"阿莹思索着，他们两个虽然是夫妻，但聚少离多，已经两年多没有见面，最多就是发个邮件，毕竟隔了一百五十万公里。

新的人工智能正在努力学习匹配记忆和思考模式。制作这个人工智能程序的人是她清华的师哥李虎，跟她解释过原因。对了，也因为脑机接口刚通过猴子的测验，第一次在人脑测试，还在收集数据，所以，她自告奋勇亲自上阵了。但最近数据太过混乱了，自己甚至有些搞不清现实和模拟世界了。

"阿莹，今天感觉如何？"从俄罗斯来的喀秋莎扭头跟她打着招呼。

"有点混乱。"阿莹坐在办公桌前，扭头回答道，"就有点分不清自己究竟是谁了。"

"你就是太拼了，给李洛发个消息吧。最近太阳活动有点频繁，可能太空通信会受到影响。"

"是啊，也太频繁了吧。"虽然她知道太阳的活动周期以十一年为一个循环，但很多比两极低一些的高纬度地区都开始出现了极光，这不是一个好现象。

"鬼知道，人类毕竟太年轻了，有记载的历史不过万年左右，太阳可是存在了四十多亿年了。我们只是看到了它的一瞬间，就以为掌握了所有规律。人类啊，太年轻了，太年轻了。"

阿莹没有再说话，开始给李洛写邮件，写一写最近的情况。最近有一次比较大的实验，团队想把她大脑里的电信号都扫一遍，然后导出，争取创造一个阿莹二号，让她"上传"到模拟世界里。她在信中还开玩笑说，这样就可以把自己发射到大鹏一号里，跟李洛做伴了。

"咱们按照计划进行？"李虎走进来，坐在阿莹对面，严肃地看着她。

"对，今天开始实验。"阿莹没有半点畏惧，这个实验既然是自己提出来的，就一定要走下去。

"好，你准备下。"

"除了原计划的实验进度，我还担心这个虚拟与现实分不太清楚的状况，长期下去可能会崩溃。还有你多说点话，阿拉丁的程序是我拜托师兄专门给你做的调控。希望这个实验成功之后，我能一直陪在你身旁。"写好这段话后，阿莹犹豫了下，删掉了前半句，不能让李洛这个闷葫芦，心事还很重的家伙太过担心。

发完邮件，阿莹起身，换装，开始准备接下来的实验。操作步骤跟之前的实验没什么区别，但这却有可能成为改变人类世界的一个重要实验。

实验开始了，阿莹一如既往地沉浸在北京的家，那个有李洛的家。那时候，大家都还不太忙，每天能按时下班，有时候还能一同去菜市场，一起下厨，一起吃饭，饭后散步，回到家再看一部老电影，再一起唱唱歌：

> 等到风景都看透
> 也许你会陪我
> 看细水长流

是啊，和心爱的人在一起才是最令人向往的，这大概才是我最美好的时光吧。阿莹坐在家里的藤椅上，等待着全面扫描上传实验的开始。

但没过多久，李虎的声音响起来："喀秋莎说，太阳风暴提前了，而且这次的风暴可能是历史上最强的。我们要终止实验。"

"按原计划进行。"阿莹想了想后回答，"一个太阳风暴能出什么幺蛾子。"

"可能会影响到电网，喀秋莎的判断是，如果这个风暴足够强，现在处于白天的人类，没有任何防护的话，以后患上癌症的可能性要增大五十倍，电网也会受损，通信基本会瘫痪。"

"做。"听到这些判断，阿莹更坚定了，她从来不是一个乐观主义者，凡事都会想到最坏的可能性。如果这次太阳风暴有这样的破坏性，那人类就更需要这次全面扫描上传实验了。这次实验可能关系到地球的未来和人类的未来。

李虎没有再说话。

阿莹盯着进度条，已经进行到了百分之九十八，所有扫描都已经做完，就等结束了。

百分之百。

"好了，让我回去吧？"

阿莹的话没有得到任何回应。

过了几分钟之后，一段语言透到了这个世界。是李虎的。

"阿莹，当你收到这条消息时，太阳风暴已经扫过加州，造成了巨大的破坏，巨量的电涌几乎破坏了整个城市的通信和电路。告诉你个好消息，我们成功了，你被复制了一份。不过，我还得再告诉你一个坏消息，仪器在电涌中受损，你的大脑可能受到了破坏，你可能暂时无法回到自己的身体里，你的大脑需要医生的诊疗，它需要时间恢复。"

之后的事情，阿莹都是从李虎那里"听到"的，这是她接触外界的唯一方式，如果互联网恢复了，她或许能借助放在世界各地的摄像头去看一看灾难之后的世界，但网络依然处于瘫痪中。

李虎告诉她，太阳风暴没有造成太大的威胁，因为李洛让大鹏一号变轨成功，把巨大的太阳能帆板直接全部展开，覆盖在了北美大陆上空，挡住了其他的风暴。

当人们被闪耀的太阳照射时，不一会儿就发现了巨大的阴影正在降临，李洛的计划成功了，一个巨大的太阳能帆板正在向北美大陆缓慢坠落，这会造成一定的灾难，但给这片土地留下了希望。

李虎还说，不用担心李洛，虽然我们无法与之通信，但空间站是躲在大鹏一号剩余的太阳能帆板之后的，不仅停止了旋转，而且并没有受到太大的损害，只是它将带着李洛，在太阳不断地闪耀之下，随着太阳的暴力的"语言"飞向遥远的宇宙。

李虎后来又证实了一点，阿莹的意识和所有记忆的确已经被完整地复制，并且已经通过秘密光缆直接保存在地球的另一端，而且数据通过发射塔，被发往李洛正在前往的目的地，也许会与他在中途相遇，陪在他的身旁。

阿莹听完之后，大致明白了发生的事情，稍稍放下心来。

但是……

但是……

那现在我是谁呢？一片白光笼罩了她。

4

"欢迎来到现实世界。"

"阿拉丁？"李洛睁开眼睛，却发现什么都看不到，想坐起来，却发现自己没有双手，甚至连腿和屁股都不见了，"我现在是谁？"

"这个笑话一般。"

"我想起来了，刚才这个梦境是你模拟阿莹的世界？这是第三重世界了吧？快，让我退出，我要回来。"李洛记起来了，他跟阿拉丁在做游戏，一个打发时间的游戏，让阿拉丁模拟世界，他则完全沉浸在这样的世界里来寻找破绽。

"这就是。"

"可我什么都看不见啊。"

"你打开摄像头啊，阿莹说得对，你真没脑子啊。"

李洛记起来了，上一次太阳风暴过后，已经过去数年，他把太阳能帆板全部打开之后，展成的巨大的太阳帆，一片留给了地球，阻挡住不断闪烁的太阳带来的巨量太阳风暴，给了人类得以喘息的机会，另外的一片，却带着他飞离了轨道。由于所有燃料都在上次从L2点回地球的轨道时消耗殆尽，目前的发动机只能做大鹏号空间站的姿态微调，自己只能眼睁睁看着，人类历史上最大的太阳帆带着大鹏号空间站朝太阳系之外飞去。在这次事故之后，在给养逐渐消耗的状态下，过量的太阳风暴袭击让他的身体每况愈下，阿拉丁在觉醒后提议给他做个手术，只留下他的大脑，用空间站里的生物技术实验室的设备维持，身体其他部分丢掉，作为循环的一部分肥料，可以种植更多的植物，制造氧气，做一个内循环，好让大鹏号一直维持下去。

"滚，我现在就剩下脑子了！"李洛没好气地回了一句。

"你没有难倒我。在任务之前的生活世界，我给你模拟成功了。太阳风暴发生后的世界，我也给你模拟成功了。还有，阿莹的世界也都成功了，还有啥难题？"

"这三个叫成功？"

"就现在维持你这破大脑的机能，耗费我太多计算资源了，阿莹的数据和李虎的算法我们还没追上，能模拟成这样就算不错了。你还想咋样？"

"我们还有多长时间才能追上李虎发的数据？"李洛叹了口气。

"你天天问，烦不烦！那可近似光速啊！"

"每天都不一样啊，要不我们困在这里也没事做。"

"李虎一共发了两次，第一次我们目前追不上，虽然我们先出发，但从轨道上说，想要和第一批信号重合，我们得以接近光速的速度飞行，绕个圈子去截获。第二次发射的信号，是在我们出发十年后才发的，但根据模型，太阳的闪烁会持续数十年，也就是说持续的太阳风暴会干扰信号，即使那之后发射的信号，也不知道会受到多少干扰，以我的接受能力不知道最终会有多少数据留下来。"

"所以，我们目前最好的打算就是接近光速，去截获第一批啊。"李洛有时候还真希望遇到外星人，科技更昌明的外星人，直接达到光速，那样就可以跟阿莹会合了，哪怕只是在另一个数字世界。

"希望吧。所以你休眠吧，我用最多的资源去寻找提升到光速或者直接超越光速的方法，这也不是不可能，或者直接改造接收器，也比较靠谱。"

"好了，好了，说不准李虎发射的第二次数据效果更好，太阳风暴也许结束了。快出题吧！别啰唆了！"

李洛想了想，每次自己被"激活"的时间不等，是为了让阿拉丁获得更多的资源去计算，去改造大鹏一号。但现在过去多少年了，他不敢下定论，也许阿拉丁没敢告诉他真相，也许永远都无法接收到第二次的数据，也许李虎压根没有发信号，也许地球文明早就不存在了，也许这个世界也是阿拉丁模拟出来的。

不过，他又能如何？也只能这样打发时间了。

"我们来个简单点的吧，做个数学题。"

"我没听错吧，你有多看不起我？现在的温度下，我近乎是无敌的！"

"请听题：请证明任一大于2的整数，都可以写成三个质数之和。"

"你确定问这个问题？"

"怎么，你怕了？"

"我怕什么，但哥德巴赫猜想证明起来，需要太多的资源。你就不怕因为系统资源太多了，这个世界也崩溃掉？你再次醒来的世界会更糟糕。"阿拉丁说到最后，笑出了声音，"不扯了，做这个证明题需要耗费太多的资源，你下次醒来或许要很久了。你知道，维持你大脑的清醒状态，会耗费我太多的资源和能源。"

李洛没有回答，他知道也许这真的是个模拟世界。或许他再次醒来，不是在寒冷的宇宙里，而是在地下室的营养槽里，脑袋后边插着数据线。也或许醒来之后，发现这只是一个沉浸感非常棒的游戏，他其实才十六岁，明年才会高考，还有时间多玩几天。更或许，世界已经毁灭，他是宇宙里唯一一个人类，闪烁的恒星们才是正常的智慧生命，人类不过是虫子而已。

"下一秒的事情，谁说得准呢？你开始吧。"

李洛丢下这句话后"闭上"了眼睛，在心里问了一句：如果太阳真的开始言语，那整个宇宙大概都会醒来，一个真实的、开始闪烁的宇宙会是什么模样呢？

"睁开眼睛吧。"

吕默默，科幻、科普作家，现居北京。爱读书，会弹琴，喜旅行。意识上传支持者，期待自我意识数据化。代表作品《在寒夜中醒来》《放生》。有作品散见于《三联生活周刊》《特区文学》《香港文学》和《科幻世界》等期刊，曾出版长篇小说和短篇集。

湖风吹过广寒月

万象峰年

> 天不言而四时行，地不语而百物生。
>
> ——李白《上安州裴长史书》

大湖是银色的，仿佛覆盖了大地的月光是从湖面上升起，蔓延至草丛、灌木、树梢，墨蓝色的天空，把天上那个圆盘染成银色。

杨露的小手拉着爸爸的手，快步走向一片灌木丛。"快呀，爸爸！那一片没有蹚过。"

"不用急。"杨昭叫道。他已经不由自主地被女儿拖着踩进了灌木丛中。

杨昭加快一步走在前面。在眼睛还没有看清的时候，脚已经探测到了前方的地形。叶子和枝条形成的阻力把杨昭的小腿以下包裹起来，那些细硬的叶子割得人微微发疼，杨露则是半个身子都没进了灌木丛里。

杨昭小心翼翼。

杨露发出害怕又惊喜的尖笑声。

"小心点！"妈妈王梦鹃在后面的帐篷里喊道，"草里可能有蛇。"

"我们正在太空探险！"杨露尖脆的声音说。

太空？太空可不是这样的。杨昭没有说破。

忽然间，灌木丛里惊飞出一片橙黄色的光点。

"有了有了！"杨露笑得更加大声了，加快速度朝前面扑去。

橙黄色的光点躲着人，飞上半空，加入更多的橙黄色光点中去。湖畔的天空中早已飞满了这些小家伙，它们就像要往月亮飞去。整片湖就像完全苏醒了过来，湖的精灵闪烁着，一大一小两个孩子在光点下面欢呼着。

王梦鹃拿起手机。"别动，我……"她又放下了手机，静静地看着这番情景。

杨昭回头看了一眼帐篷，离营地已经有点远了，但是他舍不得打破女儿的兴致，况且比起他马上要去的地方，这点距离算得了什么呢？杨露总能在大自然里找到惊喜，就像一个地理大发现时代的探险者，在她的眼里，爸爸也是一个探险者。

据说上了太空的人，眼里的自然将一分为二。杨昭去执行任务后才体会到这句话的真正含义。地球上的自然被划分给了古典的时代，而太空的……

"爸爸！昆虫旅馆呢？我要玩昆虫旅馆！"杨露打断了杨昭的思绪，拉着杨昭的大手往回走。

一大早杨露就在嚷了："爸爸你又要去出差了？别忘了你答应我的事。""爸爸你怎么要赖呀？""昆虫旅馆！我的昆虫旅馆呢？"

"好好，今天给你做出来。"杨昭只好答应说。

杨昭来到工作间。桌子上是一架打磨得银亮的火箭，比人还高，还没有喷漆。火箭的旁边是一个小小的木头屋子，还没有完工。他拉开窗帘，开始做最后的几道工序。从窗口望去，远处的湖面上升起了早晨的薄雾，湖风吹起，到达这里已经几乎没有声音了。杨露说过，湖那里有一个昆虫的王国。这准是从妈妈那里听来的吧。

那个心急的小家伙没有来打扰，杨昭能听到湖风的细碎的声音。去到太空时，头几天会有幻听，感觉有湖风的声音，回到地球后，头几天又会有幻听，感觉耳边萦绕着电气设备的运行声。这个很有意思的现象在很多同事身上都出现过，带着各自的生活环境，这是人类穿梭于两个世界的惯性。

傍晚前，杨昭终于把这个拖延了很久的昆虫旅馆完成了。不使用任何合成化学剂，只用天然的黏合物，这多花了不少时间。

杨昭从帐篷里拿出昆虫旅馆。迷你的木屋是用散发着芳香的木头砌成的，留着可供藏身的洞眼和缝隙，干草浸透着糖水塞满了屋子。杨昭拿上露营灯走到帐篷外。在杨露的注视下，昆虫旅馆被挂在一棵树的树杈上。湖风带去了气味，昆虫王国中将流传一个传说：湖畔出现了一间神秘好客的旅馆。

月色下飘来了缥缥纱纱的虫鸣，萤火虫跳着对抗重力的舞蹈，传递着那种古老的暗号。湖面广阔，被烟笼罩，烟中传来几声水鸟的清啼。月亮此刻挂在树林的墨影上面，伴着几点星辰。

月落乌啼霜满天。

杨昭想起了这句诗，他留恋这种古典的自然。只有在地球上，月亮才会被赋予生机。在古代的诗人和探险者脚下，大地和万物是充满回应的。探险者伸出手杖，迈出脚步，赶走草里的游蛇，惊飞叶子下的萤火虫，抬头见月。

"爸爸，你在天上能看见大湖吗？能看见我在湖边吗？"杨露扭头问。

杨昭看了一眼月亮。"我看得见地球，我知道你就在这里。"他敲敲杨露的头。

"爸爸，它们什么时候来呢？"杨露问。

"等你睡着的时候。"杨昭神秘地说。

"等你睡着的时候"是一个缥缈的许诺，杨露记住了这个许诺。第二天起来，她两眼放光，讲述昨晚的奇异见闻。

从梦中醒来的时候月色仍亮，杨露独自钻出帐篷外，她没有打开露营灯。风很凉快。那么多虫鸣啊，它们有说不完的话，萤火虫有几千年也闪不完的信号。

她在黑暗中瞪大了眼睛，看到一只巨大奇怪的萤火虫停留在昆虫旅馆上，正在采食糖水。那肯定不是任何她见过的萤火虫，大虫子发出的光要亮得多，不停变换着信号和颜色，有时银白，有时橙黄，有时透着荧光绿。

一种新的萤火虫！杨露的心"怦怦"跳，她想拿出手机来拍照，发现手机在帐篷里。她不敢走开一步，怕一眨眼大萤火虫就消失了。她慢慢地走近，呼吸也轻声细气。

大萤火虫的尾巴向上翘着，随着呼吸一收一展。

杨露也随着节奏呼吸着，她希望大萤火虫能住进昆虫旅馆。"你有名字吗？"她试着跟大萤火虫说话。大萤火虫似乎能用闪光回应她的话，但是她问别的问题时，大萤火虫又不回应了。

不知看了多久，看得睡眼蒙眬了，杨露忍不住揉了揉眼睛。大萤火虫就在这时飞上了天空。它展开鞘翅下纱一样薄的翅膀，纤长、轻柔、无声，如同乘着风飘去。杨露看着它消失在月亮的方向。

杨露讲完了昨晚的见闻。爸妈讨论了一会儿，觉得可能是一种不常见的萤火虫。

"我们帮你问问。"王梦鹃说，"回去你可以画下来。"

"有可能是一种新的萤火虫吗?"杨露问。

"当然，这里可是地球。"杨昭笑着说。

杨昭乘坐火箭穿过大气层的时候，他第一次想象自己站在湖畔，看着那枚银针斜穿进黑绒般的夜空。

在那个界面之外，就是另一种太空时代的自然。

设备运转的嗡嗡声取代了湖风。四个象限里分列着八个实验柜，为这里划分出新的坐标系。传输管线、散热管、通风管道像血液系统一样贯穿在长柱形的空间站舱段里。操作台上的一面大液晶屏显示着空间站的八个主摄像头的画面，画面一侧轮替显示着一千多个传感器的数据整合，在最主要的一组画面里，是此时正在月面上自动建造的广寒宫〇号基地模型。

那些实验柜，还有广寒宫〇号基地模型的建造，基本能在自主控制加地面控制下平稳运行，杨昭和同事只需要按照地面要求更换材料，进行定期维护和处理意外情况。他们这个阶段的主要工作是确保月面建造工程的数据转发畅通。地面控制中心正通过月宫号月球轨道空间站观看着人类在月球上的第一个无人建造工程。在靠近月球南极、阴影区之外的一块古老平原上，这个工程用于验证广寒宫一号基地的技术可行性，几乎全部是按照标准指标来建造的，除了规模缩小了一些，以后在必要时也可以作为副基地使用。现在建造已经进入尾声。

提示音响了，女儿发来一封邮件，杨昭飘到舷窗边，在笔记本电脑上查看。

"今天我看到森林上有一大大大群鸟飞起来。"杨露就要从视频里跳出来，"我要再去湖边抓那只大萤火虫，同学们都不相信我看到了一只大萤火虫，我一定要抓到！"

"加油啊。记住跟妈妈在一起，小心点。"杨昭回复。

杨昭看了看窗外，蓝色的地球有大半个日面朝着这边，仔细分辨的话，中国已经基本上进入夜半球了，杨露应该在书桌前写作业了。窗外有一些宇宙尘埃飞过，这是宇宙中一直存在的"微雪"。从另一边的舷窗能看见巨大的月面，它比任何古诗中描写的都大，大得震撼，也更沉默。

"出了大气层，一切就和地球不一样了。月亮上唯一正在生长的东西，是我们建造的广寒宫基地。"

按下回车键发送。杨昭回到操作台，调出月面工地的监控画面。

这是顶拍的一个最高机位，从月宫号往下看，需要放大很多倍才能看到图像，基地周围遍布着运料车轧出的复杂线条。微小的图案其实是一个巨大的工地。卧在这朵大"花朵"中间的，是一座灰白色的"宫殿"，反射着微微的太阳光。

这四个月里，这座"宫殿"缓慢生长。三台月壤3D打印机器和三台建造机用月壤烧制的陶瓷砖为"宫殿"添砖加瓦，还有十多台装配机装配零件和电气。钢结构材料使用附近矿场的铁矿炼制，水储备来自月球南极开采的水冰，电气设备和其他材料来自地球的货运空投。现在它终于要建造完成了。

同事杜江阳飘到控制室的门口，他刚做完运动，身上还挂着汗珠。他是来换班的。

杨昭刚要起身，屏幕上的红光把控制室照得通红，紧接着警报声也响了起来。

两人一起冲到屏幕前。广寒宫〇号基地建造工地的传感器全部显示离线了，屏幕上的月面监控画面是一片涌动的方块，叠加着"信号丢失"的字样。杨昭的第一反应是基地的转发天线出了问题。但是基地旁边停留着一辆漫游车，那是有独立通信天线的，此时也处于离线状态。有什么干扰了通信？

杨昭放大空间站拍摄的画面，盯着看了一会儿，他和杜江阳确认了，所有的机器都停止了运作。

这时北京地面控制中心的通话打来了，吴指挥火急火燎的声音传来："你们怎么样了？！"

"我们没事，月宫号正常。"杨昭说。

对面长长地松了一口气。

杨昭理解地面控制中心为什么第一句就着急问人员的情况。理论上，只有一场强烈的宇宙射线暴才会导致这样的结果，但是在太空里，月球轨道空间站和月面基地可以算近在咫尺，没有哪场射线暴会恰巧放过空间站。

这使得另一个疑团又升起来了。

吴指挥说："月宫号转发的信号断了，天桥九号卫星也没有捕捉到信号。"

这是现在面临的问题，一个全自动化的建造工地毫无征兆地停摆了。杨昭和杜江阳四目相对，他望向舷窗外的黑暗，心里升起一丝恐惧。

第二天，月面的白天，杨昭和杜江阳远程控制了附近矿场的一辆矿车开往工地。昨天的事后他们发现工地附近的矿场没有受到影响。

矿车开着摄像头接近了工地。从不太好的画质中看到，这里除了死寂得有点诡异，没有任何异常。行进的速度很慢，矿车扬起的尘埃弥漫在摄像头前面，被阳光照得像白雪。

"等等。"杨昭叫杜江阳把车停住，又转过去一点方向。

基地顶上有一盏红灯亮着，在如雪的尘埃中，在阳光里，它放射出一小团红晕。毫无疑问——

"广寒宫没有断电。"杨昭向地面报告。

杜江阳把车开到广寒宫的气闸舱门前。舱门紧紧关闭着，沉默不语。

隔了一阵子，吴指挥的声音传来："地面收到。和我们猜测的情况一样。其实广寒宫的信号不是消失了，月宫号和天桥卫星仍然能探测到电波强度，但是它发送的是没有编码的噪声。"

"或者……"杨昭看了一眼杜江阳，有了一个奇怪的想法。

"你们有分析过噪声吗？"杨昭问吴指挥。

"有。还没有确切结论，既然你问起来……"吴指挥似乎思考了一下，"噪声不是完全随机的。"

杨昭问："被黑掉的概率有多大？"

杜江阳在一个平板电脑上调出记录，一边给杨昭看，一边摇摇头。

吴指挥也说出了同样的结论："如果广寒宫是被黑掉的话，昨天直到掉线之前，建造机没有收到任何下行数据。"

杨昭眉头紧锁，没有注意到个人电脑通知他又收到了一封家人的邮件。

"我请求去月面检查现场。"一天后，杨昭向地面申请。

广寒宫的顶视画面静静地显示在屏幕上。

地面控制中心没有表态，而是提出疑虑："虽然月宫号备有登月舱，但是适应了失重环境的人员不适宜独立执行有重力的任务。而且，地面没法为月面上发生的意外提供救援。我们正在考虑派一组人上来，连同一组备份设备。"

"派一组人上来最快需要十五天。我认为，现在应该特事特办。我是刚上来不久的，还能够适应月球的低重力环境，由我去执行这个任务是合理的。"

地面去开会研究了。半天后，地面批准了杨昭的请求。

"我们会给你规划任务，地面各部门全力配合你。你有一天的时间熟悉基地的资料。"吴指挥说，"这件事情仅限任务内部知道，你需要单向暂停和家人的通信。"

"爸爸，你在天上能看见大湖吗？能看见我在湖边吗？"女儿的声音在杨昭的脑畔响起。穿上月球服进入登月舱前，杨昭透过面罩看了一眼地球。同事杜江阳拍拍他的面罩送他出舱。

登月舱脱离了空间站。处于主宰地位的月球把杨昭俘获，拉入怀抱。

登月舱徐徐落向一块巨大的红斑中间，那是一片古老的赤铁矿，可供人类开采上百年。在地形自动引导下，登月舱落稳在这座没有受到波及的矿场。走出舱，放眼望去是一片死寂的荒凉。杨昭驾驶了一辆矿车开往工地的方向。

随着接近广寒宫基地，无线电里收到的噪声越来越强烈。那个反射着阳光的灰白色沉默建筑物出现在眼前，像一朵荒原上生长起来的花朵。

矿车停在基地气闸舱的门前，这个角度看上去，广寒宫基地像一只静卧着的远古巨兽。杨昭迈着有点笨拙的脚步走到门前，转动了旋柄，然后回头看了一眼沉默的建筑机器。一盏绿灯亮了，基地里确实还"正常"通着电。

密封门打开了，涌出一股气流。杨昭停顿了一下，趁着登月舱的转发信道还在，在无线电里报告了一声，抬脚走进舱内。厚重的密封门关上后，他彻底被隔绝起来了。

等待气闸舱加压后，传感器显示空气成分正常。杨昭脱下月球服，再打开朝内的一道密封门。灯火通明的广寒宫内部呈现在眼前。杨昭惊呆了，下意识地迈出脚步。此时的脚步已经轻盈多了，但又比在空间站要重，直到身体摇摇晃晃地要撞到墙上他才反应过来，抓住墙上的扶手。

这个无人化建造的基地第一次有人类走进来，这本来应该是一个历史性的时刻。电气的嗡鸣声静静响着，传热管道流过温热的液体，空气的温度和湿度正好合适。这里简直像在欢迎着来客。杨昭摸了摸墙壁，是温润的手感，如亿万年钟乳石生长出的质感。如果是正常拜访，杨昭一定会感叹于这个自动化奇迹。

杨昭抽出手枪——这是从俄罗斯宇航员那里继承来的传统。说不清楚为什么，他的心里有一种不安感。前不久才从地球跳到荒芜的太空，用通俗的体验来说，自然在这里断裂了，虽然航天员受到的科学训练告诉他们，太空只是另一种形态的自然。而在月球的无人之地，人类在这里努力再造了一个"自然"。生长出的走廊从前方伸来，仿佛还没有停止生长，机器组装的控制室一点点接近。现在要做的第一件事是去恢复转发天线的功能。

前面一道隔断门挡住了去路。杨昭在入口验证过身份，正常情况隔断门应该会自动打开。杨昭正要去扳手动扳手，但是想到了什么，停住了。他撬开了墙上的检修面板，连上自己的便携电脑。检波器里显示出回荡在电路里的信号。一个信号特征被他预先设置的特征库捕捉到了，这和基地天线被"劫持"后发出的信号竟然是同一种！它甚至没有经过编码和加密。这个信号只持续了很短的时间，然后嗖地消失了，似乎察觉到了杨昭的动作，又像是被杨昭的接入干扰了。

灯光随之闪烁了一阵，此时隔断门也自动打开了。

杨昭感到脊背发凉。基地的控制系统中并没有加载高级的人工智能。他端着手枪，缓缓地跨过门。如果遇到什么需要开枪的情况，在这里开枪也只比听天由命好一点点。

他走到了控制室，这里亮着灯。广寒宫〇号基地模型还没有人类入驻的计划，只满足验证技术可行性的基本要求，所以控制室只安装了线缆的接口，没有安装控制面板。一片小森林一样的线缆耸立着。杨昭调出线路图，用便携电脑接上通信系统。那个信号特征又短暂地现身了一刻，"嗖"地消失了，伴随着灯光的闪烁。

天线没有恢复连接，但控制端的电路里已经检测不到那个信号。整个控制端的电路没有发现电磁异常。

杨昭下载了系统日志。他找到天线的机房。刚插上端口，灯光闪烁，天线恢复了正常。主副天线先后连接上了月宫号空间站和天桥九号中继卫星。他没有高兴起来，他想知道这是一种系统缺陷还是一种自主规避。

很快，杨昭和月宫号还有北京地面控制中心取得了联系，上传了数据。

"你可以随时撤退，一切由你临场判断。"吴指挥说。他的声音有十来秒的延迟，提醒着杨昭这里不在地球的掌控之下。

杨昭已经回到走廊继续往里走了。他报告道："我现在往里走。那边的传感器没有上线，我敢肯定那只'虫子'就躲在里面。"

"这个延迟下我们没法帮你做判断，一定小心。"过了很久吴指挥的声音响起。

"有我盯着。"杜江阳说。

杨昭一路上检查了生活舱、居住舱、实验舱。每到一个舱区，他都将电脑接入检修面板，赶走那个信号，他甚至学会了先吼上几嗓子，拍打舱门，就像赶路人用手杖赶走草里的蛇一样。这在太空里简直就是一种匪夷所思的仪式。

进入最后一道舱门，前面是一条滤菌薄膜包裹起来的净化通道，就像生物的半透膜，散发着柔和的白光，静静地伸向前方。

"就剩最后一个舱区了，小心。"杜江阳说，"你接入检修面板，我查看监控。"

"不，"杨昭说，"我想试试另一个方法。"

前面是生态舱，通道尽头的薄膜门帘后面透出洁白的光，有影子在那后面晃动。杨昭在电脑上放大图纸，圆形的生态舱只有一个沿着舱顶轨道环绕扫视的摄像头。他半蹲在生态舱的检修面板前，取出工具套件，拆开对讲机的棒状天线。做完这些，他取出一截电线，把对讲机天线的铜线接长，轻轻放在检修面板盒里，然后用电脑连接检波器再连接对讲机。电脑上显示出波形图，他调整腕表的屏幕，同步了电脑的屏幕，又转接了对讲机的频道，把电脑和对讲机留在原地。接着他小心地调整天线与面板里的线缆的距离，在刚刚能探测到电磁波噪声的地方停住，用一块胶布粘住天线。

"你的计划是什么？"杜江阳问。

"这次先不打草惊蛇。"杨昭对着腕表小声说。

在刚刚能探测到线路发出的电磁波的距离上，天线的电磁感应强度很难返回去干扰线路。事实证明这个方法成功了，微弱的信号特征显示在腕表屏幕上，那个"虫子"还在。

杨昭走到门帘前，用一根食指轻轻挑开一道缝。他看到摄像头从头上滑过，随即抽回指头，心算着摄像头下次从近处滑过的时机。算准时机他侧身挤进门帘，躲进摄像头下方的视野盲区，同步移动至生态舱里面。现在他对脚步已经可以控制自如了。他确认了一下，目前那个信号没有被干扰。

生态舱里种着一片旱稻，在人造风的吹拂下摇晃着，在人造阳光下，金色的稻浪在绿波上翻滚。杨昭没有时间欣赏这片奇异的田园风光，他突然三步并作两步跳进半人高的稻田里，朝着摄像头张开双臂挥舞。摄像头带着一丝冷光滑过，紧接着生态舱里的灯光闪了几下熄灭了。

杨昭抬手看腕表，信号特征也消失了。

"杜江阳，看到没？那东西有识别能力！"

然而杜江阳没有回答。

杨昭在腕表绿莹莹的屏幕上看到，空间站和控制中心都失去了联系。那个家伙逃出这里重新控制了基地天线。

这不是一般的程序！是哪个国家违反了外太空禁止武器公约？那么这是什么程序，又有什么目的呢？

基地不知什么时候进入了夜面，头顶的玻璃天窗上是一片漆黑，稻田变成了一片危险重重的黑影。

现在，不管那是什么，杨昭有了目标——控制它赖以生存的硬件。

他摸出稻田，走出净化通道，这时基地里响起了警报声。他发现隔断门打不开了，试试手动，门已经被强制封闭了。强制封闭功能由一个独立判断系统执行，只会被紧急事态触发。还好这条净化通道的结构让他的电脑留在了门内。他捡起电脑，连上检修面板。系统信息显示外面的实验舱发生了毒气泄漏。逐一检查设备，杨昭发现出问题的是一台空气净化器。他猜测，是空气净化器的温控失灵，导致橡胶密封圈烤焦冒烟。那个橡胶密封圈足足有十公斤重。

烟雾积累多久了？五分钟？十五分钟？恐怕从他进入这道门起，已经有半个小时了。

理论上，他可以用喷枪切开锁，打开门冲出去，但是他阻止了自己去冒这个险。实验舱有一条长长的中央通道，那头还有一道隔断门，他没法靠一口气跑过去。他强迫自己冷静下来思考了一阵子，然后他接入了实验舱的另一台空气净化器，加大了它的功率。

电脑弹出一条信息："设置失败，端口无法访问。"杨昭看到了，那个信号特征回来了，劫持了他通向系统上游的指令。这次它不再躲藏。是被逼急了，还是这才是它的目的？

自己已经不知不觉把对方看作一个有意识的生物体了，想到这里杨昭打了一个哆嗦。

他走回生态舱，坐在稻田旁。他开始仔细地思考自己的处境。

星光从头顶的玻璃天窗洒下，稻穗的尖梢隐约可见。生态舱的人造自然风没有被切断，稻禾摇摆着，发出轻轻的沙沙声。

现在他独自被困在了月球上，一片奇怪的田里，最快的救援也要二十天后。如果失去了对基地的控制，任何一件意外都可以让他死去。如果那个东西能进入电路和电气设备，他不可能赢得对基地的控制。

他靠在田边的坎上，思考了几遍，毫无头绪。他打开电脑。刚才短暂连上空间站后，家人的邮件转发到了他的便携电脑里。现在这个情况，不是着急就能解决问题的，他想抓住些慰藉，便打开邮件看起来。

"我把昆虫旅馆挂在阳台，有一些小虫子住进来了，但是没有萤火虫。妈妈说阳台离大自然还是有点远。"杨露在邮件里报告了使用昆虫旅馆的情况。"我和妈妈到湖边挂了一次，还是没有抓到大萤火虫。但是后来我发现了一个线索。"杨露说道，仿佛就在杨昭身边，"你知道吗？有一种大个头的巫师萤火虫，会模仿其他萤火虫的闪光信号，设下陷阱，诱捕飞来的萤火虫。我在图册上看到的。我看到的大萤火虫长得不一样，说不定是类似的呢？"

杨昭想着女儿和妻子的脸，苦笑了一下。但是接下来，他的头脑里不由自主去想的却是另外一件事。

那个昆虫旅馆。

如果广寒宫〇号基地模型是一个放置在月球上的"昆虫旅馆"，吸引来的是一只太空中的巫师萤火虫？

自己就是一只傻傻的落入陷阱的小萤火虫。

那么此生也无憾了。

摄像头在舱顶上一圈一圈地运行。杨昭抬起手枪瞄准摄像头。他想了想又放下了枪，拿出工具套件，瞅准机会跳起来，把系着工具套件的系绳甩上轨道。试了几次，系绳缠绕在轨道上，钛合金的工具套件卡在轨道上发出"哪"的一声。摄像头转了一圈回来撞到卡点时，冒出一团电火花，歪着不动了。

广播发出了"吱吱"的杂音，就像夜虫的鸣叫声。杨昭朝声源处看了一眼，竖了个中指。然后他四下看了一眼，又无事可做地坐回了试验田边上。

生态舱内比先前亮了一点。杨昭抬头看到一轮蓝色的地球升上来了，仿佛伸手可及。透过天窗，地球蔚蓝色的清辉照在稻穗上，微风吹拂着稻子，送来阵阵"虫鸣"声。这一切融合成了一幅奇妙又毫不违和的画卷。这稻风甚至带着一点暖意。

自然——人类从那个蓝色的球体出发，努力跨越了太空的荒芜，在这里再创造了一片古典的自然。假设电路中的那东西是一种生物，它是不是也像人类一样，努力地跨越着这种断裂，寻找到一片栖身之地？

杨昭调出系统日志快速查看。系统掉线是突然发生的，在系统掉线的三天里，所有通过电路连接的内部设备都保持着正常运转。

地球的光洒在杨昭的脸上，带着他家人的目光。他斜靠在田坎边，久久地望着地球。被自己的故乡照耀着是一种奇异的感觉。

不知坐了多久，杨昭一动不动，半垂着眼皮，就像进入了梦乡。时间一分一秒过去了，地球在天窗上划过了四分之一个天球。"虫鸣"还在绵绵地响着，空气清甜清新。"虫子"没有对他采取进一步措施。

杨昭站起来，心里已经有了一个主意。只是需要冒一点儿险。

他来到隔断门前，抽出工具套件上的喷枪。门锁的结构他已经烂熟于心，十分钟后，喷枪切开了锁闭机构。他深呼吸几下，然后憋住气，用力扳动手动扳手。门滑开了一条缝，浓烟涌来。他挤出门外，关上门，飞快地奔向空调。在刺激性的毒烟中眼睛很难睁开，于是他索性闭上眼睛，凭借着对基地平面图和电气结构图的记忆，找到了空调主机，用工具套件的电动螺丝刀飞快地拧下螺丝，露出空调的主板。

体内的氧气一点点耗尽，手指开始发颤，就连思考也变得越来越难以控制。手指摸索着电路板，心里飞快匹配着元件模块，像上岸的鱼儿一样，集中最后一点精力。

终于，他完成了，踉跄着冲回了生态舱。最后还是吸入了几口毒气，他弓在地上剧烈地咳嗽。生命的脆弱在他的脑海里闪现。

一条导线夹在了热电阻的两头，形成短接。效果很快显现，空调误判环境温度为极低温，将实验舱的温度加热到了极限温度五十摄氏度，受此影响，用电设备内的温度累积到了一百度以上。此时，线路内的电阻因为高温大大增加了，在看不见的尺度上，无序的自由电子在导体内乱撞，冲散一切试图保持方向的电流。

生物在意的是自己赖以生存的自然环境。只要找到对方的"自然"，引发其剧变。一报还一报。

另一个效果渐渐显现，杨昭看到波形图上的那个信号特征渐渐减弱，最后突然消失了，广播里的"沙沙"声也消失了。信号消失时，对讲机里传来一阵强烈的"吱吱"声。

他立刻接管了另一台空气净化器。这台机器已经被高温降到了极低的效率，得等待很久。那个"虫子"随时可能在别处发起反攻。杨昭控制系统上游的信息通路也被自己阻断了。

这时，杨昭决定冒第二个险。

假设这是一个有应激反应的生物，它也许没有赶尽杀绝的复杂意识。在遭到一次反击后，它会重新评估对手的实力，同时也会评估自己是否面临绝境。

杨昭捡起门边的一条线。这条线连接着实验舱空调里的导线的夹子。这是从身上的舱内工作服上扯下来的一根高强度混织线。随着短接导线被扯下，实验舱的空调很快恢复了正常工作，实验舱的温度降下来了。

空气净化器也恢复了正常功率，卖力地净化着实验舱的空气。杨昭小心地监视着，那个"虫子"没有贸然再进入实验舱的线路。

一个多小时后，杨昭打开隔断门，走出生态舱。实验舱里的空气已经勉强可以呼吸。他没有接入任何线路端口，而是选择手动打开了尽头的隔断门。

"我不打扰你，你也不会对我做什么的，对吗？"他对着一个摄像头说。对方没有回答。

一个舱区一个舱区地退回去，就连天线也没有试图去启动，他和那个"虫子"都没有试图侵犯对方的领地。"虫子"不再干涉他在舱室中穿梭，他不再介意"虫子"在线路中自由活动，显然他们有着不同的界限感。

走过配电室时，杨昭停了下来，走到配电板前，打开盖板。银晃晃的开关排列在眼前。

一个机会就在眼前。

现在他掌握了主动。他可以切断大部分电路，物理断开，把"虫子"逼到一个有金属屏蔽的敏感材料保存舱室里关起来，然后在空气耗尽前穿上月球服。"虫子"也许能跑到通信线路里乱窜，但是它控制不了任何设备，早晚还是会被赶到最后一个房间里。

可是……他感觉自己不应该在这一场对峙中犯规开枪。

可是，如果那真的是一种地外生命，这也许是他唯一能证明这种生物存在的机会，他将为人类认识宇宙带来历史性的改变。如果错过了这个机会呢？他不敢确定这个生物会在这里待多久，他也许会被视为一个为系统缺陷辩护的扯谎小丑。也许他一离开配电板就会被"虫子"解决掉。他看着后面走道上的一个摄像头。没有人可以给他任何建议。

他的手放在开关上，冰凉的开关把控制权交给了他。

深吸了一口气，他扭头走开了。"虫子"仍然没有对他做什么。

杨昭走到气闸舱，穿上月球服。然后他手动打开了外密封门，为了不动用任何电气设备，他没有进行减压。气流把他冲出舱外，他像一只昆虫连滚带爬摔出了这个巨大的"昆虫旅馆"。

松了一口气，杨昭爬上开来的矿车，开往矿场的方向。速度加到最大，矿车在月球表面不停地弹起来，拉起一道烟尘。回头看，广寒宫〇号基地模型终于被甩在了地平线上。

突然，杨昭看到基地顶上的灯闪烁了一下熄灭了，紧接着基地外的各种建筑机器的灯纷纷闪烁起来，像一阵明灭的风，不断向外延展。然后杨昭的对讲机"吱吱"响起来，矿车的灯也闪烁起来，面板上闪出火花，腕表的显示面板出现一片乱码。矿车抛锚了。

那阵"风"没有停留，向前刮过去了。

杨昭重新启动了矿车，又检查了月球服。一切看起来还好。

到达了矿场，穿过宽阔的矿区开往前方的登月舱。杨昭突然刹住车，他发现了什么异样。打开车门，他被眼前的一幕惊呆了。

原本裸露在地表的一大片红色的赤铁矿，现在布满了银色的斑纹。杨昭走下车，站在赤铁矿平原上。脚下的斑纹就像一群飞鸟飞过后留下的痕迹，被蓝色的地球照得银亮发光，它们掠过矿场飞往广袤的宇宙。杨昭蹲下来，隔着手套抚摸着新鲜的银色。一部分赤铁矿被什么东西夺走了电子，还原出新鲜的铁。他又站起来，望着灰色的月球的地平线，在那上面是漆黑深邃的太空，镶缀着点点星辰。

杨昭采集了一部分样本，回到登月舱。一路上他沉默不语。

他重启了登月舱的飞行控制系统。直到登月舱离开月球表面，与月宫号空间站重新取得联系，他才报告了一句在日后成为名言的话："我见到了真正的太空。"

"别动！让我先看。"杨露压低声音下令。

一家人钻出了帐篷。

夜晚的湖面上，萤火虫闪烁着，乘着风飞舞，鸣虫传来歌声。

杨露小心地走在前面，杨昭和王梦鹃蹑手蹑脚地走在后面。

走到树下，杨露小心地查看了昆虫旅馆，没有发现大萤火虫，一只小萤火虫被惊飞了，飞向远空。她耷拉着肩膀，略带失望。

"没事，你知道它存在，这就够了。"杨昭搭着她的肩膀说。

"哼，你不懂。"杨露嘟着嘴巴说。她仍然心有不甘地望着湖面上空飞舞的光点。

一家三口静静地望着，沉浸在这一片静谧的生机中。

"如果你抓到了那只大萤火虫，是会把它抓回去呢，还是会放它走？"杨昭忽然问道。

杨露想了想，刚要说话，又想了想，说："我录完像就放它走。"

杨昭笑了笑。

"你笑什么？我回答得对不对？"

杨昭没有说话。过了一会儿，他换了个话题说："在月亮上有一种赤铁矿，就是被氧化的铁矿，在地球上需要铁遇上氧气和水分才能产生。月亮上没有氧气也没有流动水，哪来的赤铁矿呢？这在很长时间里都是个谜。后来科学家发现，地球上的氧离子会顺着吹过地球的磁场风吹向月亮，使得月亮上的铁被氧化成赤铁矿，这个过程中的水分子又是由陨石从宇宙的别处带来的。太空和我们生活的大自然一样，一切都有联系。"

"我们在这里吹到的湖风，有一部分也会吹到月亮上吗？"杨露没太听懂，仰头问。

"会的。"

杨露望向银色的月亮，陷入了遐思。

过了一会儿，杨露取下了昆虫旅馆。爸妈问她为什么，她说道："大萤火虫是我和大自然之间的秘密。"

起风了，湖面上的许多光点围绕在月亮周围飞舞着，交融在一起。

杨昭想好了在新闻发布会上要说的那句话：

"这是一个颠覆我们宇宙观的认识：人类只要踏出地球一

步，就会惊起太空里的飞虫——地球一直栖息在宇宙的湖边。"

万象峰年，混合现实、奇观、情感的科幻作者，擅长世界构建。代表作品《后冰川时代纪事》《三界》《一座尘埃》《点亮时间的人》《赛什腾之眼》等，获得银河奖、华语星云奖、引力奖、冷湖奖等不同奖项。出版个人选集《一座尘埃》《点亮时间的人》。

437火锅诞生记

凌 晨

有需求要满足需求。没有需求，就创造需求来满足。

——太空经济发展司　李朗

地球上空四百三十五千米，苍穹四号国际空间站附属蓬莱太空酒店。

1

观景窗外，地球的一部分正在向明亮过渡，渐渐显露出陆地曲折的褐色轮廓线。太阳已经从地球柔和的弧线上升起，将光和热倾洒大地。旅行者们试图分辨陆地的具体位置，但视野中总有一个小小的障碍物。

"那可不是障碍物！是天芯舱，苍穹一号空间站的核心部分！"一位年少的游客大声说。

他身旁的妈妈脸唰地红了，小声辩解："我没说它是障碍，它只是挡住了我的镜头。"

"要是没有天芯核心舱，就不可能有苍穹一号、苍穹四号，更不可能有蓬莱太空酒店。我们就没办法到太空来旅行!"少年强调,"天芯太重要了!"

"再重要也退休了。没有坠入太平洋算是幸运了。"第三位游客的中文有点重庆方言卷舌音,刻意强调:"你们中国人就是恋旧。"

"天芯舱没有像驿站号国际空间站那样坠入太平洋尼莫点的太空船公墓,那是因为——"接话的人忽然停顿,微笑,这成功吸引了窗前所有人的注意力。

少年忍不住问:"因为什么?"

"因为我们精打细算,还会重新启用天芯舱。"那人回答,语气轻松。

"哇!"少年和他的妈妈同声惊呼,掩饰不住脸上的喜悦,"真的吗?"

"当然。你们不看新闻的吗?"那人反问。

那人打个响指。"瑶姬,打开新闻频道。"

"好的,酒店管理员陈斌先生。新闻频道马上接通。"一个温柔清澈的女性声音立刻回应。这是蓬莱太空酒店辅助AI瑶姬的人工合成声音。游客们入住酒店后,对瑶姬已经熟悉,这个声音更是时常听到。

瑶姬继续陈述:"即将进入《每日新闻播报》栏目。"

观景窗对面的舱壁上,立刻显现出宽大的视频界面——新闻频道的logo闪动后缩小到界面左上方,凸显界面上的人物。这是一个黑人小伙儿,头发卷曲,五官立体,牙齿雪白,眼睛发光;一件印有"天枢"中文字样的T恤衫紧紧绷在他身上。

"查德维克!"陈斌激动地喊叫,"查德维克! 他在奥林匹克！”见游客们并不兴奋，甚至还有些茫然，陈斌不得不压下情绪，放低声音介绍：“奥林匹克舱是苍穹四号空间站的运动健身舱，天枢则是核心舱。查德维克是第一个在苍穹四号工作的非洲黑人，瓦坎达人，第一个真正意义上的非洲航天员。”

这时镜头从查德维克脸上拉远了一点，把他周围的环境收入了画面。由淡蓝色机柜组成的舱壁、无处不在的脚限位器，还有“中国航天”的标志，都说明了这是在苍穹四号国际空间站之中。这是直播。查德维克飘浮着，精神抖擞神态自信，面对摄像镜头一点儿都不紧张。

“您在成都国际航天学院接受过培训。培训中您印象最深的是什么事情？”记者的画外音问。

查德维克说：“很多啊。比如，火锅。成都火锅，太好吃了。尤其是在空间站，每次路过中国上空我就会想念成都的火锅。”

游客们都笑开了，纷纷点头。卷舌音那位两眼放光，嘟囔道：“谁会不喜欢火锅！”转头又冲陈斌嚷嚷：“陈先生，蓬莱太空酒店什么时候可以吃上火锅？”

作为酒店经理，任何时候都不能对游客说“不”。因此陈斌程式化地回答：“我们希望地面上还有让您留恋的美好事物，火锅就是其中之一。”

日出后，游客们准备启程返回地球，结束他们两天三晚的太空旅行。准备过程主要是穿上减压航天服，以对抗空天飞机降落地面带来的重力加速度。虽然减压航天服每年都在升级，而且有瑶姬指挥着机械手臂协助，但穿着起来仍然烦琐，要花费很多时间。幸好有了火锅话题，游客们谈得兴高采烈，从火锅发散到南北东西饮食差异，继而是科技发展水平高低，接着是这趟太空旅行的得失和性价比。陈斌努力跟上游客们的谈话内容，不时还推销一下蓬莱太空酒店的周边衍生产品，包括十六张一套的蓬莱日出实景立体照片，十二枚一套的太空陨石纪念章，以及蓬莱珍酿——真正在太空中酿造的新鲜啤酒。

六个小时后，陈斌陪同游客们到达酒店专用对接舱，在舱门口和每个游客拥抱，温柔道别，目送他们穿过三米长的过渡舱室进入天福二号空天飞机。

少年的妈妈说："我真希望天芯能重新启用！天芯封舱的时候，孩子哭得可伤心呢。他是聂海胜的粉丝。"

"我特想上天工作！"少年从妈妈身边飘过，留下一句话。

"你可以考虑蓬莱。我们一直在招人。"陈斌鼓动。

"先招个厨师吧。你们哪儿都好，就是菜谱太糟糕。"卷舌音说，突然又改成播音腔的普通话，"中餐岂能无火锅！"

陈斌唯唯诺诺只能点头，心想这群游客就知道挑菜单，从不关心把菜单"变现"的辛苦。火锅？在距离地球四百三十千米高度的空间站吃火锅？这也太馋了！脑壳儿长包的人才会点！

2

没有游客的蓬莱太空酒店难得清静。酒店位于苍穹四号国际空间站的尾部，与空间站核心天枢舱之间有一个二点五米长的过渡舱。酒店由四个筒舱和一个球舱构成，包括六个单人舱室和四个双人舱室，以及餐厅、公共客厅与健身娱乐房。设施简单但很周全，目前一房难求。毕竟是唯一在地球轨道运营的酒店，提供了独一无二的风景和货真价实的微重力环境。想要在太空环境中生活几天，但没机会参加航天任务的人，可以选择花钱去蓬莱太空酒店住上一两夜，感受与在天枢舱中也就差了二点五米而已。在太空中，这真是一个微不足道的距离。

球舱是酒店的观景天台和公共客厅。三百六十度无死角的观景大玻璃窗，连苍穹上的航天员都眼馋。现在这些大窗户都属于陈斌一个人了。其实整个酒店都是他的了，因为酒店里只有他一个工作人员。酒店的招聘广告已经全球发布半年，却不见那些成天在网络社交媒体上喊着上天的人响应。好不容易凑齐了十个应聘者，体检和资质审查后，却只剩下了一个中年人。这人被送到成都国际航天学院上入职培训课，被3TB分量的教材吓着了，一听说还要上实操课，立刻溜之大吉。

毕竟多浪漫的理想，都抵不过与万丈深空隔层铁皮这令人心惊胆战的现实。即便是科技发达的今天，太空工作仍然是高风险的工种。陈斌理解求职者的恐惧，也相信肯定会有人像他一样，不管不顾，能丢开对地面的眷恋进入蓬莱。只是不知道得等多久才等得到。毕竟在二点五米那端的空间站里上班的叫科研人员，是人类的航天英雄和卓越的航天任务工程师，是许多人心中的偶像；而在这端的酒店上班，就只是一个酒店从业者，不过工作地点特殊了一点而已。

而已。陈斌滑进观景沙发中，扣上安全带。全人类中仅有自己一人的"而已"，好吧，这个职业选择不错。瑶姬熟悉陈斌的生活模式，立刻关闭观景窗，调暗人工照明，播放柔和的催眠音乐。陈斌确实累了，照顾四位游客三天可不是件轻松的事情，他想睡会儿。可是眼睛合上的瞬间，头顶的舱顶导航地图显示，酒店正行进在成都上空。查德维克的声音犹在耳边："尤其是在空间站，每次路过中国上空我就会想念成都的火锅。"

一想到脚下可能是宽窄巷子的老酒，是春熙路的麻婆豆腐、龙抄手，是人民公园的老妈蹄花……陈斌就心痒胃痒地躺不住。他松开安全带的卡扣，身子就朝那地图奔过去，差点把一地的成都美食撞得粉碎。陈斌及时掉转身体方向，躲开了成都，但躲不开满城弥漫的花椒香气，还有香气后面热气腾腾的火锅。

没有火锅的太空，的确有那么点缺乏生机。陈斌望着眼前白云缭绕的城市，不由得叹口气。

"陈，你也不开心？"查德维克的脸在舱壁上出现。这次不是新闻频道播放的节目，而是空间站内部个人通信频道的在线视频聊天。

"没有没有，我没不开心。就是有点累。刚走一批客人。"陈斌连忙收起思乡情绪，微笑，热情招呼查德维克，"嗨，新闻上看到你了。表现不错。这下你不用担心找不到女朋友了。"

"我可能说错什么了。"查德维克却表情沮丧，"我父母埋怨我错过了一次宣传非洲联合航天计划的好机会。其实我说了的，但新闻上就播了两句。"

"给了你足足十秒钟的画面。联合国秘书长也不过这个待遇。"陈斌劝道，"你知足吧。"

"可播的这两句都在谈吃，会不会给中国姑娘留下我是个酒囊饭袋的印象？"查德维克至今单身，他想娶个中国姑娘，而且最好是中国四川姑娘。

"应该不会。"陈斌笑着做了个鬼脸，"相信我，能吃，在中国绝对是美德。"

"老张他们也是这么说。"查德维克勉强改变表情，露出一个僵硬的笑容，"他们还说不能亏待了非洲兄弟，都把私人食品拿给我，你看。"他飞开半个身体，让陈斌看——身旁一包一包食物都用磁力扣吸在桌面上，有串串香、麻辣兔头、灯影牛肉……

"你这是洗劫了半个苍穹号的私人库存啊！"陈斌羡慕，"而且都是开袋即食，不用复水。"

"我不想显得那么贪吃，更不想做一个吃货。陈，他们给我食物的时候，我真的好尴尬。"

"那就把食物和大家一起分享。你们可以在这里，"陈斌指指身后的球厅，"开个Party。"

查德维克皱眉头，较真："什么名义的Party？开Party要有理由。"

陈斌真想弹这黑人的脑壳，怎么就一点儿都不灵活呢。"什么都行，理由很多啊，你生日啊，我的太空蔬菜项目成功了啊，庆祝苍穹四号绕地球两千圈啊！"

查德维克的神情更认真了："两千圈？再加个零都不止吧？"

"夸张你懂不懂？我这是夸张！"

"问题你这不是夸张啊！你要说二十万圈那是夸张，远远大于事实才是夸张。"查德维克忽然灵光一闪，"陈，你这个是笑话吗？"

陈斌只想赶紧找个话题转移查德维克的注意力，或者就此结束这场尬聊。他脑子里正飞速组织语言，通信频道里忽然切进一个声音，是苍穹四号站长老张那有很浓重鼻音的中年人的沉稳声音："小陈，你来天枢一趟，我们开个二十分钟短会。"

视频中的查德维克也听到了什么，他朝上方指指，有点紧张："老张叫我开会。"

"他也叫我开会。是同一个会吗？"陈斌诧异，"查德维克，我和你有工作交集吗？"

查德维克耸耸肩膀，向上方蹿去。视频定格了几秒他的舱室，便关闭了。

3

老张的全名是张德忠，五十七岁，职务全称为"苍穹四号国际空间站第一指令长"。全站的人根据关系亲疏，叫他老张、张站、张头儿、张哥，就是不叫他张指令长。不管什么称呼，老张都一概接受，待人不分肤色不分国籍，该严厉认真的时候绝不马虎，该轻松玩笑的场所也很随和。老张连续驻站已经四百七十六天，总在轨时间达到九百五十一天，他现在在轨的每一天都刷新人类的历史纪录。

"你们每个人都在创造历史纪录。从你们进入空间站开始，你们就是人类探索太空的先行者，每个人都会载入史册。"老张深为自己的经历自豪，也为站上每个人骄傲，这是他对每个上站的人都会说的话。"陈斌，你是第一个太空酒店的经理、前台、行李员、客房服务、厨师和园艺师。查德维克，你是第一个非洲航天员，非洲联合航天计划的首位执行者……"老张熟悉站上的每个人，大部分时间中他更像一个心理咨询师，为长期驻站的人纾忧解难，帮轮岗的新人适应空间站生活，迅速进入工作状态。

苍穹四号国际空间站的辅助AI叫毕方，和老张的名字合辙押韵，于是有人就写了诗调侃，老张笑呵呵收下了。毕方见老张不生气，以为是好东西，就把诗塞进《空间站应用指南》，成了上站新人必读的文学读物。

天枢舱是苍穹四号空间站核心舱。当年苍穹一号的天芯核心舱包括节点舱、生活控制舱和资源舱三段，总长度是十六点六米，有一百一十平方米的可用空间。这对于中国第一代航天员来说，已经是太大的"家"了。十六点六米也有五层楼高了，一百一十平方米当时更被媒体戏称为"三室一厅豪配"。但在天枢面前，天芯像小学生遇到了大学生一样。毕竟天枢主体部分是在轨道上生产装配的，没有了地球上的太多约束。

如果不是经费和时间限制，天枢的设计团队恨不得造个"中国尊"出来。最终天枢长度达到了七十八米，最大直径有六点二米，为苍穹四号空间站提供了十七个舱位对接口。天芯在地球轨道上花费了九个月的时间装配完毕后，苍穹四号国际空间站的各个舱室陆续生产对接。此时苍穹一号空间站已经缓慢下坠，和它对接的夸父号实验舱和不拘号望远镜升高接入苍穹四号。

最终成型的苍穹四号国际空间站总计包含了二十七个舱，

长二百四十二米，连太阳能电池板都宽一百二十米，大致相当于四个足球场大小，是当年驿站号国际空间站的两倍。苍穹四号上不仅有各种实验舱、太空望远镜，可同时接纳三十名工作人员，还配备了蓬莱太空酒店和太虚太空艺术中心，供社会大众使用。苍穹四号是人类有史以来规模最为庞大、设施最为先进的人造天体。

"我们尽量让空间站居住舒适，但我们是科研机构，舒适度必须让位于科研需求。"苍穹总设计师屡次在对外采访中强调，并且将"舒适"的功能实现推给了蓬莱。这也是蓬莱归属苍穹空间站管理的原因之一。

但舒适性不等于奢侈。必须考虑到太空站的现实环境以及资源消耗。尽管现在已经有了可以多次往返太空与地球的空天飞机，每千克货物运费仍然超过了三万元。因而陈斌在又一次听到"火锅"两个字后，还是不由得要再求证一遍，以证实自己并没有听错。他小心翼翼问："张站，您说的是火锅？"

"火锅！"老张斩钉截铁，"刚才太空经济发展司来电话，要我们讨论在空间站吃火锅的可能性。他们将在北京时间今天晚上八点和我们视频会议。"

"还有十二个小时。"陈斌立刻计算出剩余时间，叹口气，放松神经，"那还好。我们还有时间。蓬莱明天下午有新客人来。我得提前至少六个小时准备。"

"可是，可是，"查德维克惊骇得中文都说不利索了，连着咕嘟了一串本国语言后，才稍微恢复了些镇静，赶紧辩解，"我只是顺口一提，就这么一说。头儿我真不是嫌弃太空站的伙食。真的，这儿伙食太好了，一天五次正餐三次加餐，我觉得我好像每时每刻都在吃东西！吃的虽然是以中餐为主，但也考虑到了我家乡的风味，特制了瓦坎达饼！还协助我们非洲联合航天计划研发非洲航天食品！"

"中国有句老话，"老张拍拍查德维克，示意他安静，并且将一个加好水的茶袋递给他，"叫'言者无意，听者有心'。你是随口一说，但新闻已经全世界传播，几亿人次浏览。现在，全人类都已经知道有个航天员在空间站惦记火锅。"

老张的声音很平静，但陈斌总觉得他的语调带着一些隐约的笑意，似乎觉得火锅这个提法有趣，并没有埋怨的意思。老张召集自己和查德维克在天枢舱开会，却并没有使用正式的会议室，而是征用了九号观察窗旁的折叠记录桌。这就吸引了好几位在附近休息的航天员和任务工程师，他们飘到桌子附近，现场围观这个特别的"火锅会议"。

查德维克接过茶袋。打开茶袋上的小阀门就能通过吸管喝到醇厚香浓的茶汁，但他心慌意乱，捏着茶袋忘记了开阀，结果吸了好几口都没有任何收获。

"对的，你今天不但刷屏，还上了热搜。"一位航天员笑着晃动手里的电子笔记，"已经有至少三百五十万个自媒体转发了你的那段视频。虽然只有十秒，但观看的人早已过亿。你要看看吗？"

"不！"查德维克丢开茶袋，捂住脸，恨不得钻到桌子底下去。

"你坐好了，好好说话。"陈斌一只手拉住向下滑溜的查德维克，一只手抓住正往上飘的茶袋。

"我太丢脸了，张站！"查德维克懊恼地说，"我把非洲航天联盟的脸面都丢掉了。"

"有人怀疑这是空间站为了上热搜故意设计的。"另一位航天员说，"'阴谋论'者无处不在！"

"哪儿来的阴谋啊，只是我的胃贪婪了一些。张头儿，您能让他们再采访我一次吗？我告诉他们空间站的饭更好吃！"查德维克恳求。

老张说："中国还有句古话，'言必信，行必果'！查德维克，想吃火锅不丢脸，一点儿都不！这是真实的人性！相反，还有那么点可爱。"

"可爱？"查德维克完全被老张的话搞蒙了，睁大铜铃般的眼睛，"我有吗？"

老张点头，确认："有——好了，小伙子们，现在全世界都在讨论如何完成查德维克的心愿，在太空站上吃火锅。这是个挑战。我们最好不要让地上的人先把这问题解决了。尤其是做火锅餐饮的，我可不希望他们掺和。"

"我们有火锅啊！"随站工程师说。他负责空间站后勤保障和设备保养，是个在地面上盲拆盲装天枢备份舱得满分的牛人。他立刻提醒大家："查下《空间站后勤保障说明手册》目录。"《手册》电子版都在众人随身的电子笔记中，一个口令就能调出来查阅。

陈斌甚至不用查阅，脱口而出："三十七页，速食火锅，四川成都府南河火锅餐饮集团出品。"

"对对，速食火锅，还是我喜欢的毛肚火锅。"查德维克赶紧说，试图息事宁人，"是我记忆力太差，忘记它了。张站，我可以向公众说明，空间站的食品配给里有火锅。我们的后勤保障特别细致，特别人性化。"

"速食火锅那也能叫火锅！"那位喜欢刷短视频的航天员嗤笑，"就像把方便面中的牛肉颗粒等同于牛肉面上的牛肉块，把醪糟圆子中的糯米圆子等同于汤圆，这是对美食者的敷衍。网友们不会接受这种解释。"

"吃火锅吃的是那个味道吗？不，吃的是把食物片刻烫熟的仪式感。"第二个强调"阴谋论"的航天员说。他交叉双臂，盘腿虚坐在空中，居高临下看着大家，有一种莫名的权威感。

"我觉得速食火锅可以了。毕竟是空间站啊，不能动火。"随站工程师皱眉，他对一切可能发生的改变都不支持，"这个口味还算不错，商家的三层注水设计也是专门针对空间站开发的。"

"别急别急，七嘴八舌乱了。我做个思维导图啊。"陈斌说着，就打开电子笔记，拿起电子笔，边说边在笔记上划拉："任务是在空间站吃火锅。首先需要解决的问题是——"

"那必须首先确定火锅类型啊。北京铜火锅，还是成都鸳鸯锅，重庆九宫格，潮汕打边炉，贵阳酸汤豆米锅……"一直旁观不语的小个儿航天员插话，说到这儿自己笑场，说不下去了。

"动火的不行，绝对不行。"工程师脸色一沉，"你们别想给我找麻烦。"

"那就只能用电了。"陈斌说，"营养师和医生肯定不会愿意我们多吃辣。所以麻辣口儿都不行，只能清汤。"

小个子笑完了，正色道："汤至清则无味。汤料还是要营养和滋味都丰富一些，建议两种，番茄鲜菌汤和牛油蘑菇汤。"

喜欢短视频的航天员不高兴："为什么不能有辣椒？辣椒的维生素丰富，还含有叶酸、镁及钾；辣椒素虽然刺激肠胃，但消炎，抗氧化，我们的食谱中也有辣椒啊！天都上了，还不让人家吃火锅吗？"

这话说得好有道理，陈斌竟然想不出反驳的理由。接下来，大家在火锅选材、食品来源、蘸料配方、食物气味和残渣处理等方面纷纷提出了自己的意见。

"千万别忘记啤酒！白酒可不行。配火锅，那必须是鲜啤！蓬莱这期鲜啤该好了！"俄罗斯宇航员强调。

"我们的咖喱火锅也可以考虑呀，咖喱的营养价值不亚于辣椒！"泰国宇航员补充道。

……

众人你一言我一语说得热闹。老张始终表情和蔼，二十分钟一到他就起身总结，不为火锅浪费一分一秒。他的总结就三句话："火锅讨论会到此为止。大家要还有想法的话，十一个小时内和陈斌沟通。你们没有讨论火锅本身，烹饪用具决定烹饪方式！"

4

陈斌回到蓬莱酒店球形厅。观景窗外的地球云海翻滚，一个热带气旋正在太平洋上形成。陈斌看了一眼，见多不惊。毕竟他在蓬莱驻守了二百一十八天，对地球已经熟视无睹。

查德维克的一句话引起了全球火锅爱好者的热烈讨论，网络上已经出现了成百上千个太空火锅讨论组，这不会给陈斌带来多少压力。毕竟他在现场，更清楚太空站的饮食要求和饮食条件。

陈斌把笔记整理一下，得到了一个最简化的"太空火锅实现需求导图"：

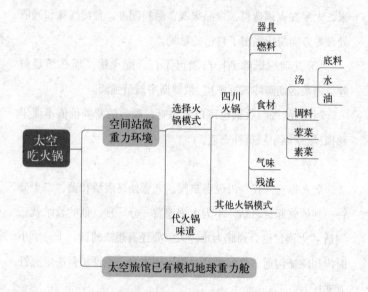

图画得有点糙，好在陈斌也不给谁看，就是画个示意图好让自己知道从何下手。

蓬莱的模拟地球重力舱是个很小的舱室，并不是为了满足游客的舒适感修建的。谁花了五十万块钱飞到天上，是为了像坐在地球上那样稳稳当当看窗外的地球？那真是钱多了烧脑壳，那还不如花五百块买张文昌空间站主题公园门票，公园里裸眼3D沉浸式体验做得极好，几乎可以以假乱真——如果他们再把失重效果模拟得更好一点的话。蓬莱的重力舱是为了那些无法适应失重的游客做过渡用的，以及对比人在失重与有重力的情况下的不同状态，因而只能容得下两个人，对吃火锅来说空间太狭窄了。

陈斌觉得吃火锅至少得有两个人，一个人吃火锅总有种寂寞的孤独感，而且为一个人备料也不符合太空经济学，至少查德维克无法承担高昂的成本。再说，要是查德维克孤零零地在成都吃火锅，他多半不会记忆深刻，念念不忘。

"陈，你太了解我了。"查德维克在通信软件的界面中发了个"感激得涕泗横流"的表情图，"我怎么会肤浅地牵挂火锅的味道！我想念的怀念的纪念的，是航天学院一群同学围坐火锅旁争抢食物的热闹和友爱啊！"

接着查德维克发过来一串"惊掉了下巴"的真人表情图，伴随着夸张的叫声。

"你磕到脑仁了？"陈斌奇怪，"什么事情那么惊悚啊？"

"三十五年前，就有人提出了'太空站能否吃火锅'的问题，还在网上掀起了讨论热潮。"查德维克瞪圆双眼，"那年我才刚刚出生！"

讨论地址链接马上传到了陈斌的电子笔记上。讨论速记就记录了四十多页，提出了从环境仿真地球到火锅器具改进的各种方案。陈斌快速浏览了一遍，真是环球皆吃货，在火锅问题上似乎人人都愿意发表意见，这些方案分析得头头是道，有的看上去还真有几分可行性。

查德维克问："这些讨论有参考价值吗？"

陈斌笑道："这个太空自转离心锅有点意思，可惜不符合空间站模块化设计要求，而且取食过程太过烦琐，加重了航天员的负担，没法子多人用餐，营造吃火锅的氛围。"

"我更喜欢那个竖起来的离心轮子，看上去实现的可能更大些。"查德维克说，"我自己可以加工。就是不知道张头儿让不让我干。"

"要能找到这些方案提供者讨论下就好了。不知道他们现在哪里，会不会看到你想吃火锅的新闻。"陈斌感慨。

查德维克灵机一动："能不能全球征集太空火锅方案？声势大一些，这些人就会知道，会觉得当年的想法没有白费气力，终于有一个航天员想在天上吃火锅了！"他越想越觉得自己这个主意不错，"中国有句古话，叫'人多力量大'！全球的人都来出主意，还怕解决不了小小的火锅问题？"

陈斌觉得全球征集方案的点子有点夸张，关键是老张发话尽量自己解决。空间站是个不能随心所欲的地方，所有事情都必须在计划之内，而且需要在地面上反复模拟多次。驻站人员的伙食，都是在地面对他们身体情况精准测量之后制定的，每个人会根据自身特点有所差异，以保证他们在太空中的营养均衡和身体功能健康。这也是老张能够驻站那么久的原因。

为了尽量减少驻站人员在太空中的骨质和肌肉损失、太空失明症以及其他身体功能的负面影响，医疗组和后勤保障组费尽心思。老张肯定不愿意增加他们的焦虑。

"所以我设计了两个方案，"陈斌向千里之外的地面指挥中心介绍，"一个是利用蓬莱酒店模拟地球重力舱的简易方案，一个是改造三号加热器的复杂方案。从火锅采用的加热方式、原料来源、食用方式几方面论证这两种方案的可行性和各自优劣。"

由地面指挥中心联络主持，太空经济发展促进司要求举行的视频会议晚八点准时召开。会议在天枢中部的会议室进行，十分正式。老张带查德维克、随站工程师以及主管医疗保健的副指令长出席，大家都穿了四号站正式的蓝色连体常服。陈斌不是空间站编制，身为酒店雇佣员工，只好穿柠檬绿的酒店制服，颜色鲜明地坐在会议桌末尾，再次因胸口没有佩戴四号站徽章而产生了沮丧情绪和别扭心理。

地面指挥中心的陆副主任主持会议，经济司的李朗处长出席会议。这两位经常和航天员打交道，每一个上苍穹四号站的人都和他们碰过酒杯——上天前的钱行酒都是他俩陪喝，为前往苍穹的人助阵壮胆。

李朗也在一间会议室中，身旁坐着一位梳马尾的年轻女子。李朗介绍："林卉，我助理，就由她负责太空火锅项目的推进和执行。"

林卉乌发红唇，眉目秀丽，温柔地招呼众人，声音清朗："晚上好。诸位老师有什么想法？地面部分的事务就交给我操作实现。"

"真的要实现吗？"查德维克脸色惨白，低声嘟囔一句。

"当然要实现。"李朗的耳力很好，立刻回答，"群众有需求，我们就该去满足。"

陈斌想起这位处长的名言，"有需求要满足需求。没有需求，就创造需求来满足"，顿时有点明白为什么早上查德维克才说了想念火锅，晚上这位处长就要求开会出方案论证。

"我们现在是太空时代。太空经济的根本点是什么？稀缺性和快捷性。这两点太空火锅都非常满足。"李朗顿时眉飞色舞，"我们要占据主动性。"

陈斌介绍了他的方案。他的两个方案中，蓬莱酒店模拟地球重力舱的简易方案需要扩展舱室。重力模拟器的作用范围有限，而且本身也属于试验性质，要扩大范围就需要重新定制，显然不合适，所以只能将舱室扩展一平方米左右，可以安排三个人吃火锅。扩展大约需要五个工作日，不需要地面提供改装材料，只需空天飞机再送游客上来时，带个四川电火锅，以及适当的新鲜食材和调料。

"这个方案吃火锅，那和地球上没什么区别吧？"李朗问。

陈斌说："那还是有区别的。舱室必须密封，保证气味还有食物碎渣不传到外面去。不过会有一扇观景窗，可以一边吃火锅一边观赏地球或者星空，风景会和地球上完全不同。"

"这行吗？"李朗的目光透过屏幕，扫过会议舱室中每个人的脸。

"可以的可以的。"查德维克连忙说，"我都行。"

"就在蓬莱实现火锅功能最好。"副指令长也赞同，"空间站没有余地来做这个。"

"老张，你觉得呢？"李朗特意问。

"方案想得很细致，而且可以为蓬莱吸引更多的游客，有火锅的太空酒店。"老张停顿几秒，"嗯，说不定就能招到新员工了。"

陈斌忍住笑，火锅还能决定职业热度？太扯了。但他希望第一个方案通过。苍穹四号的内部结构是经过五年时间论证确定的，每平方厘米都有用途，各个部位精密结合得像古典机械手表紧密咬合的齿轮，有着奇妙的科技美感。把火锅加在空间站的哪个地方，都会破坏它精巧的和谐。

"陆主任您觉得呢？"李朗隔着屏幕喊话。

"这个方案一不如留在文昌，"陆主任另辟新思路，"文昌空间站主题公园，完全可以虚拟在空间站吃火锅的场景。这样不用任何改装，节约成本，也能让更多人借此了解太空食品。"

"这个……"陈斌顿觉失落。不到外太空就能解决太空火锅，领导还真有魄力。但这个能行吗？

果然查德维克有些失落："那就没我什么事情了吧？"声音里带点情绪，毕竟这件事情因他而起。

"你返回地球后可以去做个概念片，"陆主任笑道，"给主题公园做做宣传。"

李朗却摇头："落地了就不能叫太空火锅了。大众好奇的是怎么能在太空上吃火锅，在地球上搞就不稀奇了。"

于是陆主任问陈斌："那你的第二套方案是？"

"是改造食品加热器。主任，火锅的本质是快速将新鲜食材用热水烫熟，这和航天食品中的复水类食品有相似之处。苍穹四号上有七个加热器，我选择三号进行改造，因为它所处的位置比较方便拆取，周边的空地也比较大。改造好后把它放置在一个抽拉支架上，使用时拉出来。在它上方架设一个多孔碳柔性纤维膜折叠网，使用时放下来吸收味道和食物残渣，折叠网是一次性的，更换方便，打开后围合面积大约四平方米，可供至少六人同时食用火锅。"

陈斌一边说着，一边就放出示意图。图是他用电子笔在电子笔记上画的，不够精细，但能大概表达出他的设计思路。

"改造这个加热器要多少钱？"副指令长问。

钱的事情，陈斌当然想到了。"要看选择的材料和加工精度，才能具体核算。我们自己改造和交给地面改造，肯定造价不同。"

"哪能让你们干，航天员的时间老值钱了。"李朗说，又有点不满足，"就只有这两个方案吗？我看网上那些讨论组谈得很热烈啊，还把以前的老帖子都翻出来，那里面有没有能用的内容？"

陈斌额头上不由得冒出了细密的汗珠，他向老张望去。

老张说："那些讨论纸上谈兵，当年实现不了的，现在仍然没有条件实现。"

李朗说："不能打击了网友们的热情。我看这事儿，可以搞个'全球征集太空火锅方案'活动，发动群众智慧，最终方案由你们甄选。你们要亲身体验，得你们说了算。大家觉得怎样？"

众人纷纷点头。

于是李朗就对林卉说："那接下来的工作小林你盯着点儿。尽快完成。"

林卉毫不犹豫："好的，我尽力。"

"我们这边是陈斌负责，小林你和他协同。"老张说。

陈斌点头，他不占空间站驻站人员名额，和蓬莱酒店一起都算是空间站的附加物资，一个三级辅助系统。像太空吃火锅这种节外生枝的事情，理所应当归他办。

查德维克朝陈斌挤挤眉毛，动了动嘴唇，没出声。但陈斌从唇形上读出了他的声音。这位瓦坎达人真诚地说："对不起哥们儿，给你添麻烦了。"

陈斌双掌合十，抵住眉心，这个姿态表达的意思，查德维克也瞬间懂了。这是陈斌感到无可奈何的时候的习惯姿势。陈斌在向他的非洲朋友请求："火锅这事儿我努力，还有成的可能。你可别再有什么其他想法了。"

查德维克笑笑，摊开双手，表示以后要谨慎言语。至于找中国女友的事情，等落了地再说，到时候肯定还是要找陈斌帮忙。又热心又勤快，少说话多干活儿的好朋友，能碰上概率不大，碰上了就得一辈子抓住啊。

5

林卉，女，二十七岁，籍贯四川雅安，北京理工大学计算经济学硕士，入职太空经济发展促进司三年。中学时曾经参加"少年航天员"全国选拔比赛，但因容易摔跤，存在前庭平衡能力失调的危险，复赛第一场落选。

陈斌看着电子笔记通信页面上出现的一段信息，愣了几秒，才反应过来，回复了三个字："哈哈哈。"

发信息的是查德维克。他有点慌乱地辩解："我没其他意思，只是帮你更多了解下合作者的情况。中国有句古话，'知己知彼，百战不殆'。"

"好的，我了解了。"陈斌懒得揭发查德维克那点小心思，"你这两天是不是很闲？"

"哪有，忙死了。"查德维克急忙跑掉了。通信页面上他的头像好长时间都不再闪动。

陈斌呼口气。游客们还有二十五分钟就到了。蓬莱酒店的第五十四批游客，六人，要住两天三晚。虽然瑶姬操持接待流程已经很顺畅成熟，但需要他忙的事情还是有很多，而且还有一大堆火锅方案要看。

这些方案雪片样飞进"太空火锅怎么吃"专题电子信箱，新信件的提示音不时打断陈斌的工作节奏，他不得不将提示音关掉。"太空火锅怎么吃"征集令在北京时间早上八点全球发布。林卉和太空经济发展促进司的工作效率令陈斌咋舌，全球网友的响应速度也刷新他的认知。看来，在吃这个项目上，人人都认为自己能说上几句。

征集令发出前，在即时通信软件设立的工作平台上，林卉建立起一个名为"太空吃火锅不要辣"的工作群。北京时间早上六点三十二分，群里发出的第一个工作文件，就是这个征集令。

陈斌赶紧夸赞："你们的效率真高。"

林卉礼貌地回答："你上班也真早。"

陈斌忙给个笑脸："我随时都在上班。"

昨天开会的所有人都被拉进了群里，还陆续加入了航天食品专家、航天食品制作团队和苍穹号后勤保障司的工作人员等，甚至还拉来一位微重力流体力学方面的副教授。

副教授很认真。"你们可别以为火锅只是个简单的吃的问题，如果能实现微重力环境下现场热加工食物，那我们的空间站、宇宙飞船、太空采矿台等太空单位，就能延长地面基地后勤补给的使用时间，节省大量燃料和经费，减少太空垃圾！"他越说越激动，"太空火锅是个很有价值的研究项目！"

陈斌觉得副教授的这段话好有道理，把太空火锅这事儿从吃的档次提高到未来人类文明发展的程度。这段发言可以直接在论文开篇"研究意义"板块引用，论文名字就叫作"通过对太空火锅的实践讨论微重力环境下热加工食品的前景"。

不过，响应征集令的那些方案文字可没那么讲究。征集令发出后四十分钟，第一个响应方案就出现在专用电子信箱中。陈斌刚要赞美一下网友的反应速度，却和林卉几乎同时发现这份方案抄袭，发件人一字不改地照抄了当年网友的太空自转离心锅创意，看样子，喜欢网上挖掘的大有人在。

"搜索引擎厉害！"陈斌感慨并提出解决方法，"我会注意查重的！"

"脸皮也太厚了！"林卉愤然，"真以为网上发文就没有版权保护吗！"

看到林卉谈版权，陈斌就去研究了一下《互联网版权保护法》，这下子他也坐不住了。"如果和发文平台有协议，是三十年保护期。如果没有平台协议，版权只有二十年保护！抄袭的家伙完全没事儿！"

林卉叹息一声："太可惜了！这个离心锅应该申请专利！《专利法》能保护六十年！"

陈斌和林卉相隔千里的陌生感，就在对版权的讨论中化为乌有。到中午时，他们甚至在群里掀起了一场关于南京哪里的东西好吃的讨论，因为太空经济发展促进司在南京，每个中午林卉的选择困难症都会发作。

"单位门口有两个饭馆，左边卖鸭血粉丝汤、牛肉锅贴、小笼包、盐水鸭，右边盐水鸭、小笼包、牛肉锅贴、鸭血粉丝汤。"林卉说，语气中的疲惫从屏幕中弥漫到办公桌上，"包子肉还是鸭肉，南京人真的超爱吃鸭子。"

"那总比我们没有选择强。"陈斌宽慰她，"我们的菜谱每次排三个月，每顿饭都搭配好了，绝不能搞错。"

林卉好奇："可你不是驻站人员，你在酒店也是地面配好餐的？"

"当然。连游客的饭都是配好的，随他们的行李一起发过来。"陈斌发了个"猫猫挠肚皮"的表情图，"现在的蓬莱和太空站一样，不支持现场烹饪。"

"所以，我的火锅想法还是有实际意义的，对吧？"查德维克插话。"我们要飞星辰大海，不可能总是靠后方送餐包，我们需要现场烹饪，煎炒烹炸，大火锅小烧烤，"他吹口哨，"南北东西豆腐脑！"

"教授和你说的话差不多，不过您这话和知味鲜方案开头相似度百分之九十。"陈斌笑，"说吧，是他们给了你宣传费，还是你参与了他们的策划？"

知味鲜是第一家发来方案的火锅餐饮集团。他家并没有给具体方案，在三页辉煌历史、两页菜品介绍后，是一页关于研发潜力的数据报表，以及签订合作协议后九十天内，让查德维克在天枢舱里吃上热气腾腾的四川火锅的承诺。

"他们还真敢许愿！"查德维克吐舌，"我上次要给天枢添加个饮水机，审查预研模拟论证都花了九十六天！"

到下午两点时，又连着有三家火锅企业发来方案，内容和知味鲜大同小异，都表示有能力研发适合在太空微重力环境下食用的火锅产品。陈斌这时候终于明白昨天李朗为什么急着要开论证会。主动权还是应该在自己手里。如果今天早上没有发布征集令，热门话题经过一夜的发酵，不知道会演变成什么样子。早上已经有不少热心网友隔空呼叫火锅店研发太空火锅了。

"我怀疑他们四家用了同一个企划。"林卉说，语气中夹杂满满的讥讽。

"自信点儿，把怀疑去掉。"陈斌回答。成年人的世界，话一投机就仿佛相识多年，对于陈斌，林卉昨天还是陌生人，到今天下午，他就能和她调侃了。陈斌不是话多的人，可对林卉的来言必有回语，且几乎是秒回。于是查德维克就送来林卉的资料，他确实想娶个四川姑娘，不过陈斌也是单身，而且还在成都读了十年书，血液里都流淌着花椒和辣椒的香气。

八年酒店管理专业学习，两年定向培训，从本科到硕士再到蓬莱经理，陈斌的经历颇为传奇。但在他心里，这点经历根本不值一提。

"空间站的每个人都有故事，那些才是传奇。"陈斌说，"我的前半生是三平。"

林卉发过来一个"疑问"的表情图。

"平静、平淡、平常。"敲出这三个词，陈斌就觉得这三十多年的生命像走马灯，在他周围旋转，转出的却是另一组词——无功、无过、无聊。对的，应聘蓬莱的动机就是无聊。那时他已经收到洲际国际酒店集团的高薪聘请书，工作内容是为这家全球最大酒店集团的未来发展做长远谋划。他的实习任务是考察集团旗下诸多品牌在大中华区的运营情况，这些品牌总共运营了六百二十七家酒店。陈斌在走马灯一样考察了一百家酒店后，站在第一百零一家酒店五百二十七米高的旋转餐厅里，看着一座城市像拼图在脚下延伸，"无功、无过、无聊"这三个词的感觉，席卷了他的全部意识，他无法再为事业寻找一个可以追求的高度。

"现在呢?"林卉的用词中有些好奇心在荡漾。

现在已经忘记无聊是什么了。要做的事情太多了，随时需要应对可能发生的意外。作为全球最高位置的酒店，最重要的事情是保证游客安全，其次才是为游客创造舒适的度假体验。

"游客还有二十八分钟抵达，我得忙去了。征集方案你先筛选一遍，做个纪要，有参考价值的挑出来单做个共享文件夹，晚上我空了看。"陈斌交代。

"好嘞。"林卉发个"笑脸"过来，"你忙去。"

就这么简单的一句话，陈斌在心中默念数遍，隐隐有畅饮甘霖之感，人都精神起来了。

"这是个好姑娘。"查德维克说，"和你挺般配。你要不动手，我可追了。"

"切，你就是太闲了!"陈斌骂道。

6

天福一号空天飞机按时出现在陈斌视野之中。这艘银色航天器的前部涂装了大熊猫和长城,第一次航行时吸引了全人类的目光。那时候陈斌太羡慕在天福上的工作人员了,恨不得立刻就去报考航天学院。但航天学院一百二十八页的招生章程把陈斌吓住了。空间站的职员招聘章程有二十七页,还不及它的零头。把这两个文件从网络上下载后,陈斌连打开看的勇气都没有。直到他看见蓬莱太空酒店的招聘启事,才稍微松了口气。这启事只有四页,第一句就是"本酒店招聘员工要求:具有酒店专业资历,身体健康,热爱太空文化"。这简直就像是为他量身定制的工作岗位,陈斌不报名都说不过去。

来电提示音,将陈斌从回忆拉进现实。是老张在火锅群里的发言:"小陈,你的新客人中的赵铭史,你要格外留意。"

"张叔把游客名单发给我核实。我发现,赵铭史是知味鲜股东之一。"林卉说。

陈斌神经一紧,嘴上却还轻松:"游客要接受两周集中培训,而火锅的事情是两天前爆发的。赵铭史不可能为了火锅单独成行,顶多就是临时问些问题。"

"你绝不能有偏向性回答,"老张叮嘱,"四家火锅企业要平等相待,不偏不倚。"

陈斌有点反应不过来。"这我能有什么偏向性?"

老张只发了四个字:"言者无心。"

陈斌立刻想到了查德维克,心里顿时警惕性大增。

赵铭史三十出头，中等个儿，肤白发黑，鼻直眼亮，五官轮廓分明，有雕塑般的俊朗气质。六位游客，他走在最后，始终彬彬有礼地谦让着前面的五个人。

陈斌没特别招呼他，而是按照《接待手册》要求，细致周到地招呼每位游客：首先是在专用对接舱的拥抱礼后，他引导游客一个一个通过对接舱进入，并与蓬莱酒店入门标志合影；接着瑶姬手下的礼宾机器人带游客去客房更衣，换下减压航天服，穿上蓬莱特意准备的酒店常服，衣服上还细心地绣了游客的名字；更衣后的游客在客房中休息片刻，等待其他游客都更衣完毕，再由礼宾机器人带到球厅，第一次在微重力环境下，悠闲自由地欣赏地球风景。

空天飞机为了飞行的安全性，没有设置观景舷窗，游客们只能通过机外摄影镜头，感受机外空间环境的变化。因而一进入蓬莱视野宽敞的球厅，感觉整个宇宙都扑面而来时，游客们就常常忍不住地要尖叫，流淌热泪，甚至小便失禁，令陈斌尴尬。

赵铭史这拨客人的情况也差不多，只是安静一些，他们驻足窗前，目光贪婪地在地球上碾动，久久不肯挪动脚步。赵铭史看了一会儿，便问陈斌："底下那个转动的是天芯舱？"

陈斌不用确认，就干脆回答："是的，天芯在蓬莱下方四点三千米，依然保持一定速度，不会掉到地面上。"

"那么真会重新启用它？"赵铭史很兴奋，企业家的沉稳样子不见了，他此刻只是一个情绪高涨的大小孩儿，"我要多拍些照片带给妈妈看。"

"会的。"陈斌肯定。天芯上聚集了几代人的太空记忆，没有谁能忍心下令将它沉入太平洋。陈斌与大部分航天人都相信，相关部门正在研究的方案，将让天芯焕然一新，成为苍穹四号空间站新的节点舱，补充空间站左侧桁架上的空当。

赵铭史不知陈斌说的是他心中的理想，还以为能问出什么内幕呢，好奇地说："能上天芯去看看吗？我看日程安排里有个自由活动，我就想进天芯。太空课堂，我可是从第一节课就没落下来过。好家伙，一百二十五节！"

陈斌问："你拿到了几级勋章？"太空课堂的特色之一就是回答随堂问题有积分，根据积分多少可以领取勋章，一百二十五节课如果积到满分的话能够拿到玉龙级勋章。这勋章现在是收藏市场上的明星，可以兑换真金白银。陈斌只拿到了铜龙级，挺遗憾，但想想那时候他牙都没长齐，能有这个成绩不错了。

赵铭史笑："那时候我还穿尿不湿，答题全是蒙的，只拿到了铜龙。"

陈斌瞬间有了赵铭史是幼儿园同班同学的亲切感。但老张的警告犹在耳边，他思想上不敢有半点麻痹，也就止住了继续聊家常联络感情的冲动。

"自由活动，"陈斌回到日程安排上，挥舞手臂招呼游客们把视线集中到他脸上来，他统一向大家解释，"日常安排上有一些项目，没有清晰说明。因为太空环境经常可能会有变化，与其在项目边上注明以实际情况为准，不如到实地再安排。如果不发生意外，将在明天下午，给大家安排自由活动。"

"可合同说我们不能擅自行动。"游客中有人说。

"自由活动的地点在那里。瑶姬，展示章华台。"

舱壁上出现蓬莱外部的影像，一个依附在舱壁上的组件迅速展开，拼凑出一个长四米宽二米的露台。

游客们恍然大悟，欢呼起来。赵铭史更是睁大双眼。"我们要在那个台子上自由活动？"

"是的，"陈斌点头，"你们将尝试太空漫步，体验真正在太空中的感觉。"

"太棒了！这五十万块钱花得太值了！"赵铭史鼓掌，跺脚，大叫。

陈斌赶紧提醒："赵先生您小心点，别把我的地板踩漏了。"

众游客都哄笑起来。赵铭史说："蓬莱真是太完美了，要能再吃个火锅就好了。"

"哈，新闻里都说在征集火锅方案，还有重金奖励。"游客们七嘴八舌讨论，"我们也搞个方案，把旅费赚出来。"

陈斌瞬间"石化"，想不到赵铭史竟然发动群众来完成他的火锅情报收集工作，这个人不简单啊。

7

"四家火锅企业都提出了上站考察实际环境的申请。"晚上，火锅群工作会议，林卉汇报。

"航天局都拒绝了。"老张说，"不能因为火锅这样的事情打扰空间站的正常工作。"

"到专家评审还有一个月时间。这一个月之内蓬莱安排的三组十五位游客都和另外三家火锅企业没关系。"陈斌趁着游客们在球舱玩耍，见缝插针参会，解释游客身份，并不由得感叹，"知味鲜真是太幸运了。"

老张笑说："是啊。今天的空间站欢迎晚会，游客们都在问火锅问题。"

空间站欢迎晚会是蓬莱酒店最受欢迎的项目。游客们到蓬莱的第一餐，并没有安排在蓬莱风景独一无二的太空餐厅，而是安排在天枢的航天员餐厅。这一餐游客的食物也和航天员的一样，当然不是从航天员口中夺食，食物是地面提供的航天员餐备份，跟着游客由天福一号一起到达蓬莱。老张和两位轮班休息的航天员接待游客，回答他们提出的各种问题。赵铭史话题带得巧妙，今天游客的所有问题都围绕着火锅进行。

"我没有安排查德维克接待。那些游客都在找他，想带他回地球吃火锅。"老张说，"太受关注对谁都不好。"

"我恨不得躲到后勤工作间去！"查德维克龇牙，"过一个月后这火锅的热度会消散吗？"

副教授的话意味深长："如果资本判定这是个太空消费突破口，那就不会降温。"

工作群里冷场了几秒，陈斌打破沉默："所以要把天枢变成火锅店吗？太不严肃了。"

"不能！"老张斩钉截铁，态度干脆，"只能放在蓬莱上。"

陈斌也龇牙："火锅不符合蓬莱的格调。"

"格调都是可以调配的，"林卉笑道，"混搭嘛，风格多样化才受欢迎。"

"蓬莱的客房排期都到后年了，不需要靠讨好大众来受欢迎。"陈斌有点针对林卉。

林卉可怜巴巴地说："那看来我要上蓬莱起码得三年后了。"

"我们招人，你要应聘立刻就能上来，坐大鹏飞船上来。"陈斌觉得刚才对人家小姑娘有点凶，赶紧热情地说，"你要不考虑一下？工资待遇都挺好，还有无敌风景。"

"而且你挣多少钱都能攒着，这儿全是配给制，根本没地方花钱。怎么样，小林你考虑下。"老张说着说着态度就认真起来，语气诚恳，态度真挚。

李朗一开始还轻松地和大家讨论，这时候才察觉不对，嚷嚷："老张，你敢打主意挖我的墙脚！你拉倒吧你！"

群里人都笑起来。

林卉说："我也想上来啊。可是体检不合格，第一关就被淘汰了。"

陈斌说："那你上蓬莱啊，游客的体检，你肯定能过。"

老张赞同："小林，我住蓬莱有折扣价，让给你。等火锅搞成了，你安排个年假上来吃。"

林卉赶紧回答："张叔您这福利太重了。我还什么成绩都没做出来呢，不能拿。谢谢谢谢。"又是"鞠躬"又是"抱拳"，一屏幕都是谦卑紧张的表情图。

陈斌的心像被针扎似的疼了一下。女孩子太有礼貌太懂事儿了，是一贯如此还是经历过什么？陈斌突然很想再去看看查德维克的林卉调查报告，多了解下这位姑娘。

"小陈！"赵铭史在游客呼叫系统中叫，"你快过来！"

陈斌立刻离开虚拟会议室，一边往球舱走一边询问瑶姬："出什么事情了吗？"

"一切正常。"瑶姬回答。

8

球舱里的情况和陈斌离开时差不多，游客们分成两拨，一拨飘在空中喝茶聊天，假装神仙，一拨伫立窗口狂拍星空和地球。不像出了什么紧急情况的样子。陈斌抓住赵铭史，问："出什么事情了？"

赵铭史微笑，往后退。拍照的人一蹬地板就蹿了出去，与飘荡的人会合，在空中组成一个心形。赵铭史就是心最上面的那一点。

"谢谢蓬莱，谢谢你！"众人齐声喊道。

陈斌又惊又喜，面部表情管理顿时失效，一时间竟然组织不出完整的词句。

"今天到蓬莱后，参观酒店，到空间站与航天员共进晚餐，接受空间站指令长颁发'苍穹勇士'奖章，日程安排既紧凑又有趣。谢谢你，陈斌，你和瑶姬辛苦了。我受大家之托，要给你一个大大的拥抱。"赵铭史说罢，就上前抱住陈斌。

陈斌忙说："不客气，这是我们应该做的。"赵铭史忽然将他举起往空中扔。陈斌轻飘飘飞出去，众游客一起拥上……原来"大大的拥抱"是这个意思。

瑶姬适时放起摇滚版的歌曲《茉莉花》，陈斌就教众人跳太空迪斯科，将游客们的兴奋度点燃了。《茉莉花》后是《南泥湾》《最炫民族风》，复古的歌曲重新电子配乐，众人在地球上空纵情舞蹈，和无尽的宇宙就相隔五毫米的铁板。

赵铭史吟诵道："坐地日行八万里，巡天遥看一千河。"他身体扭曲成面包圈，套住陈斌，脸因酒精而红润，声音发烫："我以为到太空来是个严肃的事情，体会宇宙的壮丽，地球的珍贵，人类的渺小。但我没想到，蓬莱会有酒，还有广场舞！怎么可以……这么生活！"

"还会有太空火锅。"陈斌笑，节奏终于还是回到自己手中了，蓬莱的游客必须他来安排行程啊！怎么还能给自己加内容呢！

赵铭史有点酒精上头，凑到陈斌耳边低语："火锅得我们知味鲜来做。我和你说，我们一定要拿到这个项目。得把知味鲜的 logo，刷到空间站上去！"

陈斌拍拍赵铭史，轻轻推开他，问："技术难题你们能解决？"

"钱到位就没有问题。告诉你，"赵铭史再次贴上陈斌的耳朵，"我们找到那个离心火锅的发明者了，三十五年前的设计，他自己都忘记了。"

陈斌再次推赵铭史。这青年的普通话很好听，但整个身体都在散发热量。要是再让他喝下去，地面控制中心该找麻烦了。"瑶姬，醒酒！"陈斌立刻下令。

球舱的灯光渐渐昏暗，和窗外的地球一起进入黑夜。一片片的灯光又在黑暗中燃起。音乐变得舒缓，现在是萨克斯的《回家》，游客们被柔和的旋律牵引，投入明暗斑驳的地球世界。

赵铭史晃晃，瑶姬的机器人上前扶住他。赵铭史半个身子靠住陈斌，絮叨着："我没醉。我超看好火锅这个项目。真的，味觉与视觉都达到极致的太空浪漫！哥们儿，你也来入股，我的股份让给你，一起赚钱！"

陈斌挥挥手，机器人没有犹豫，将赵铭史拉走，送去他的卧舱。陈斌呼口气，擦擦额头——还真的有了汗！

9

陈斌把所有游客都送回舱室，回到自己的床上时，已经是北京时间的凌晨。陈斌打开电子笔记，火锅共享文件夹里添加了一份《太空火锅征集方案评审标准》，按照锅体设计、环境、食材、垃圾处理分出评比类别。每个大类又有比较细致的评判项目，比如关于火锅锅体，就有重量、体积、容量、功能、易用等级、加热效率、外观、电耗等考察细则。

微重力环境是公认的太空火锅技术难题，但要达到与地面上火锅一样的味道，还有火锅底料与汤汁怎样充分融合，食材能否得到恰当加工，蘸料如何调配等一系列问题需要解决。到目前为止，文件夹里的二十七个应征方案虽然都有比较明确的锅体设计方案，也包括环境、食材、垃圾处理等设计，但陈斌迅速看了一遍后，都找不出亮点。

"基本还是延续三十五年前网上的那些设计思路，创新很少。"陈斌在群里说。

"我觉得，主要是公众对空间站实际情况了解太少，也许到站来考察下就不会这样了。"林卉呼应。

"你在？"陈斌心脏突然跳快了半拍，情绪有点紊乱，"你是没有睡还是早起了？"

"还没有睡呢。没事，一会儿到地铁上打瞌睡。"林卉回答。

陈斌于是劝道："熬夜不好，影响身体健康。"

林卉没回话。过了好一会儿，才发了一个"打哈欠的猫头"表情图，并没有跟进的文字。

陈斌起初怀疑网络出了问题，毕竟太空网络的稳定性是相对的，经常迟滞超过标准零点二秒。后来就怀疑自己是不是有点过度关心，超越了同事之间的界限。万一林卉讨厌他这种关心呢？一时间他烦躁起来，一撒手，电子笔记飞到头顶，发亮的屏幕像是聚光灯，把他内心深处那点点翻动的涟漪照得清清楚楚。陈斌听到心脏的叹息：你在距离地球四百三十千米高的地方，如何能牵住姑娘的手？为什么不能呢？他的头脑反问。舱壁上的高度仪显示酒店高度已经升到了地平线上四百三十五千米。既然都能在这么高的地方安然生活，又有什么不可能实现的？

一条光带擦拭过舷窗。陈斌还未做出判断，他的手已经抓住电子笔记，快速拍照。光带在漆黑的大地上缠绕，成片成片竖立成坚固的光墙，轻微的红，隐约的蓝，浓重的绿，层层堆叠。他很幸运，拍到了北极光。

陈斌职业性地立刻在游客呼叫系统发通告："睡不着的，看北极光。"耳机中顿时传来几声尖叫。他这才挑出几张效果好的发到火锅群和游客群里，并给出地理坐标信息。地球的北极正在窗外，悄无声息地很快就滑走了。

林卉终于有了回应："好美。"

已经是北京时间早上五点四十。

陈斌很是心疼："一丁点儿没睡吗？做什么事情非要熬夜？"

林卉上传一张街景。照片背景是晕染天际的红霞，前景是梧桐树连成的绿荫，笔直的青黑柏油马路，工作中的银白清洁机器人。

林卉说："已经在地铁上了。有点小兴奋，恐怕睡不着。"

查德维克也还醒着，突然诗意了一把："天上的光华，地面的烟火，姑娘你在地下游走。"

"你还能再扯两句吗？"陈斌笑问。

过了半分钟，查德维克承认："扯不出来。"

"赵铭史能。他觉得钱能搞定一切。"陈斌随即上传赵铭史的音频。这个人靠近他时，他便开启了耳麦中的录音功能。

查德维克就问："嗨，林卉，你司会不会为了钱让知味鲜进站？"

林卉说："我的《太空火锅征集方案评审标准》你们没看吗？我们办事是公开、公平、公正的。"

"也就是说，如果知味鲜符合这个标准，它就能如愿了！"陈斌心里隐隐地不爽。

"是的。"林卉肯定，"不过标准还没有最后确定，发群里就是为了征求大家意见。"

陈斌眼前一亮。"可以设定条件，将知味鲜排挤在外。"

林卉发了个"捂脸"的表情图。她随即和陈斌开了私聊，提醒他："你别说得那么直白，李处会尴尬的。"

"可要是让知味鲜上来，就等于给资本撕开了口子，空间站以后不定成什么样子了，就不再是科研的桃花源。"陈斌越说越激动，"你司也不能为了发展太空经济，由着资本胡来啊！"

"胡来？"林卉反倒乐了，"想在太空吃火锅的可是你们！"

陈斌辩解："不是我。查德维克思念的也不是火锅，而是火锅代表的人间烟火。"

"人间烟火让空间站上了热搜。你知道这有多重要！"

"有多重要？"

"起码蓬莱酒店的招聘广告有人响应了。"

陈斌去查看官网后台，发现这两天官网流量确实增加了不少，招聘项目居然有十五人报名应聘！他连忙打开这些人的资料，林卉！竟有个名字是林卉！

陈斌盯着屏幕上的名字，好一会儿才确定不是幻觉。他问林卉，尽量让语气平静："我看到应聘的名单中有个人叫林卉，不会是你吧？"

"是我呀！要不我熬夜干什么？要考酒店管理的学历，拿资格证。"林卉说，"还得向前辈你多请教！"

陈斌的心脏停跳了半拍，然后才慢慢正常。他感到眩晕，一种巨大的快乐感席卷了全身，他的手激动得都握不住电子笔，不能书写。

网络那边的林卉说："你怎么不说话？你是不是觉得我学经济学的改行酒店管理不靠谱？知识体系不同，但知识是相通的，而且学习能力和执行能力是不分知识体系的。我觉得我学习能力和执行能力都很强！"

女人啊，都是如此絮叨，陈斌想。等等，林卉要应聘蓬莱，为了应聘资格在熬夜读书，这……这什么意思？陈斌稳住手，一个字一个字打出来："你——怎么想要来蓬莱？"

"你不欢迎吗?"

"欢迎欢迎,"陈斌发了个大大的"笑脸","我特希望有人来接替我,我好回地球休息。"

"那你再等三年吧!"

"你不是说自个儿学习能力和执行能力超强吗? 拿个学历资格证什么的,还需要三年吗?"

10

陈斌和林卉一直聊到她下了地铁。这是他人生中第一次和一个女子长聊,第一次和一个女子聊工作以外的事情,第一次有了迫切离开蓬莱返回地球的冲动。

这个世界真是神奇,陈斌看着窗外想。北极,北京,北半球……地球在他眼前翻滚,他在那里生活了三十多年,都没有遇到一个可以思念牵挂的姑娘。而这里,这里是距离地面四百三十二千米高度的太空——高度不稳定,苍穹在行进中会有几千米的起伏。这几千米在茫茫太空中只是微小的距离,丝毫不影响他和地球的关系。他以为自己这辈子做了人类极致体验的维护者,为创造下一个更好的太空酒店积累经验,就足够了。他已经翻开了太空酒店历史的第一页,那就尽量把这页写好一点。

他竟然会遇到一个姑娘。太神奇了,很短暂的时间,只是线上聊了一些话,他就心动了。人生中所有兴奋的体验加在一起,都没有此时神经荡漾的美妙,仿佛阳光一直穿透到灵魂深处。而且林卉也说，她现在出门的时候都会不自觉地抬头寻找苍穹，她还去星空拍摄发烧友的网站，观看每一次的苍穹过境拍摄会。

没有说因为他，但那话中分明有他。他能感觉得到，隔了那么远，地球带着南京已经飞到了他视野的背面，但他就是能感受得到。熬夜的姑娘语气还那么好，遣词用句都透着一种说不清道不明的亲昵。这种暧昧的亲昵，初次接触只是舒服，时间长了，便如暖阳熨帖着每条血管每根神经每个毛孔，身体无一处不沉浸其中，美好而激动。

窗外，地球边缘，大气层的蓝色边际线渐渐清晰，云雾一瞬间就展开了白皙的真容。那是绵延几千里乃至上万里的云海，有些地方断裂开，显示云海的深度。深深的云海之下，是碧蓝广阔的太平洋中部，反射着灿烂阳光。云海突然卷曲，螺旋状向中央集中，那里正酝酿着台风。正如他的内心，也在酝酿着情感的狂风骤雨。

陈斌忍不住了，他戳了戳电子笔记上查德维克的头像，开启视频通话。

"嘿，陈斌，我刚睡着，正做梦呢。"查德维克揉揉眼睛，"啥事儿？"

陈斌又羞涩起来，支支吾吾："啊，你有什么对付知味鲜的办法吗？"

查德维克说："我就要找到办法，你把我叫醒了。"

陈斌尴尬地说："抱歉，吵到你睡觉了。"

"你和张站谈谈。"查德维克建议，"他也很担心资本的事情。"

陈斌忙点头答应。

11

蓬莱酒店按照北京时间进行各项工作。对于初上天的游客们来说,时间不是太阳升降带来的黑夜白天,只是纯粹的数字定义,就像方向,也只是人为的约定俗成。游客需要一个适应的过程,然后才能安排活动。陈斌给这期游客准备的活动有:参观空间站的四个科学研究舱和不拘号太空望远镜;去太空温室采摘蔬菜,并为下期游客种植新的蔬菜;还有令游客惊喜的章华台太空自由漫步。

导游讲解的工作,由瑶姬和毕方负责。瑶姬的机器人带着早饭后精力充沛的游客慢悠悠穿过对接舱,进入苍穹太空站。陈斌跟在他们后面,一路叮嘱:"慢点,动作慢点。"毕方的机器人在对接舱那头接应,引导乘客穿过对接舱,从天枢舱的四号门进综合实验舱,再转行至三号对接舱。不拘镜就驻停在对接舱七号舱门外。

不拘号望远镜的正式名字叫作不拘号光学舱,安装了一套直径达两米的光学探测设备,可以同时进行天地观测。不拘号有独立的动力系统,曾经伴飞苍穹一号空间站。现在它大部分时间与苍穹四号同轨并行,执行观测任务。只有在维护和补给的时候,才会和空间站对接。

"不拘号的分辨率达十五厘米,地面上的行人手上拿什么东西都能看得一清二楚。"陈斌耳机调在游客呼应频道,听到毕方用东北口音的普通话讲解。

突然，老张的声音插进来："我在实验舱三号机柜这儿，你空了过来。"

综合实验舱是开放舱，为民用小型航天实验专设。三号机柜是蓬莱酒店的柜子，目前在进行太空消毒液的研究。陈斌在那里停步观察了一下，实验进展很正常。

于是趁游客们专注太空望远镜的时候，陈斌溜到三号机柜旁。

老张说话直截了当："小陈，我们自己搞个火锅方案。"

陈斌迟疑了几秒，但他脑子没转到火锅上，想的是林卉将有怎样的反应。

老张不等陈斌回答，也不需要他回答，这个事情他不是决策者，他只能做好执行者。但老张需要一个倾听者，也得给陈斌行动的理由。老张解释："李朗的思路，用太空站不合适。他是应该配合我，而不是我去将就他。"

陈斌终于将神经拨到火锅档上，对老张表态："哥，我原来是有两套方案的。"

"优化成一套，也参加李朗的征集活动。我们就选这套！"老张说，拍拍陈斌肩膀，"你搞得定！"

陈斌的神经都活跃起来，建议道："要不把经济司也拉上，一起搞。"

"要能当然最好，他们愿意干吗？"老张问。

"试试。我问问林卉。"陈斌琢磨林卉应该会答应，但万一她嫌事儿多拒绝呢？他不能把话说满，逼自己进死胡同。

老张就催促："赶紧问。还有，别再让我看到赵铭史，闹心。"

12

陈斌也想赶紧，但今天要和林卉说话突然就有那么点不自然。在工作群里问又不合适，他拖拖拉拉到午饭，才给林卉留言。弯弯绕绕的话他说不来，就直接讲了老张的意思，希望苍穹空间站和太空经济发展促进司联手提出一个火锅方案，因为对需求有了解，所以他们可以保证这个方案的合理性和可操作性，进而战胜以知味鲜为代表的资本方案。

"张队主要怕后续会带来意想不到的种种事情，目前空间站科研任务很忙。"陈斌补充，怕林卉那边不能理解。

陈斌觉得这事儿直接视频能说得更清楚，但太空自由漫步要开始了，他得忙上十二个小时。自由漫步是游客们整个太空行程的高潮，按以往的经验，无论是行走者还是旁观者都会特别亢奋，因此一丁点儿差错都不能有。

相比航天员的太空工作服，蓬莱酒店为游客准备的"飞天"简易太空出舱服简化了许多功能。但出于在太空中的安全着想，这套衣服仍然制作复杂，费用昂贵。蓬莱只准备了两套，其中一套还是工作人员专用。也就是说一次外出只能有一个游客。游客外出顺序由抽签决定。

在准备会上交代了自由行走的种种注意事项后，瑶姬主持了抽签仪式，赵铭史抽中了第一签。夜晚的酒精已经从他体内挥发干净，他看上去和登上蓬莱时的样子并无二致，五官精致漂亮。

"哇哇！我太幸运了。"赵铭史很兴奋。他一早就申请了五分钟直播，第一个出舱用太合适了。每个游客的十五分钟直播时间是蓬莱提供的特别福利，可以分段申请使用。

陈斌再次叮嘱："你一切听我指挥，不要临时起意。"

"没问题！"赵铭史回答，眉开眼笑。

陈斌出舱已经十二次，轻车熟路，没有太多情绪。他瞅一眼电子笔记本，林卉还没有回复。她是有重要的工作吗，还是要找李朗汇报请示？一时间陈斌心里惴惴不安。但工作还得继续，尤其是出舱，半点走神都不行。他清理下情绪，带赵铭史进入气闸舱。在机器人协助下，他们换上了"飞天"外出航天服，吸氧排氮，等待气闸舱与站外真空环境压强一致时出去。

章华台此时已经搭建完毕。它正对着球舱，让游客们坐在舱中就能详尽观看外出者的情况。大屏幕则将更细节的部分展现出来。气闸舱减压的这段时间，瑶姬搞起了有奖问答："人类第一次太空行走，到现在已将近百年，行走的人是谁？他在外行走了几分钟？"

"苏联宇航员阿列克谢·列昂诺夫，他在太空中行走了十二分钟。"这个问题真没有什么难度，回答者得到了五十积分。

"中国第一个太空行走的航天员是谁？请说出行走时间和任务名称。"

"这也是送分题啊。"游客中有人笑，"二〇〇八年九月二十七日下午十六时四十三分许，神舟七号载人飞船指令长翟志刚进行了出舱活动。这谁不知道呢。"

"舱门即将开启。"瑶姬报告。连接章华台的酒店船舱上，一扇圆形舱门向外打开，里面露出银白的头盔。头盔上扬一点，里面是陈斌的脸。

游客们紧张起来，都情不自禁走到舷窗前，手扶上玻璃。

陈斌跃出舱门，安全带飞到空中。他抓住安全带，将一头扣在露台的护栏上。安全带另一头，第二顶头盔从舱门里冒出来。赵铭史出来了，但他身子出了一半时，突然卡在门口一动不动。

"怎么了？"陈斌急问。

"我……"赵铭史语无伦次，"我……"

陈斌安慰："别着急，慢慢推动旁边的舱壁，出来很容易。"

十几秒后，陈斌的通信频道里响起赵铭史的哭泣声。他哆嗦着说："我有点腿软。外面太黑了，我……我怕一脚踩空了。"

"放轻松。"陈斌安慰，"你正直播呢。"说着飘到赵铭史上方，收紧安全带，将他拉过门。

赵铭史的太空自由漫步时间为三十分钟，包含露台系绳漫步、搭建太空飞梯第一段两项内容，既体验了太空的深邃，又体验了早期航天人工作的辛苦，环节设计用心良苦。由于是游客，训练的时间不多，所以需要陈斌格外留神。好在有机器人协助，赵铭史很快就适应了太空失重环境，在陈斌的指导下慢慢移动身体，行进到露台边缘。他在这里休息片刻后，将搭建两米长的太空飞梯。飞梯由柔性材料组建，连接章华台与球舱。六名游客各自组装一段，机器人完成剩余的长度。

陈斌带赵铭史靠着扶栏坐下。他们半个身子悬空，看上去既危险又浪漫。此时，他们面前的地球是明朗的白天，没有云雾遮掩，大地清晰可辨。

"那条突起就是喜马拉雅山脉，顺着它，是青海的广袤戈壁，往上一点，那块镶嵌绿边的黄色是塔里木盆地。"陈斌

——指点。

"塔里木的绿化真好啊。"赵铭史感叹,他的目光在天地间逡巡,忽然叫,"那是天芯号吧?感觉好近,我轻轻一跳就能跳过去。"

天芯号此时正在蓬莱下方,银白舱体上的标志依然鲜艳夺目。

陈斌心里一惊,有个念头闪过脑海,但他说不清是什么。

13

赵铭史的太空漫游顺利结束了。他稳稳当当回到气闸舱,机器人将他的头盔摘了下来。赵铭史深呼吸,摸了摸头盔,才意识到自己还戴着厚实的太空手套。

赵铭史笑:"太空工作太不简单了。要是回舱后有个滚烫的火锅等着,该有多爽!"

陈斌在赵铭史身后进舱,关闭舱门。听到赵铭史的这句话,瞬间醍醐灌顶,刚才那个飞过脑海的灵感清晰了,他抓住了它。从赵铭史脱下出舱服到第二位游客穿上出舱服有六十分钟时间,他还来得及把这想法记下来。

陈斌脱下手套,抓住电子笔记狂写,还得有些计算,虽然不用太细致,只需说明思路,但也要尽可能有说服力。三十七分钟过去,陈斌完成了老张需要的火锅优化方案,立刻发给了林卉。

"我们不必改造蓬莱。天芯号,就是现成的火锅厅。"陈斌留言,"天芯号上的机柜里还有设备,加热器完好无损,就地改造便可以。天芯舱体小，纤维膜折叠网可以做得更精巧。关键是让天芯与蓬莱伴飞。这样需要吃火锅的时候，天芯与蓬莱对接就可以！"

陈斌说清楚了自己的想法，如释重负。

第二位游客是跳着进气闸舱的，一见陈斌就笑嘻嘻地说："陈哥，你昨天带我们跳的太空迪斯科，今天在网上爆了。"

陈斌说："老酒惹人心动，老歌更有节奏。老东西更能再利用！"

耳机中，忽然传来林卉的声音："陈，你现在有时间聊聊吗？"

"当然有！"陈斌立刻回答。

"我看了你的方案，觉得你的想法很好。和李司沟通了，他也同意。"

陈斌兴奋："真的吗？那可太好了！"

"李司说，得给火锅起个名字，把品牌建起来。你赶紧想个名字，我来把方案规范化，提交征集平台。"林卉的声音也有一些激动。

名字？口中是熟悉的滋味，脚下是美丽的地球，人在天地间走得再远，还是眷恋来时的乡土。太空火锅存在的意义，不在填饱肚子，而在满足思念。

"陈斌？"林卉轻柔地呼叫，"你怎么不说话？"

"天芯现在位置是，"陈斌和毕方沟通了一下，报出，"地球上空高度四百三十六点七五四千米。四舍五入，就叫它'437火锅'，行吗？"

"行的，太行了。"林卉的笑声清脆悦耳，"这个不落俗套，很好呢。"

凌晨，科普与科幻小说作家，中国科普作家协会科学文艺委员会副主任委员。代表作有长篇小说《月球背面》《鬼的影子猫捉到》，短篇小说《信使》《猫》《潜入贵阳》等。多次获得中国科幻银河奖和华语科幻星云奖。

失重的语言

昼 温

○

　　不同地位的人，用的语言是不一样的。在她的家乡，有一种非常正式、非常礼貌的语言风格"krama"，还有一种很日常的"ngoko"。当然，一种语言的不同风格变种在很多国家都存在，就像汉语里的"请您用膳"和"来吃饭了"，适用于不同场景的"语域"。这是她认识那个中国女孩以后才知道的。

　　"母亲，请问，我何时才可出门？"

　　不知道为什么，家本该是最放松、最亲密的场所，但她也只能用krama与母亲对话。如果她不小心用了一个属于ngoko的词，而krama中又确确实实有着同义词，那么只会换来母亲的冷漠。母亲的耳朵只为krama而生，会自动过滤掉ngoko。

　　"母亲，求求您，请您给我一点回应吧！"

　　她说得很慢很慢，以表示尊重。在这里，语速也是语义的一部分。跟同龄的朋友在一起，她脑海中的话语会争先恐后脱口而出，像雨点儿噼里啪啦落在棕榈叶上。朋友们也以同样的语速回应，甚至更快。听起来像吵架，像在YouTube上倍速播放的视频。没有人会来不及听懂，这是亲密的象征。而母亲的话总像遥远而缓慢的雷声。这里一年之中大约有二百二十天能听到雷声。

但母亲还是没有回应。她开始感到烦躁。

她实在是在这个小卧室待得太久了。房间太小，一张床，一张椅子，连桌子都没地方放。朝东的墙上贴着一张世界地图，雅加达（含义是"光荣的堡垒"）和休斯敦被分别用一颗心脏标了出来。村里很多孩子一辈子都没有去过的两个地方，只是她追梦路上的第一个、第二个小目标。她不喜欢逼仄的地方，她的心生来属于星空。

但母亲说过，这不可能。太空太冷、太高，热带长大的她不可能适应。她生活在一个以鲨鱼和鳄鱼命名的地方，这里被轮番殖民，语言拉丁化后失去了原有的文字；在全球化浪潮中翻滚，影响力甚微，外来语众多，输出语极少，krama甚至被外国语言学家指斥。更重要的是，这里没有出过一个宇航员。

"母亲！！！"

她再也受不了了——狭小逼仄的房间，潮湿温热的空气，冗长缓慢的krama和它背后严密的尊卑关系，甚至拖拽肉骨的地心引力。她要离开这里，就算没有母亲的允许。她要给所有人看，生于赤道林间的女孩也可以在高远的星辰间飞翔，那里有着太多祖先想都没想过、母语中根本不存在的词汇。更重要的是，她太想向母亲证明自己的强大，好让两人都放弃那种冷冰冰的语言。

随着决心下定，束缚她的一切都消失了。温度逐渐下降，变得适宜；krama淡出脑海，她终于知道如何用对待一个平等女性的方式与阿芙达对话；窗帘在无风的环境下扬在半空，世界地图静静飘浮在她的身边，蜷缩成一个浑圆的球体，无论雅加达还是休斯敦都看不清楚了。

她也飘了起来，重力仿佛在这个小房间里消失了。她熟练地掌握身体，几下飞到窗前，满天星斗正在咫尺之外等候她的光临。为了阻止她偷偷跑去那个宇航迷邻居家里看书，阿芙达给大女儿房间的这扇小窗上了三道锁。但这难不倒她。

十分钟之后，她已经飞到了窗外，星空张开怀抱欢迎。再也没有人能束缚她了，她已经与最为广阔的存在融为一体。

　　只是，真冷啊。

《耳——语》

维森特·阿莱克桑德雷

　　人的词语最终成就一个礼拜日。
　　女孩们从所爱的山丘下降，
　　从殷切期待的小丘。
　　男孩们对她们说出的词语仿佛曙光，
　　仿佛浑圆的吻，
　　那吻好像地平线或被传颂的词语。
　　词语或双手被缚的真切合唱，
　　翻滚，哦是的，旋转，
　　在明澈的白昼。

一、第一个失去的词语：“丛”

尽管受到空间运动病的困扰，来到这里还是让我有种解脱的感觉。

自从通过去美国留学来挣脱长姐身份的束缚后，我成功抵达距离地面几十万公里的深海望舒国际空间站，不再是融不进任何一个小团体的异乡人——宇宙是所有地球人的异乡，大家都一样。

我花了三天才适应这里，不会再在第三餐后吐出胆汁（我不想说晚餐，毕竟在地月拉格朗日点上早就失去了天的概念，"早""中""晚"其实没多大意义）。这其实算慢的。几年前，几个五六十岁的成功企业家在太空兜了兜风，商业航天便像爆发的流星雨一般集中闪耀。现在在各个轨道上飘浮着十几个空间站，普通人也能圆一个"飞天梦"。

当然，也不是所有"普通人"都花得起这个钱，尤其是去这个人类目前在宇宙中最为深远的居所。来美国读书已经掏空了家里积蓄，我平常需要给教授打工才能勉强支撑生活，这也是一直没能融入当地华人圈子的原因之一。能拿到昂贵的船票，我靠的是"联合国青年载荷专家上太空资助计划"——UNYSP，中文简称是"太空青荷计划"。第一批申请来自全球二百多个国家几万名二十多岁的青年科研工作者，我有幸成为排名第五十一的候选人，又因为前面有一人弃权而作为替补上天——然后什么都没干，狂吐了三天。

时间有限，我不能白来。身体刚恢复一点，我就笨拙地抓住舱壁上的把手，艰难调整姿态，第一次挤出了狭小的个人休息室。尽管这里的空气净化循环系统是最先进的，但我不能再假装没看到印尼宇航员尼莉亚上次进来时下意识的表情。

科学舱跟生活舱离得不远，我没花多少力气就到了，只有两次想停下来呕吐。这里的地方更小，舱体四壁都塞满了半圆形的科学实验柜，在中间留下两米见方的通道供人来往。还好，大部分实验柜都是无人操作，或是远程操控的——我知道在中科院空间应用与技术中心的有效载荷集成大厅，就有科研工作者们戴上VR眼镜，双手操纵几十万公里外的化学或生物仪器，误差只有几秒钟。

我的实验柜不在这里。我不需要实验柜，我必须亲自来这儿。

狭小的过道内，有我要找的人。是一位戴眼镜的男性，跟我差不多的年纪，看起来几乎同样糟糕：头发几个月没剪，一撮一撮冲着不同的方向疯长；眼睛很大，眼角稍稍下垂，就算藏在黄色的镜片后面，眼白处盘根错节的血丝也清晰可见；消瘦的面孔展示出骨骼的棱角，下半张脸冒出点点胡茬，蔓延到脖子，直到喉结上方都是黑乎乎的一片。他穿着一件黑色的宽松T恤，把自己固定在一台科学实验柜前，全神贯注地盯着屏幕，肩膀以下都消失在手套箱里，似乎在操作什么精密仪器。

如果稍微打理一下自己，他绝对是一个很清秀，甚至谈得上帅气的青年，但现在只能算一个略带痞气的邋遢大叔。我早就认识他，知道他现在在中科院微重力研究所工作。他是我此行的目的之一。

我飘浮在科学舱的入口，静静地等他做完实验。他也许注意到了我，也许没有。总之没有一点儿要跟旧识打招呼的意思。他应该早就知道我也在这次任务里，就像我在青荷计划的手册里看到他的名字一样，只是绝对不会如我那样欣喜。他嘴角向下撇，眼镜几乎贴在了一寸见方的小屏幕上。不知道为什么，这个场景有些让我着迷。

又过了一会儿，他把自己稍微推离实验柜，从手套箱里抽出双手，解固定带。他一定是注意到我了，两人的目光曾在一瞬间交会。他表情还是没有变化，那双略微下垂的狗狗眼好像在看什么不怎么令人满意的实验结果。"哎……"我张张嘴，心跳加速。可是还没来得及说什么，他的头就转过去了。

看固定带全部收好后，我再次张嘴，但他还是没有给我机会。青年敏捷地从我旁边的空隙穿过，进入生活舱。他很瘦很高——我想空间站的生活让他更高了。他比我更适应失重环境中的行动，就像海水中一条长而黝黑的鱼。

"唉……"

我知道，就像我想要摆脱地面上的一些东西一样，他一直想要摆脱我。

他不知道，我这次来，也是想要彻底地摆脱一些东西。

二、往事：高中（之一）

我们是高中同学，在那个小镇学校，两人的成绩是全校断崖式前二。学校每次大考都会按照上次考试的排名来安排考场和座位，我就常常在一班教室第二排望着他的背影，咬牙切齿决心一定要在毕业前坐上他的位置。那时他已经很高了，又黑又瘦，一双大眼睛藏在厚厚的眼镜后面，还没挂上黑眼圈。

可惜直到文理分科，我都没能如愿。我坐上了文科考场的第一位，他自然是理科。我们都比分科前的成绩更好了。

又过了一段时间，我获得了北京一所高校的外语类保送资格，提前离开了千军万马挤独木桥的残酷赛场，而他还在拼搏。虽然早已不在一个班，但我也知道他在全市联考中发现了自己语文和英语方面的劣势，他的压力随着高考倒计时逐渐增加。

我已经喜欢上他了。对于青春期的女孩儿来说，关注总是容易转化成爱慕——不自觉被别人的重力捕获，成为一颗只围绕他旋转的卫星。

我经常在晚自习找借口走出闹哄哄的保送生专用教室，来到他所在的楼层。我会在经过他们班时向他的位置瞥去，尽力装作不经意。如果看到他在座位上学习或发愣，我的心会被狠狠地烫一下，热量从脸颊上散发。更多的时候，我无法在那个堆满教辅书的角落里找到它的主人。这样我的心便雀跃起来，知道这将是一个美好的夜晚。

那天也是如此。他不在教室。我轻车熟路，一拐来到有两排小自习室的矮楼，朝一扇一扇窗户里望去，很快找到了他。这就是全校第一的特权吧，老师根本不会管他在哪里学习。

"嗨。"我推门进去，声音很轻。

"嗨。"他抬起头回应。我们的目光短暂相接。他的眼睛好大好大，里面仿佛映着窗外的星海。外眼角下垂，有点儿无辜，有点儿可爱，像小狗的眼睛。但是在他面无表情时，这双眼配合其他五官会显得很凶。他经常没有表情，现在也是。

"还在看英语？"我径直走进来，坐在他的身边。他在教室里的位置上堆着摇摇欲坠的竞赛书、试卷和教辅，此时眼前只有一支笔、一本书。

"是啊。"他转头看试题，微微皱起了眉头。

"应该选at the same time。"我向左倾身，指着他答错的那道题。我的手臂擦过了他的胳膊，肩膀相碰。我的右手在膝盖上攥紧了。心跳得厉害。"题目里这两件事是同时发生的。"

"是吗？"他没有躲闪，说不好是不是在专注试题，"'同时'……如何定义'同时'？是同一个时刻，还是同一个时段？中国和美国的午夜十二点算同时吗？"

回去偷偷查了资料，我才知道该如何回答他：at the same time更多指的是同一个时段，它的法语表述是en même temps，"时间"用了复数形式。但当时很多人——比如教过我们的英语高级教师——都认为他这种行为是在"抬杠"。一个小小的选择题而已，其他选项都能轻易排除掉。当时的我也很难理解。

"同时……同时……同时性可是物理学里最深刻的概念啊……"

他嘟囔着，随手勾上了"正确"答案。

那是我第一次隐隐感受到，专注于不同领域的人，会说不一样的语言。艰涩的术语建立起壁垒，同一个词汇拥有万千含义。生物学让拉丁语重焕生机，物理学将核的联想从坚果（nut）推向死神（nuclear bomb）。时间在我眼中是朝、宗、觐、遇，是入梅、侵夜、入冬、越年，是"绸缪束刍，三星在隅；今夕何夕，见此邂逅"。时间在他眼中是物质的永恒运动，是变化的持续性、顺序性的表现，是d、h、min、ms，是GPS卫星系统用的铷原子钟。语言的模糊、多义性始终困扰着致力于探索万物之理的他，也在后来以另一种方式折磨着我。

但在那个散发着荷尔蒙的夜晚，一切壁垒都不重要。

"谢谢。"他说。他对我笑了，狗狗眼眯起来，我的心都要化了。"谢谢你，玉玦。"

他放下笔，修长黝黑的右手就在我的手边，皮肤间只有物理学意义上的距离。只要一个心跳的振动，两个质量相当的星球就能在几年间的互相吸引后最终相触，释放出难以估量的能量，和一个与他相守的未来。

夏夜的晚风从没有关牢的前门吹进来，他很绅士地等待我的决定。

只是，那一毫米的距离我始终没有逾越。他并不是我生活中唯一的引力源。我的亲妹妹李玉璜也在这所校风保守的高中读书，她一直视我为榜样。在我的生活中，四分之一用来当女儿，四分之一用来当学生，四分之二都在做姐姐。做一个乖巧，守规，在哪个方向都能给妹妹指引方向的长姐。

晚自习的下课铃响了，学生们拥出教室。

两年后，他在大学找到了一个同样热爱物理学的女孩。他们发在QQ空间里的照片很般配。

三、第十个失去的词语："姊"

"没有说服他支持你的实验？"

"根本没说上话。"一天的工作下来，我失望地回到深海望舒里属于自己和尼莉亚的"小卧室"。

这位来自印尼的宇航员姐姐是这次"青荷计划"的负责人

之一，刚从失重的睡梦中醒来。太空中的昼夜节律与地球不同，人们掐着表，轮流起床值班。她的身后飘浮着百十个汉字的全息投影，那是我这几天教她中文用的语料库，基本上都是最常用的词语。一定是睡觉前忘记关上了。

"一定要他的语料吗？杏、阿纳托利和戴维斯都贡献了不少吧？"尼莉亚挥了挥手，那些方块字消失了，就好像被狭小的空间挤没了一样。

"我需要活的语料，"我解释说，"需要我亲自介入交流。如果只用分析录音，我根本不用来这里。太不巧了，这段时间整个空间站只有他一个会说汉语的载荷专家……我是说，我不能去打扰核心机组人员对吧？"当然，这只是理由之一。我还没有告诉她我们的私人关系。

"我们的交流不够吗？"尼莉亚眨眨眼睛，睫毛很长，忽闪起来让人心动，"哦，对了，你需要母语者，毕竟我们说的是第二语言。"

"不，尼莉亚，你已经帮了我很多。"我赶忙飘过去，握住她的手。说来讽刺，尽管才来空间站四天，尼莉亚已经成了三年来和自己最亲近的人。有时候，我甚至会把这个身材修长的爪哇岛人看作我的姐姐。

有人觉得，都用第二语言交流的人极难相互理解，但我深刻地体会到，操着第二语言的人跟人家母语者交流更难受。在美国留学的这三年，那些母语者聚在一起，因为我根本听不懂的梗哈哈大笑，有意无意的轻瞟比一开始就冷漠的目光更伤人。尼莉亚在中国工作过一段时间，反而跟我更有"共同语言"——英语学习者特别喜欢用的词组"looking forward to""fine, thank you, and you""I wonder if ..."在某种意义上来讲成了跨越文化的共同标签。

"玉珙，其实我对你的理论很感兴趣，在项目选候补成员时投了你一票。"

"啊，是吗？"我其实很想知道自己是怎么被选中的，毕竟我想要带上太空的实验不是那么的"传统"，看起来也不太"有用"。

"当时还在空间站的，包括曾经上过太空的人，大部分都投了你的理论。"尼莉亚松开她的手，横着在生活舱旋转，"来过的人才知道，太空的一切都跟地球不一样。我们失去庇护，要承受无法被完全屏蔽的宇宙射线，有些甚至来自银河之心；我们的肌肉流失、萎缩，如果不加强锻炼，回到地面站都站不起来；我们的昼夜节律紊乱，无法躺倒，也无法获得彻底的休息……尤其是深海望舒，人类从来没有在如此深远的太空停留这么久，地球磁场都难以提供庇护。对不起，一个服役五年的宇航员，不应该跟你说这些。"

"不……"

"人类走进太空这么多年来，花了太多时间去关注物理、生理上的变化，关注心理变化的不多，像你一样关心语言变化的就更少了。'太空语言学'……你在报告里说得很对，尽管人类历史上有过那么多奇特的语言，但都是基于同一套生理基础、同一个地球环境的反映。白天与黑夜，坚实的大地，下落的苹果……文化是环境的产物，当人类来到一个全然陌生的环境，他们的语言怎么可能不发生变化呢？"

我不知道该说什么。我没想到尼莉亚如此认真地阅读了我的报告。

"其实，英语不是我的母语，印尼语也不是。印尼是一个有着七百一十八种语言和方言的地方，语言多样性排在世界前列，而我的母语已经濒临灭绝。在我的家乡，人们信仰一种万物有灵的神教，相信生命会给生命启示。在新人结合的典礼上，人们会现场宰杀一头牛，剖开它的胸腔，通过观察心脏的活力来预测这段婚姻的未来。而在这里，离一切生命都如此遥远，我甚至感到我的语言都在枯竭。是的，玉玦，除了工作中的交流，从我口中已经很难流出其他音节了。就算是跟家乡的亲人通话，我也时常蹦出航天术语。我早就该知道，失重环境下，我们不断失去的不只是肌肉。"

"哦，尼莉亚，我很抱歉，"我说，"也许你该跟航天中心的心理咨询师聊一聊。"

"已经聊过了，她建议我回地球疗养，"尼莉亚望着小舷窗外遥远的蓝色海洋，"既然你的身体已经好了很多，我很快就会回去。"

原来尼莉亚是为了我才推迟了回家的时间，我心里感到又愧疚又温暖。此时此刻，我好想叫尼莉亚一声姐姐啊，只可惜英语里的"sister"不分年长年幼，加上"elder"也不能传达我此刻的不舍与依赖，还有对未来独自面对太空的嗟嗟惶恐。

"总之，我们很快就要告别了，"尼莉亚的眼睛亮晶晶的，但眼泪没有飘出来，"希望你的研究可以顺利。"

"谢谢……"我挨近她，两人抱在一起。

我决定，在她回地球的前一天，我要告诉她"太空语言学"的真正含义。

四、第三十五个失去的词语：“绸缪”

意平对我的态度已经很明显了，再跟他搭话似乎是自取其辱。可我的研究必须要和他合作，这也是我彻底摆脱他的方式——将我对他的感情进行解耦。我没有跟尼莉亚说实话，所谓"太空语言学"的真实内涵也远比我交给组委会的申请报告要复杂。两者的本质甚至都是相反的。但想到尼莉亚为了让我完成研究牺牲了好几次返回地球的机会……我知道自己必须尽快鼓起勇气和他再次接触，为她拿到国际大奖级别的成果。

毕竟，这不是我第一次"自取其辱"了。

读大学时，我曾在学习《西方语言学理论》时见过这么一段话，一度动摇了学术信心：

> 数学之类的学问是不允许出错的，而语言本质上具有高度的容错率，即使因为发音欠佳，句子不合语法，文章语病迭出，沟通一时受阻，语言交际的桥梁也不至于垮塌。语言甚至允许习非成是，靠频率高、用者多取胜，以致最终错谬的也变成正确的。……语言理论也是如此，经常无所谓对和错。……

我想起他对时间副词的论调，渴望能像物理一样拆解语言。我沉迷叶姆斯列夫的理论，试图剥离声音、官能、环境、文本这些外在的东西，获得语言学真正而纯粹的对象。正像索绪尔倡明的那样，语言是形式而非实体。叶姆斯列夫所研究的语言代数学更是深得我心："它的表达科学不是语音学，它的内容科学不是语义学。"

我试图跨域具体语言寻找繁花之下的脉络，我用数学的精确将语义分割，我把索绪尔的名言挂在床头："语言学的唯一的、真正的对象，是就语言和为语言而研究的语言。"

当我觉得一切成熟时，我给他写了一封信。我说我已经找到了语言与物理的关系，我想和他合作。

他拒绝了我，拒绝了很多次。如此决绝地拒绝，甚至拉黑了我的微信。当然，后来我也在自己偏执的理论中找到了原因。当所有联系断绝，当期末考试与绩点像一盆冷水泼来，我才发现当年自以为的超脱万语千言以求真理，不过是左脚踩右脚离开地面的把戏。我放弃叶姆斯列夫，回到普通语言学的怀抱，重新研究每一门具体的语言，每一个具体的语境——安全，好保研，好发论文，好升学。我不能忘记，小妹玉璜也跟着我学了语言学，我还是要做她的榜样。

从那时起，我开始想办法把自己拉扯出他的引力范围。

这是我在空间站第二次见他，也是高中毕业后的第三次。

他看起来跟上次一样糟糕，只是胡子又长了，再加上换了一件深色T恤，整个人黑乎乎的一团，跟灰白配色的科学舱形成了鲜明对比。我也像上次一样，静静地看他把整个手臂伸进手套箱里，全神贯注盯着实验柜上小小的窗口。我的心已经平静了很多。

"嗨。"

没有办法假装听不到我的话，青年把固定带收进科学柜，简单点了一下头，甚至都没有抬眼看我。

"好久不见。"我硬着头皮继续搭话，整个身子挡在科学舱和生活舱的过道处，不让他溜走。

"好久不见。"他的声音如此沙哑，是什么时候开始抽烟了吗？转过脸来，他用小狗一样的眼睛紧盯着我，好像想用目光把我拨到一边，让自己离开这里。

"呃……也许我们可以叙叙旧，我已经在这里等了你很久，你可能没注意——"

"我知道。"

我愣了一下。他知道什么？

"我刚才就知道你来了，"他指了指自己的实验柜，像跟一个实验室的普通同事说话，"每次你出现，都会带来引力的波动。"

"我没那么沉吧……"我立刻开始回想自己最后一次体检时的体重，并确信在空间站吐掉的东西远比吃进去的多。等等，这不该是问题，按照万有引力公式 $F=G\dfrac{Mm}{r^2}$，就算我的体重比地球上最胖的人还要重百倍，产生的引力也无法吸附一只蚂蚁，更何况我每天在空间站的活动半径也非常有限。他的实验柜竟然能够测到如此精准的数据？

"这可是好东西，一只蚂蚁的质量扰动都能测到。"他轻抚着灰色的科学实验柜，就好像在看热恋中的女孩。

我一时没有回话。这正是我曾经对普通语言学失望的原因之一：地球上的语言如此模糊、多义，一两个词语的改变根本不会影响整段句子的意思。对同一段英文可以有百种汉译，难分优劣对错；大众在使用中不断扭曲固有语言，曾经错误的读音、被曲解的成语都可以随着绝对使用人数的增加登上大雅之堂，被词典收录，成为新一代人类眼中的正确。与物理学相比，语言没有公理、没有公式，甚至没有一个固定的观察对象，研究者提出的理论也难以在个体中复现。*即使因为发音欠佳，句子不合语法，文章语病迭出，沟通一时受阻，语言交际的桥梁也不至于垮塌。*他很早以前就知道，这无法与严谨的物理科学相比拟。

"为什么拒绝我？"我脱口而出，"我说上次，三个月前的那封信……"

他一时没说话，垂下目光。

"你明明知道，这跟本科时候我妄想的那些理论不一样。这个实验是有可能实现的，对不对？"

"是。"

"而且跟你在微重力所研究的方向一致，对不对？只有你的设备和能力可以支持这个实验，对不对？语言学、神经学、物理学交叉，是很有前途的理论，对不对？"

"我承认。"他必须承认现实。

"那你为什么不愿意跟我合作？为什么干脆地拒绝掉！"我几乎要冲他喊出来。

"我和栗子有其他项目要跟。"他深吸一口气，好像这句话是被逼着挤出来的。

栗子，就是他后来的女朋友。他们在同一个实验室，一直一起做项目，从大学，到中科院微重力所。他们太相配了，我想他们一定会结婚。

"只需要一次实验，"我感到眼泪在什么地方翻涌，"只需要一次，你就可以彻底摆脱我。"我也可以彻底摆脱你。"你愿意帮我吗?"

"对不起。"

他回过头去,从科学舱另一边离开了。

五、往事:大学

不同身份的人,会说不同的语言。而当两个人展开对话,必定会有一种关系存在,双方便有了相对应的身份。比如我在玉璜面前一定要稳重,字斟句酌引导她成长,并保留一定长姐的威严;而在学校遇见导师,则是谨小慎微,谦词挂在嘴边。这种关系甚至可以被简单地标签化,同样的对话模式会在万千种相似的关系中复现。

当关系发生转变,语言模式也会发生相应的变化——一些电视剧中,当小喽啰揭开自己战神的隐藏身份,其他人会错愕得说不出话来,因为语言模式很难在一瞬间切换;曾经承欢膝下的子女成家掌握话语权;同期进公司的同事连升三级变成大领导;过去总是考倒数第一的同学年薪百万,而你为了给孩子疏通关系,提着几瓶酒站在了庭院的大门口。难受吗?毕竟,与这个人本身的品性和才华相比,贴在脑门上的标签才拥有左右情绪的最强引力。

我痛恨这一点。

栗子跟我差不多大,长相偏甜。我不认识她,不了解她,但自从她被贴上"意平现女友"的标签,享受着他的关心与关爱,我就无法自拔地讨厌她。

我会去偷看她的微博、QQ空间、网易云，和室友隐晦地吐槽她爱吃的甜食和在追的明星；我会放大意平和她的合影，找脸颊和腰身修过图的痕迹；我会因为幻想他们手牵手轧马路的场景，在被窝里哭得不能自已。

　　我恨栗子，我更恨我自己。我恨长姐的标签，让我不能在晚自习勇敢牵住意平的手，拥有一段可能甜蜜可能后悔但绝不会遗憾的时光；我恨苦恋者的标签，它扭曲了我的人格，蚕食了我的理智，没来由地去讨厌一个无辜的女孩，甚至一再试图用所谓的"合作实验"来重新打入意平的生活，去破坏她应得的完美感情。看到本科时深夜里发给他的那一封封邮件，卑微的用词让我自己作呕。

　　我经常在想，我有没有可能撕掉这些标签，赤条条站在人世，诚实地与他人、与自己对话。不要装威严，不要伏低微，不要假声势，不要掺爱恨。

　　但当我张开口，却一句话也说不出。

　　那些关系并没有扭曲我的语言，它们就是语言本身。不存在绝对中立的用词，就像不存在没有被引力扭曲的时空。

　　所以，大三时我放弃了追随叶姆斯列夫的理论，不再沉迷于"为语言而研究的语言"，转而继续钻研历史语言学。

六、第一百二十三个失去的词语："囵"

　　尼莉亚死了，在她回地球的二十七小时前。

是意平发现的，他在调试设备时，注意到了空间站损失的质量。三个小时后，他们在离深海望舒核心舱三百米远的地方找到了尼莉亚冻成坚冰的身体。

薄壁外的太空，从未像这样汹涌地压迫而来。

"只是小概率事件，"石川杏安慰我，"前段时间，尼莉亚心理评估的结果很差。"

最初的震惊与难过已经消退了一些，参与青荷计划的人们聚集在核心舱，等待机组人员的事故通报。恐惧像蛇一样紧紧缠着脖颈，我的目光越过人群，寻找着意平的身影。最初发现质量数据不对后，他冷静的表现非常令人安心，甚至显得有些冷血了。

"不过这也太久了，一定出了什么麻烦事，"杏用英语向我抱怨，"太空……从来不是什么和善的地方。"她把自己的iPad塞给我，打开全息投影，一幅松鼠大的彩绘逐渐在我俩眼前展开。

除了尼莉亚外，空间站上我最喜欢小杏了。她是京都大学的生物学家，也是一位插画艺术家，近几年的作品每年都会被选入日本的《插画师年鉴》。杏喜欢把动植物元素和少女结合在一起作画——不是那种简单的兔耳、狼尾女郎，而是将一些生物的独特体态自然融进人物里。就像此时飘在我手上的这一幅画：灿烂的星空中，浮世绘风格的少女仰头坠落，像鱼一样吐着泡泡；女孩青色的头发向四面八方飘浮，每一缕在发尖处都变成了植物细碎的根须。

"对于生物来说，失重的影响远不止流逝几克肌肉那么简单。细胞感受不到力学信号，平衡石的沉降受到影响，根系会找不到向下生长的方向；一九九七年的那几条豹蟾鱼，因为听力系统与人类相似而被送上太空，神经紊乱的原因一直是个谜。而且深海望舒离地球实在太远了，辐射强度加快了细胞变异。总之，我一直以为来这里是勇气的象征，但我错了。人们还没有准备好，远远没有。"

"你刚刚还说尼莉亚的事是小概率事件。"我有点惊讶。

"小吗？一点都不小。"小杏终于卸下了伪装，"我恨这里。我经常感到说不出话来，我的小宝贝们总是死去，我——玉玦？"

"嗯？"

"我记得你来太空是为了解决一些语言上的问题。"

"对……"

"我给你提供一个思路吧……我想你知道，日语中男性和女性说话的方式不一样，对不对？"

我点点头。平安时代，女性不被允许使用从中文借来的词；江户时代，一些非中文词也要避免，比如shikato和ikiji，因为"确定无疑"和"骄傲"被视为不够女性化；现代日语学家中村桃子说过，"在日本，女性语言是社会上很突出的语言概念，也是显著的文化概念"。小杏说起日语娇俏可爱，常让我想起动漫里的典型萝莉女主角。

"我专门研究过如何使用'女性语言'，或者说'利用'更加合适。这可以降低我在学术上的攻击性，在某些时候……过得更好。我无法否认这一点，尽管我不为此感到骄傲。"

我看着小杏微红的脸颊，没有说话。一直困扰我的问题，被她当作向上攀登的利器。

"玉玦，来到太空这些天，我发现我很难再自如地使用onna kotoba（女性的语言）。我让地面上的合作方感到冒犯，让领导丢脸。我想，太空在剥夺我对语言的掌控能力。"她出神地盯着自己的手指，"我丢失了一种武器。"

"哦，小杏……"

她抬眼看我，可爱的面孔上挤出一个疲惫而苦涩的笑。

"叮——"

没有机组人员出来解释，只有核心舱首部通往驾驶室的大屏幕亮了起来，显示下一个回地球的飞船准备起航的时间。

各种语言的抱怨声响了起来，有人说国际航天联盟禁止他们的家人把尼莉亚身亡的事故捅给媒体。

大屏幕又是"叮"的一声。"此次航班核载八人，有意者请报名。三个小时后起航，下一个航班时间待定。"

人们蜂拥向前，杏几乎是闪电一样离开了我的怀抱，连iPad都没有拿走。所有人都在争抢回家的名额时，我看到意平向反方向飘去了。

几乎想都没想，我跟了上去。

七、第三百个失去的词语："我"

"没法相信，都到这个时候了，你还在想着你的实验。"

科学舱，意平又回到了自己的实验柜前，把自己绑好。他没有看我，也没有回答。像往常一样，他的眼睛死死盯着小屏幕，双手伸进柜里。

"舰长什么都没说，连面都没露，你不觉得有问题吗？尼莉亚……尼莉亚的死，他们一个交代都没有……"

"别哭啊。"意平蹦出一句，仍然看着实验柜。

我把委屈和悲伤生生往下咽，庆幸眼前的青年并不是一个纯粹的科研机器，还会关心关心自己……

"眼泪飘出来对机器不好，"意平还是没看我，"有问题找舰长去，找……呃，在这里说也没用。"

我紧咬住了下嘴唇，想把他的手臂从手套箱里拔出来，强迫他面对自己，然后一拳砸碎那架永远映着屏幕亮光的黄色眼镜。难道物理学家的世界就如此纯净，一切的一切都不能阻止他按期做实验吗？但我忍住了。

核心舱不会再有什么新的信息，返回地球的名额也不可能抢到。或者说，我不想跟小杏争抢。我看着他小心翼翼地操作实验柜里的东西，内心也渐渐平静下来。

"这里面……到底是什么？"

"高能射线防护材料，"意平简单回答，开始解绑带，"也叫'金钟'材料。"

"能给……呃……能稍微解释一下吗？"

"就是防护高能射线的啊，尤其是来自银心的宇宙射线。现在的防护材料不行，在地球附近还能勉强待个一两年，如果去火星肯定是要得脑癌的。就算在深海望舒，辐射强度已经快接近人类极限了。"

我不觉捂住了胸口，感到无数只来自宇宙的银色小剑从自己的身体里穿过。他说得没错，过量高能射线很危险，会对人类的大脑产生影响，甚至丧失语言功能。不过为了拿到太空舱的船票，我实打实研究过一段太空语言学，并没有在过往的语料中发现辐射导致的语言流失现象。但那都是过去的数据了，深海望舒可是第一个在地月拉格朗日点工作的空间站。怪不得意平的研究项目能在竞争激烈的青荷计划中排名前十。

"这种材料，一定要来空间站做？"

"是的，里面的自组金属需要零重力环境。这里地月引力抵消，比其他地方更合适。"

"呃……在太空里不就已经……失重……为什么还要一直调整？"也许是太震惊、太悲伤、太劳累，我发现自己无法说出完整的句子了。

"差远了。实验柜里的喷气装置和磁悬浮装置会在一定周期内自动平衡太阳、地球甚至空间站本身带来的引力干扰。只是每隔一个小时，需要人工实时干预误差。"

"每个小时你都要来实验柜一次？"我仔细理解着意平的话，逐渐忘记了恐惧。

"是的。"

"睡觉时也得来？"

"对。"

我突然理解他为什么总是看起来黑眼圈那么重了——在太空入睡本来就很困难，每个小时都要起来集中精神进行误差校准，也太折磨人了。

"交给地面操作人员不行吗？"

"不行。"

看到我的眼神，意平才想起解释几句："深海望舒太远，天地数据传输有时差。而且做……呃……做这个方向的人很少。

它不能中断，离不开……呃……离不开人。"

我可以理解。科研做到一定程度以后，全世界只有一个人在钻研某个方向的情况很普遍。大家都是孤独的行者。可至少，意平有栗子相伴。

"所以，你才不想去抢第一批撤离的名额吗？"

意平点点头："呃……最后再走。"

不知道是不是太空的影响，我总觉得意平说话的方式有些奇怪。他高中的时候从来不会结巴呀。

"你呢？"意平突然问。这是他第一次关心我的情况。"你怎么不走？刚才不是很害怕吗？"

"呃……"我也不自觉结巴起来，"不知道。"

意平向我飘过来，没控制好力道，两人的面孔几乎碰在一起。凌乱的头发，胡茬，像狗狗一样的大眼睛。那么近，我几乎可以闻到他的味道。凝在织物里的汗水和烟草味道，和高中时期已经不一样了。心跳加速。

"抱歉。"意平往后撤了一下，两人保持着一臂的距离。

"跟叔叔阿姨说了吗？"我试着转移话题。

"他们本来就……呃……就不喜欢太空，反对……来空间站。你呢？"他又问。

"呃……父母，还有玉璜……没有告诉他们要来……已经三年没有怎么说过话了。"

"为什么？你们之前不是关系很好吗？"

"没有……"我低下头，想起小妹玉璜缠着自己的样子，想起很多快乐的时光。最后是我强行拿走家里全部积蓄去美国留学，从某种意义上阻断了小妹的梦想。我没脸再做她的姐姐了。尽管尼莉亚经常劝我在太空给家里打电话，说我一定是家里的骄傲……啊，尼莉亚，你到底是怎么了？我的眼睛又开始泛红。

"哭吧，"意平突然说，"呃……用液体收集器给你接着，反正之前也没少接。"他说的是尼莉亚的尸体刚被发现那会儿，我哭得差点儿晕厥。这反而让我有点不好意思。

这么多年了，我们的关系终于又靠近了一点。

我的心跳再次加速。

我总觉得，如果这次无法要到一个答案，那么回到地球上以后，我将再也见不到他。

"对了，那封信……"

我鼓起勇气，万千情绪翻涌上来。

八、往事：研究生（之一）

在语言的边界，文化无时无刻不在彼此交融。每一种语言都有输出语，每一种语言也都有外来语。有时候，外来语会在一定时间内隐藏自己的历史，与本地语言水乳交融，就如被吸收进汉语的"经济"和"革命"的新的意义；有时候，外来语拗口的发音和特殊的拼写则无时无刻不在展示自己的异国身份，比如走进英语的印地语 avatar，还有中文 guanxi。

来到美国后，我总觉得自己是其他人生活中融不进来的"外来语"。我也在努力，主动接近同班同学、同门师姐妹，有一些可以愉快讨论学术、困难时互相帮助的友人。但学习语言的我却无法忽视她们之间属于同语言母语者的默契。说话间不经意的眼神和表情，让我充满了局外人的尴尬——有多少次她们因为一个看似平常的词语哄堂大笑，我只能在一旁强展笑颜，在空荡荡的头脑里搜刮任何有可能存在的双关笑点。

在装潢古典的大食堂独自吃饭时，我总是想起突然决定离开家乡的那个下午。那不过是一个很平常的假期，我在卧室读书，妹妹趴在床上玩手机。

"姐姐——"

"给你。"我头都不抬，随手把书桌上的无糖奶茶递给她，"小心——"

"不会洒在床上的！"她笑嘻嘻地接过奶茶，吸了一大口，空气穿过粗吸管的声音和着窗外永不停歇的蝉鸣。

我合上书，心里突然变得很烦躁。这样的对话进行过太多次，我们可以随口完成对方的句子。实际上，我跟妹妹的所有对话都进行过了太多次。这是第几个一模一样的夏天了？我好像总是这样，在一个既定的系统中读书、考试，在微博偷看意平和栗子的最新动态，听无数相似的话，说无数相似的话，重复无数相似的动作，见无数相似的人。还有，无数次陷入相同的身份，陷入相似的情绪——当女儿，当姐姐，当学生，当苦恋者。我的发声系统似乎适应了这些环境，无法创造出任何新频率的振动。沉入一个语境，沉得太深太深。

对比语言学老师说过，想要更加深刻地认识一门语言，你必须去研究其他语言。只有对比，才能看出特点、总结共性、定义它在世界版图中的位置。我想我也应该这样。去看看更大的世界，再回过头来审视自己的人生，也许才能有一个清醒的认识。所以我义无反顾地离开了，努力不去看小妹含泪的双眼。

然而，在美国的生活却如此痛苦。生活上，连根拔起离开舒适圈，敏感如我难以融入全新的语境，连日常交流都是折磨；学术上，我要深入历史去探索一个词语的变迁，试图拨开层层迷雾，把握来自百年前的只剩下碎片的诉说。心理问题最严重的时候，我甚至在看一场二十年前的电影时都会因为无法完全理解片中的台词而焦虑地痛哭。为了缓解情绪，我彻夜浏览中文社交媒体，躲进熟悉的话语模式和"梗"——属于祖国当代年轻人的最广泛的语境。与此同时，即使在地球另一边，我还是忘不了意平和栗子，脱不开对两人的爱恨。

当然，我的视野确实得到了扩展。家乡从整个世界变成了脚下的小球，但巨大的引力始终牵引着我。抬起头，无数颗星球在视野中闪耀，每一颗都有自己的引力模式：中和外，古和今，男和女，尊和卑……当一句话出口，它会像一道射向宇宙的笔直光芒，在路上被所有星球的引力扭曲，最终变成可怖的模样。其中，家乡的引力是巨大的，它甚至能将光芒捕获，使其弯曲成只有同胞才能听懂的话语。当我仰望星空，无数光芒围绕着自己的家乡打转，它们或跟自己的时代一同消失，或因为身份地位变得凌厉刺眼。当然，有一些光芒因为多语者的存在而旅行到了更远的地方。但没有一道有足够的能量脱离引力的影响，或是刺破苍穹，让所有人理解，或是笔直不阿，完全遵循讲者的内心。

没有。

语言只是一个幻觉，完全是人文和自然环境的产物。什么样的环境就能催生什么样的语言，就像水会在一种温度下化为蒸汽，又在另一种温度下凝结成冰。语言是岩层在沉积过程中随机生成的纹路，是木本植物因记录风霜雨露而生长的年轮，是沙滩上的鹅卵石，潮汐变化让海水将日复一日的轻抚变成规律的刻痕。

我站在学校的塔楼上，思考在遥远的过去，是不是只有跳下高楼的人才有可能摆脱重力，享受一两秒自由的飞翔。

九、往事：研究生（之二）

发件人：李玉玦 <liyujue.adrian***@harvard.edu>
收件人：陈意平 <chen.***@cashq.ac.cn>

嗨，意平：

好久没有打扰你了，希望你一切都好，更希望你这个写在微重力重点实验室网站上的邮箱还有效。

嗯，其实我想你也知道（如果你真的看了那几封邮件），三年前我对叶姆斯列夫的理论理解不够深刻，提出了一些幼稚的想法。毕竟，当时我才大二，对学术是个完全的门外汉，硬凑出语言和物理的关系，只为能多有一点跟你交流的机会……对不起。

但是现在不一样了。我已经深刻地意识到了语言的物理属性，意识到语言是大脑为适应特定人文、地理环境进化出的高效信息传输方式，会受到环境变化的影响，同时也有自身的局限性。就像人类的牙齿无法应对高糖高寿的小康生活，膝盖和腰背在写字楼久坐的不良姿势中损伤，语言系统也难以适应信息爆炸、多语言交融、跨国交通便利的现代社会。母语、成长环境、性格与情绪……语言胶着于自身，难以实现有效的沟通。

要解决这个问题，我认为要从语言的物理本质出发：脑科学。过去，人们认为大脑分各个模块，在运行运动、读写、回忆等不同功能时，大脑的相应模块就会在记录脑电波的图表上亮起。但近期的研究表明，各个脑区之间的连接比我们想象的还要紧密。盲文阅读涉及视觉模块（visual）和注意力模块（attention），被动听力连接躯体运动模块（somatic motor）和默认模块（default），算术除了注意力模块（attention），还涉及额顶控制模块（frontoparietal control）。在任何时刻，我们的大脑都在作为一个整体运转：充当乐器的脑区固然重要，但那并不是音乐本身。

所以，当我们开言，所吐字句并非心中所想；当我们倾听，输入的音节也并非对方所念。一切都在阻碍客观信息的流淌：对话者地位的相对高低，共享语境和信息壁垒，此刻的情感和彼时的回忆，对一个概念的不同联觉，身体状况，文化……各个脑区相互撕扯，语言就在其中扭曲。

研究了很久，我想，大概有一个办法可以解决这个问题。我需要你的帮助。在地球的进化之路上，重力环境一直没有太大的改变，人类便拥有像小腿肌肉、股四头肌、臀部肌肉这样的反引力肌肉，而在太空中，这些肌肉用进废退，很快就会发生肌肉纤维尺寸减小，表现为肌肉质量的丢失，所以宇航员每天都必须进行两个小时以上的体育锻炼。而在更加精巧的神经领域，重力的缺失会造成更加严重的影响。宏观层面，大脑与脊柱周围的脑髓液体积变化会导致航天员的视觉神经突出；微观层面，对引力敏感的突触会在失重环境下松开彼此的连接。

当一千亿个神经元失去重力的束缚，当一万亿个神经连接不再紧紧相连，当脑区与脑区之间出现了微妙的裂缝，大脑的可塑性便呈百倍增强。

我们可以用语言完美映射现实，我们可以脱离情绪判断，我们可以真正爬出过去的泥潭，随时开展全新的生活，不再被身份、地位、性别、文化所牵绊。

我也可以，彻底放下对你的爱。

总之，我想你们的微重力实验室具备探索"零重力语言学"这个交叉学科的能力。我见过中关村的落塔，那将是一个很好的实验场地，虽然比太空差点儿。

问候栗子。

期待你的回复。

求你了。

Best wishes

李玉玦

发件人：陈意平 <chen.***@cashq.ac.cn>

收件人：李玉玦 <liyujue.adrian***@harvard.edu>

AutoReply：您好，您的邮件已收到，感谢您对微重力研究的关注。

十、第四百一十二个失去的词语:"是"

"你读过那封关于'零重力语言学'的邮件了,对不对?"

我看到了他躲闪的眼神。

"这不……不叫纠缠你。学术交流而已。"

他一言不发,只是整理科学柜。

"一个答案,就这么难吗?"我有点上火。我开始想象栗子要求他删掉我微信和邮件的样子,虽然她完全有理由这么做。我又被特定的语境裹挟了,去恨一个抢走我未来的人,尽管那未来是我亲手让出的……我恨情绪带来的非理性。我有意控制自己的用词。合理化。

"只想……让语言学成为和物理学平起平坐的学科,创造一种可以沟通所有文明、所有阶级的通用语。你真的没有兴趣吗?如果换一个人提出这个理论,你也会有这样的态度吗?哪怕论证一下这个理论也不行?"

意平还是没有回答。他转过身,隐藏了自己的表情。

"如果没有这次机会……有人弃权,才幸运拿到这个名额,在空间站和你相见。你真的,一个字都不愿回复吗?吴栗子不让你回复吗?!"我彻底失控了。

"幸运!你管这叫幸运?"意平一拳砸在临近的实验台上,吓了我一跳,"你知道为什么有人弃权吗?因为她死了,在飞船发射前十天死了,这个名额才给了你!!"

"什——什么……"我惊呆了,"栗子吗?怎么……怎么回事……"

"车祸。对方自动驾驶，失控了，"意平的声音颤抖了，"那时她还……紧紧抱着实验要用的材料。"

　　我突然明白了，为何空间站上的意平如此憔悴、如此低沉，为何他看我的眼神那么奇怪。他们本该是一对眷侣，携手轮班制备可以改变世界的高分子防护材料金钟。我……我在这里做什么呢？

　　"你说你要创造沟通所有人的语言，那么有可能跟亡者对话吗？"他回过头来，眼睛红得吓人。但没有眼泪出来。也许早就已经流干了。

　　"对不起……"

　　他只是疲惫地摇摇头。"只想，把实验做完。完成她留下的一切。"

　　我拼命抑制泪水，知道自己已经永远失去了再一次与意平交流的资格。我第一次深切地体会到，当爱人死去，有一种对话模式就会在这个世界上消失得一干二净。那是专属于两个人的珍珠，被共同生活的时光所打磨。

　　"对不起……"我说不出其他话了。意平还是善良的。毕竟他本可以一见面就把这件事告诉我，把愧疚和折磨丢给我，那样我就不会讲出后面那些尴尬的词句了。

　　突然，空间站猛烈地摇晃起来。我本能地惊声尖叫，身体重重地朝实验柜撞去。但预期中的疼痛没有到来。意平在那之前整个抱住了我，双手将我的头紧紧护在怀里。我抓住他后背的T恤，紧闭双眼，手上的关节在坚硬的实验柜表面擦破。我感到两人像被顽童扔进滚筒洗衣机的仓鼠，疯狂地旋转、碰撞……

　　最终，空间站的姿态还是稳定了下来。

在决绝的安静中，两个人抱了很久，很久。

我听到他在不停地呢喃：

"栗子，栗子。"

十一、第五百一十二个失去的词语："的"

整个空间站响起警报，红色的光芒四处闪烁。我们向着舰长所在的舱室快速移动。一个人都没有看到，几个卧室的门紧紧锁住了。

舰长室也关闭了。我冲上去扭安全锁，但纹丝不动。意平把我拨到一边，双脚蹬住白色的弧形门框拼命用力。还是失败了。

"小杏……"

我的心被恐惧抓紧了。今天这个返回地球的航班本是为尼莉亚准备的，所以小杏他们很快就能起航，差不多就是爆炸发生的时刻。

翻开手机，我唤出了新闻界面的全息投影：航天飞机爆炸上了头条，无人生还。尼莉亚的死亡没有被报道，但其他空间站近期也出了事故。阅读过程并不顺利，各家媒体用了一些我不熟悉的词汇，连中文报道也开始使用生僻字。但我太紧张了，一目十行，就当那些看不懂的东西是航天术语。

然后通信就中断了。

"意平，小杏他们……飞船……发生爆炸……"我感到一阵恍惚。是太紧张了吗？为什么我连一句完整的话都说不好？

"该死。"意平踹了一脚安全门，往后飘了半米。

"飞船本身，影响，不大。"我一个词一个词地往外蹦，想向他传递信息。

"你说什么？"

"呃……"我突然愣住了。那个表达自身的词是什么来着？那个指代自己的单字，每天都在用的代词……到底怎么说来着……低头看手机，发现熟悉的按键上也写满了不认识的生僻字……不，这些都是常用字，只是我无法再读懂他们。

> 而在这里，离一切生命都如此遥远，我甚至感到我的语言都在枯竭……
>
> 我恨这里。我经常感到说不出话来……

尼莉亚和小杏的话浮现在脑海，那幅在星空下吐泡泡的少女，就是太空中失语的人鱼……

这正是我曾假设的太空语言流失现象：能指和所指之间的认知连接正在根根断裂。只是，这个过程怎么会快？

> ……语言本质上具有高度的容错率，即使因为发音欠佳，句子不合语法，文章语病迭出，沟通一时受阻，语言交际的桥梁也不至于垮塌……

是语言的高容错率导致我一直没有发现吗？我的大脑高速运转，复盘着我来空间站以来的对话……确实如此，每过一个小时，我说起话来就感到更费劲、更疲惫，需要很多力气才能找到可以表达心意的词语……

而语言与思维的关系又如此紧密，混乱的语言势必带来混乱的思维。我突然明白为何尼莉亚贸然出舱，核心机组人员又为何不愿意出现在两人面前……他们已经发现了……

"怎么了？"意平被我的表情吓坏了。

我缓缓抬起头，盯着他的眼睛。心情逐渐平复。

毕竟，这是属于我的领域。

十二、第五百三十个失去的词语："大"

我的大脑一直在高速运转。这到底是怎么回事？

过去，多人曾在空间站中驻留一年以上，没有发现过如此诡异的语言流失现象。当然，那时并没有专业的语料收集装置，无法记录语音语调中细微的变化，背景也往往充满噪声。

银河射线可能是一个原因。语言作为认知系统的一部分，依赖于大脑功能的良好运转，而银河射线造成中枢神经系统显著损伤，进而导致认知障碍，已经是已知事实。一只连续六周接受带电粒子辐射的小鼠会因为完全离子化的氧和钛而大脑发炎，脑电波变得跟精神错乱者相似。而在失重情况下，神经连接本身会变得脆弱，此时银河射线的影响可能会加大。不过深海望舒空间站虽然是人类离地球最远的居所，但还没有完全脱离磁场保护，按理说只有进入深空的宇航员才会面对大剂量银心辐射，需要金钟这样的超世代精密防护材料啊……

按照新闻里的说法，近地轨道的空间站也多少受了些影响。也许是最近有什么特殊的银河射线击垮了在太空中脆弱的大脑，但我没时间细究了。

"语言流失？"

"没错。"我用手机在空中唤出一张大表，那是按使用频率排列的汉语词素。我曾经用这张表教过尼莉亚汉语。我扫了一眼，点亮了几个字："的""我""是""人"。

"这个，这个，还有这个，"我指着它们，"你认识吗？"

"呃……只眼熟。"意平认真看了一会儿，承认自己认不出来。

"看来，呃，猜，呃，没错，"我努力用自己头脑里剩下的词语组成句子，"呃，之前用语料收集库收集，呃，数据，分析出来了，每个，呃，乘客每天都在损失特定，呃，认知能力，对特定，呃，词素，同一种语言损失词素，呃，顺序都一样。这说明，外部原因，非，个……个体心理问题。"最后一个音节出口后，我气喘吁吁，就好像刚在太空跑步机上跑了半个小时。

"那，"意平指了指自己，又指了指我——已经无法用语言来表达"我们"这个概念了，"怎么办？"

我这回没有结巴。我逐渐适应了用仅有的词汇表达自我的方法。

"一定要见舰长。"

话音未落，只听"嘎吱"一响，两人一直打不开的舱门开了一条缝。意平见状，立刻拉开它，里面露出一段通往舰长室的短过道。一个男人蜷缩在过道里，另一边的门是紧紧封死的状态。安舰长是共和国最早的那一百名航天员之一，我小时候就在电视上见过他的样子。就在几个小时前，他的几位同事跟石川杏一起，化作烟花消散在空冷的宇宙中。舰长看起来非常憔悴，眼里充满血丝。

"你要见——该死。"一个沙哑的男声传来,"见……见……w……"他好像在跟自己较劲,拼命要把"我"字说出来。

"舰长,"我耐心地劝道,"说不出来就不要说,可以用其他词代替。"

"你怎么没事一样?"他抬起头看我。

"有事,大家都一样,随着时间推移,大脑无法识别特定词素。"我说得很慢,努力规避每一个失去的词语。我想给舰长信心,"如果失去,请不要勉强。用其他替代。语言容错性很高。如果不规避,勉强用已失去语言,就像瘸子一定要用两条腿走路,会摔倒,会带来认知混乱。"

"什么意思?"

"这里有词表,按照词表,规避问题语言,你就拥有理智。"

"真……该死,真……吗?"

"请您相信。"我一字一句地说。

我飘到舰长的身边,向他解释自己的理论。因为很多连词、介词都已失去,很多时候只能一个字一个字地表达自己的意思,但他在认真地听。

"一个理论,失重加银河射线,可能会导致,语言流失。还能说出来,说明大脑还能处理,不能说出来,思维有问题。没有流失部分,语言没问题,理智没问题。"

"那……"舰长指指自己,又指指大脑,"缺失……也没问题?"

我郑重地点了点头。

"每个,个体,都有盲区,这么多年也这么过来了。把这个词表交给地面控制站,在这个范围内,你们,就可以正常交流。救一救……"救救你自己,救救这艘船,救救我们所有人吧。

舰长看了眼词表，又看了眼我，眼底的绝望没有退去。

那时我才知道，几个搭载高级人工智能的中继卫星也在突然增强的银河射线中接连失效，这导致国际航天联盟多个发射计划推迟，包括准备来深海望舒实施救援和心理辅导工作的飞船。而且，空间站本身也有一些控制系统出现了异常。安舰长知道自己的精神已经不适合指挥深海望舒，所以才把自己锁在驾驶舱外的过道里。

没有人会来救我们了。

我回过头，意平已经不见了。

十三、第五百四十二和第五百四十三个失去的词语:"不""没有"

我是在科学柜前找到意平的。

"舰长b……呃……m……"我深吸了几口气，才接受了自己已经无法表达否定含义的现实。

"救援什么时候来?"意平急切地问，眼睛没有离开屏幕。他又在做那个实验，只要到了规定的时间，什么事情都无法阻止他。不知道刚才的碰撞有没有对金钟材料造成影响。

"中继卫星失效，地面救援即使……"我摆摆手，"空间站很危险。需要舰长和地面控制站配合，开走最后返回舱。"

意平一时没有说话，专注地在实验柜里调整设备，以中和附近微小的引力干扰。

我感到很奇怪，他一点都不着急吗? 整个实验还有一周才能结束，到时候他不是回地球，就是在失能空间站里因为一百种理由死去，还花时间和精力在这上面有什么意义呢？其他几个青年载荷专家都在抓紧用残缺的语言和地面通话，人脉广的在争取民间航天机构的救援机会，没什么能量的也在向家人取暖。

他们还不知道舰长已经崩溃，国际航天联盟也在极力隐瞒"太空精神失常症"。

我还不想放弃。我没有办法告诉父母和妹妹，他们本该在美国扬眉吐气的亲人，如今蜷缩在太空中的一个铁皮盒中，命悬一线……

"意平。"

"怎么？"

我有些庆幸——我们至少还没有失去彼此的名字。

"意平，还想再拼一把吗？"

"你说。"

"用你科学柜里，装置，制造可控重力环境。"我指了指自己。

意平没有回答。我不知道是不是因为他无法表达"否定"的概念。

"用备用材料，可以。但意义？"

"自救。"我认真地看着他的眼睛，"语言，在重力作用下，表现，呃……"我想表达"表现不同/不一样"，但汉语这种爱加否定前缀的语言……我摆摆手，"太空微重力，仍，"摆手，"零重力，所以语言流失，"摆手，"平均。神经连接，错误连接。先零重力，脱离一切错误连接，再人造重力，模拟地

161

球重力环境，重塑连接。也许可以，自救。你能做到吗？"

他看了我一会儿，把双手从手套箱里抽出来，认真点了点头。

意平没有做过人体超微重力实验，但他很快想办法用带上空间站的冗余备份做好了新的装置，并将整个科学舱作为实验场所，作为一个大号的实验柜。很神奇的是，语言的缺失并没有影响到他敏锐的科研头脑。我的心里突然冒出一个奇怪的想法：也许他看到了我的那封邮件，曾认真思考过如何实现"零重力语言学"实验，所以这时才能很快把设备调整好……也许，只是一厢情愿罢了。

为了单独保证大脑不受引力影响，我戴上了装有三十六个高敏重力抵消器的头盔。一旦开启，它们将在算法的作用下施加微小的力，去抵消万物对我思维的影响，甚至中和内脏与骨骼本身的引力。

为我戴上头盔时，意平第一次认真看着我的脸。我一直很喜欢他的眼睛。自从上深海望舒，他一直没有怎么打理过自己，头发蓬乱，胡子拉碴，但那双眼睛……那双几乎永远盯着实验柜屏幕、眼角微微下垂的眼睛，此刻盛满了温柔与担忧，仿佛在抑制亲吻的冲动。如果是几天前，我肯定会心跳加速，去热烈地回应他，也许会在空间站里留下我渴望已久的初吻。

但是现在，我知道，他眼里看到的并不是我，而是——

那个在车祸中死去的人，本该取代我和他一起来到空间站的同伴，分享成长岁月又共享人生理想的best friend，他真正的知心爱人——栗子。

那一瞬间，我的失望与痛苦超越了对死亡的恐惧。我想把自己的大脑从头盖骨中挖出来，从舷窗那里丢进冰冷的太空。

这是不成熟的行为，是感情对理性的影响。我应该高兴才对，意平终于要帮我实现心心念念的零重力语言学实验了。叶姆斯列夫前辈啊，这真的会让我剥离声音、官能、环境、文本这些外在的东西，获得语言学真正而纯粹的对象，探寻到真正的语言吗？我深吸一口气。

能帮我们活下来就好了。

十四、第五百五十个失去的词汇："重力"

太空本身就已经是微重力环境，引力的影响已经很小很小，那么从微重力变为零重力，真的会 make any difference 吗？

刚刚戴好重力抵消装置，飘到科学舱中间时，我的心里曾飘过一丝疑虑：也许这个理论会被证伪，舰长是对的。他们只能在新形成的太空棺材里等待救援，并在这个过程中见证一个又一个同伴失去理智，最后轮到自己。

就在此时，我感到自己的面孔被轻轻捧住了。

回过头，我看见意平站在科学舱的入口，双手戴着长至肩膀的深蓝色手套，每一只手套里面都伸出了三根线缆，分别连着一台实验柜。我身上受到的引力干扰被放大几万倍传递到意平的双手上，他会通过控制手套来协助重力抵消装置平衡引力，就像他每隔一个小时就要对实验柜里的金钟材料要做的那样。

我转回去，没有再看他的眼睛。面颊上的力逐渐消失了。

一开始，一切都没有什么变化。跟在空间站这一周的每一天都一样，再怎么躺倒也无法休息，整个身心都无依无靠。我如果再紧张一点，甚至可能会重犯空间运动病。我能感到自己的皮肤被反引力装置牵引或按压，应该是意平还在调试。

我张张口，想问问什么时候可以开始体验零重力，一切的一切都不同了。

啊。

只有一个瞬间，我裂开了，好像万亿个细胞失去了与彼此的连接，又好像来自银河深处的枪林弹雨打碎了每一个神经。我不再与任何空间相连，我的灵魂破体而出。

我在虚空中膨胀成了一颗星球，一颗在一微秒内开花的种子，一颗落进平静湖面的雨滴。

是的，就算在太空里，失重也只是一个错觉……你永远被什么力牵引着，拉扯着，来自身边任何一个有质量的物体。但现在不一样。失重。微重力。零重力。

概念在消解。感官被剥离。音、形、义从一个词语身上层层飞走，就像落在水里的药片随着升腾的气泡消解。

我站在空荡荡的宇宙里。再也没有星球会扭曲一道笔直的光。

我还在呼吸吗？

十五、往事：高中（之二）

我打开小自习教室的门，意平独自坐在第一排，右手握着一支黑色签字笔，专心对付眼前的英语试题。他板板正正穿着校服，上面是一件短袖白衬衫，下面是藏蓝色的西装裤。蝉鸣从窗外传来，晚风轻柔。

我走进来，按住狂跳的心脏，坐在他的左边。

他没有回头，但没拿笔的那只手在慢慢向我靠近。皮肤深色，手指修长，骨节突出。还有一毫米就要碰到我的手了，但他停了下来，绅士地等我的决定。我的右手，可以透过那只在理论上存在的距离感受到他的温度。

没有犹豫，我紧紧抓住他的手，拽着他站起来，任凭小课桌连带试卷笔袋翻落一地。我头也不回地往前走，眼睛透过窗户望向夏夜充满蝉鸣的操场，橘色的灯光照亮暗红的跑道，映出几个拉着手的人影。

是的，那应该是我们。我们应该成为一对人人艳羡的情侣，他会铆足劲儿考上录取我的大学；我们会在自己的领域深耕，同时在交叉学科创造出多次登上 *Nature* 正刊的成果；我们会携手扩展物理学和语言学的边界，一起读博士、一起交流访学。他的臂弯永远是属于我的港湾，他的爱意只能对我倾泻。每一个夏夜，他修长的手指都会穿过我细软的发丝，轻轻捧起我的脸。那双好看的大眼睛，像狗狗一样，盛满了我的影子，只有我的影子……

我相信，只要我拉住他的手冲出那一扇绿色的旧门，一切就都可以实现……

我按住门把手，用力一拉……

"玉玦！！！"

意平拦腰抱住了我，阻止我像尼莉亚一样近乎裸身冲向冰冷的真空。

十六、返回地球

我驾着租来的Compact Car在波士顿市郊的森林里疾驶。天色已经很晚了，窄路两旁密不透风的树林将触手伸向彼此，遮住了晴朗夜空的月光。我只能看清车灯照亮的一小段路，开了几十公里也没有遇见迎面驶来的旅人。

说不清楚，但在道路的尽头，有什么东西在召唤我。

五天前，我在校医院找回理智，得知自己上了一趟太空。但是细节全都不记得了，就像一个从指缝里溜走的梦。家庭医生坚称我得了严重的PTSD，并且联合NASA的心理医生向我隐瞒那一周多的经历。我只知道，我和其他人做了一些理智的决定，在一场巨大的航天浩劫中拯救了自己。

"哦，亲爱的，"切尔斯女士将我揽在怀里，"可怜的小东西。遗忘是最好的保护。"

好吧。我对自己说。就这样吧。

于是，我又回到了日常生活。上课，读书，写论文。如此自然，就好像一切都没有发生过。没有人问起我太空的事——哦，对了，我在美国没有朋友，而远在南京的家人也毫不知情。我已经习惯了。

车速越来越快，但我的心情很平静，知道这个速度是可以被驾驭的。只需要绝对的冷静，我从太空带回来的冷静。

是的，回到学校后，我的情绪几乎没有产生过任何波动。生活像清水一样美好：过去为无法融入异国小团体而焦虑的烦恼就像上辈子的事；偶尔和家里联系，也像脱衣服一样轻松，摆脱了羞愧感。小妹还是暗自生我的气，毕竟我拿走家里的积蓄后，她没法追随我来国外读书，但我也觉得无所谓了。

不再跟各种情绪打架，不再被任何身份束缚，不再沉溺于回忆的泥潭，我感受到了无比的自由。想说什么就说什么。我甚至跟教授在课堂上辩论，用中式口音毫不客气地把观点甩在前辈的脸上。几乎忘了意平，完全忘了栗子。我甚至都不算认识栗子。

已经开了五十公里。森林深处越来越黑暗，两边坏掉的路灯也越来越多。还有十分钟，还有五分钟，还有一分钟……

急刹，车轮处发出尖啸声。我猛地向前，又被安全带拉回来，脖颈处被勒得生疼。明天也许有同学会好奇那道红印。无所谓。

我松开安全带，下了车，走进一片约有五十平方米的林中空地。刚来美国时，几个同门师姐妹曾叫我一起来这里野炊。当时他们开车开了有半个小时。喧闹，听不懂的笑话。

现在，这里只有我一个人。踏着腐败的落叶，我走进空地中心，四周都是浓密的高树，中间填满了化不开的黑暗。恐惧也是情绪的一种，但我已经失去了它。

真怪啊，我曾经拼了命想要摆脱一切，以获得纯净的语言，可当我将情绪和回忆剥离，似乎又什么都不剩了。如果能指完全等于所指，我们和照相机又有什么区别？

我抬起头，林间晚风吹掉了我的兜帽。漫天繁星在郊区的夜空如此明亮，苍穹仿佛向头顶压迫而来。那无数落在眼中的光芒，它们在宇宙中的来路有没有受到引力的影响？

我又想起意平的眼睛。得到完全理智的头脑后，我复盘了自己的人生，发现里面充满了自私和借口。在那个自习室，我没有勇气握住他的手，并不是担心自己不能给妹妹做个好榜样。我怕在交往的过程中互相了解，我怕我们会深度共享彼此的语境，直到在舒适区沉沦，只能听懂彼此的语言。

母语只有一到两个，一生能够学习的语言有限，一生能够了解的人也有限。选择，总是意味着放弃。不放弃，则意味着什么都没得选。

遍行世界的纯净语言并不存在，也没有必要存在。失去情绪和回忆的羁绊，我却更加无法找到自己。晚风吹透了我的身体，星光沉默不语，皓月明亮高悬。

我闭上眼睛，长舒一口气。

他们说那个空间站，还在天上。

十七、落塔（之一）

北海道，砂川。

夜里淅淅沥沥下起了小雨，早间新闻的天气预报并没有提到。不过，自从几颗气象卫星加入太空垃圾的行列，就没多少人相信天气预报了。

还好带了伞。我抱紧怀里的包裹，匆匆踏过零落一地的樱花。泥水在靴子后部飞溅起来，在裙子下摆留下点点斑块。也顾不了许多了。

到达试验园区前，我能远远地望见黑暗中闪烁的红光。那个位置坐落着世界上最大的自由落体实验设备——JAMIC落塔。它由煤矿竖井改造而成，与其说是塔，不如说是一道七百多米长的垂直隧道。仅仅走在附近的土地上，我也能感到这座深深扎入地下的黝黑倒塔的存在令人敬畏。

在牛顿的时代，只有跳楼生还的人才有机会谈起失重的感受，落塔的出现则给人们提供了稳定廉价的微重力环境。当然，那是在人类航天的黄金时代到来之前。

还有结束之后。

我收起思绪，快步走进了最近的实验楼。石川社长在等我。

"您好，我们通过邮件，我是——"

"我知道，你是发现宇航员为什么会精神失常的人。"

并不全是。我只是指出了失重环境会让神经连接变弱，那几天突然加强的银河射线才是航天大事故的元凶。即使有磁场保护，地球上的不少精密设备也受到了影响。多起自动驾驶车辆事故也被证实是新型银河射线导致的，包括要了栗子命的那一次。这些在我返回地球以前都被地面的科研机构证实了。

这些解释没有说出口。我只是点了点头，如今我需要这个虚名。

"您在信件中没有说明，但我猜……您想使用落塔？"

我再次点头。办公室太冷了，但我的语言不会受到颤抖身体的影响。

"每个人都想使用落塔，我希望您有充分的理由。"石川指了指桌角堆成山的文件，我能看见几个刺眼的红章：DENY。

"您会得到的。但我想先确认几个问题。"

"知无不言。"石川微微颔首。

"您能提供的最长实验时间是？"

"我们的设备经过了扩建，但要除去制动区和紧急制动区……十秒左右。"

"回收减震系统用的是什么原理？"

"空气阻尼效应和机械摩擦效应。最大过载10 g。"

"还能更小吗？"

中年男人抬起了眉毛。

"怎么，您的试验品很脆弱吗？"

"比您想象的要脆弱一些。"我向前探身，"您要知道，我做的可是零重力语言学。"

石川盯着我看了一会儿。

"小杏……跟她的离去有关吗？"

我点了点头。"我很遗憾。"我从包裹里掏出小杏的iPad，给他看那条太空中的美人鱼，然后内心毫无波澜地欣赏男人的泪水。我知道我本可以一回到陆地就把小杏的遗物寄给他，但那就是白白送出一个控制别人的筹码。尽管那时，我无法预知石川先生有什么利用的价值，只是理性地判断罢了。现在是最好的时机，他一定会妥协。

我也知道，从落塔回来后，我的眼泪只会多，不会少。

十八、落塔（之二）

第三十五次失重实验，倒计时三十秒。

我蜷在小小的实验箱里，睁大眼睛，什么都看不见。这本来就不是为人体实验准备的。石川先生给了我一个红色的按钮，一旦出现紧急情况，他会立刻把我从深坑里救出来。

我没有按下它，因为实验总是失败。神经连接一次次在十秒失重中松开，但我还是没有找回语言中枢和其他脑区的联系。当我想起意平的名字，什么感情都不会被唤起。

理智告诉我，不应该试图找回过去。现在的李玉玦是全世界最理智的人，她可以轻易逃离地位、道德、文化的束缚，以一个旁观者的角色审视世间的一切。当与她对话的人正在情绪的苦海中挣扎，被扭曲的话语像气泡一样不受控制地脱口而出，她永远能冷眼找出破绽，用最敏锐的信息扎破气泡，引导对方为自己服务。不会被长姐的义务所纠缠，更不会为了一个男人落泪。她可以更加专心学术，或者爬上任何一个顶峰……

理智也告诉我，这样的李玉玦，只是在逃避罢了。逃避选择，逃避责任，逃避情绪。

逃避……意平的死。

倒计时结束，实验开启。失重。微重力。零重力。然后是超重。

平静的湖面向天空射出万枚雨滴，落英在一微秒内蜷回花种，星球于虚空中坍缩成黑洞。

我的灵魂瞬间归体，嵌入实在的空间。神经回到了熟悉的位置，万亿个细胞重新紧密相连。

与此同时，痛苦像万根钢针扎向五脏六腑，所有孤零零的概念再次被沉重的回忆牵扯，我沉入属于自己、独一无二的语境，那是过去每一分每一秒塑造成的自我。

七百米的深坑下，我的哭号没有人能听得到。

十九、陈意平

"咳，首先声明一点，此时此刻的我是完全理智的。通过模拟地球重力环境，异常增强的银河射线和长期失重共同导致的太空失语症已经不会对我产生太大影响。我相信你们可以从我流利的话语中看出来。安舰长也可以给我做证。回到地面后，欢迎你们对他进行全方位检测。"

意平认真地望着画面外所有人，略长的头发飘在空中，让他看起来像一个年轻黑发版科学怪人。安舰长短暂出镜，点头表示同意他所说的话。

"从学说话起，我就发现自己跟别人不一样。我不能理解'打车'和'打人'为什么用一个'打'，老是在问'等一会儿'到底是等几分钟、几秒钟。日常语言太模糊、太多义了，我总是忍不住打破砂锅问到底，而得到的回答却更让我困惑。大人总说我爱抬杠。"他笑了一下，眼睛旁边的皮肤挤出了褶子，"可想而知，我中学时期的语文和英语学得有多痛苦，尤其是应付不来阅读理解题目。但应试毕竟有技巧，我的成绩一直还不错。"

"高中时期，我有一个朋友。她的文科成绩非常好，非常有语言天赋。我很羡慕她。文理分科后，她也经常帮我辅导语文和英语。说来挺怪的，经过她的讲解，我觉得这些文字竟然也是可以被理解的。词语的来源、变迁，各种概念的融合与进化，像生物化学那样有迹可循。我们只是在向物理环境寻求规律一样，在不断的试探间寻找人与人之间交流的法则。"

"与物理定律不同的是，语言的法则具有很强的地域性。你找到了跟一个人交流的窍门，却很难复制用到其他人身上。不，这样说也是不准确的。在整个宇宙的版图中，我们熟知的物理定律也并非如此普适……扯远了，对不起。总之，那时我就知道，我的世界里不会有很多人。

"然后我遇到了栗子。啊，栗子。我们的语言模式是如此相似，不用怎么试探就能笃定。我们的梦想和目标又如此同步，两人大脑里储备的概念高度重合。在一起读书、一起科研的时光里，我们的合拍程度呈指数上涨。那时，我感觉语言是多么美妙啊，只要一两个词语，加上眼神或微笑，信息就能如此顺畅地流淌。跟她讲话，永远只有愉悦和轻松。

"栗子是一个理想主义者，她坚信人类总有一天会走进深空，将文明的火种播撒至宇宙每一个闪光的角落；她同时又如此现实，兢兢业业做好自己手头的工作，希望可以在未来的远航之路上为宇航员多一道防护。

"但很讽刺的是，就好像冥冥之中有什么东西知道栗子和我研究的特级航天防护材料金钟即将成型，几万年不遇的增强银河射线击穿了大气层。大家都知道，这是此次太空失语症的元凶之一。它同时影响了地球上海量的精密仪器，包括撞死栗子的那辆自动驾驶汽车。

"得知消息的那一刻，我感到我的一部分也随之离去了。有些对话再也不会发生，有些语言再也不会有人理解。我们共同创造的过去，已经没有人帮我补全回忆。唉，明明还差几天，她就能来到心心念念的太空了。

"但我必须来，带着她的梦想，带着她寄予厚望的金钟。

我不分昼夜调整重力数据，只是希望她的一部分能在世界上传承下去。后来，地面的分析报告出来了，突然增强的银河射线将会是封锁人类走向星海之路的第一道铁幕。那我就更不能放弃它。

"这种材料的制备依赖持续的微重力，甚至是零重力环境，无法离开处于地月引力平衡点的深海望舒空间站，也离不开我每个小时的重力调整。此时银河射线还在不断增强，更多精密设备和航天器受到了影响。如果制备失败，地球上将无法创造如此稳定的失重环境，人类也就必须暂时告别星空。栗子的梦想，实现起来就更难了。

"因此，我，陈意平，代表我自己，自愿放弃乘坐深海望舒空间站最后一艘舰载返回舱回到地球的机会。我完全知晓增强银河射线对所有航天器的威胁。在找到防护方法之前，我不接受任何以伤害生命为代价的救援。在这两周，我将与深海望舒空间站共存亡，与我的实验共存亡。请大家祝我好运，也祝空间站其他伙伴顺利返回地球。"

第一次看这个视频时，我的内心毫无波澜，仿佛在看一个异族生命的呓语。那时，我知道自己必须做点什么了。

第二次看时，只觉一根木桩狠狠扎进了心脏。

二十、尾声

意平和栗子都葬在北京的郊区，我一出机场就赶到了那里。

北京的风早已经变凉了，我裹紧衣服，久久站在那里，以沉默致意。

语言模糊、多义，轻易被环境影响，只有倾注岁月和关爱的人，才能最大限度共享语境，穿越认知的迷雾，真正理解彼此。没有捷径，没有能沟通一切的通用语言。虽然从宇宙的角度来看，我们都在说 9.8 N/kg 重力语。

只是多么遗憾啊，意平，栗子，我一直都没有好好了解你们。

闭上眼睛，任泪水不受控制地流下来。

电话响了。

"喂？玉珙？下飞机了吗？怎么也没来个信儿？"

我深吸一口气。"妈，没事，都挺顺利的，明天我就回家，后天去找玉璜……"

幸好，还有一些人可以去了解。

四天后，随着"天赐"的降临，人类宇航大爆发时代正式开启。意平和栗子制备的金钟材料成功抵御了异常增强的银河射线，地球文明开启了全新的篇章。

参考资料：

[1] Gaston Dorren. Babel: Around the World in 20 Languages. London: Profile Books, 2018.

[2] Max Bertolero and Danielle S. Bassett. How Matter Becomes Mind. Scientific American, 2019.

[3] 曹则贤.物理学咬文嚼字：卷二.合肥：中国科学技术大学出版社，2018.

[4] 刘润清.西方语言学流派.北京：外语教学与研究出版社，2013.

[5] 苏静.知日·和制汉语.北京：中信出版社，2015.

[6] 维森特·阿莱克桑德雷.天堂的影子.北京：人民文学出版社，2020.

[7] 吴芳.先秦汉语时间词汇形成发展的认知·文化机制.北京：中国社会科学出版社，2014.

[8] 姚小平.西方语言学史.北京：外语教学与研究出版社，2011.

[9] 张伟，韩培养.人类太空生存的开拓之旅.北京：科学出版社，2019.

昼温，科幻作家。作品发表在《三联生活周刊》《青年文学》《智族GQ》等期刊和"不存在科幻"等平台。《沉默的音节》和《猫群算法》分别获得2018年、2021年的中国科幻读者选择奖（引力奖）最佳短篇小说奖。2019年凭借《偷走人生的少女》获得乔治·马丁创办的地球人奖（Terran Prize）。多篇作品被翻译成英语、日语在海外发表，其中《沉默的音节》日文版收录于立原透耶主编的《时间之梯：现代中华SF杰作选》，并于2021年获得日本星云奖提名。多次入选中国科幻年选。著有长篇《致命失言》。出版个人选集《偷走人生的少女》。

地球的光环

杨　平

"我们家那边，有种咖啡叫浪花朵朵。"邵刚说。

"你又来了。"袁玉琢的声音听起来懒洋洋的。

"真的，特别好喝。蓝色的，口感醇厚，还透出一股清香。上面铺着白色的奶油，一口下去，香味能从你耳朵里冒出来。"

"你是想说，你正对着地球流口水吗？"

邵刚没答话，只是笑着往下看。在他脚下五百千米的地方，碧蓝的地球缓缓转动着，白云堆堆片片。

1

莱博维茨知道太空是个不一样的地方，但真正身处其中，他才发现，此前所有的想象，都无法替代现在的感受。

他的前后左右上下，六个方向，都是直径一米的圆形舷窗。他会让地球在自己脚下，感觉自己在飞行；或者面对地球，似乎在爬一堵永无尽头的墙。他最喜欢的，还是让地球在自己头顶，脚下是无尽的星空深渊。

这趟单人环轨游，占了太空之旅总费用的百分之七十。其他几位单人游的，都是大富豪，有的还不是第一次了。他可不一样，只是个普通人，这次几乎花光所有积蓄，就是为了了却心愿。他已经五十九岁，再过几个月就不能上太空了。钱嘛，花就花了。

他握紧手中的操纵杆。单人飞船是全自动的，只有在自动系统失效的情况下，才可以人工操作。不过，在飞船中自己找点乐子还是可以的。他把操纵杆推来推去，口中呜呜作响，想象自己驾驶着飞船在地球轨道上和外星人战斗。

他已经飞过了三分之一的环绕轨道，自己一个人玩得有点腻了，就安静地看着窗外的景色。前后的游客保持着两百千米的安全距离，看不到，只有一边亮得有点耀眼的地球，和另一边黑沉沉的太空。

他看向太空。

那里，在无尽的黑暗中，有成千上万个大小不等的"卫星"，正沿不同的高度绕着地球旋转。它们是轨道布局系统（OAS）控制下的功能模块，用于地球轨道上的各种工作。在必要的时候，它们能组成强大的机械或舒适的舱体。航天专家们坚持称之为大规模多层轨道卫星系统，其他人则兴致勃勃地叫它"光环"。

如果这个系统出了故障，那就有得看了。莱博维茨立刻制止了这个念头。他坚信，在对事情没有十足把握的时候，保持适度敬畏，还是非常必要的。

他的敬畏可能稍微晚了那么零点几秒。

他感到了后方的推力，微弱而坚定。显示屏上的预计轨道开始偏离导航轨道，他正在向更高轨道前进。他开始还以为这是观光项目中的小惊喜，决定配合一下表演："控制中心，我已偏航。"

没有回音。

这是假装通信失效吗？他重复了一遍。这次，耳机有了声音："007号，我们已监测到你偏航，正在查找原因，请不要惊慌，不要做任何操作。重复，请不要做任何操作。"

我也没什么可操作的啊。莱博维茨暗自嘲笑对方的无聊。

接着，自动驾驶的灯灭了。舱体微微一颤，推背感没有了。飞船安静地滑行了几秒钟，自动驾驶重新启动，推背感再次出现，比之前更强力。很快，自动驾驶又被关掉了。这次，飞船安静地滑行了很长时间。

莱博维茨有点慌，但还能保持安静。几分钟后，控制中心承认他们失去了对飞船的控制，并再次要求他不要有任何操作，中心会为他清理航路。

他当然知道这是什么意思，计算显示，007号将在十分钟后接触更高处的第一层功能模块。他透过舷窗，看到那些闪闪发亮的小东西，在OAS的控制下，像受惊的蚂蚁一样向两侧散开。

如果这是模块的海洋，他就是被庇佑的摩西。

2

邵刚接到了控制中心发来的指令，开始做准备。

十个小时后，新一批十五名成员将抵达蓬莱十四号，偏偏在这个时候，光轮空间站的旅游项目出了事故。眼下，蓬莱只有三位在编成员：他这个总指挥，刚去了驿站号空间站交流的刘图雅，还有那位指望不上的袁玉琢。

"下面有些人要高兴坏了。"袁玉琢说。

这话没错。自从OAS的设想提出以来，就不断有人说这个系统太脆弱，一旦出现意外会造成连锁反应。这次事故会给这些人绝佳的口实。不过现在邵刚不想就这个话题展开聊。"专心做好你的事。"

"孩子们都很乖，我太无聊了。"袁玉琢总是管那些实验动物叫孩子，近来越发过分，连其他非生物实验的设备也被他划成了自己的后代。可能他确实很无聊吧。

邵刚没理他，继续准备工作。地球轨道上有六个空间站：中国的蓬莱十三、十四号，俄罗斯的双头鹰号，美国的光轮号，欧洲的彩虹号和国际空间站驿站号。驿站号是地月中继站，也是未来火星载人考察的始发站，轨道较高。其他空间站轨道都较低，沿不同高度排列。现在的问题是，007号单人观光飞船的轨迹，将于一小时后与蓬莱十四号的轨道相交，届时距离他们将不足二百米。

北京控制中心的指令是，做好紧急撤离的准备，同时准备捕获007。

在接下来的一个小时里，会有多个空间站从007号上方或下方掠过，蓬莱十四号是综合考虑后最适合执行捕获任务的空间站。

这个时候，整个地球轨道都动员起来了。所有太空观光项目都被挂起。除了未来两小时内必须完成的作业外，其余太空作业也全部被挂起。原定于四十分钟后发往月球的货运飞船，也无限期延后了。OAS总部正在协调各方需求，以便制订后续方案。

OAS是有预案的。但是，当初的预案没有考虑到多国空间站背后的利益纠葛。随着地球轨道技术成熟，安全的重要性逐渐降低，产出，变得越来越重要了。拿光轮空间站来说，他们为了尽量降低经济损失，在007号出事后第一时间，就将十二名空间站观光客提前发送到了去驿站号的轨道上。这样，这一观光行动就从可以延期，变为必须完成。这些观光客本来就计划在驿站号待上五个小时，行程结束时，事故可能已经解决了。可是，这个行动让系统多了一个不确定的变量。

007号上自动驾驶系统的失灵，也令人紧张。如果整个OAS系统出了问题，那所有在轨道上的人，都不安全。

"指令长，我有点疼。"袁玉琢说。

邵刚努力让自己显得很平静。"请专注工作。"

对方没有答话。邵刚稍微有些意外，这位同事一向喜欢讨口头便宜。袁玉琢是个科研工程师，专门负责空间站上的各项实验，以邵刚这样的专业航天员来看，他就是个乘客。乘客嘛，个性张扬一些总是有的，但至少他不到处乱动按钮，也不会成天指导邵刚该如何做个航天员。

邵刚依照预案完成了全部准备工作。信息屏上所有生理指标都在正常范围内。OAS的事故避险，是每个航天员的必修课，他不过是依条例而行。当然，他还要安顿好袁玉琢。

他穿过吱吱作响的物理实验舱，穿过宁静的"菜园子"舱，穿过叽叽喳喳的动物舱，来到了特别实验舱外。

他稍微停留了一会儿。

每次去见袁玉琢，他都要默念一遍应对守则。虽然这些条例已经烂熟于心，但他受到的训练是：不管多熟悉，也要在操作前复习一遍。

他打开了舱门。舱内的灯柔和地亮起。这里和其他规整的舱室不太一样，线缆和管道被束带固定好，从各个方向伸到中央的大型实验柜中。最里面的舱壁上有幅海面上的冰山照片。旁边的舱壁上有跳绳、一只哑铃和几个罐头，它们都被小心地固定好。

"我越来越疼了。"袁玉琢的声音毫无情绪。

邵刚飞到操作台前，检查了一遍各项数据。转移袁玉琢的程序已经加载完成，他来这里只是复查。他转向中央的生命保障单元实验柜。透过上面的观察窗，他看到袁玉琢苍白发皱的脸。袁玉琢双目紧闭，泡在液体里。

他检查了实验柜上的生理指标："我以为你感觉不到疼。"

袁玉琢是第一个上太空的瘫痪者，通过体内植入的芯片来控制整个蓬莱十四号的实验设备。同时，他自己也是个实验对象，一方面验证生命保障单元在轨道上的长期可靠性，另一方面则为未来航天员大规模使用植入芯片做准备。一旦出现紧急情况，特别实验舱将会和空间站分离，寻找附近的服务模块，组合成为返回式飞船，然后返回地面。这个逃逸系统是独立设置的，在OAS失效的情况下依然能运行。

"我当然不会觉得疼。"袁玉琢依然很平静，"我发现有未知信号正在试图进入空间站系统……我定义为疼。"

邵刚正准备向北京报告，但袁玉琢告诉他，北京在第一时间就知道了这个情况，正在通过国际宇航协会查找原因，看是否有其他国家空间站在进行未经许可的数据连接，也不排除有来自地面恶意攻击的可能性。

现在的问题是，当邵刚尝试去捕获007号飞船的时候，这个未知信号可能会带来风险。北京很快就传来了指令，要求邵刚在保证自身安全的前提下，采用纯手动方式驾驶飞船完成捕获作业。

虽然有心理准备，邵刚还是感到有些惊讶。如今的航天系统已经完全自动化，并高度整合，轨道上任何一个物体的移动，都会对整个系统产生影响。所谓"纯手动"，不仅要求邵刚在没有自动驾驶的条件下控制飞船，也不允许他使用任何OAS导航及指引信息。

上次他纯手动驾驶飞船，还是半个月前的例行训练。那时他只是从蓬莱十四号出发，捕获了光环上的一个模块，将其转移到另一轨道上。现在，他需要捕获的飞船，比那个模块大十倍，速度也更快，方向还是斜的。

更让他不安的是，007号的失控，到底是孤立事件，还是一系列事故的开始。所有人都在担心这个，但没人在通信系统中谈到。

他返回主舱，又复习了一遍纯手动操作要领。007号飞船已经穿过了大部分与其原定轨道紧邻的模块环带，OAS系统有效地重新分配了数百个模块的轨道与速度，没出现任何碰撞。他已经能透过舷窗看到那个不安分的小家伙了。他穿戴好航天服，进入了二号作业飞船。依照标准程序，空间站内必须有一名航天员留守，但眼下这情况，只能变通一下了。袁玉琢会在空间站内，通过芯片控制一号作业飞船做后援。

关闭舱门，锁定。

解锁对接机构，解锁成功。

分离电推发动机启动成功，二号作业飞船与蓬莱十四号分离。

主发动机点火成功。

……

训练作业和任务作业给人的感觉完全不同。邵刚努力将注意力集中到一个又一个操作上，不去想这次的任务到底有多重要。航天员都经过了足够的心理训练，但最后，当危机真正到来的时候，航天员会怎么做，只能靠他们自己。他平静地报告每一步操作，控制中心也只是回复"收到"，没有多余的话。

在他下方，在地面上，人们正在谈论进入自动驾驶时代后，手动开车的"裸体感"。航天系统一直要求航天员必须永久熟练掌握所有纯手动操作，所以他没有这么强烈的感觉，仅仅像是脱掉外衣而已。

007号已经飞出了环带，正从下方徐徐升上来。

作业飞船自带捕获机构，但只适用于小型模块，必须组合其他模块才能捕获中大型模块，或者眼下这艘飞船。邵刚稍微提升了高度，靠向上层模块环带。OAS已经将二型机械臂模块、标准扣合模块和一个动力模块调低了高度，在环带下方的组合轨道上飞行。邵刚首先和动力模块对接，以保证后续操作的动力。他又对接了机械臂模块，然后将其展开，再将机械臂的远端与扣合模块对接。这样，他的飞船就变成了一个有着长长触手的捕获者。

一般来说，轨道对接不用这么麻烦，但现在007号情况不明，不能按照常规方式直接对接，只能用这种应急手段了。

一直沉默观察的袁玉琢突然说了一句："邵刚，驿站号将于二十分钟后从我们上方八百千米处经过。"

这有点奇怪。驿站号天天从他们头顶飞过——严格来讲，是他们从驿站号下方飞过——有什么可说的？无数模块还在他们头顶、脚下移动呢。

007号很近了。邵刚已经能看到里面的人影，好像还在兴奋地挥着手。他调整了通话频道，告诉那个美国胖子检查安全带，不要做任何操作。美国人连声答应。

人们总是在争论何时开放太空旅游，开放到何种程度为宜。美国的商业开发走在了前面，以"航天2.0"为口号，提供的除了常规的参观体验外，还有失重环境下的比赛甚至性爱体验。也正是在美国的强烈要求下，驿站号的人造重力实验舱才得以开放给游客。结果，这次正是旅游项目出了问题。

驿站号……邵刚又想起刚才袁玉琢的话。他尽力不让自己陷入毫无根据的不安中，而是把注意力集中到眼下的工作上。

他小心操纵着，从上方以尽量柔和的方式靠近观光飞船。当他靠得足够近的时候，发现了此前从未了解到的情况：观光飞船的对接机构已经闭合。

在早期航天中，对接机构是常开的，只有在对接后锁定的时候才会闭合。如今，由于航天器繁多，隶属不同的政治实体，谁都不愿意别人随意停靠在自己身上，对接机构总是闭合的，只有需要对接时再打开。观光飞船这类航天器稍微特殊一点，为援助方便，对接机构是常开的。其实，只要将它设计为对接时机械触碰才会闭合就可以，但国际航天联合会认为单独设计这种机构在兼容性上有风险，还是采用了通用设计。

邵刚立刻汇报了这个情况。他绕着观光飞船飞了一圈，在努力不让自己注意到那个兴高采烈的家伙的同时，检查了剩余的三个对接机构。

它们全是闭合的。

光轮站强烈质疑邵刚的观察，强调所有观光飞船的对接机构都是打开的，还给联合会、所有空间站和邵刚发送了007号离开光轮站时的录像。从录像上看，他们没撒谎。

系统没有记录到旅客莱博维茨有任何操作，因此也排除了他擅自关闭的可能性。

唯一可能的，就是飞船在自动驾驶失灵期间，自动关闭了对接机构。

经过简短的商议，邵刚让莱博维茨手动打开上方的对接机构。

胖子立刻叫了起来："真的吗？我可以操纵飞船了？我是驾驶员了？这不会加钱吧？我是不是第一个自己驾驶飞船的旅客？"

邵刚叹了口气，要求他严格按照指令操作，不要有任何额外的动作。

莱博维茨解开安全带，在舱内扳动开关，打开了对接机构。邵刚让他回到座位上，重新系好安全带。接着，邵刚操作机械臂，扣住了观光飞船前端的扣环，然后开始以极慢的速度下降。胖子在舱内挥舞着双臂，展示自己的力量。

就在两艘飞船即将接触的时候，观光飞船的自动驾驶突然被激活了。邵刚看到了下方飞船仪表盘上显示的内容，愣了一下。

如果他能活下来，一定会跟后辈航天员们说，对接的时候，不要受任何干扰。

观光飞船向前微微一蹿，躲开了作业飞船的对接机构。它没有停下来，继续向前加速。两艘飞船的联合体被这个加速带向了更高的轨道，并开始飞速旋转起来。

3

驿站号也被称为轨道联合国。这里和地球上的那个联合国一样，有来自各国的代表、技术人员和游客，也有各种聚会、交流和算计。

刘图雅一到这里，就被驻站的中国指令长（当然，人们都叫他大使）提醒说，不要以蓬莱站的思维看待这里。在随后几天，她逐渐明白了这句话的意思。驿站号表面上看起来庄严华丽，规矩森严，其实，为了容纳四大航天势力和大量参与的各国，几乎每条规矩都有一堆例外条款，大使私下里称之为"葡萄制度"。在这里，你看到某人不守规矩，很可能是他因为宗教、习俗或什么政治原因不用守这条规矩，你首先要考虑的是自己是不是对条例细则了解不够。

中国对此一直非常不满，主张在航天这么高风险的领域，不能搞这种大杂烩，要全体保持一致——你回到地面上爱咋样都行。国际航天联合会完全赞同中国的主张，但对这些例外条款都给出了雄辩性的解释（实际上他们出了一本厚厚的书来干这事），只取消了印度某些人摇头表示肯定的例外条款，要求他们用点头表示肯定。

刘图雅感觉，在这里，政治大过科技。

所以，007号出事的消息一传来，站内不同势力就进行了密切磋商，各种威胁和交易在几分钟之内高密度完成。刘图雅明显感觉到，站内的气氛变得有些奇怪，或者说，变得正常了。整个空间站像是从睡梦中醒来，以往的扯皮推诿不见了，各个部门开始高效率地运转起来。

太空旅游公司的代表领着一群刚到站的游客走过来的时候，刘图雅正在人造重力实验舱当值。她首先检查了他们的手续，然后微笑着否决了对方要求进入实验舱的请求。人造重力实验舱是为驿站号三期工程做测试用的，提供标准1G人造重力。三期工程完工后，地球轨道上将出现首个基于人造重力的空间站。国际航天联合会允许游客在实验舱空闲时，在保证安全的前提下体验实验舱。但现在情况不同，联合会已经暂停了所有太空旅游项目。

公司代表显然对这个回答不满意，立刻联系了站内高层。几分钟后，实验舱主管通知刘图雅，放行。

在这里，表面上所有国家地位平等，但和地面上那个联合国一样，总有那么几个国家更平等。中俄美三国基本决定了整个地球轨道的大小事情和有所分工：中国主导了整体规划和空地往返；俄罗斯凭借深厚的底蕴在空间站结构、维护上有绝对话语权；美国嘛，主要是依托像太空旅游公司这样的机构主导商业开发。涉及钱，国际航天联合会的态度总是有些暧昧。表面上，他们称商业开发为"附加产出"，似乎并不在意，可具体到事情上，有关商业开发的项目总是能顺利通关。人们经常说，美国占据了商业开发的高地，正符合了航天从安全转向产出的大势。

这次也是一样。虽然联合会明确下令暂停所有太空旅游项目，但公司指出，这个体验人造重力的项目是在空间站内进行的，不涉及在轨移动或轨道变更，应该继续。公司还说，如果只是因为一艘系统失灵的单人观光飞船，就让这些游客失去一次毫无风险的体验，会对未来的太空旅游造成毁灭性的打击。他们还搬出了相关股票在过去几十分钟内的数据。

虽然有巨大分歧，国际航天联合会还是同意了太空旅游公司的要求。

刘图雅看着这些兴致勃勃的游客，有一种强烈的虚幻感。从进入航天系统的第一天，人们就告诉她，太空是个极为凶险的地方，稍有大意就是灭顶之灾。可现在，在这个纷繁欢闹的空间站里，普遍弥漫着"安全已经不是问题"的情绪，似乎人类已经解决了生存问题，可以随意而为了。她不相信这个，但又感到无能为力。她第一次想念起蓬莱站井井有条、一丝不苟的工作方式，这让她感到安心。

人造重力实验舱与空间站主体相距二十米，像个半径五十米的车轮，无论有没有实验项目，总是在旋转。游客们进入了对接管道，好奇地打量着。接着，对接管道开始旋转起来，速度越来越快，最终与实验舱旋转同步。管道缓慢伸出，轻巧地与实验舱完成对接。游客们进入实验舱，开始沿下行管道前往实验区，也就是车轮的边缘。

刘图雅和太空旅游公司代表都在站内监视着这个流程。她问代表，这一单能赚多少钱？代表看了她一眼，微微一笑，未予理睬。

游客们已经到达实验区。一名专门讲解的组员正在做介绍，并讲解体验内容的安全要点。对接管道仍然与实验舱连接着，这是为了紧急情况下，舱内人员可以进入管道避险。

"太空是块宝藏。"代表突然说道，"但是，这块宝藏只有我们去开采它，才有价值。"

刘图雅随口回了句："你确定现在是用这种方式开采的时候吗？"

"那什么时候合适？你是不是认为会有那么一天，人类宣布太空已经毫无危险，我们可以像逛花园一样逛太空了？不可能，这一天永远不会到来。但是，我们人类不就是在风险中获得财富的吗？大航海时代，在无边的大洋上，在陌生的大陆上，到处都是风险，我们就不去了吗？哪怕在今天，在矿洞里没有风险吗？在公路上开车没有风险吗？我们因此就不会做这些事了吗？风险永远存在，人类就是在风险中发展起来的，也是在风险中生活着的。"

她认为这话题有点偏了："我指的是眼下这件事，是在冒不必要的风险。"

"不。"代表没有再做进一步解释。

她想再问问，但忍住了。对方是个商业代表，这次谈话不会有任何结果。她承认人类需要从太空事业中得到什么，但现在的商业开发步伐，实在是有点太快了。

实验舱内，游客们正在沿着实验区跑圈，一个个笑得颠三倒四。

她觉得哪里不对劲，但说不出来。几秒钟后，她意识到，是眼睛的余光在提醒她。人造重力实验舱是整个轨道上的明星项目，大家都对此抱有极大期待，非常关注。她来到驿站号已经一星期了，不知多少次看到实验舱在窗外旋转。身为航天员，她对运动速度非常敏感，过快或过慢的速度，都会引起她的警觉。哪怕只是余光一瞥。

　　她正眼看了看窗外旋转的实验舱，又扫了一眼屏幕上的数据。

　　在她开口之前，主管就发布了警报，指出实验舱旋转速度过快，转速控制被未知力量夺取，要求在站内的组员做好救援准备。

　　刘图雅立刻就想到了007号的遭遇。她看了身边的公司代表一眼，对方也看着她。双方都从对方眼中看出了恐惧。实验舱的转速正在急剧增加，实验区的重力值已经接近2G。游客们明显感觉不对劲，纷纷坐在地上，有人还躺了下来。如果不及时解决问题，这些人会被人造重力压扁。

　　刘图雅准备去穿航天服，目光扫过屏幕，看到对接管道的动力值突然蹿起，通红。在这瞬间，她意识到，一切都完了。

　　正常情况下，管道在对接上实验舱后，是没有动力的，相当于被实验舱带着转。现在，管道朝实验舱旋转的反方向施加了系统能提供的最大力量，巨大的扭力让管道瞬间崩解。实验舱在飞速旋转中被甩开，犹如镂空的飞盘，倾斜着向驿站号一侧的桁架结构飞去，被桁架切割成一大一小两块，随即变成无数碎片，飞向远方。

4

袁玉琢是个实在理性派。

实在理性派诞生于二〇二六年的泰山大会，认为存在一种实在理性，如同水上漂浮的冰山，大部分人只能看到水面之上的部分，而人类的使命就是探寻隐没于水下的实在理性。当然，这并不简单，如果想探寻到实在理性，必须经过漫长艰苦的探寻，还要经历多重考验。

所以，当那个未知信号试图进入蓬莱十四号系统的时候，有那么一会儿，他以为是实在理性的边界在召唤自己。

不过，他很快就冷静下来。他相信，实在理性不会这么容易就接触到。那种突然降临的、有神启性质的感觉，只是人类感性的回音，是迷信的源头，与理性毫无关系。他为自己思想的软弱感到羞耻。如果不是孤零零待在空间站里，而是在学派内的意识共享聚会中，他的意识失态，一定会被人用各种方式嘲讽的。

他又怀疑这是地面的无线电攻击。卫星定位告诉他，这个信号来自地球轨道，有多个信号源，无法精确定位。

是其他空间站的人想偷偷进来吗？太空竞赛曾是一场未宣布开始的比赛，如今已经走到了未宣布完结的完结，没人再提起。但是不同势力之间的暗自角力，一直没有停止，只是变得更积极，而不是相互拆台。如果这真是某个空间站的入侵，那就是个政治事件了。

北京控制中心也掌握了相关情况，经过密集沟通核查，认定不存在其他空间站入侵的情况。

袁玉琢透过蓬莱十四号全部三十七个外部摄像头看着周围。巨大的地球有一半在黑夜中。远处，一层又一层的模块在黑色的背景下闪闪发光，沉默而冷静。

是它吗？

是OAS在和他接触吗？

OAS是人类航天系统有史以来最强大的人工智能，但从未听说过它有意识。所有专家都在说，人类想造出有自主意识的人工智能，还早得很。此外，OAS也被刻意限制了能力，只能做轨道布局工作。这种级别的人工智能，会有主动与他接触的意识吗？

邵刚已经出发了。捕获失控飞船这事，在OAS建成后还没有过。不过，即便邵刚运气好，一切顺利，造成事故的原因依然不明，未来是否还会发生更多类似事件，也很难说。如今又出现了未知信号，一切都越来越难以把握。

一条新信息打断了袁玉琢的思考：国际航天联合会同意了太空旅游公司使用人造重力实验舱的请求。

袁玉琢觉得有点不对劲。

实在理性学派是反对直觉的，认为直觉只是人类在无法理解实在理性运作机制时的偷懒行为。就像是一道题，直觉就是知道题目，也知道答案，但不知道解题过程。他们认为对直觉的依赖会损害探寻实在理性的努力。

现在，袁玉琢感到了异常强烈的直觉：有什么事不对劲。依据学派理论，当一个人越接近实在理性的边界时，直觉就会越强烈，也越准确。如果这个人不能经受诱惑，堕入直觉顿悟的深渊，就将永远无法探知到实在理性。

他是否已经离那个边界近在咫尺了呢？

他将直觉以隐晦的方式传递给邵刚这样的普通人，是理性上的软弱，还是拯救他人的大义呢？理性不仁，以万物为刍狗。学派鄙视拯救生命这样廉价的大义，他的行为，可能已经严重损害了自己探寻实在理性的努力。

也许实在理性有调皮的一面，觉得他经受的考验还不够。控制中心建立了一条最高加密级别的线路，直通他的大脑。这是前所未有的举动。他还没来得及询问，数据就滚滚而来。

根据国际航天联合会的初步调查，本次事故的原因在于OAS的自主迭代学习系统发生了意外。

航天系统采用人工智能的一大问题，是可供学习的样本数太少。围棋棋谱数以百万计，人工智能可以充分学习。自己和自己下，棋谱更是数以亿计。下错了没关系，不会有任何损失。相比之下，保存下来可供学习的航天数据，就少得可怜了。让人工智能自己去试错，更是天方夜谭，谁也不愿意拿自己的飞船给"人工弱智"玩。因此，OAS采用了更先进的自主学习迭代系统，可以大幅减少学习所需的样本数，甚至可以在安全范围内自行设计实验。

问题就出在这要命的自行设计上。OAS有专门用于实验的模块，受到严格限制。但是在不久前，OAS刚升级到新版本，重新编号了所有轨道飞行器。不知为什么，光轮站的观光飞船和实验模块被编为了同一个号。OAS起初依然在用原先的实验模块，但现在，它显然看上了观光飞船。好在它做实验一向比较谨慎，循序渐进，只使用了007号，暂时还没影响到其他观光飞船。

OAS仿佛一个好奇的孩子，在不停地尝试各种东西。问题是，谁也不知道它下一次会尝试什么。

袁玉琢没有等很久。

邵刚的捕获行动突然陷入危机。

袁玉琢立刻启动了应急预案。作业飞船一号以自动控制为主设计，二号以人工操作为主设计。现在，正是他通过远程方式援助邵刚的时候。

这时他才发现，作业飞船一号被锁死了。锁死指令来自OAS，是在邵刚出发时下达的。

这孩子真是深谋远虑。

他感到非常无力，只能通过摄像头观察着邵刚所在的作业飞船二号与007号观光飞船像一条蠕虫在太空中翻滚。

邵刚的作业飞船松开了连接，收起机械臂，调整好姿态，在007号旁边伴飞。这是明智的。在高速旋转下，机械臂承受不了这么大的应力，反而会带来风险。眼下，最稳固的方式就是用作业飞船自身的对接机构与观光飞船对接，组成双船联合体，然后再进行姿态调整。

邵刚加速飞到007号前方，开始旋转自己的飞船。

袁玉琢意识到，自己正在目击一位优秀航天员的巅峰操作。

两艘飞船实现了旋转同步。作业飞船二号开始缓慢靠向007号，在两次尝试失败后，成功在第三次完成007号前对接口的对接，并迅速锁定。

007号的燃料在全加速状态下已然耗尽。双船组合体飞过了第一层模块环带，正在穿过上层空中走廊。在这个距离上，哪怕启动作业飞船一号，也帮不上什么忙了。邵刚开始小心地调整姿态，减慢组合体的旋转速度。

控制中心再次通过加密频道发来信息：驿站号人造重力设备出现重大事故，外壳破损，大量碎片正向蓬莱十四号和双船组合体飞来。信息未说明有没有人员伤亡，但显然不乐观。

接下来，控制中心提出了四点判断：一、OAS系统存在重大隐患；二、OAS的实验设计刻意提高了救援难度，比如关闭对接机构；三、OAS修改了观光飞船的代码，令其可以自行启动发动机；四、是否还有其他代码被修改，不得而知，驿站号的事故很可能就是由此引发的。

所以，国际航天联合会决定关闭OAS，由植入芯片的人类来接管。

我？袁玉琢一时不知该如何反应。

航天系统没有多少人植入芯片，大部分还是后勤人员，真正接触一线技术的少之又少，在天上的嘛……还真就他一个。

接管方案是：整个地球轨道控制权暂时交给北京控制中心，袁玉琢将获得轨道、地面航天系统能提供的所有算力，还将获得所有空间站的控制权。他注意到，这个方案从007号出事的时候起就开始制订了。

植入芯片的计算辅助技术已经比较成熟，袁玉琢此前体验过，但如此大规模地应用，让他感到了沉甸甸的责任。整个地球轨道上无数设备、数千人的生命，都在他大脑的一念间。

此外，他还有属于自己的顾虑。

实在理性学派推崇人自身的理性力量，视计算辅助技术为理性毒品，认为人一旦依赖这个技术，就会极大损害自己的独立思考能力，甚至与实在理性越走越远。

北京控制中心了解这一情况，允许他自行决定。

袁玉琢花了几秒钟思考。

他是该坚持自己对实在理性、对真理的探求，还是该肩负起世俗的、廉价的责任，在这场危机中做些什么？他愿意放弃几十年来所有的努力吗？

他向控制中心报告一切准备就绪。

控制中心关闭了OAS。从摄像头看去，整个轨道上波澜不惊，仿佛什么也没发生一样。但他知道，整个轨道日常往来的模块有数万个，昼夜不停，在不受控制的情况下，它们会变成数万颗炮弹，将整个地球轨道上的航天系统轰成碎片。

接着，通道打开了。

这时袁玉琢才发现，此前他的一切体验，任何人的任何体验，都不值一提。通道的那一头，不只是几乎无穷的算力，还有无远弗届的感知。

他能同时通过数百万个摄像头看到地球、太空、模块、飞船、空间站，还有他自己。他的意识同时关注到了所有能看到的细节。他能感觉到M31层编号为60441的生命维持模块原因未知的颤动，能感觉到彩虹站信息通道的拥塞，能感觉到被碎片撞毁的模块冰冷的沉默。他用了一生试图摆脱感知的束缚，如今，这一生的努力让他获得了人类从未有过的感知体验。

他心神荡漾，难以自已。

通道打开一秒钟后，他平静了下来。

驿站号的碎片已经造成三百四十五个模块被摧毁，在十秒内还将撞击二百一十一个模块，破坏规模以近乎指数的速度扩大。

他花了不到两秒钟制订方案，然后放出了自己的意志。

调集六个助推模块靠近双船组合体，四个准备对接，剩下两个备用。疏散碎片轰击方向的四千三百九十六个模块，预计能成功挽救其中三千五百一十八个。启动驿站号紧急撤离流程和站内紧急救援流程。卸载007号观光飞船内的自动驾驶程序，接管控制。调集疏散区后方的主动力模块、3D打印模块和材料存储模块，以网格状立体排列。纠正偏航的十七个货运模块轨道。对刚手动启动了自动驾驶的邵刚表示感谢。放弃疏散模块中的四个失效模块。重新计算碎片冲击面。地球表面的云朵真的像奶油。重启驿站号十三号逃生舱的自检程序。关闭莱博维茨的所有舷窗，希望能缓解他的歇斯底里。完成所有主动力模块、3D打印模块和材料存储模块的对接锁定，输送线路已打开。将正要到港的月球-驿站号货运飞船指派到安全的空中走廊。启动所有空间站的紧急撤离流程。加大袁玉琢身体所在实验柜的维护力度。完成四个助推模块与双船组合体的对接锁定。学派的那些大佬会怎么评判他的这次体验呢？他们有这个资格吗？模块疏散流程已完成，共成功疏散三千七百二十二个，冲击面未超过预计。材料注入开启。驿站号所有逃生舱自检成功，舱门已打开，准备接收撤离者。依照控制中心指令，将双头鹰站即将分娩的孕妇送入医疗舱，启动分娩流程。助推模块启动，将双船组合体带向离碎片冲击面更远的蓬莱十三号。3D打印开始……

在碎片冲击面前方，呈网格状排列的组合模块，喷出了无数细丝。这些细丝相互交织，不断重叠，在三分钟内组成了一张二十千米见方、二十米厚的拦阻网。与此同时，主动力模块开始牵引这张网向后退，速度比冲来的碎片略慢，后方的模块纷纷让路。

冲击面到达了拦阻网。同向运动减弱了碎片对拦阻网的冲击，网本身的强度也经受住了考验。碎片撞进网后，那些细丝会立刻被冲击能量融化，变成极富黏性的液体，将碎片牢牢粘住。这个技术本来是用于清理太空垃圾的，没想到这次收了一大包。

有三个节点出现了破损，但碎片已经被捕获了。后续的碎片大部分也被拦阻网破口处的细丝勾粘住，只有很少的一些穿过拦阻网，继续向前冲。

袁玉琢准备了第二张网。

在驿站号发生事故十七分钟后，一切平静了下来。

控制中心调整了方案，允许各空间站的核心人员留守，其余人员按计划撤离。

5

邵刚到达蓬莱十三号时，模块归位工作已经开始。他把又哭又笑的莱博维茨交给站内同事，自己跑到观景舱往外看。

OAS的未来不可知。国际航天联合会已经决定在未来一年内不会再上线这个系统，也就是说，袁玉琢可能要大大延迟他返回地面的时间。相应的生理维护方案已经完成，即将部署，以保证袁玉琢的健康。当然，各空间站的控制权已经收回。

"我知道你们都不愿意修复身体，觉得神经感知残疾是一种祝福。我也知道你们是禁止自残的。"邵刚对着外面的星空说，"不过你从没说过你是怎么变成现在这样的。"

袁玉琢的语气很轻松，一点没责怪的感觉。"这就是你表达感谢的方式？我以为你们专业航天员都经过人际关系的训练呢。"

邵刚笑了。"在我们家乡，喝着咖啡，聊聊各自的故事，是朋友间交往的平常事。"

"我是十二岁的时候，从楼顶上摔下来搞的。"

"你跑楼顶上干什么？"

袁玉琢稍微停顿了一下："看星星。我小时候的梦想就是当个航天员。"

"现在你实现了。你上了天，控制着比任何航天员都多的航天器，拯救了一切。"

"顶多算是止损吧。问题还没真正解决。"

邵刚沉默了一会儿，鼓足勇气道："说实在的，我觉得自己以后会被淘汰。今天，我已经到达了我的极限。"

"你到达了人类的极限。"袁玉琢说，"我到达了人机的极限。"

"那机器的极限呢？"

"那要问机器。"

外面，在无边的太空背景下，轨道上的航天器已经按序归位。明亮的地球在一侧沉默地悬浮着，仿佛一切都没发生。往来的运货模块依然忙碌。一些逃生舱已经开始返回地面。

两人用不同数量的眼睛欣赏了一会儿景致。

袁玉琢首先开口："提醒你一下，依照条例，模块归位后要亮灯，以供查验。"

"我知道。其实没什么意义，系统能精确测定，不用肉眼看。这都是老规矩。"

"没错。但对下面的大部分人是有意义的。"

灯亮了。

地球轨道上所有可用的模块，同时亮起了灯，有白的、红的、黄的、绿的、蓝的……光点组成的环带，一层套一层，从近地轨道，一直延伸到远方。地面上，散步的情侣抬起了头，玩耍的孩童抬起了头，半夜不眠的人抬起了头。哪怕在阳光下，人们依然能看到一条微弱的光带，无声地显现在蓝天上。

"你知道人们管它叫什么。"袁玉琢说。

版本 1.0　2021 年 12 月 1 日 3 时 12 分

版本 2.0　2022 年 1 月 12 日 5 时 0 分

杨平，北京作家协会会员，中国科普作家协会常务理事。蓬莱科幻学院首席科幻作家，曾任清华大学计算机培训中心教员、《中国计算机报》记者。主要作品有《MUD——黑客事件》《千年虫》《裂变的木偶》《山民记事》等，两次获得中国科幻银河奖。部分作品被译为英文、日文出版。

外来者

赵 垒

1

水星一号空间站通信中断第三天，生活舱，7∶20

"好消息是我们的设备没毛病，有一股强磁场干扰了信号，才导致收不到正确信息，无线电收发都没问题。"

来自俄罗斯的机电工程师阿纳年科立在半空中，看着热水一点点充满杯子。

"有磁场干扰，不是比设备有问题麻烦多了吗？"

来自意大利的领航员卡梅隆撑着扶手，飘向自己加热好的早餐。

"至少证明不是信号站，或者，"阿纳年科抿了口水道，"地球那边出了问题。"

"地球那边能出什么问题？"

"算上过来的时间，咱们到水星多久了，六年？"阿纳年科让水杯浮在空中，手一撑，倒立过来笑道，"别告诉我你什么都没想过。"

"六年，七个月，二十一天。"来自中国的测绘师林海，从

202

阿纳年科的头下飘过说，"地球不会有啥问题的。你还是说说坏消息吧。"

阿纳年科虽然是三人中最年轻的，但总是会开些老掉牙的玩笑，为此，另外两人很是头疼。十年前，《太空共同开发协议》的签订让太空探索步入正轨，地球轨道大型空间站、火星移民空间站、金星中继站相继完成，水星空间站也算是现在的重点工程，他们的任务是观测测绘水星和太阳，如果有更高效利用太阳能的方法，他们的优先级还会往上提。即使地球上真的有什么状况，他们也不可能不知道。

当然，问题也在于，比起其他几个空间站，他们离地球实在太远。

"坏消息是，长波通信无线电和中短波的远程遥控系统都受到了干扰。如果不能在一周之内解决问题，下周来的补给和空间站扩充设备，我们就得出去手动对接了。"

新的人员补充是在下一年，最近几个月的补给都靠无人飞船。虽然两人对这种情况早有预料，但事情一证实，还是让他们停下手中的活儿，同时看过来。

"你觉得干扰是从哪里来的？"卡梅隆问。

"起先我怀疑是强烈的太阳风引起的，但那样水星磁场也会变，我们的运行轨道肯定也会有些变化。"

"所以……"林海望向舷窗，"是那些云吗？"

一周前外面还是暗红色的太阳，或者水星坑坑洼洼的环形山，而如今窗外是一片灰色的云。

2

最先观测到那片云是在一个月前，那时它在远日轨道的末端，当初他们以为是被太阳风离子化的水星大气层，然而，随着时间推移，那片云非但没有消散在宇宙中，反而向空间站扩张，直至将整个空间站包裹起来。

本来水星轨道出现云就够奇怪了，而在光学设备被遮蔽之前，负责观测的林海发现那云看起来不像是无序扩张，而是以空间站为目标的扩张，这个消息更是让空间站里弥漫起了一股不安的情绪。

阿纳年科也曾开玩笑似的说，退一万步讲，咱们好歹也算是见证了水星环的诞生，至于退的是哪一万步，另外两人不曾去问，也不曾去想。

就目前的情况来看，唯一的办法是等太阳风或者水星的引力将云驱散，但这需要多长时间，他们又能承受信号干扰多久，就是个问题了。

"我们移动脱离云的范围，可行吗？"卡梅隆提议。

云的起始点在远日轨道末端，假如空间站开始移动，就必须朝向阳轨道的方向移动。

"如果我们要移动的话，在当前轨道上，最多只能移动到这个位置。"

阿纳年科打开轨道图，画上一个点，然后还列举了如果变轨的话，可以移动的位置。考虑到能源和燃料，还有向阳轨道的太阳直射，能移动的距离有限，况且那片云追上来的可能性也不是没有。

"我的建议是,维持现在的轨道,"阿纳年科说,"假如移动之后,依然没法摆脱干扰,那我们就失去了手动对接的机会。反正系统失灵,手动对接这事儿也不是第一次了。"

"现在跟礼炮七号的情况可不一样,即使要出站手动对接,以现在的视野状况,短波通信也不能用的话,手动对接的风险太高了,再说,那片云里有什么成分,有没有辐射,我们也不知道。"

"云里有什么成分,我们现在就可以测,"阿纳年科看向一直沉默不语的林海,问,"你的想法呢?"

林海一直在权衡这两个方案的利弊,假如要移动,夸父号探日卫星还在太阳轨道上,即使超长波通信无法使用,利用卫星做中转也能发出信号。但假如无法摆脱干扰,不仅会浪费宝贵的动力,还会失去手动对接的机会。

而手动对接,正如卡梅隆的担心,在通信不可用且能见度极差的情况下,成功的概率——可没有多少。

地球控制中心如果收不到信号,补给船会停在预定的位置,但那边并不知道干扰的情况,如果补给船在减速之前受到信号干扰,那么就会出现几种结果:停在预定位置,直到燃料耗尽;被水星引力拉入水星轨道,或者飘向太阳;更坏的情况是会撞上空间站。

而且还有那片云的成分……

"信号干扰具体是哪一种?信号屏蔽,还是磁场混乱?"

"真要说的话,有点像信号屏蔽,"阿纳年科想了想说,"你的意思是试试中和干扰?"

"可以试试，如果干扰源真是那片云，弄清楚成分，看看到底是什么干扰了通信，也许可以把干扰中和掉。"

"理论上——可行，反正试试也没什么损失。"

吃完早饭，阿纳年科便在气阀舱装上了采集和检查气体的装置，当气阀舱打开，空气的嘶鸣散去，无垠的寂静便开始向空间站内部蔓延。阿纳年科飘在舱门后，起先他还能听到压缩机里的电流，交换器里的流水，当那些白噪声无法再引起注意，他的耳中便只剩下了耳鸣。

在寂静之下，时间似乎变得很漫长，阿纳年科觉得气阀舱开了有十分钟，甚至半个小时，而当外舱门关闭，他看向控制面板，结果却发现只有五十九秒。

阿纳年科揉揉眉心，准备打开舱门去取回装置。这时，穿好宇航服拿着探测仪的卡梅隆飘过来，然后指了指手中的东西。阿纳年科点点头退到另一个区段，就在阻隔舱门关闭之时，他看见卡梅隆没有进入气阀舱，而是提着头盔飘向了另一个方向。他敲了敲舱门，但卡梅隆似乎并没有听到。

是出了什么问题吗？阿纳年科一边想一边打开舱门追了过去，而就在他经过气阀舱时，他赫然发现气阀舱的内舱门并没有关上，甚至连外舱门都是敞开的。他心里一惊，此时舱门打开的声音响起，卡梅隆出现在了他的面前。

"就这么急着要拿去化验？"

卡梅隆摘下头盔，笑着将采集好气体的装置推向他。

阿纳年科定了定神，外舱门好好地关着，就在他怀疑刚才是不是幻觉之时，向远处飘去的卡梅隆与刚才的景象开始重合。阿纳年科将采集装置拖住，他有一种感觉，自己早就知道那片云里有什么成分。

3

水星一号空间站通信中断第四天，生活舱，6 : 30

　　林海在那一天的凌晨做了好几个梦，他在梦中很清醒，清醒到他可以明白自己不是连着做了好几个梦，而是同时做着好几个梦。

　　他的脑袋里重叠出现着好几个景象，第一次步入宇航中心的大门，第一次在纸上画下秦岭的群山，第一次与妻子在课堂上相遇，第一次将乐高拼成完整的飞船。

　　由记忆构成的梦境同时在脑中展开，它们有些是现实，而有一些却不曾发生过，一时间他也分不清哪些出现了偏差。

　　自己曾成为过一个画师吗？

　　自己曾跟另一个女孩出国留学吗？

　　自己曾回到家乡在母校的黑板上画下世界地图吗？

　　那些未曾展开的过去，随着他的苏醒，缓慢但清晰地消退。他打了个呵欠，解开固定环，向橱柜进发。

　　"来点咖啡吗？"

　　卡梅隆已经在那里了，看起来昨天也没有睡好，璀璨的金发一缕缕软绵绵地贴在头上。

　　在他们分享咖啡的时候，挂着黑眼圈的阿纳年科从另一端缓缓飘了过来。

"一个好消息，一个坏消息？"卡梅隆把杯子递过去问。

"你想先听哪个？"阿纳年科将咖啡一饮而尽，说。

卡梅隆与林海对视一眼，说先听好消息。

好消息是，云的成分除了一些奇怪的电离子外，跟水星的大气成分差不多。

"坏消息是……"

"分析仪出问题了？"

林海接过话，阿纳年科有些惊讶，但还是继续说了下去。

分析仪在做完分析之后，便发生故障，开始胡乱输出结果，阿纳年科检查了几遍，没能找出故障原因，最后只能重置系统。

"那些输出结果，实在是有些奇怪。"

阿纳年科打开橱柜旁的一个数据面板，然后将故障数据显示出来。

分析仪在输出完云的成分结果之后，还一连输出了几个乱序的结果，成分表和日期混合排在一起。三人整理了许久，才发现里面有几个结果是几个月前，他们采集到的水星大气和地表岩石，还有几个结果，如果按照日期区分，则是几个月后的结果。

"重置系统以后，我又做了几次分析，可以肯定的是，分析仪里没有穿越过来的物质。"

阿纳年科半开玩笑地说。

"那些电离子可能就是干扰源。不过我感觉一周之内解决不掉，所以我们还是考虑一下后备方案，移动，还是维持现在的轨道。"

"还是维持现在的轨道吧。"卡梅隆说，"我感觉那片云会追上来。"

"你这说得好像那片云有意识一样，怪吓人的。话说，林海，你是怎么知道分析仪出问题的？"

林海想了好一会，最后也只能回答"是一种感觉"。

接下来的两日，也正如感觉的那样，中和干扰并不顺利，虽然可以肯定那些电离子就是干扰源，但干扰的方式却是三人前所未见的。它并没有从外部遮蔽或者扰乱信号，而是通过附着设备的方式挤占接收信道和频段，阿纳年科也修正了自己的看法——还是无线电出问题了。

4

远行者十一号补给船抵达倒计时四十九小时，实验舱，9：30

"有个问题，我想我们得谈谈。"

林海揉着眉心，试图将倦意驱离脑袋，被困于孤岛的梦境一再出现在脑海，一连数日的高强度多梦，让身与心都达到了临界点。

飘在分析仪前的卡梅隆，愣了好一会儿，才像猛然惊醒似的转过头，而阿纳年科，则用胳膊勾住扶手，真的睡着了。两人将其叫醒，随后，林海说了自己最近多梦的情况。

不出所料，另外两人有一模一样的症状。多重且清晰的梦境，随着时间的推移愈加严重，现在几乎已经到了人清醒着，梦依然在继续的地步了。还有，偶尔时空混乱的错觉也不是个例。

"那些电离子，可能也进入我们的身体了。"

林海对这个推测没有太多依据，但阿纳年科和卡梅隆没有异议。林海也想过，可能这是目前唯一的解释，所以才对这种感觉确信不疑。不过，那种预知似的感觉，也随着梦境的清晰而变得准确。

这几日，不仅实验的结果，就连空间站里谁会在下一刻出现在哪里，几人都有着清晰且准确的感知。

如何应对生理的疲劳，三人没有经过语言交流就达成了共识：三人，两组，微量镇静剂。

而对即将到来的手动对接，虽然不知道补给船抵达的精确方位，三人还是凭着感觉，对空间站做了轨道和姿态调整。

"要是让地面控制中心知道，我没有经过三次以上拟真运算，凭感觉就动了空间站，恐怕等我回地球以后，就只能去开出租车了。"卡梅隆叹息道。

"怎么，你已经梦到握着方向盘了吗？"

"当然。"

"拜托，请告诉我是辆老爷车。"

"我不知道有多老，反正我还没打着引擎，就看到后座的环保大使开始皱眉了。"

等到不苟言笑的卡梅隆松开控制杆，阿纳年科已经在半空中笑成了一团。

"你呢？阿纳年科，听说你在出发之前跟女朋友分手了，你是不是要孤独终老了？"

"怎么可能？回了地球，做好复健我就要去贝加尔湖游上十公里，你知道我在那儿，碰到了一个多漂亮的金发美女吗？"

阿纳年科踮起脚，让自己上升一点，比画了一个高度，随后双手虚握在胸前说：

"然后，当天晚上我们就……"

"游了十公里，你还有力气？"

"在这件事上，我一直都不是主动型的。你呢？林海，回地球以后你造了几个小孩？"

林海知道话什么时候会到他这里，但他不知道该怎么回答。关于地球的梦境，他一直停留在过去，以不同的人生展开，鲜有回到地球以后的梦境，而且很多时候，他会梦到一大片云，将所有思绪遮蔽。

如果未来的梦代表着一种预知，这又意味着什么呢？他决定把这个问题先藏起来。

"三个，两女一男。"

"哇哦，你能画出来吗？以现在梦的清晰程度，应该不成问题吧。"

"可以……是可以，不过你确定要干这么不吉利的事？"

"噢，也是。那就留着当个惊喜吧。"

5

远行者十一号补给船抵达倒计时十分钟，气阀舱，11：40

准备好了吗？

站在外舱门右侧的阿纳年科敲了敲头盔，外舱门左侧的林海竖起大拇指。

卡梅隆在操作舱，随时准备调整空间站姿态。

林海不知道此时的状况算不算凶险，外面的能见度几乎为零，褐色的云弥漫在周围，只有通过左侧的红霞，才能确定太阳的方位。通过先前的计算和感觉，气阀舱已经对准了补给船的大致方位。

误差会有多少，经过几日的观察，他们发现预感也并不总是准确的，或者说，并不总是朝着他们想要的方向发展。

半个小时之前，林海就曾清晰地看见自己迷失在云层中，直到抵达边缘，看见补给船直直飞向水星，坠入引力井，而卡梅隆则私下告诉林海，他看见了阿纳年科被挤得支离破碎的尸体。至于阿纳年科，则是玩笑似的说，看见自己飞向了太阳。

预感是有，但哪一个是现实？

三分钟，气阀舱外舱门旁的指示灯由红变绿，林海最后检查了一遍安全绳，然后与阿纳年科一起飘向舱外。

手动对接的计划并不复杂，补给船预定停留的位置是C点，他们定了一个A点和B点，做两次一分半的停留，没有情况就继续前进。在通信可用、视野清晰的情况下，这个计划就差不多足够，或者说根本就用不着这个计划。但现在……

安全绳的距离，勉强够到达补给船预定停留的位置，但绳子每放长一分，危险就会高出一分，林海的一侧身子已经开始微微发热，面罩的另一边，却连阿纳年科的轮廓都看不见。

在安全绳绷直拉住身体时，他看了一眼面罩显示的计时器，然后发现周围的云似乎比出舱时更加地浓，这意味着云的范围比预想的要大，但等到计时结束，他开始启动推进装置之时，他又发现周围的云，稀薄到勉强可以看见阿纳年科了。

难道是云也在移动吗？

他无暇多想，小心翼翼地控制推进装置与阿纳年科同步匀速移动，抵达B点，还没等他松一口气，就看见正前方出现了一片黑色的轮廓，出于本能，他立刻操纵推进装置往一旁闪躲，然而那片黑色的轮廓却缩小了，不过，没过几秒钟，轮廓就扩大到了刚才看到的大小。

是补给船，因为刚才提前做了闪躲，他处在一个安全的距离。补给船的速度不快，但对于对接来说，依然是个危险速度。他抓住机会，将挂钩挂到船壳上的一个扶手上面。进入船内切换手动驾驶的时间已经不够，宇航服上的推进器起不了什么作用，现在只能指望磁性对接口没有问题。

他顺着扶手，小心翼翼地爬到船体上方，阿纳年科已经趴在那里，竖起了大拇指。

没有问题吗？他看了一眼自己的安全绳，然后提醒阿纳年科注意。直到空间站的轮廓逐渐显现，补给船的速度开始减慢，等到气阀舱排出气体完成密封，对接就这样有惊无险地完成了。

"照这么看，咱们根本就是多此一举嘛。"

回到空间站内，阿纳年科忍不住吐槽。

"是有那么一点。不过总算是没出什么事。"

林海脱掉头盔，稍稍有点脱力。至少，卡梅隆凭感觉调整的姿态，确实是正确的。

"等收拾完，我们得讨论一下那个感觉的问题。"林海说。

"嗯。医生四个月后才到，我可不想接下来四个月，都靠镇静剂睡觉。"

6

水星一号空间站通信中断第九天，生活舱，8：30

虽然成功完成了对接，但麻烦却并没有减少。随着第二次打开气阀舱，多梦的症状变得更加严重，林海几乎分不清自己在梦里还是在现实，在他的脑袋里几段不尽相似的人生同时展开，而汇集的地方却只有一处。越来越多的设备，也开始出现输出端故障。

无计可施的阿纳年科甚至开始自暴自弃地说，也许出问题的不是设备，而是他们的感知。当然，为了避免真的出现这种情况，这两天，任何事情他们三人都是共同行动。三人有共同的认知，那么事情就是真实发生的事情。

"你们觉得那片云有意识吗？"林海说。

"是林海在说话吗？"阿纳年科问。

"是，两秒前。"

这种对话模式，他还没有习惯。

"我刚才听到的是，卡梅隆在问那片云会不会是生命体。"

"我是这么想过，"卡梅隆说，"但那片云的成分应该没法构成生命体，不过就算不是生命体，也不能排除有意识的可能性。"

不是生命体，但有意识。阿纳年科提出了一个假设，如果把空间里的电离子运动视作数据交换和运算过程，那片云就可以是一个活动的处理器。如果是这样，那么他们的空间站，以及空间站里的设备，甚至他们本身对那片云来说，就都是额外的运算设备。而他们的想法和梦，对于那片云来说，就会是一个运算节点。

一个货真价实的"云"计算，如果是这样，那么那片云的目的，或者说运算目标是什么？

倘若是接触、获取信息，那么空间站里的所有设备对于云来说都是开放的，而对于他们来说，每一个梦，每一个思考都可能随着电离子流向外界。

"真希望它能在屏幕上打字，告诉我们它想干什么。"阿纳年科看着显示屏上的一串乱码，忍不住苦笑。

"也许在未来，它能以我们能理解的方式交流，但现在我们还没有到达那个节点。"林海提出自己的假设。对于那片云来说，他们的生物大脑还未完全理解传递过来的信息。

那些关于未来的梦——阿纳年科梦中围绕着太阳展开的壮阔戴森云，卡梅隆梦中驶向海王星的飞船，当然，还有地球，它时而散发出生命的蓝色，时而散发出死亡的灰色，那些充满希望，抑或布满毁灭的梦，是未来的节点还是一个错误的运算方向，尚不得而知。

林海提到了那个被困于孤岛的梦，在所有的梦中它是最清晰的，同时它也是最异常的。三人有着几乎一模一样的梦境，困于孤岛，被饥渴折磨，被烈日灼烤，想要离开却又被海浪所阻。

"如果把海看作太空，把岛看作水星，把海浪看作引力，太阳还是太阳。也许它是需要帮助，也许它跟我们一样，都被困住了。"林海说。

"就算真的是这样，"卡梅隆说，"我们又该怎么让它知道，我们需要时间来处理这些问题呢？如果它不是一个传统意义上的生命体，那对于它来说，也许我们只是运算过程中的损耗。"

林海没有回话，多梦症状的加重都是在气阀舱打开之后，三人心里都有数。

"既然它也被困住了，那不如问问它，想去哪儿？"

阿纳年科打开导航，飘在空中抬头大喊："喂，你想去哪儿？"随后他摇摇头，垂下脑袋，嘲笑自己身为宇航员，居然在空间站里搞这种像招魂的事。

导航作为输出端，只出现了一连串的错误信息，他们费了很大工夫，才把部分信息重新排列组合变成有效信息：空间站建立以来的补给路线，水星样本采集的登陆路线。过去的信息还好理解，未来的信息就有点让他们摸不着头脑。

"居然有条二十年后从这里出发去土星的航线。"

卡梅隆一脸不可思议地说。不过，无法解释的地方，很快就被感觉给补上。

土星有土星环，应该可以补充云的成分。为何是从这里出发，也许是因为二十年后，终于破解了与意识体的交流难题。

"林海，你之前说我们还没有到达那个节点对吧。"阿纳年科说，"那是不是意味着，我们其实已经在云的运算体系之内了。"

"对。"

"那——我们三个现在最想去的地方是哪里？"

三人同时看向导航，答案不言自明。所有过去的梦境，都来自一个地方——地球。

"不能让它去地球。"卡梅隆首先发言，"如果让这片云进入大气层，鬼知道会变成什么样子。"

另外两人也同意，但这似乎不是正确答案。地球对于他们而言，是个信息明确的指向。如果模糊掉这一点，地球也就指代着另一个概念——家。

回家。

但是家在哪里，导航并没有给出答案。那条二十年后的航线，也让他们意识到了一个对于他们来说很严重的问题。他们可无法接受现在的状况二十年。而它已经完成运算，只需要等待事情发生就可以了。

必须让它意识到，他们并不是空间站的一部分，而是一个独立的意识体。

但这又谈何容易呢？即使面对面，他们的意识都经常不在一个时间点。

"你是怎么看这件事的？"

是谁在说这句话？自己的父亲，还是卡梅隆？林海一时没分清楚。

这件事指的是去水星，还是回地球，这不重要，他可以同时思考这两件事，而且前者，他早已经有了答案。

"只是，去的时间长一点。"他说。

"十年，还不一定回得来，算长一点吗？"

"我会回来的。"

"我理解你，但是她们，你要自己去说。"

"等会儿吃饭的时候，我会说的。"

吃饭的时候？卡梅隆清点着食物存量，意识则远在过去的都灵，他捧着一瓶红酒，考虑着带妻子去吃披萨还是去吃牛排，过去的事情已经发生，他知道自己选了披萨，也知道妻子在听完他的话以后，只是平静地问他什么时候回来。

"等工作做完，我就回来。"

工作做完……阿纳年科等待着系统自检完毕，同时他也握着方向盘，沿着道路向赤塔行驶。他的女友在电话里大声质问着，他到底要多久才能回来。而他，早已知道自己的选择。

"你要不，就别等我了，这一趟真的要去蛮久的。"

短暂的沉默过后，电话那头传来挂机的声音，他踩下油门继续向南。他到了贝加尔斯特火车站才停下来。来自现在的认知让他知道，如果跨越国境线，继续向南一千三百公里到达铁岭，就能找到一起奔向水星的林海。

"嘿！"阿纳年科朝着远方的地平线大喊，"你在那边吗？"

我在。林海从家里的厨房迈进空间站的气阀舱，阿纳年科正在进行检修，即使没有任何信息交流，林海也知道他发现了一处漏液，而自己已经带着工具来了。

交流，到底是在什么时候完成的？他们发现意识不在同一个时间点，空间站里的日常工作还是有条不紊地在进行。

来自过去的记忆和来自现在的认知，跨越时间完成了交流，那么未来，到底在哪里？太远的事情，难有清晰连贯的图景，而近的事情，又在不知不觉间完成。事情是否早有定数。

假如未来已经知晓，那为何又会疑惑和困扰？

他们带着诸多的疑问：来自过去的，"为什么要来"，来自现在的，"该怎么回去"。可是未来……如果未来是已知的，那是否，未来已经变成了另一种过去。

如果云已经通过这种方式知晓了他们的想法，那他们意识到正在交流的那一刻，又在哪里？

林海面对着一桌好菜，思维走到了一个点上。

"你确定要这么做？"卡梅隆与阿纳年科在不同的时间点，问了同一句话。

而对于林海来说，这却是同时发生的。

"虽然我也不能以人的善恶去衡量一个非生命的意识体，"卡梅隆把头盔递过来说，"但就目前的情况来看，我们也不能排除，它的行动是带着恶意开始的。"

"我知道，不过我想，它如果真的是一个建立在运算基础上的意识体，那么它的善恶与否，就取决于我们的下一步行动。我想，得让它意识到，我们是一个独立的、没有恶意的意识体。"

"嘿，"阿纳年科露出了少有的严肃神情，"没有梦到未来，不代表这件事一定要由你来。"

"我知道。"

一点五亿千米，六年，八个月，零一天。他在餐桌上，把被选中第一批参加水星一号空间站建设的消息，告诉父母和妻子，他们脸上的表情，在过去和现在是不同的信息。

"现在，我在这里。即使不知道理由，我也走到这一步了。"

决定是什么时候做的，他已不再记得。回过神，他已经戴好头盔站在了气阀舱的边缘。过去与未来汇于一处，屏息凝神，他打开通信器。

"你好，外来者。"

通信器里的杂音逐渐消失。

"听得到吗?"

听得到。

无数的声音汇于一处，熟悉的和陌生的景象同时出现：被大气层包裹的地球，被奥尔特云包裹的银河系。

近与远串联在一起，时间线上的答案开始变得清晰。

7

二十年后，铁岭火车站，21：00

交完班的站务刚刚坐进自己的破车，就收到信息说站台那边，有一男一女两个俄罗斯人吵起来了，站里她的俄文最利索，所以让她赶紧来"救火"。她赶到站台，经过一番交涉，知道两人是两口子，从哈尔滨来，男方不仅错过了下午的高铁，还买错票买成了动车。那个又高又壮的俄罗斯男人，下了车就被比他还高半个头的老婆骂了个狗血淋头。

让她意外的是，男方的中文不仅很好，而且还有不少铁岭口音。

"你在铁岭待过很长时间吗?"她好奇地问。

"没，其实这是我第一次来这儿。中文是跟一个老朋友学的，到这儿来就是来找他的。"

"那……他没来车站接你吗？"

"看样子，没有。"说着，俄罗斯男人四下看了一眼，"不过本来我也没告诉他我要来，我想做个试验，看他能不能料到我会来。"

"那——方便把他的地址告诉我吗？我可以帮你叫出租车。"

那俄罗斯男人要去的地方她很熟，住那儿的是她的老朋友。

"你……以前是宇航员？"

那俄罗斯男人头一歪笑着说：

"你也认识林海？"

"我们以前是高中同学，不过，后来我去托木斯克留学了。"

"怪不得我看你觉得眼熟。"

"你也是在托木斯克上学？"

"那倒不是，"俄罗斯男人有点尴尬地挠了挠后脑勺，然后说，"这个说来话长。"

林海一打开门，就结结实实地挨了一记熊抱，寒暄过后，阿纳年科告诉他，卡梅隆正在指挥中心指挥运输船，从水星出发前往土星，然后这艘船将继续朝冥王星进发，直到进入奥尔特星云。这将是人类历史上单程路途最长的一次运输。

"等它到地方，大概我们都不在了。"

"大概吧。"

"所以，我的惊喜呢？"

林海微微一笑，朝卧室招呼了一声，两颗怯生生的脑袋就出现在了门边。

"说好的三个呢？"

"总是有点误差的嘛。"

午夜临别时分，林海将一幅画了很久的画交给了阿纳年科。画上是一片布满了星星的云。

"这是？"

"它的家。"

赵垒，科幻作家，职业经历丰富，全职写作，创作小说字数已达数百万字。擅长描写心理与社会，作品多为科幻题材的现实主义叙事。代表作品为东北赛博朋克主题《傀儡城》系列。2018年5月出版长篇科幻小说《傀儡城之荆轲刺秦》。2019年被选为"微博十大科幻新秀作家"，2021年获全球华语科幻星云奖2017—2019年度新星银奖。

密林之心

赵雪菲

那是少有的怪异一幕。

纠结在一起的丛林在太空中逸散开，中间驶出的是洁白的人造飞行器。

太阳能帆板像是鸥燕展开的双翅。

长久的遗忘后，它再次面对太阳，前往那两个人期待已久的方向。

一、浑浊

丛林安静得像是一块透明玻璃。

无休无止的枝叶蔓延到视线的尽头，层层叠叠，根茎、叶片、粗壮的藤蔓互相争抢着混沌的生存空间，只有微微的荧光在某些植物薄而透明的细胞壁下缓慢地穿梭。一些能够忍受黑暗的苔藓默默趴伏在植物的枝干上。

枝干间，有许多薄而亮的水膜，蛛网一样悬挂着。

比指甲还小的青鳞鱼仿佛迷失了道路，从水膜中游出来，在空中游弋，片刻又本能地钻回水膜中。

两个无毛的灵长类像是他们的远祖一般，手扒着一束藤蔓，脚踩着另一束，艰难地在植物根茎组成的网络中穿行着。

罗千腰间挂着的一个小巧的银质太空站挂件，此刻正缓缓地晃着。

"我们在直着走吗？！"张尺长嚼着提神的柠檬叶问道，"方向还对不对？"

"你哪来的那么多话。"罗千回答。

罗千不知道他们到底走没走对。实话讲，他有一种坏预感，他们大概率是走错了。

引起罗千糟糕预感的是他们手里的"藤蔓"——

它们摸起来越来越细，越来越潮湿，越来越……

像是植物的根。

"丛林"向来是安静的。每当经过几乎快成为"丛林"的中心绿化舱，人们都会感叹这里的广阔——人造物体的广阔。中心绿化舱原本是丰富人造生态环境的专区，不知从什么时候开始，绿化舱内的植物开始疯狂地生长，一些趋光性植物的生长甚至能造成中心舱整体姿态的变化。

罗千短暂的沉默，换来了他瘦高同伴的严重怀疑。

"我就知道不该相信你……"张尺长吐掉嘴里的叶子说。可他的抱怨还没说完，忽然尖叫一声：

"这是什么！"

罗千用鼻子"哼"了一声，连回头都懒得回。"跟你说了小点声！你知不知道什么叫偷——"

罗千可不想因为"偷窃向日葵种子"的名头被问询，这听起来太丢人了，而且他出来得着急，还穿着自己的工服，这让他更害怕被别人看到。与此同时，提出今天这个馊主意的张尺长，正"想方设法"让他们的行动暴露。

"罗千！救我！"

榕科植物"簌簌"的声音终于引起了罗千的警觉。

他回过头去，张尺长拉着他小腿。

罗千这才往下方——这个他们之前从来没注意的方位——看过去：

张尺长的下半身不见了，被浑浊而昏暗的反光面吞没。他正扒着罗千工作服的裤腿，如同抓住了救命稻草一般。

"罗千！拉我出去啊！你等什么呢！"

罗千从来没见张尺长这么恐惧过，他挣扎的动作带出许多液体球，有些飘到罗千的脸上，害他迷了眼睛，什么也看不见，两个人一时都有些慌张。

"是液体吗？"罗千用骂人的腔调吼回去。

"我不知道，应该是！快把我弄出去！"

罗千脑子里闪过一个预感：那些越来越潮湿的"藤蔓"……

一个构想在他脑中形成：

那些东西应该就是根！

他们无意之中已经走到了太空城中心绿化舱，这片"无重力丛林"的最中心！

如果他想的没错，张尺长应该是被绿化舱中心巨大的水球吸住了，只要略微用力，对抗液体的表面张力，应该就能把他拉出来。

但是张尺长和罗千有所不同，他是空间站长大的孩子，天生骨骼脆弱，如果太猛地用力很有可能让他骨折，那就是大事儿了。

所以重中之重是让他冷静下来。

"别鬼叫了，应该就是水，你冷静一点。"

张尺长扒着罗千的腿的手臂终于松了一些。

"我慢一点把你拉出来，如果力量太大了一定马上叫停。"

张尺长此时也理智下来，他点点头，任由罗千一点一点把自己从水球中拽出来，他最后抓住罗千的腰，这才觉得脱险了。

"我的错。"张尺长甩甩自己连体服上的水，水珠缓慢地漂浮着，一些幸运的被植物粗糙的枝干捕获，更多的漂向密密麻麻遮蔽一切的丛林"顶端"。

"没事儿。"

"不会有人吧。"张尺长压低声音问道，"毕竟我搞了这么大动静出来。"

罗千摇了摇头。"现在是夜作息，应该问题不大。"

罗千如此笃定，不只因为是现在是夜作息，也因为他们在半径十余公里的中心绿化舱的最中心，就算是日作息，也不会有人来这种鬼地方。

"可我听他们说，这儿有'怪物'出没。"

许多都市传说都绘声绘色地描绘了出现在这个绿化舱里的"怪物"——什么伴随着红色的光线，会把孩子吞掉之类的传言，不一而足。

"幼稚。"

罗千用一种"你再不闭嘴我就物理让你闭嘴"的眼神看他瘦削的同伴。

"幽灵不能让火箭起飞。"罗千用修理工们最爱互相打趣的话劝告张尺长少相信那些神神鬼鬼的东西。

毕竟眼下他们有更着急的事儿要干。

罗千看了看表。"我这儿有两个坏消息,你想先听哪个?"

坏消息其一:

再有一个半小时,漕运号就要在"闪光码头"对接,他们连向日葵的边都没摸到。

坏消息其二:

三十分钟之后,夜作息的空间城就要调整姿态,届时这些粗壮的植物很有可能无意识地"挤"在一起,把他们卡在深处。

面对罗千的不耐烦,张尺长识相地闭上嘴,并决定用可能会把罗千惹毛的一句话结尾:

"咳……罗千,你那个挂件……"

罗千这才想到摸自己的腰间,常伴他身边的小银饰果然不见了。他攥紧了一点拳头,随即松开。

张尺长猜到那是对他来说意义非凡的东西,连咕哝的声音都变得很低:"我再给你买一个吧。"

那个银色的太空站挂件,曾经被憧憬天空的孩子攥在手里,在阳光下以罗千小朋友能够达到的最高速度——二十五秒每一百米——绕着操场"飞"过。

"没关系,早就不重要了。"

罗千近乎冷漠地回答。

一直生活在液体球里的鱼短暂地钻出水面，用鱼类的可怖双目看了罗千一眼，扭了扭身子又钻回浑浊的液体球中。

"赶紧吧，我们得把活儿干完，这回方向不会错了。"

他们在中心绿化舱的植物中穿行，终于抵达了目的地——趋光植物区，因为趋光植物的生长特性，可能会影响到飞行器的姿态，所以这里是禁止普通太空城居民进入的。

"为什么会有人觉得这玩意儿值钱。"张尺长拢着四处飘散的向日葵种子，把它们引导进厚实的防辐射袋子，"只要加上'太空'两个字，好像不管是什么，大家就会趋之若鹜。"

罗千冷"哼"一声，继续自己摘向日葵籽的动作。"稀少。人类愿意喜欢这种感觉。"

"什么感觉？"

"稀少带来的与众不同，凌驾于他人之上的感觉。"

"那我生来就是了？"张尺长不无骄傲地开玩笑。

从某种意义上，这个生于太空城的年轻人的确生来就在地面居民的"上面"。罗千纵容了他的同伴无意义的玩笑，因为他先前看过表，还有几分钟，足够他们把最后一个防辐射袋子装满，送到漕运号的对接码头。

如果他们在返回的路上什么都没看到的话，这本会是极其顺利的行动。

但传说中密林深处的红光，彻底改变了罗千的命运。

他们唤醒了某些本不该醒来的东西。

年迈的声音提灯似的驱散中央绿化区的潮湿，一位老人用疲惫的目光看着他们说：

"已经很晚了，小伙子们。你们找不到回去的路了，还是怎么着？"

"找不到路。"罗千念叨了一下，现在是夜作息，按理说，这么深的地方不应该有人在了。

张尺长刚编出蹩脚的解释，还没说出口就被罗千推了一下，借着惯性飘到老人和罗千身后很远的地方。

罗千用恰当的沉默应对，现在应该听，而不是说。

花白头发的老人看起来精神抖擞，他银色的短发在空中散着，仿佛水草，山岳似的额头下是一双冷静的眼睛。他果然比罗千先开口：

"我知道你们在干什么。"

罗千手里攥着装满向日葵种子的袋子。虽然它被"声称"能够防止众多的射线，此刻却好像在老人目光下变成半透明的，他锐利的目光仿佛能看到罗千手里拿的是什么。

老人打量的目光又移回罗千身上，他的着装、样貌，一切似乎都能作为这场较量的重要信息。

"我可以为你们'不合时宜'的出现保守秘密，但是……"

老人在纸上"簌簌"地写着什么。罗千发现他用的无屑铅笔样式很老。

罗千接过那张写得乱七八糟的草纸——老人希望罗千能帮自己找来一些常用的检修配件，同样都是早年的规格。

都是因为他被认出来在检修部门工作。罗千就知道自己不应该穿着这身工作服出来，但如果换便装在工作日出门不是罗千的习惯，被人看到难免会引起朋友们的疑心。事已至此，他只能硬着头皮上了。

二、热

灯光很花哨，声音很吵。

人们在不分上下的空间中肉体交叠着，享受各式各样的神经刺激。

罗千本分地把自己拴在座位上，在空间检修部门工作的人都属于 E 类人员，不能接触神经刺激性物品。他的脑子要时刻保持清醒，任何有损神经的物质都不能进入他的消化系统，连漕运号私自夹带上来的咖啡因口香糖也不行。

更别说张尺长面前那团金色的液体了。

如果不是技术的发展与进步，这团名为酒精的液体还是十足的危险品。罗千学过航天史，倒也本能地对这种东西保持忌惮。

罗千在嘈杂炫目的环境中，内心却平静得很，他满脑子都是那个老人，一旦事情暴露，他被扔回地面还好说，张尺长的小身子骨就算是乘坐空天飞机都费劲。

"没什么事儿我先回去了。"罗千说。

"你说什么？"张尺长被音乐和酒精搅和得神志不清，迷迷糊糊问他。

罗千拍拍他的肩膀，在他耳边说："钱省着点花。"

张尺长是年轻人，年轻人总是需要钱。

罗千则没有过多物质欲望，他凑在张尺长身边有一个更简单的目的——在他母亲那里留个好印象。

和张尺长叛逆乖张的性格不同，张尺长的母亲是个古板而严谨的人。她的生活精准而有规律，像是机械。或许这能解释她对机械制品为什么总有着格外的喜爱——她把一些无机质的东西带在身边作为精神寄托，比如在太空几乎没什么用处却伴随了她半生的玻璃水杯。张尺长由此还提到，母亲曾经因为跟一个要发射出太阳系的探测器告别而悄悄落泪，就连他去上小学的时候她都没有这么伤心过。

这种严谨中带有一丝古怪热情的做事风格，让张尺长的母亲成为维修部门的负责人之一，她同时也是最近中心绿化舱改造，这个整个太空城最重要的任务的总负责人。罗千提交的去四号太空城更好岗位的申请，显然要过她的手。

罗千觉得，一开始他就不应该答应张尺长的冒险行动，都怪那个小子太会忽悠，说什么因为空间站的丛林要被清理掉，所以太空向日葵种子的价格水涨船高，不管是罗千还是他，都会用到这笔钱的。

可眼下，整件事儿都有点太出格了。

最重要的是不能让任何人知道这件事儿。

罗千把老人给他的草纸，攥得紧紧的———一次电池组、二次电池组、RTG（放射性同位素热电发电机）……

他要这些老式空间站的部件有什么用？

罗千在重力转换区的时候因为胡思乱想差点栽了个跟头。年轻的同事扶着他，看起来他还适应高重力办公区。

同事叫住他：

"哦，对了，千哥，你上次提交的那个部件申请——"

罗千意识到她很有可能说的就是自己为了达成老人的要求"谎报"的更换申请。

他感觉鼻尖在微微发汗。

一秒变得特别长。

"申请的日期填得有问题，我帮你顺手改了，下一次配给船对接的时候应该就能送到。"同事继续补充道。

"好，多谢。"

罗千内心松了一口气，表面还是十分平静的样子。

"哦，对了，千哥，可能你得出个外勤，检查一下上三区实验室提出的保修，我估计是散热问题。"

太空城像是一条在黑色世界中永远无法行驶到头的高速赛车道。检修员们从罗千现在的位置出发，想要到达顶点的柱段，对全部外舱体进行从头到脚的检查，多人分组工作也要数天才能全部完成。而太空和它的字面含义一样，充满和"有"这个概念相反的一切——空间，用无垠来形容的空间，它足以容纳这个在地面世界看起来绝不可能生长出的庞然大物。

"情况如何？"

"不太好，小姑娘说得对。"罗千举起他手里的热成像设备，上面清晰地显示出一块本不应出现的不详色斑。

在空间站如血管般的管道中奔流的乙二醇，在这里出了一点小问题：

内层管道事实上已经破裂，但是在外层管道和失重状态的加持下，部分液体仍然正常通过管道，但是起支撑作用的外层管道没有冷热交换的功能。

"情况已掌握，问题舱体乘客已经疏散了……回来吧。"

罗千听到对面在切断通信之前，小声地轻叹。

他没有直接拉动牵引绳回到太空站，而是通过喷气背包调整角度，将自己旋转了几次——

眩晕，胃酸翻涌着顶着贲门，大脑中的平衡系统天翻地覆。

他松开牵引绳，一点一点地远离自己所熟知的太空城——地空运输公司天蓝色的广告logo在视线中逐渐放大，弄得他心烦，于是他转过身，冲着正向他甜蜜召唤的太空，冲着虚无和死亡。

他回忆起一些往事。

罗千的父亲是一位月球车的远程领航员，这样意味着在太空开拓的艰苦时代，他不用上太空工作，反而有更多的时间陪伴自己的家人。

某个炎热的夏天，在高强度对着黑白离子管显示器的苦闷工作之后，他看到小罗千那张薄薄的草纸，草纸上用铅笔写着一个自变量是分数的对数函数，接受过基础航天教育的罗父对它再熟悉不过——那正是齐奥尔科夫斯基公式的推演结果。

每天从地球表面发射的上百艘运输火箭正是因为这个优美而简洁的公式得以飞行。

罗父被吓了一跳，他拿着那张被橡皮擦得几乎要破掉的草纸给自己的妻子看：

"你在教小孩齐奥尔科夫斯基公式吗？那对他来说还太早了，高中不教微积分。

"不是，老婆，这是……这是他自己推出来的！"

罗父把自己那本考月球车驾驶员资格证时当习题册做的

《空地运输学基础》看了一遍又一遍，上面所有的答案都被他划去了——这也是小罗千为什么要推演那个基础公式。

书上没有答案，只有一个问题，一个待解决的问题。

那时候对他来说，一切还很简单。

太空是一个简单的梦想，承载着浪漫的银色和慢悠悠的墨蓝色，在小罗千的头顶旋转着，如果拿电子游戏比喻，太空是最后一关 BOSS 房，而不管失败多少次，那里是一定一定要前往的地方。

所以……

他究竟是怎么堕落到今天这个地步的？

和太空城出生的年轻男孩搞这种走私的勾当，还被一个老家伙要挟着做出更过分的事情？

那时候他还太年轻，太冲动，太讲原则，不能做到现在这样，对世界灰色的部分视而不见。他指出了一个组长的操作失误，就被从前沿项目更多的三号太空城发配到这个"更具生活气息"的小地方。

他回过头去，被商业广告漆得乱七八糟的太空城越来越远，他仿佛终于可以告别混乱的世界和生活。

罗千不知道自己漂了多远，水在耳道里乱钻，像是没有带耳塞游泳，还在泳池里翻跟头的小时候。

死亡的琼浆就在舌尖，只要他轻轻一舔。

不知道为什么，罗千看到了别的东西——

岩石般坚硬的眉骨下，藏着一双老者的眼睛，锐利的、刺破黑暗和幻象的眼睛：

"小伙子，你找不到回去的路了，还是怎么着？"

罗千忽然深深吸入了一口气，他的全部意识都从潜意识的迷幻汪洋中浮了起来，求生的欲望藤蔓一般缠住他，驱使他全部的理性发挥作用。

牵引绳没飘很远。

一切都来得及。

没人知道为什么罗千回来得晚了一些，但他看起来——还活着。同事都很担心，给他找了驻站医生。

罗千脱下宇航服，他浑身湿透了，全都是汗水，医生检查了他的体征，没有什么大碍，但是给了他一封心理医生的推荐信。

他转手就把那封信扔到再循环口。

他有想要"谈谈心"的人。

三、太空

罗千再次找到老人，他还是散着头发，仿佛智慧和时间都在那些银丝中舞动。

他们在丛林碰面。

"我收到你的'礼物'了，还有什么事吗？"

因为缺乏重力，植物随意地虬结在一起，构成了这片老人藏身的丛林。在它的深处，的确隐隐散发着红色的光芒。

"我会装作没看见你们两个。"老人向他保证。

罗千古怪地开口道："我在梦里看见你了。"

老人不屑地笑了一下："滚吧，我说会保守秘密就一定会。"

"我还会来找你的。"罗千固执地说着，"我已经猜到，你要拿那些东西做什么。"

罗千知道是潜意识把自己引导到这个地方，那么这里一定有自己渴望而不自知的东西。

"随你便。"

老人撂下一句话就飘走了，他在枝蔓间飘浮的姿态十分熟稔，让罗千想到自己在液体球中见到的那条鱼。

"你会用到我的。"罗千远远地说，他不确定老人是否听见了，在地面上，他一定能听到。

说来碰巧，罗千曾经挂在腰上的银制空间站挂件那时候就飘浮在枝叶间，但直到离开他也没看到它的身影。

此后每一天罗千都背着工具箱蹲在中央绿化舱，像是盼人把自己领回家的流浪狗。

张尺长说他魔怔了，还说："我应该告诉我妈你现在有多离谱，这样她就不会每天在我耳边叨叨你的'踏实'了。"说完张尺长被罗千狠狠瞪了几眼。

第三天，他终于等到要领走他的老人。老人挑挑眉毛示意他跟上自己。

罗千知道，老人就算会装电子模块，也需要他手中的某些特殊工具，这就是为什么罗千如此笃定老人还会来找他。

流浪小狗跟在老人后面，抑制不住自己的笑容——那是他几天以来第一次笑，张尺长看到都要说见鬼了。

穿越根茎，罗千感觉自己像是一条在红树林里游泳的鱼，在各种传说和流言的掩盖之下，老人捍卫和呵护的东西即将向他揭晓。

老人带着罗千，在旁人一定会迷失的密林之心穿梭着，时不时拨开碍事的藤蔓。他们飘浮前进了近一个多小时，红色的光芒越来越清晰，它不是梦，不是预兆，不是精神分析里的怪诞符号，它真实存在，而罗千和老人也终于跋涉到了那个散发红光的中心。

罗千任凭自己被温暖的红色包裹着，他拨开一些攀附着白色柱状物体生长的绞杀类植物。任凭他对真相有怎样的猜想，真当那个庞然大物展现在罗千面前的时候，他还是感觉自己的心跳漏跳了一拍。

"这是——第二代空间站？"

仅凭节点舱的外观罗千就能认出来，和他小时候最喜欢拿着飞跑的挂件一模一样。

长十六点六米、直径四米的老古董航天器就这样卧在生命的掌心，躺在植物的根系中，它身体上防止氧化的涂料因时间剥落，金属质地表露出来，仿佛真的是密林中的一座被遗忘的神庙。

这便是它的栖身之所。

老式核心舱退役之后的处理方式一直是个秘密，他从来没想到过，原来有一个空间站一直被藏在新世界的腹地。

"像做梦一样。"罗千呢喃着。

老人看着罗千的眼睛，这是那个疲惫世故的年轻人第一次流露出这种目光，纯洁得像是孩童。

老人打开舱门，密密麻麻的载重模块头冲着脚，脚冲着头，显示出那是一个没有人造重力的时代。

"如果有现在的原子氧防护涂料，现在的太空合金技术，这个老家伙也许还能多在轨几年吧。"老人随口嘟囔着，似乎不是期待答案。

可罗千却严肃地掐了掐指头。"再跑个十来年不算什么。"

老人"哼"了一声，他手很柔软，皮肤松弛地贴在骨头上，轻轻拍了拍老去的空间站。

罗千也附耳上去，虽没有心脏的跳动，却能听到历史的回响——

那是一代人珍贵的仰望，被现在的孩子们视作理所当然的东西也曾惹来无数欢呼与激动的热泪。

小罗千曾经在闷热的沙滩上等了一夜，却因为错过一颗天上的人造卫星，没出息地哭鼻子。而现在，那个别扭的小朋友和大罗千一起飘浮在古老的空间站的心脏，手中是他错过又失而复得的星星。

老人抬抬下巴示意他进去。

他把老式核心舱构筑成一个温馨的巢穴，巢穴中满载过去的荣光和暖融融的东西，像是蜜一样黏稠地在失重的世界飘浮——照片、柔软的个人衣物，还有很多纪念胸针和奖章。

"干完活就赶紧走，出去嘴巴严着点，懂了？"老人如此珍惜自己的宝物，就连罗千他都不能完全放下心防。

但罗千心中早就酝酿好了再次前来的计划，他装作老实地干活，发现核心舱里飘浮着两个空的茶饮袋——空间站的茶饮袋如同地面的水杯，通常是一人一个，可以减少物资循环的压力。

看来老人曾经在他之前接待过别的什么人。

罗千没有挑明这一点。

四、追查

罗千花了几天探索到核心舱的道路，他提交的冗余申请也多了更多的条目，不过作为维修部门人员，没人在意他这种行为，多就是好，冗余就是安全，谁也不想在太空缺少任何必要的维修工具。

他像是探索米诺斯迷宫的探险者一样，把自己在某些拿不定主意的茎脉缝隙前系好。虽然走迷宫并非一个工程师的强项，但他没用几次就熟悉了老人不曾告诉他的道路。

等到涂料随着漕运号送到码头，罗千的计划终于得以开展，他好久没有如此快乐而专注地筹划一件事，他感觉回到了自己还在地面的时候。

生命的意义在静静流逝的时间中述说自身，而非挂在遥远的彼端，让人捉摸不透。

罗千按照自己摸索出来的道路前往那座密林中心的"圣殿"，因为欣喜，时间也过得很快，手边的藤蔓变成粗壮潮湿的根系，他终于快到了。

红色的光芒一如既往，只不过，这一次，罗千听到了争执的声音，先是一个女人的声音：

"别费心思了，我们不能同意，它已经报废了，与其花那么多燃料把它推到月球，不如直接拆开向下销毁。"

向下销毁就是指靠大气层把老旧的航天器燃烧销毁。他们在说什么？

"它还能动。"老人听着声音颤抖，"你们只需要规划 个合适的窗口期，它真的能飞。"

"您别固执了。"女人叹了口气，"我过几天再来，希望您能想明白。"

罗千赶紧把自己藏在植物的阴影里，潮湿的液滴落在他的头顶，他忍住那种凉意，透过小孔看到，那个离开的女人不是别人，正是张尺长的母亲张戊，维修部的负责人。

罗千抱着涂料和光固化设备出现的时候，老人着实被吓了一跳，眉毛山脉似的簇起，呵斥他："你怎么找到这里的？我说没说别再找来？"

"我都听见了，他们要把它销毁。"

"那也和你没关系。"老人说着，沉重地咳嗽起来，这是这个固执的老人第一次在罗千面前显得衰老。

罗千则飘到老人的身边，用便携设备吸去老人咳出的飞沫，轻拍他的后背，在他身边用恳求的声音说：

"我能让它好起来，真的。"

一连几天，罗千下了班之后，就来绿化舱找老人。两个人逐渐熟悉起来，老人也偶尔和他说一些近来的情况，两个人开始着手喷涂罗千带来的光固化新式涂层，他们都不够专业，所以小心翼翼地喷涂了两天。

罗千用手抚摸着空间站被原子氧侵蚀的身体，被太阳的极热和虚空的冰冷反复折磨的骨架，用生着薄茧的指肚，一根一根理清它曾经脉动着炽热电流的神经末梢，像是展开人的手掌一样轻轻展开一点点它堪称庞大的太阳能板，反复折叠、展开，确保一切都能用。

罗千像是一个合格的医生，一点点看着自己的病人好起来。

老人也眼见得开心了一些，虽然人类的生命不会有这样的变化，但是看到自己的老朋友重焕生机总是令人愉快的。老人说，他似乎又回到第一次通过舷窗看这位老战友的日子，他鼻子都被玻璃和脸挤瘪了，也没法看到停泊口对接——之后他们又一起经历了那些有惊无险的事故，一个五年，两个五年，一个个值得纪念的日子，直到小小的空间站不再是天空中为数不多的孤星，直到生活在太空中可以成为一个年轻人——比如罗千——唾手可得的梦想。

完工前的最后一天，老人哼着一首轻快的小调，慢悠悠地拍着自己看起来精神漂亮的老朋友。"到了告别的时候了，剩下的，就看你自己能不能行了。"

罗千还问了核心舱为什么放在新太空城的中心。

"原来是作为绿化中的展览，没人想到七号太空城的植物长得——这么茂盛。越拖，核心舱就越难取出来，越成为这里的一部分，直到你们那个负责人说，必须把这个问题解决，不然会是巨大的安全隐患。"

"但不一定要销毁，对吧。"罗千小声嘀咕着，"月球轨道上有航天器博物馆。"

"那就看它自己的造化了。"老人叹了一口气。

"不是靠造化，"罗千说，"我能给我们负责人出一份报告，证明核心舱和自身的推进器足够完成到月球轨道的任务。"

"你可以不用这么做。"老人看着罗千的肩膀，似乎有一些愧疚。

"负责人迟早会查到是我提交的那些重复申请，主动坦白没什么坏处。"罗千平静地说。

没什么……坏处。

五、访客

罗千连着几个晚上都在中央绿化舱醒来，身体如婴儿般蜷缩，湿漉漉的水滴粘在发丝上，脸上带着幸福的笑容。

夜晚和老人的约定，像是卖火柴的小女孩划出来的梦境，直到张尺长敲他的脑门，戳破他的美梦。

"醒醒了。"

"嗯……就差涂料了……嗯？！"

"罗千，我真的服了你了，你搞什么，不在自己的休息舱睡觉？喏——"张尺长递过去一个便携屏幕。

"我从我妈工作台拍到的。你马上就要去新太空城了。按照流程，她再跟你谈一次话应该就没什么问题了，老太太一直对你印象挺好的，说从你身上看到了自己年轻时候的影子，好家伙，连我这个儿子都不要了。"

"新太空城？"罗千因为诧异身体打了几个转，扯掉几束绞杀类植物才停下来。

"怎么了，这不是您的'追求'吗？走，我请你喝点去。哦，对了，你什么也喝不了，咱们找点别的乐子。"

"我先不去了。"罗千拒绝道，他拍拍张尺长的肩，"还是谢谢。"

张尺长不明白他为什么不高兴，只能和他告别，告别的时候，罗千语重心长地跟他说，做点真正重要的事情吧。张尺长摆摆手，只当他最近又神经了。

六、洞穴

密林之心，静谧如常。

绿化舱深处黑暗而凉爽，只有三个人类和一个要被他们决定命运的老式核心舱飘浮其中。

张戊环抱自己的双臂，指尖轻轻点着。

"罗千，你是个有前途的年轻人，你真的不应该做这些事情。"

她看起来失望至极。

罗千早就不在意别人对自己的看法了，他如实地承认了自己的行为。

"但是现在的老空间站真的能飞。"

他把长长的报告给张戊看。

陪伴人类走过这么多年的伙伴，不应该落得魂飞魄散的下场。

"罗千，我以为你是个很理性的人，这不是感情用事的时候。"

老人想要说什么，却被罗千拦下。

"纯粹的理性能支撑人类花这么长的时间，用这么多的财富发展航空事业吗？你和我，我们这种人，真的能做到对人类的造物毫无感情吗？我从尺长那里听说您曾经在送别——"

"够了。"张戊愤怒地打断这个年轻人的话，他的话超过了他应该说的边界。

但张戊还想再教训他几句的时候，却被一种奇特的力量噎住了——她的确想到了送别探测器的那天，自己仿佛送小儿子出远门，因为那是永远的诀别。她在这个项目上力求用成本和效益精确地衡量一切，但罗千说得对，他们是一类人——在她的内心深处，始终藏着那个会为人类探测深空而雀跃，为第一次见到火箭发射，明亮的焰尾穿越云层而激动不已的孩子。

罗千看着负责人的眼睛，知道她动摇了。

"我们可以试试，但还有很多技术问题必须处理，比如怎么把这些让人头疼的藤蔓拆开，罗千，跟我回一趟办公区。"

果不其然。

罗千兴奋地点头，和老人告别。

老人用他嶙峋的手背贴了贴眼睛，露出一个微笑。

他很庆幸自己给了这个年轻人一次机会，当时他已经快放弃了，已经准备好和自己的老朋友告别。因为那天，罗千自从进门就一直绷直脊背，即使是在飘浮的时候，从来没有松懈过，他才认定，这或许是个能够让事情有所转机的年轻人。

十几天之后。

太空中发生了少有的怪异一幕。

纠结在一起的丛林在太空中逸散开，中间驶出的是洁白的人造飞行器。

太阳能帆板像是鸥燕展开的双翅。

在长久的遗忘后，它再次面对太阳，前往人们期待已久的方向。

处理散开的藤蔓的技术人员们驾驶着小型飞船，他们发现藤蔓间有一个小小的反光的物体，及时把它打捞起来。

那是罗千从小就带在身边的微缩模型，在静谧的宇宙中，它长得和飞去月球的太空站一模一样。

七、新世界

罗千如愿参观了他和张尺长心仪已久的展览，展览在月球轨道上举行，背景就是地球弓隆着脊背一般的亚欧大陆，老式太空站核心舱静静躺在故乡光芒的照耀下，仿佛在春天小睡。

月球是最好的展览柜，它永远明亮，永远冲着它的观众。

一个女孩第一次来到月球，穿着胖乎乎的宇航服憨憨地跳跃着，无线电让孩子的声音听起来没那么尖锐刺耳。

"爷爷，这个是真品吗？"

"当然。"

"咱们怎么知道它不是假的呢？"

老人笑了笑。

"爷爷和你说个秘密……"

小孩子忽然精神起来，连着问了好多个"真的吗？""你怎么知道的？"。

头发花白的男人站起身来，朝着远处的罗千和张尺长挥了挥手。

"那边那两个叔叔能给爷爷做证。"

孩子就和罗千小的时候一样，笨拙地在月球上跳着，仿佛在向罗千问询爷爷说的是不是真的。

"千真万确。"罗千微笑着，给孩子比了一个大拇指。

赵雪菲，考古学生。曾获得第四届水滴奖短篇小说三等奖，大学生影评一等奖。代表作《像正常人那样活着》《它的脑海之中》《材料两则》，长篇《卵生的救世主》。

摇篮曲

房泽宇

一

1

杜雪抿下嘴唇，把浮空的短发往肩上一顺，这才把口红偷偷藏回医务包里。

太空局明文规定，医护人员执行太空任务时不能携带个人化妆品。可杜雪很敢拿主意，她这次来星带空间站要见的可是站长——郝德权郝站长。

不得好好打扮打扮？

她的脸微微泛红，培训那会儿的月亮脸[1]早已消退了，又回到了那桃红的模样。

"你说，我就一刚培训完的实习小护士，人家郝站长为什么要见我呀？"她又想起昨天问陈玲玲的话。

"让你去你就去呗，奇奇怪怪的，他不是你偶像吗？还问起这个来了？"

1　失重时由于血液无法在头部以下均匀循环，脸会变得浮肿，直到四天后才能适应环境恢复，这种现象俗称月亮脸。

"玲玲姐，这不是紧张嘛。"

星带空间站就要发射光子号，急着要人，杜雪培训了才一个月，难免七上八下。从谷神星桥舰到星带空间站这一路，她全在盘算一会儿见郝站长要说些什么。

"我特别崇拜您。

"老师说您特别了不起。

"您书写的太空特浪漫。"

唉……可把这"特特特"总挂在嘴边，反而就觉得特特特没劲了。

进了星带空间站，她的人和心就随着失重飞了起来。

完了完了，为什么要见我呀？我是谁呀……我能干什么呀？光子号要发射，会不会是要安排个重要的任务给我，小事儿郝站长也不会亲自见呀，可是光子号发射，我一个护理员能做什么啊？

带着疑问，杜雪像颗星带空间站游廊里的彗星，她对这第一次见的星带空间站视若无睹，反而盘算着要和偶像见面的事，一会儿傻乐翻个圈，一会儿又满脸忧愁的。

半天她才回过神。到了站长室的舱门口，她赶紧刹住车回头，拉住壁环深吸一口气。"你行的！""嗯！我肯定行！"杜雪狠搐了几下胸口，趁着脑子空白之际，"咔嗒"，按下了门侧的按键。

锁扣清脆一响，两边滑开了，她立即荡进去，展示出一副专业的微笑。

站长室里五六个人浮在一台仪器四周，齐刷刷地向杜雪转过脸来，她一动不动地飘着，发现看到的是他们的脚，而不是他们的脸。

杜雪这才意识到，这一屋人的上下方向和她是翻着个儿的。他们的脑袋在同一边，而杜雪的脑袋却在另一边，整个一副倒栽葱的样子。

她的脸唰地红了，因为郝站长正瞅着她。

这一蒙，就忘了培训时教的规范姿势，急着想一个跟头把身体摆正，却用力过猛，张牙舞爪地翻腾起来，轮盘似的凭空打起转儿。可越是想停转得越快，就感觉自己是定着的，整个房间在围着她转。

她像钟表一样转得起劲儿，直到一名工作人员像拍蟑螂似的把她按住了。

"你是谁呀？"

她昏沉一瞧，发问的正是郝站长。她顿时陷于黑洞中心，羞得快缩成个奇点了。

"杜……我叫杜，杜杜……"

"杜杜杜？"郝站长疑惑着问。

"杜雪！"她终于把名字挤了出来。

有人在郝德权耳边小声说了两句。"哦，护工是吧，知道了，先在这儿等会儿吧。"

郝站长这句甩得毫无感情色彩，眼睛也没停，转身就盯屏幕去了，又和那些人讨论起来。

"站长，咱们这个发动机的事儿不再考虑下？"

"测试有没有出现问题？"

"您看这是最新的数据……"

杜雪看着郝站长的背影，从眩晕感中慢慢恢复过来。

她模拟过无数遍了，可没想到第一次是这么丢人，她拉着舱服口袋的拉链，一脸委屈。

可没人理她，她站在那光子号倒计时的大屏幕下，像多余的。

她只能安静地待着，拽着一台设备上的金属环，开始四处打量。

郝站长办公的地方和她想的不太一样，头顶是个大窗，圆圆的，像落地窗似的敞亮。她忽然想，郝站长每天都从这儿仰望太空吧？窗外一条宽敞的星带空间站轨道正横跨在黑色的天际里，如通天之路隐没于谷神星的背面。

真挺浪漫的，她看得入神，郝站长却过来在她手臂上推了一把。"让让。"

杜雪身子没稳住，一下弹了出去，撞到后面软绵绵的内壁上。

"你们看，从综合数据上来看我觉得没问题，况且发射时间上也来得及。"郝站长指着设备屏幕对其他人说。

"古教授怎么说？"

"我还没跟他说。"

杜雪扶着那墙，越想越气，没人理不算，还嫌碍事儿了。一会儿郝站长找她说话，死活也不理他。

"我看就按照之前的计划进行吧。唉！那个……杜雪是吧？"郝站长这才问道。

"嗯！是我。"杜雪热情地回道。

"是这么个情况，有个老领导身体不太好，需要有人照顾。明天下午你先过去看看。"

"啊?"

"怎么了?"

"没,就……您说完了?"

"说完了呀。"

"这算什么任务……"杜雪嘀咕道。

"什么?"郝德权没听清。

"没什么。"她含糊着说,"既然他身体不好,干吗不回地球疗养呀?"杜雪脱口而出。

所有人都向她看过来,杜雪这才意识到,怎么能质问郝站长呢。

可郝德权似乎没听出她的语气。"不是不想,他这个人待久了也不想回去。返回过程也会加重他的病情。哦,对了,"郝德权又想到了什么,"他有糖尿病,别让他吃甜食,更别让他乱走动,尤其这几天,他身体越来越差了,帮我好好盯住他。"

2

杜雪伏在谷神星中心护理室的桌子上,一脸不高兴。

"大老远的,结果就来照顾一老头儿,算什么事儿啊。"

陈玲玲关上药柜门,坐到她对面。"这不挺好的么,还想干吗?"

"不干吗。"杜雪瞥她一眼,"你说那个郝站长对我也太冷淡了吧,还甩我脸色,爱搭不理的,郝站长一点都不好。"

"哟,还耍起嘴皮子来了,光子号就要发射了,人家哪有闲工夫对付你呀。把你那股任性劲改改,这儿可不比在家里。"

"太空真无情，肯定是宇宙辐射把他的同情心瓦解了。"

陈玲玲笑起来。"你不是挺向往太空的吗？"

"是向往啊。"杜雪想了想，也笑了，"我喜欢飘着的感觉，像条鱼，在卡门线培训的那阵，我还有点咖啡脱瘾[2]，不过后来习惯了。太空真安静，茫茫的苍穹下，听着音乐，闻着太空的气味，太浪漫了。"

"太空是什么味儿，你闻过？"

"多环芳烃的味道啊，这都不知道。不过地球城有重力系统，没劲。"杜雪伸个腰，懒洋洋地伏到桌子上。

中心护理室位于谷神星的地球城，也是交通枢纽航天站的位置，这是一处模拟地球重力环境的区域，建有商城和娱乐城，地球城是为长期在外工作的宇航员准备的，但对杜雪来说，有重力反而减少了太空的浪漫色彩。

"星带空间站这两年发展快，要是以前还看不到这些呢，快知足吧，回去有可以吹牛的了。"

杜雪听完"咯咯"地笑起来。

"笑什么呀？"

"感觉你待了两月，人都变了。"

陈玲玲低头瞧瞧自己。"哪变了？"

"你以前可不是这么拿腔拿调的，搞得自己像个人物一样。"

"嗨，吓死我了，还以为我变胖了呢。"

"对嘛！这才像你说的话。"

陈玲玲推了她一把，两人在医务室里一起笑起来。

2　指咖啡因脱瘾症。咖啡在运上太空时经过了冷却干燥处理，咖啡因含量大大降低，这让习惯喝咖啡的太空员产生神秘的头疼。

＊　　　＊　　　＊

黑寂的天幕下，地球城像一粒泪珠，凝结在谷神星贫瘠的脸庞上。眼泪的尾侧，在一条攀附于阿胡纳山的通道里，杜雪俯视身下的地球城，这里最高的建筑也不过三层，但城外沿一座建筑的背面，一根巨大的、耸立着的橙黄冰柱却格外地高，颇为壮观。

自从到了谷神星后，杜雪还哪儿都没去转过，这也没什么可抱怨的。郝站长冰冷的态度令她一阵落寞，不过星空能给她安慰。从太空看星星可跟在地球时不一样。地球的星空像泡在水里，从水底向上看，是闪烁和朦胧的。可在太空里它们明净无比，灯泡一样地亮着，不闪也不模糊，如同人造之物般挂在那儿。

也许是因为光子号要发射，大家都忙吧，虽然不知道光子号发射到底有什么重要的，但她作为一名护理员还是很快整理好了心态，把那股落寞劲驱赶而去。

她戴着闪烁的红十字章，迈进这片特别的区域。

说阿胡纳山口特别，倒不是因为它有多神秘。它曾经是最早的登陆基地，随着对谷神星的开发日益成熟，它的用处不大了，逐渐被闲置，一些老的宇航员对这儿有怀念之情，便不难理解为什么会变成疗养中心。

杜雪找到了那间标记为564GDW的舱室，正是那老领导的疗养室。

"号码怎么哪儿哪儿都不挨着。"她嘟囔着用权限卡贴住感应区，审核通过后进去是间小舱，屏幕上显示着一行字——即将消毒。四面八方的管口冷不丁就胡乱地喷了她一身泡沫，门开后她带着一身泡沫走进去，同样是间小舱，屏幕也显示"即将消毒"，烘热的风不光吹干了泡沫，还吹得她皮肤发紧。进第三间时她有点烦躁了，因为还是之前那样的一间小舱，屏幕上还是那四个字，"即将消毒"。

"干吗呢？三遍？我有那么毒吗？"可这是自动的，一道平行的蓝光从墙壁上扫出，上下一扫，却停在她嘴巴上。

一声不大的警报音循环响起。

"检测到纳米纤维／违禁／不可识别材料／无穿透性材料，请核对权限／退出／报备／根据审核程序输入相应代码，请进行操作。"

杜雪觉得莫名其妙，不过她很快想起来，是嘴上涂的口红，上次过穿透扫描仪时就被检测了出来，口红用的是太空专用材料，有遮挡性。不过她带着审核手册，对照着过审代码输入了1895，警报这才关闭，最后一道门打开了。

她一进去便察觉到自己飘了起来。重力系统消失了，她本来就喜欢失重，便高兴地游荡进去。

室内灯光昏暗，只开着应急灯，尽头有拐角连着其他方向。固定好的柜子和桌子摆得没有章法，既像客厅又像实验室。可她感到惊奇的是，放眼瞧去，空中飘浮着一堆片状物，有黑的、黄的，还有白的。方圆都有，还有菱形，拇指长短，薄薄的一片，一胳膊扫过去能碰到两三片。

杜雪仔细分辨，那东西上印有花纹，还有一股奶香味。

她认出来，竟是一片片饼干，她被围在了大大小小的饼干群落中，像身处一间童话世界的糖果屋里。这里如同一处用饼干组成的小行星带，感觉挺神奇的。

她正好奇怎么有这么多饼干，却听到尽头拐角那传来拉小提琴的声音。曲声悠扬，像是在模仿木星的电磁频率，又像是宇宙射线的节奏，心旷神怡中夹杂着某种情感的倾诉，有点像远行前的激动，又像是宇宙尽头的释然与自由。

在这美妙的曲声中，她忽然觉得身处太阳的中心，被热等离子体环绕得严严实实，便自然而然地闭上眼睛，斜躺着轻轻飘荡起来。

"真浪漫啊。"她不由得赞叹一声，可这时音乐戛然而止，她睁开眼，四下望望。

"有人吗？"她喊着，把几片饼干扫开，穿过短暂的通道，拐进左面的另一间，一座有操作台的设备下嵌着几排按钮和指示灯，开关是拨动型的，设计得非常复古。

"有人吗？"她又问了一声。

熄灭的灯集体闪了几下，晃得她视线模糊，这时她看到通道尽头出现了一个球。

很大的球，不是静止的，正撞开浮空的饼干，向着她滚了过来。

杜雪不知那是什么，下意识地往身边的通道里一躲，只听"呼啦"一声，那球从眼前掠过去了。

灯又忽闪起来，闪得杜雪头皮发麻，她想起了科幻片里的情景，变异生物那些。

她左看右看，不记得是哪条路来的了。

"你是谁呀？"正当此时，一个声音响了起来。

她看看左边，又看看右边，左右都没人。

"问你呢，干吗的？"

杜雪吓得一机灵。"我，找古海明教授的，你是谁啊？"杜雪头一抬，猛地看到头顶的通道里，那个球正悬在那。

杜雪直接摔在了地上，身边的饼干"噼里啪啦"地往下掉，砸了她一身。

那球也随着重力系统的忽然恢复落在了她面前。

她吓得抄起饼干想砸过去，却见大球如鲜花般盛开了，一个人从其中伸展开来，竟是个抱着双腿缩成球的老头儿。

那老人展开四肢后活动了下胳膊，他身板消瘦，一手撑地一手搭在弯起的膝盖上，歪着脑袋斜瞅着杜雪。他的模样看上去有七十来岁，精神头却像个小伙子。

"你，你是古教授？"杜雪可没想到他会以这种方式现身，那古教授不是需要照顾吗？不是病得很重吗？怎么还能变个球儿蹿来蹿去的？"您在干吗呀？"杜雪问他。

"干吗？锻炼。你干吗来的？"

杜雪把饼干抖下去。"有重力系统干吗不早开。"她不高兴地嘟囔道。可这时她注意到古海明的两条宽裤管子下，小腿瘦得就剩骨头了，显然是因为在太空里待得太久，萎缩到这种程度了。

"我叫杜雪，是你的私人护理，来照顾你的。"她说。

她以为这老人肯定会感激一下，没想到这古海明却瞪起眼。"我要私人护理干吗……谁让你来的？那个姓郝的？"

怎么这么说郝站长，她抽出随身带的健康报告，上下翻了两页，盯住其中一栏。"您看看，都零点九加恩啦，还不需要护理？"

"你这丫头别往纸上扎啊，你看我像得了适应综合征[3]的么？"

"确实不像。"杜雪看了眼一地的饼干，"你不是有糖尿病吗？谁让你吃这些的？"

"碍你什么事儿了？你赶紧回去，跟那姓郝的说，我不需要看护，更不需要被他监视。"

"谁监视你啦。"杜雪没想到这老人说话这么难听，人家郝站长一片好心被说成这样，她把资料收起来——你不想让我来，我还不想来呢，这就走。可转念一想，不行，这是郝站长给的第一个任务，要是这都做不到，也太让他失望了。

"饼干哪儿来的？"她问。

"关你什么事？查案的呀？"古海明显然没把她当回事，"别在这儿念叨了，就按我说的去传话，回去看你的电视剧吧，待我这儿干吗。"

杜雪以往还没见过这么倔的病人，太空局里不管大小领导都挺客气的，至少医生的话肯定是要听的。"我不喜欢看电视剧。"她也拧巴上了，"你要让我回去，我就告诉郝站长，说你整天在这儿吃糖，人都变成糖球儿了。"她撂下一句话，转身要走，可没走两步，"呼"的一声，她又飞了起来，脑袋撞到了舱顶上。

她捂着头往后一看，重力系统又消失了，那古海明也没了，就听那四面八方一响。

3　太空员在太空环境下由于体质差异，可能会产生不同程度的不良反应，包括恶心、心悸、呕吐、昏迷等症状，从症状轻重上排序，零点一加恩是大部分人的不适程度，一加恩则代表完全不适应太空环境。

"别再来了啊！"

地上的饼干也慢悠悠地飘了起来。

3

在站长室门口，杜雪仔细调整好方向。门一打开，她就微笑着飘进去。

站长室里就一个人，不是郝德权，是个戴眼镜的男的，眼镜腿用细绳拴在了耳朵上，他手里托着一块飘浮的白板，正拿笔往上写着字。

可气的是杜雪看到的是他的脚，没错，两人又是相互倒着的，她的笑容一下消失了，但这回她觉得自己的方向没错，所以依旧这样站着。

"你是？"那人问。

杜雪没搭理他。

"什么？找谁？"

"我压根儿就没说话。"杜雪没好气地回道，"你反了！"

"反了？"那人瞧瞧自己，反应过来，"哦，空间站没有上下之分。"他说着在板子上画了个箭头，"你看，在失重空间没有引力的情况下，我们的作用力用这个箭头表示，你看啊……"

"郝站长在吗？"杜雪打断了他。

"哦，他不在，检测光子号的离子加速器去了，找他有事儿？"他这才把身子调整到和杜雪同一个方向。

"那我等会儿吧。"杜雪说。

"好。"他又把箭头擦去，开始写一堆乱七八糟的公式，好像在计算什么。

杜雪感觉这人有点呆头呆脑的，看他写了一会儿，无聊地问了一句："你在这儿工作吗？"

"哦，我是这边的设计员，我叫乔麦。"他停下笔。

"乔麦？"杜雪噗地笑出来，也不知是真名还是外号，太逗了。

"你认识我？"乔麦不知道她为何笑。

杜雪摆手。"就随便问问，我找郝站长有点工作上的事，他什么时候回来？"

"过几天光子号要进行测试了，要么……等会儿我帮你联系一下。"

"干吗等会儿，现在就帮我问问呗。"

"现在他们正在测通信网，没有特别急的事还是不要干扰比较好。"

"那就没有其他联系方式了吗？"

乔麦想了想，擦掉板子上的公式，在上面画了几个圈。"你可能不太知道这些。"他解释道。

"你看啊，中间就当是太阳系，外面几条线是带内星系轨道，我们正处于火星外围的小行星带，你知道如果想和地球、月球、火星取得联系，就得把发射器安置在其中一个面上，信号会有遮挡。所以通信布局要采用蜂窝状的形式。"他说着点了一堆黑点，"如果在这儿、这儿，还有这些地方，都布置上我们的通信卫星，就可以解决了，而现在呢，我们的空间站……"

"行了。"杜雪说，"我知道了。"

"哦？你很聪明，所以我说还不能联系他。"

"好……好吧，就不联系了呗，你帮我传个话吧。"

"那可以。"

"就古教授的事儿，你跟郝站长说一声，我去过了，可人家说我打扰了他，不让我去了，我就想问问，还有没有其他任务，给我安排个别的吧。"

"你见到古海明了？"乔麦放下板子问。

"对啊。"

"你知道他是谁吧？"

"古海明啊。"

"见过了？"

"见了呀，裹成个球，在饼干堆里钻来钻去，跟个小孩儿似的。"

"你怎……怎么能这么说呢？"乔麦使劲推着眼镜。

"那要怎么说？"

"唉……就我刚讲的通信的事儿，实际上也不光是在说通信，我是想说……把那么多卫星发射排列，但跟古教授的星带空间站相比，还是差得太远了。他利用小行星作为打印材料，把小行星瓦解后建成光子发射轨道。在火星和木星相互的引力作用下把动能提到最大，理论上突破了十分之一的光速！你明白吗？要知道，每百万平方千米只有零点八三颗小行星，他要把它们全都抓住，安排到计算的位置上，多么了不起……现在四座空间站，智神星、婚神星和灶神星，还有上万个锚点正在建设中，按他的想法，所有空间站将会闭合成一个环，形成一条环绕住带内行星的超大光子轨道，而现在，光子号就已经可以发射了……多么激动人心……"

"哟……我怎么感觉你要哭啦?"杜雪问。

乔麦抹了抹脸。"没,没有。"

"你看,"杜雪指着说,"还在脑门那儿飘着呢。"

"不是,是口水。"乔麦手忙脚乱地把它们各个拍散,杜雪被他逗笑了。

"反正啊,你别忘了帮我带话。"她说。

*   *   *

"有些日子没去健身了吧?"陈玲玲在那人胳膊上按了按。

"对,最近工作太忙了。"

"可不是小事儿,我跟你说。"她在键盘上敲了几下,"继续健身吧,肌肉有点萎缩了。"

"知道了,谢谢陈医生。"

"别耽误了啊。"

那人出去后轻轻关上门,他是今天最后一个来检查的。

陈玲玲舒展了一下胳膊,医务室的弦窗外通往航天站的空中走廊在太空深幕下赫赫发亮,地球城的穹顶正在变色,投影出白云和月亮的幻影。

"你说我就不能去干点别的吗?"杜雪拿酒精棉球把刚涂好的指甲擦掉,见陈玲玲也忙完了,便又发起牢骚来。

"这就打退堂鼓啦?"

"没有。"杜雪把手背翻起来欣赏着,"你说怎么都把他说得那么好,我一点也看不出来,疯疯癫癫的。"

"谁在这儿待久了不得疯。"

"那你怎么还没疯啊？"

"你盼着我疯呢是不是？"

"那倒没有，反正，我看我是要疯了。"

"你说你也怪，不让你来时天天问，来了又这烦那烦，在哪儿也消停不了。"

"那可不是。"杜雪笑着说，"我在卡门线培训那会儿就挺高兴的，特意找了间有窗的卧舱，天天就往外看，看地球上的云，看夜晚亮起来的灯，灯就像星星，和星空混到一块儿了，我就一个劲儿地分辨。"

"分辨出什么了吗？"

"倒是认出不少星座。唉，对了，有时候，就是那种有风暴的时候，我就往乌云那儿看，看闪电，能绵延数百公里，像有魔法师砸了个闪电球，特壮观，后来培训完回去了，回去后又特别扭，总以为杯子还能飘起来，晚上睡觉感觉是悬在床上的，结果一翻身又滚下去了。"

陈玲玲被她逗得直笑。

"笑什么呀，反正，在太空的感觉特自由，但那是在卡门线的时候，还能看到地球，在这儿什么也看不到，唉，你不是也在那儿待过嘛，你觉得怎么样？"

"那会儿啊，我就觉得在上一堂生动的地理课。"陈玲玲回忆着说，"俯瞰地球让我感到本质的脆弱与受限。"

"什么意思？说得这么高深。"

"就是说，能看到人和自然之力对地球的改造，云在各处不同的模样，有的地貌呈现出水蚀痕迹，有些又有风蚀，陨石在万千年前留下深坑，荒芜之处也有城市和村庄。文明沿着水源生长，山脉纵横，道路交错，我想我生活的地方本应是一个巨大又不可知之物，可那时却变得那么渺小了，就展开在我眼前，成了一个有限的存在。"陈玲玲若有所思地说，"所以才来的这儿，知道了自己很小，就很想看看更大的世界。"

"啧啧，你是真变了。"杜雪托着下巴对她摇了摇头。

"对了，"陈玲玲想起来，"你说古教授疯疯癫癫的？"

"对啊。"

"那我给你样东西，你带过去。"

"什么呀？"

"让人不疯的东西。"她说。

二

1

泡沫、烘干、扫描，和上次一样，饼干像天兵天将，在小提琴的背景音下，飘在古海明的住舱里。

这次杜雪有准备，她带了垃圾袋，把自由的饼干一块块丢进去。她随琴声哼起小曲，也不先去找古海明打招呼，就自己干自己的。

正哼着歌呢，一个人从上面垂下来。杜雪扬手就把塑料袋扔了，定睛一看，这才认出那是古海明，他倒立在上通道口那儿，两人鼻子对着鼻子，眼睛对着嘴巴。

"怎么又来了？"古海明翻身下来，"又是郝德权？那你带我找他去。"

杜雪拉住了他。"他不让你出去。"

"怎么着，要困我一辈子啊？"

"你是病人啊。"

"拉倒吧……"古海明甩开她。

"站住！"杜雪忽然命令一声。

古海明诧异地回过脸。

她把身子向前一横。"按照管理规定，只要是病人，不分职位大小，全要听医生的，我的职能范围你无权干涉，在这儿我就是医生，你得听我的。"

"听你的？"古海明指指自己，"我要是不听呢？"

"那，那你要是非不听，我又能有什么办法……"她委屈地拉住口袋拉链。

古海明看她这副模样，反而无奈了。"行，你就说，到底干吗来了？"

"看护你啊……"

"我需要吗？"

"我觉得需要。"

"我就不需要，你看我，活得就跟太空生物似的，美着呢，看护我什么呀？"

"郝站长说你病很重……而且我觉得你精神不太好。"杜雪瞧着他小声说。

"我精神不好？对，你叫什么来着？"

"杜雪。"

"杜雪同志，这里就没需要你的地方，什么情况都不知道。"

"你既然有心理问题，我就要帮你重建心理。"杜雪回呛道。

"我心理有问题？"古海明一脸震惊，"你说我脑子不正常？"他不敢置信地问。

"常有的事儿嘛。"杜雪反而不在意地说道，她翻开包，抽出几个塑料袋，在他面前一晃。

那里装的是一株株植物，有的刚发芽，有的已经开了花。有一朵是兰花，长在塑料袋里，无土栽培的。

"什么意思？"古海明不明白。

"你要每天看它们至少七个小时。"

"为什么？"

"这是一种心理健康疗法，在太空中没有时间概念，时间一长就会产生心理问题。但看植物成长就能感知时间变化，看久了心灵就会得到升华，就不会总生这么大气啦。"杜雪解释道。

"这谁教你的？"杜海明问。

"我可是专门培训过的。"杜雪得意地说。

"我是问这些话是谁说的？"

"我们主任说的呀，课本上也写着呢。"

"什么主任？"古海明喷出几颗吐沫球，"这些话就是我当年说的！"他指着自己，"是我讲的。"

"啊？你说的？"

"这你都不知道？"

"我不知道……"

"就我当年看着这些，一看一整天，而且，它们可不光是用来改善心态的，也能用于思考。"

"是吗？"

"你知道格物致知吗?"

"哦,哦哦,知道知道。就是那个纯粹理性批斗,是吧?"

"什么批斗,叫纯粹理性批判,嗨,也不对,你说的是康德,我说的是王阳明。"

"反正是哲学。"

"我当时看得都快变成贤者了。"古海明指着那兰花,"我那时天天看它们成长,想里面的细胞是怎么交合在一起相互协作的,想生命的诞生,想太阳系,想太多事儿了,你别总看书本,得自己体验一下。"

"我可想不到这些,顶多就想想追的剧会是啥结局。"

"你不是说不看电视剧吗?"他问。

"您还记得呀,嗯,是不看,我爱看电影,科幻电影,恐怖的那种,有外星人的,我特别喜欢太空。"

"我不爱看假的东西,"古海明说,"想出去看看真的。"

"你想到哪去?"

"远离太阳系,坐着光子号,当第一个离开太阳系的人,我要看看这宇宙有多大。要不是当年超级航线的事儿不批给我……嗨!我和你说这些干吗。"

"我还挺想听的。"杜雪说。

"不说了,反正就是,人哪,不能总在摇篮里待着,总要长大。"

2

医务室的门一推开,杜雪就愣住了。

陈玲玲正在给人量血压，那人她认识。

"怎么你也在这儿？"杜雪背着两手就跳了进来。

"怎么，你俩认识？"陈玲玲好奇地问。

乔麦推了推眼镜。"我和她在站长室见过，杜雪是吧？"

"呵，在这没几天，朋友倒是认识不少。"陈玲玲打趣道。

"不是，不算朋友。"乔麦不好意思地说。

"怎么不是朋友了？你都当我面哭过了。"杜雪笑起来。

"怎么着，还哭过？"陈玲玲更好奇了。

"没有，是口水。"乔麦更不好意思了。

"行了行了，不逗你了。"杜雪坐到陈玲玲边上。

"今天又有空了，还是有啥事儿？"陈玲玲问。

"还是那事儿呗。"杜雪说。

"人家古教授又怎么你啦？"陈玲玲把血压仪松下来后问。

"倒也没怎么我，这回至少没赶我走，但就是感觉人家不待见我。"杜雪摆弄着指甲。

"古教授以前也不这样。"乔麦忽然插进来一句。

杜雪看看他，往前凑了凑。"你认识他呀？"

"古教授谁不认识。"

"那他以前是什么样的？"杜雪追问道。

"那就要看从哪儿分析了，我给你列个表格吧……哟，没带板子过来。"乔麦看了看四周，失望地说道。

"行了，问个事儿还要列表格，你是人还是机器呀？"陈玲玲看了杜雪一眼。

"对了，"乔麦问杜雪，"你照顾古教授，有没有看到他的那台原型机？"

"什么原型机?"杜雪不明白。

"通俗的叫法是自行打印原型机,我们都叫它原型机,是他发明的一种带自动打印系统的设备,咱们这个星带上的星轨,就是用这种打印机自行复制再自行采集岩石和土壤建造的。它能把小行星的物质提炼为金属,再混合成半金属半陶瓷,具体的成分就是……"

"哎呀,没看见。"杜雪不耐烦地说。

可乔麦又接着问:"这种机器的最初原型是他的作品,我特别想知道是不是又升级过了。"

"很重要吗?"陈玲玲的意思是让他别烦人了。

乔麦没听出来。"倒也不是重要,现在有很多这样的设备,只不过那毕竟是原型机,纪念价值远超实际价值,我们一直想让他捐出来,他就是不肯……你有没有见过那台机器?"

"你知道我们是干吗的吗? 医护人员。"杜雪提醒他。

"对对。"乔麦低下头,脸变得通红,眼神惭愧得不知该往哪儿放,"是我说错了,是不关你们的事。"

"别废话了,赶紧把袖子撸起来。"陈玲玲瞪他一眼。

"袖子? 要干吗?"

"打针。"

乔麦喊了一声:"什么针?"

"活化肌肉组织的,你上次就没打吧?"陈玲玲看了眼屏幕记录,"哟,何止上次,这都跑了多少次了?"

"不不,我不需要!"

"每个人都得打,赶紧的,别废话。"说着陈玲玲就去拉他的胳膊。

乔麦"嗖"地把手缩了回去。"我求求你，求求你了。"他讨饶了起来。

"怎么了这是，你一个大男人怎么还怕打针啊？"陈玲玲说着又去拽他，可他却一激灵站了起来，椅子都给带倒了。还没等陈玲玲反应过来，他推开门撒丫子就跑出去了。

杜雪和陈玲玲先愣了一秒，笑得捂住了肚子。"不行。"陈玲玲站了起来，"今天非给他逮回来不可。"

陈玲玲出去后，屋里只剩杜雪一个人。她双手抵住下巴看窗外，穹顶投影出的太阳从这个方向上看有点扁，再往远处看，建筑都被挡住了，只有巨大的橙黄冰柱在远处赫赫发亮。

医务室的门开了，她没回头。"唉，那个冰柱是个旅游地标吧，你去过没？"她以为进来的是陈玲玲。

"什么冰柱？"

那声音杜雪熟悉得冒汗，一转头，果然是郝站长。

杜雪两眼发直。"站……站长……"

"你刚说什么冰柱？"

"没，没。哦，哦哦。"她往那一指，"以为是陈玲玲呢，我说的是那儿。"

郝德权往那方向看了一眼。

"你想去那儿？"他疑惑地问。

"嗯嗯，感觉特漂亮，特神圣，想在那拍张照留作纪念。"她不好意思地说。

"你想去那儿拍照？"郝德权的语气由疑惑变为了惊讶。

"不……不能拍吗？"

"想拍……也不是不可以，但那是处理废料的焚烧站。

前段时间储料管泄漏了，刚补上。你说的那个冰柱是漏出去的尿。"

"啊？"

"你怎么想上那儿……对了，陈医生在吗？"

"刚出去了。"杜雪低下了头。

"你是新来的吧，怎么没见过你？"

杜雪心一沉，原来他压根就没记住她。"我是古教授的医护。"

"哦？"这次郝德权才好好看了看她。"我说呢，怎么样，他还好吗？"他问。

"还行吧。"虽然杜雪有一肚子抱怨，可此时站在郝德权面前，却什么都说不出来。

"有什么需要向上面汇报，他的健康很重要。对了，他那边有什么发现吗？"

"发现？"杜雪想了想，"您不会也是问原型机的事儿吧？"

"你怎么知道原型机的？"

"乔麦跟我说的，他刚刚来过。"

"哦，那倒不奇怪了，你就别打听了，跟你没关系。"

"那个，郝站长……"

"还有事儿？"

"就是，其实我一直有句话想对你说。"

"什么？"

"就是……其实我挺羡慕你的。"

"羡慕我？"

"嗯，上学的时候我就知道您，那时我就喜欢太空，感觉特浪漫，您天天在这儿，就特让我羡慕。"

"这有什么好羡慕的。"郝德权说,"我看你还是待的时间太短了,培训机构那边给你们培训的时间不够吧?慢慢你就知道了,太空的浪漫感不会超过半个月,身为这儿的一员,你得肩负起责任,未来你将体会到太空的另一面,你叫……算了,不管你叫什么,既然来了,在思想上要早做好抗压的准备,既然在照顾古教授,没事儿就别总往地球城跑,地球城不是地球。你自己再好好想想吧。陈医生不在,我回头再找她。"郝德权像放炮仗一样说完一通话后,转身就走了。

杜雪狠狠往地上跺了一脚。

三

1

杜雪刚要拧开浴室内的阀门,就听到外面有开门的声音。

"有人。"她喊。

"怎么不挂个毛巾?"一个姑娘在那头回道,接着门又关回去了。

杜雪出去把一条毛巾胡乱地往浴室舱外的挂钩上一系,这是太空舱的规矩,系条毛巾以示有人正在使用。

回到浴室,她把阀门一拧,水汽直喷在脸上,呛进了鼻子,她咳嗽着赶紧把阀门又拧回去,失重状态下头发和身子要分开洗,她一时忘了,还当是在地球城。

她申请搬到阿胡纳山的一间舱室,在这没有重力了,可她反而又不习惯了。

　　沐完澡她挂进睡袋，望着窗外发呆，什么也没有，茫然一片，没有地球，没有月亮，没有太阳，星星们就像是屏幕上的坏点，一旦看得久了，仿佛就看不到了。

　　浪漫在褪色，植物日复一日开花结果，窗边也挂着一株，时间流逝，多久才能看到它长大呢？

　　她昏昏沉沉地睡着了，可一阵猛然下坠又把她惊醒。她觉得自己失控了，在飘走，飘向宇宙。黑暗中她看到一双手在眼前飘荡，似乎是要扼住她的喉咙。惊慌中她又发现，那正是她自己的手，睡前忘了放进睡袋里。

　　什么也没有，下坠感只不过是幻觉。她挂在空中，不知道哪儿是上哪儿是下，只自己感觉像一只蝙蝠，眩晕得恶心。宇宙本应该是安静、空灵的，可在这儿并不是这样，庞大的维生系统和循环系统没消停过，提示音此起彼伏。这里是如此吵闹，令人烦躁。

　　她的包飘浮在边上，拉链已被她拉坏了，口子敞开着，她往里一瞧，那只偷偷带来的口红此时也已不知飘到哪里去了。

　　太空一点也不浪漫。

　　　　　　　*　　　　　*　　　　　*

　　往日飘来飘去的饼干都没了。

　　"今天表现得挺好嘛，是不是怕我揭发你？"她喊了一嗓子，可没听到古教授的回应。这几次来她已经对房间的布局有所了解了，实际上就是三层四列的三十六间房，听着挺多，其实每间都不大，跟圆筒似的。她游上去一层，到了古教授卧室，他人不在里面，于是再往上游，到了古教授工作的地方。

古教授正支在桌边，眼睛聚精会神地贴在一台电子显微镜的目镜上。

"今天怎么没拉小提琴啊？"杜雪先在他身后看了一会儿，才冷不丁地冒出一句。

古海明两眼差点没杵到目镜里。"吓我一跳！怎么不吱一声啊？"

"哟，敢情吱一声您就能听见啦？属耗子的吧。"杜雪两手往口袋里一插，白了他一眼。

古海明愣了愣，打量了她一遍，杜雪梗着脖子，脸扭向一边，眼睛翻来翻去。

"什么情况？算了，懒得跟你这小丫头计较，我还有正事儿呢。"古海明也不想多话，转过去继续看他的显微镜。

"别玩了。"杜雪说，"赶紧把药吃了，吃完我就走了。"

她也不是故意给古海明脸色，只是心里的不顺没地方发泄，正赶上积到嗓子眼儿了，她知道这态度肯定会把古海明惹到发怒，可已经憋不住了，只能迎接这场风暴的降临。

古海明却没发作，身子也没转回来，只是淡淡地说了一句："我看啊，你是走不了啦。你要一出去，它就跟你一块儿出去了。"

"谁跟我出去？"杜雪问。

"你以为我在这干吗呢？"古海明招招手，"你看看这。"

杜雪把手从口袋里拿出来，一脸疑惑地凑了过去，眼睛抵住目镜。

"什么呀？"她问。

"没瞧见？有个东西。"

"什么东西？"

"雪。"

"哪儿的雪？"

"火山的雪。"

"火山有雪？"

"你这跟我装糊涂呢。"古海明瞪起眼睛说，"阿胡纳山是低温火山，喷射的是水，出来冻住就是雪。"

"然后呢？"

"你还没明白？最近它刚喷发了一次，我现在研究的就是谷神星地表下蕴藏的地下水，你猜我刚发现了什么？"

"什么？"

"单细胞的迹象。"

"什么意思？"

"就是生物啊，还有生物文明的迹象，就这么跟你说吧。"他把手拢到嘴边，"我发现了外星人。"

"外星人？"杜雪的嘴咧大了。

"嘘……"古海明瞪了她一眼。

"您再让我看看……"

"别说话。"古海明忽然一脸警觉地四处张望，"它跑了。"

"什么跑了？"

"本来我以为是种单细胞生物，但生物结构完全不是我所想的那样。"

杜雪吞了吞吐沫。

"能适应氧气环境，刚把培养片挤破了，没一会儿就长成了拳头大小，就跑了，也不知道现在变多大了，我在研究它的排泄物，它还在这屋里。”

"你在说什么呢？"

"就那个外星人，从发育迹象上看，应该有三对对称的爪子。什么都吃，我的饼干都被它吃没了，刚才它还想爬我脸上来着，估计是想下崽。"

"那不就是异形吗？"

"我觉得差不多，没准是同一种东西。"

杜雪凝眼看着他，一会儿眉头却松开了。

"哟，那也怪了，这么大发现，你不赶紧报告啊。"

"我觉得它能通过通信信号找到大本营。"

"得了，把我当三岁小孩儿呢。"

"你不信？"

"电影都这么演的。"

"你要不怕死你就走，别耽误我在这研究。"古海明转身又去看他的显微镜了。

杜雪把药袋子往他抽屉里一塞，扭头就走，可面前通道的灯管闪烁了一下，那里隐隐约约似乎爬着一个什么东西，有脑袋大，她伸长脖子想看真切点，嗖！它蹿通道口里去了。

杜雪一把抓住古海明胳膊，差点给他掰断。

"那！那那那那那！"杜雪狠劲往通道那使眼色。

古海明狠狠甩开她的手，揉了揉发疼的胳膊。"看见啦？"他问。

杜雪狠劲点头。

"相信我了？"

杜雪又狠劲点头。

这时远处响起一阵"咔嚓"声，像爪子在磨地。

杜雪真吓到了。

"别怕，要不这样，我想办法吸引它注意，你趁这机会赶紧冲出去。"

"不行，我走不了了。"杜雪手拽着他不放。

"那这样吧。你先在这猫会儿，我去找纳米笼子，估计能困住它。"

"别走。"她央求道，"剩我一个人该怎么办啊？"

"拿着这个。"古海明把她手掰开，塞个瓶子给她。"这是水。"他说，"它怕水，用水泼它准有用。"

杜雪还不想让他走，却被按到桌子底下，古海明就往另一个通道游去，找他的纳米笼子去了。

她心惊胆战地听着，那"咔嚓"声越来越响，离她越来越近，直到落在了她头顶的桌子上。正当这时候，上面清脆一响，一个培养器落了下来，飘到她眼前。

杜雪尖叫得像吹起哨子，两腿狠命向后一蹬，身子从桌底下射了出去，撞到了另一头的软墙上，又弹到另一边，弹簧球一样来回在墙两边弹，弹着弹着就奔那舱门弹去了。

她如放慢速度的陀螺，闪烁的灯光令她眼花缭乱，脸一会儿转到正面，一会儿转向背面，转到背面时就见一个张着爪子的东西正向她游追过来，恐惧的袭近令她感到窒息，每转回一次脸，那东西就离她更近一些。

杜雪的恐惧已抵达极限，她感觉那个外星人就要抓住她了，赶紧拧开瓶盖，转身的一瞬她大叫一声："我跟你拼啦！"

就把那杯水朝它泼了过去。

失重的水一冲出来就化为散射的水球，可那外星人并不怕它，直接穿过了水团，结结实实地扑在了杜雪的脸上，用六只尖爪将她的脸颊嵌住，也正是这一瞬间，重力系统启动了，杜雪和它一起摔了下去，水球一点没浪费，顺着脑袋流了她一脸。

它还在她脸上，贴着她眼睛和鼻子。杜雪定在了地上。"我瘦，营养不好，养活不了你的孩子，你找古教授，他找你来的……"她带着哭腔求饶道。

"嘿，这就把我给卖啦？"

古海明蹲在通道口那儿。

"这儿！"她小声喊。

"什么这儿？"

"外星人！"

"哪来的外星人？"

杜雪傻了。

"咔嚓咔嚓"，爪子松了劲，从她脸上爬了下去。

杜雪"嗖"地坐起来，盯着地上那只像螃蟹又像蜘蛛的东西。

它是机械的。

"这叫原型机，还外星人……我就说吧，让你少看点科幻片。"古海明手向下一翻，原型机"咔嚓咔嚓"地爬走了。

杜雪头发散着，一脑袋的水顺着头发往下滴。

"你要我呢……"她看着古海明喃喃地说。

"谁让你没礼貌，告诉你，这算轻的，只是给你个小教训。"

杜雪嘴角一抽，又一抽，"哇"的一声，哭了起来。

"欺负我有意思吗？"她边哭边嚷，"我是不懂，是培训几天就来了，也不带你这么欺负人的！本来还以为这儿挺好，结果什么都没有，郝站长不爱搭理我，你也欺负我，没一天顺的！什么都跟我想的不一样，我还特意为了照顾你搬上来住，洗个澡都呛水，带的口红也飘着飘着飘没了，你还给我整个外星人来吓唬我，满意了？有意思吗！"她一头扎到膝盖上，双手抱着腿，哭得一声比一声大。

古海明也有点慌了。

"唉，差不多得了，谁知道你这丫头这么傻。"

"我是傻，全世界就你最聪明了！"

"行了。"

"就不行！"

古海明也没招了，杜雪这些日子的委屈在这一刻爆发了出来，肆意地发泄着。

古海明把消瘦的身体挺了挺，把平日拉的那架小提琴往肩上一放，手指一滑，琴声响起来。杜雪的哭声混杂在里面，那音调也不凌乱，反衬得凄美起来。

"别拉了！"杜雪抬起红红的眼睛，嘴还哭咧着。

古海明止住了琴声。

"你知道失物招领处吗？"他问，"我知道你的口红在哪儿。"

2

"我跟你说，特神奇，丢的发卡也在那儿，就是台大风扇，把零零碎碎的东西都给吸过去了，在后面的滤网槽里囤着。"

"人家古教授待多少年了，不比你门儿清。"陈玲玲把一件上衣又放回到货架上。地球城商场里卖的东西远不如地球齐全，甚至还比不上一家小型超市，但大家闲下来都爱来这儿。

"三天后你怎么说呀？"陈玲玲想起了什么。

"我想回去。"

"光子号马上要发射了，不想看看呀？"

"你们怎么都在提这个，有什么好看的。"杜雪撇撇嘴，"又看不懂，我待腻了，而且论任务的时间，也该回去了。"

陈玲玲想了想，没再说什么。

"那你呢？一起回去吧？还有个伴儿。"

"下回再说吧。"

杜雪不高兴了，努起嘴。"一起回去嘛，还想跟你逛街呢。"

陈玲玲只是笑了笑。

"怎么啦？"

"我想看光子号发射。"她说。

"那有什么好看的，不就是个测试吗？我听说又不载人。"

"但意义重大，为了这一天，很多人把一生都放这儿了。"

"人家往海里跳，那是会游泳，你又不会水，干吗跟着跳？"

陈玲玲不好意思地看了她一眼。"这次发射，他要按发射钮，他说我不在他就紧张。"

"他？"杜雪一时没回过味儿来，可马上明白了，"你是说……是乔……"

陈玲玲赶紧打断她。"还没正式开始呢。"

"可以啊你！"杜雪推了她一把。

"不过真不全为了他，你有没有想过，这儿的人为什么要把一生都放这儿。"

"想这些干什么?"

"我想了。"

"想出什么了?"杜雪问。

陈玲玲看着地球城外的光子轨道,笑着没有说话。

*   *   *

杜雪不知道这儿有什么好的,要什么没什么,就像郝站长说的一样,用不了几天浪漫就化成了泡沫,被那消毒室的热风一吹,个个都破灭了。

她不知道别人为什么一定要看光子号发射,只知道自己肯定是要走的。

透过栈桥玻璃窗,能看到两名太空员穿着臃肿的太空服在谷神星上漫步。谷神星的引力太小,所以他们要把挂绳拴在地表,拿着工具把那橙黄的冰柱敲碎。

光子号发射有什么好看的,她想,与其说留在这儿,还不如说一开始就不该来,人干吗都要往外走,在地球待着多好。

可不知为什么,虽然这么说,却能感到一丝丝的不舍。

"小雪?"有人叫她。

"荞麦面儿?"杜雪高兴地回道。

"什么……面儿?"

"叫你呢,唉,你怎么在这儿啊?"

"正好路过。"乔麦说,"你看到玲玲了吗?"

"哟哟哟。"杜雪啧啧啧起来,"这就叫玲玲啦?"

"啊?啊……不是……这不是还没打针呢嘛,我想通了。"

杜雪"噗"地一声笑了。"多大个事儿还想通了，不逗你了，正要跟你说个事儿呢。我三天后要回去了。"她说，"到时候我不在别欺负我家玲玲。"

"三天后？你不看光子号发射了？"他满脸疑惑地问。

"怎么你也想让我看，有什么好看的。"

"这你怎么能错过呢？"乔麦一脸焦虑的模样，"如果说有什么比我的命更重要，那就是这次发射了。"

"啊？有这么严重？"

"它是第一艘将要冲出太阳系的发射器。"

这种大话杜雪听起来从来都是不疼不痒的，但这次却有种若有所失的感觉。

"我听古教授也这么说过，他说他的梦想就是做第一个冲出太阳系的人……唉？如果能载人的话，是不是就会让古教授先飞出去呀？"

"不是。"他只是简单地回答道。

"为什么？他很有经验吧？"

"对，论经验，论梦想，都应该是他，但是……他的身体，实际上……实际上他的病不可能让他挺过今年了。"

杜雪站了起来。"说什么呢，他精神着呢。"

"那是在失重的状态下，其实他已经是卧床不起的老人了，这一点他自己也知道……我还是希望你留下。"

3

杜雪推着一辆双层的餐车，那本来是医务室里放医疗用品用的，但杜雪借了过来，她把盖子都固定好，以防失重菜都飘出去。

但古海明还是没认出来。

"是什么？"古海明在上面飘来飘去。

"我做的菜。"杜雪指给他看，"这是火星养殖场送来的牛肉，还有地球城的几样蔬菜，地球城有鱼了你还不知道吧？我做了鱼汤。"

古海明绕着杜雪游了一圈儿。"今天什么日子，药可是按时吃的啊，不是用药汤做的吧？"

"把我想成什么人了。"杜雪白他一眼，"特意给你准备的。"

"谁跟你说我能吃这些的？"他问。

"不能吃？汤总能喝的吧？"

"是我就不吃这种东西。这种养殖的都有微生物……算了，说了你不懂。"

"你可别瞧不起人。"

"你知道鼠伤寒沙门氏菌吗，一到太空毒性就能增强三倍。"

"这都多少年前的事儿啦，早有预防措施了。你当我真不知道，听着啊。"她清了清嗓子，"葡萄球菌伤皮肤，黄曲霉损肾功能。黑曲霉要进太空，侵袭进肺霉菌病。链球菌能引起肺炎，变形链藏牙斑中。微球藤黄微变异，寄生皮肤和眼睛。咽喉肿胀你可要小心，抵抗力下降那是败血症。"

"你这还一套一套的。"

"你当我是白学的。"

"我跟你说，不光如此，有些微生物能附着在空间站上，只要有合适的条件就能产生有机酸，能将材料分解。以前就出现过氧气电解装置因为真菌繁殖堵塞过。"

"现在都有微生物控制防护了。再说了，你这消毒还不够？三道门呢。"

"你当都是用来消毒的？那是用来监视我的。"

"监视？"

"不让我出去。"

"为什么？"

"怕我影响他们，说我总给他们捣乱！唉，不说了，反正我是老古董，吃不惯。"

"那你平时吃什么？"

"我带你看看？"

"行。"

杜雪一看到那些东西就犯起恶心。

"您怎么吃蛆？"

"这叫黄粉虫，面包虫，氨基酸种类齐全，组成合理，好吃。"古海明说，"有点像炸薯条，算了，估计你也不敢吃。"

可杜雪却犹豫着抓来了一只，塞到嘴里皱着眉嚼了嚼。"别说，还真是。"

"我说什么来着。"古海明像鱼一样游起来。

杜雪看着他那双细细的小腿。"我说古教授，你怎么飘着的时候还打腿，跟海豚似的，其他人也不这样啊，但速度是你快，怎么这么灵活？"

"这可是我不外传的秘方，你知道怎么在失重状态下游得快吗？"

"告诉我呗。"

古海明游到她身边，用神秘的语气小声告诉了她。

"我游的时候啊……要一边游一边放屁。这就快了。"

杜雪张大嘴巴，不过马上就缓过神来，冲着古海明一瞪："又糊弄我！"

古海明哈哈大笑："聪明了不少。其实没什么诀窍，唯熟尔。我就喜欢想象自己是活在太空里的鱼，闭上眼睛，整个宇宙星辰都到身边了。我穿过了银河系，看外边的星云，随宇宙膨胀而膨胀，随时间前进而前进。嘿，那边是个大黑洞，还有另一个宇宙呢，里面的文明向我一直招手，我拉小提琴给他们听，他们问这是什么曲儿啊？我就告诉他们这是一首地球的摇篮曲儿，然后他们也唱了起来……"

不知为什么，杜雪听他描述着，眼睛红了起来。

她赶紧抹了抹脸。"你要好好休息，以后少吃饼干。"

"你说那饼干啊？嗨，不含糖分，再说了，是为了一种感觉。"

"什么感觉？"

"当大款的感觉。"

"怎么有一堆饼干就是大款。"

"这你就有所不知了吧。"古海明告诉她，"以前在上太空的时候，饼干就是作为货币使用的，有这么多饼干，那就真是大款了。"

"你还真挺怀旧的。"

"唉……怀什么旧，老啦。"古海明说。

是老了，但他身上还有一种在发光的东西，说不出的东西。

"古教授，光子号发射你去看吗？"

"何止要去看，我还要去坐呢。"

"真的啊，不是说不载人吗？"

"我非要上，谁敢拦我，不过发动机还有点问题，估计要到明年了。"

"哪有啊，过几天就发射了。"

"什么？"古海明身子一震，眼睛也瞪起来。

杜雪被他这反应吓了一跳。"你……你不知道？"

"王八蛋！"

古海明的一声厉喝把杜雪弄蒙了，只见他在舱里转来转去，像条被海葵困住的小丑鱼。

"原来是不想告诉我，不想让我上去，我这辈子在等什么？啊，在等什么？怪不得把我困在这儿，竟然是不让我上去！"

"古教授，你别生气……我要走了。"

"走走走，我倒是看看他困不困得住我。"

"我是说，我明天就要回去了，要回地球了……如果错过这班，就又要等很久了，我想家了。"杜雪低下头。

重力系统恢复了，古海明颓然地坐在地上。"都走吧。"他说。

四

1

谷神星航天站的悬空大屏幕下，人们驻足观望的航线也只有三条：火星站、月球站和地球站。由于下次的返程要几个月后，这次回乡的人很多。

杜雪看着餐厅那块四生物链环的宣传牌发呆：人—植物—动物—微生物。陈玲玲帮她把行李放到一边。

"到了跟我说一声，跟站长打招呼了吗？"

"人事那边已经替我说过了。"

"这儿呢。"陈玲玲向刚走进餐厅的乔麦招手。

"不好意思，工作上的事儿，来晚了。"他坐下时还在点着一块工作用的电脑板，看了一遍才收起来。

"真回去了？"他问杜雪。

她点点头。

"也好，对了……走之前有去见古教授吗？"

"见了。"

"那他有没有给你看原型机？"

"又来了！"陈玲玲喝了一声，"人家都要走了你还问这个。"

乔麦闭上嘴，低头推他的眼镜。

"看到了。"杜雪笑着说。

"啊？原型机？"乔麦的头"嗖"地抬起来，"能给我描述一下吗？"

"你到底怎么回事儿？"陈玲玲不高兴了。

"没事儿。"杜雪对陈玲玲说，随后她把原型机的样子告诉了他。

听完乔麦却满脸疑惑。"有爪子？不能吧，不需要爪子啊，有推进器就行了……"他想了一会儿，"这是为了以后能在有引力的行星上用……所以改进的吧？总是把问题想在前面，还那么远的事儿呢……也就是古教授了……"

"你们为什么不告诉他光子号的事儿?"杜雪忽然问了这个问题。

乔麦露出一丝窘迫。"你知道了?好吧,是郝站长决定的,不是不想告诉他,只是他要是知道,肯定要上去,这次是实验测试,还远不到载人,非常危险,他的身体也不可能扛住加速度,我们当然希望他在那儿,完成他的梦想,可他的身体不允许,我们也没办法。"

"那为什么不早点回去,一直留这儿干什么?像囚犯似的。"杜雪不客气地回了一通。

乔麦想了想,缓声地问杜雪:"你听过当年他和梨书尽的那次对话录音吗?"

"没有。"

"我给你听听。"他打开平板播放了录音。

[谷神星3X11—古海明,梨书尽37时125分]

梨书尽:宽二十公里,高五公里。泥质地幔,基本是碳酸钠,水合岩层核心,核心岩石与盐水比一比一,表面岩石与水是九比一……

古海明:有之前不知道的吗?

梨书尽:我看看啊,盐水里发现氨基酸和单细胞反应。

古海明:单细胞?

梨书尽:我逗你呢。

古海明:严肃点。

梨书尽:还生那大航天计划的气儿哪?

古海明：有什么好气的？

梨书尽：你不就是想当第一人嘛。

古海明：谁不想去太阳系外面看看？

梨书尽：那你怎么申请去弄航天材料了？

古海明：我又不傻，人家凭什么就为我一个人建个大飞行器？我是有点不甘心，可也没别的办法。

梨书尽：这星带空间站什么时候能建起来？

古海明：我看不一定，没准能赶上。

梨书尽：你还挺乐观的。

古海明：我跟你打个赌，我现在搞的那个打印机，我看就行。

梨书尽：那也得等把小行星排好。

古海明：不用我们排了，我想办法，就在这儿建好光子轨道，"嗖"，就奔柯伊伯带去了，在那儿再建个光子发射站，再"嗖"地上奥尔特星云了。

梨书尽："嗖"的是快，阿伊带就有五十个天文单位，更别说奥尔特了。

古海明：量变引起质变，没准比我说的还快。到时候人们都能出去了。

梨书尽：那这边弄好后你还回去吗？

古海明：不回去了，回去干吗，你回去呀？

梨书尽：我还得回去看我孩子呢。出来那会儿他妈天天跟我汇报，会爬了，会说字儿了，能扶着走了，我估计现在都能跑了吧？

古海明：就跟我说的一样，人得学着一步步爬出来，

288

一步步站起来，先要好奇。好奇心有了，就能成长了。至少你还能看到孩子跑。从火星回去那会儿，我也陪过我的孩子，他还只会躺着呢，我想跟他说话他也听不懂，就发现他喜欢听音乐，一听就乐，我那时候就想起自己还学过小提琴呢，把灯一关，拉着曲他就睡了，我边拉边看着天花板，感觉那满天星斗，是拉给它们听的……

梨书尽：算了，别想了……

古海明：你说他是不是去那儿了，最后一面也没见。

梨书尽：现在啊，地球上的都是您的孩子。

古海明：我那时候答应他了，说我会第一个冲出太阳系，在那儿给他拉个曲儿。

梨书尽：海明……

古海明：反正我就要留这儿。

梨书尽：那我也跟你一块，我不走你也别走啊。唉，爆破队好像准备好了，别想这些伤感的事儿了。

古海明：不回忆了，往前看吧，等我那原型机弄好了，让你大开眼界。

梨书尽：行！

乔麦关闭屏幕。"那次爆破出现了意外，郝站长的老师，也就是古海明的徒弟，梨教授为拉回一块炸开的碎片，牺牲了。等古海明做出了原型机，也就有了星带空间站，从那天起他就再没回去过，把一生都留给了这儿。"

返回地球的远行舰启动了，掠着蓝色的光冲天而起，它飞向阿胡纳山所指的方向，将掠过火星轨道，带着一身的热情扎向地球，扎向摇篮。

陈玲玲、乔麦和杜雪三人仰头注视，看着它向远方轰轰而去，等它消失后，杜雪对陈玲玲说："有件事儿我想让你帮我。"

2

杜雪把餐车推进古海明的工作室。

那房间里呜呜作响，七八台原型机正在分解桌后的墙壁，射出明黄光柱，一台新原型机已被打印出一半。古海明看到杜雪时愣了一下。

"你不是前天就走了吗？"

"你在制作原型机？"她问。

"我在让它们自我复制。"

"有什么目的吗？"

"有，要建个原型机大军，把这儿拆了，我要出去。"

"别弄了。"她说。

"谁也别想拦我。"

"我有个别的办法，能让你出去。"杜雪说。

餐车上层与下层之间有个抽屉，杜雪把它拿掉了，上面蒙系住白布，车推到扫描舱，果然就报警了，但输入一串代码后车顺利开了出去。

"你是怎么办到的？"古海明从餐车下层探出头。

"我涂了一层口红。"她说，"能遮挡住扫描。行了，别说话了。"

她用腿悄悄碰了碰车，紧张极了，但在她决定留下的那一刻，她就拿定主意这样做了。

从地球站一路抵达医务室门外，陈玲玲已等在那儿。

两人把车推到一间空置的房间，把古海明拖到气动担架上。

陈玲玲给他套上氧气罩。

"不戴这个。"古海明把氧气罩移开，"不方便说话。"

"谁让你说话了。"杜雪说。

"重力环境对你的呼吸道有影响。"陈玲玲又给他套上，两人拖着担架一路赶往发射站。

到了发射站门口他们停下来。"我就送你们到这儿了，你们注意着点。"陈玲玲说。

杜雪点点头，扶住古海明，可却发现他一步也无法移动，两条腿像失去知觉，如同被捞上岸的鱼。

杜雪转身把他背起来。

古海明拿开一点面罩，虚弱地说："下面还有个箱子，一起带上。"

"你还带什么东西呀？"

"带上……"古海明用手指了指。

陈玲玲弯下腰发现是原型机和一把小提琴，都放一个大包里了。

杜雪腾出一只手，把那包拎上。

她背着古海明吃力地往里走。

"不行就别勉强。"陈玲玲站在舱门外。

"没事儿。"杜雪一脸汗地转过身。"谢谢你。"她说，门关上了。

飞行舱到星带空间站需二十分钟。古海明喘得越来越剧烈，杜雪摸摸他额头，他在失重状态下太久，上升时的一阵超重让他面色发紫。杜雪生怕出什么意外，好在这种状态很快便过去了，空间站的对接门一开，失重的环境便回来了，杜雪解开担架上的绳子，古海明无力地飘了起来。

"你没事儿吧！"杜雪吓坏了，他闭着眼睛一动不动，毫无力气地飘着。

"我错了，我错了。"杜雪嘴角颤抖着。

古海明却睁开一只眼睛，向她眨了眨，"错什么了呀？"他"嗖"地翻了个身，游出去老远。

杜雪愣了下神，牙齿一咬。"这坏老头儿！"纵身追了上去。

"我肺属鱼的，遇水就能活。"古海明在狭窄通道里游得飞快。

杜雪在后面紧追。"等等我，你没事啦？"

"能有什么事？"古海明又恢复那精神劲。

他在一个没人的拐角停下，杜雪终于追上了他。

"再往里就能到轨道了。"古海明说，"但那儿有监视器，发现了门就会锁住。"

"那怎么办？"

"半个小时后就发射了。"他接过杜雪帮他背着的包，从里面掏出了原型机，用拇指肚儿往它腹部一按，原型机启动了，呜呜作响，底间射出一道蓝色激光，舱壁瞬间就被熔开了一块。

"你在干吗？"

"这里面是维修管，本来修的时候也得撬开，之后补上就行了，这我熟着呢。"说话间墙壁已被熔开了一个洞，古海明先蹿了进去，杜雪在后面跟上。

里面的环境就更狭窄，有管道和线缆，原型机在前面开路，六只爪子一张，把狭窄处撑开，再喷出一种黏合剂粘牢。

两人就跟着它向前行去。

古海明难掩心中的喜悦，推开一团线，却发现前面的通道被一扇金属门给挡住了。

"怎么这儿会有一道门?"他皱起眉。

"打不开吗?"杜雪在后面说。

古海明抱着那大包陷入了冥思苦想。

边上嵌着台小屏幕，这时，那屏幕亮了。

是乔麦的影像。

"你为什么非要去?"屏幕里的乔麦沉着声音说。

"这门锁你能开的吧? 赶紧打开。"古海明说。

"开了也过不去，发射期间会启动重力系统，你走不到那儿。"

"那是我的事儿。郝德权在你边上吗?"他问。

"他不知道你们在这儿。"

"小乔，你不是天天想看我的原型机吗? 你只要把门开了，我就把它送你。"

"不要。"乔麦毫不迟疑地回答道，"如果是因为它而给你开了门，我就成罪人了。"

"什么意思?"古海明问。

"我什么也不想要，我想要的，你现在都已经告诉我了，也都看见了。古教授，我是来感谢你的。"

说话间，紧锁的大门打开了。

屏幕关闭，古教授看着那黑漆漆的屏幕停了一会儿。"谢谢。"他说完便向前而去了。

在原型机探照灯的指引下，管道清晰起来。寻着原型机的幽光，通道内能感觉到一股明显的燥热，温度汇集了起来。

而就在这时，领头的原型机落了下来，重力出现了。

两人面前是一条天井，就像站在一架天文望远镜里，正遥望星空。

古海明向上看着，扶着天井的墙壁坐了下去。

那是一副强忍着失望的表情，是遗憾。

杜雪扶起古海明，背起他。

"你要干什么？"古海明问。

杜雪没回答，撑住天井的两壁，一寸一寸地向上挪去。古海明瘦得没什么重量了，但还是个人，杜雪就按着墙，踩着突出的螺帽，向天井艰难地攀爬而去。

古海明的呼吸又开始虚弱，杜雪任由汗水向下淌着，每一步都踩得扎扎实实。终于，她顶开最上面的口子，把古海明放了上去，随后她斜倒在一边，满脸通红地喘息。

"五分钟倒计时。"巨大的光子号正停在轨道上，身体扁平，伸展开的长长轨道横于他们面前，直伸到闭合舱门处。

"还好赶上了……"杜雪让自己坐起来。

"杜雪，我渴了，边上通道里有个取水机，帮我弄点水来。"

"啊？可马上就要发射了。"

"很近，你过去就看到了。"

"那你等会儿啊。"杜雪摇摇晃晃地站起来，她也想看那光子号发射了，之前毫不在意，可现在非常想看，甚至觉得所做的一切，都是为了这个目的，只有这样才能有个结尾。

她赶紧跑到那通道里，可光滑的墙壁上什么也没有，又找了一圈，没有取水机。

她激灵了一下，立即跑了回去。

"一分钟倒计时。"

天空轰响，是那高音喇叭的声音。冲出通道，只见古海明背着他的包已爬到了发射轨道上。

杜雪顿时感觉血液翻腾而起。"你干什么呀！回来！"

可原型机挡住了她的去路，古海明拼尽全力地面对那光子号站了起来。他张开双臂，用一个拥抱的姿势望着它。

"二十秒倒计时！"

倒数并未停下，杜雪知道一旦倒数就已无法停下。她不明白古海明为什么要这么做。

忽然间，她飘了起来，挡住她的原型机也飘了起来。

重力关闭了。

古海明似乎就等着这一刻，他飞翔而起，飞向光子号。

时间仿佛变慢了，杜雪的手臂伸向他，带着原型机，沐浴着穹顶的光，如一张美丽的油画。

古海明抓住了光子号闭合的舱门，他凝望着发射台。

"三、二、一。"当杜雪握住古海明的肩头时倒计时也结束了，他并未离开。而此时光子号也没有发出轰鸣，一切忽然安静了，如同那太空。

舱门在他们眼前静悄悄地滑开了，里面的灯亮了起来。

3

那股似乎要折断骨头的重力压迫而来，杜雪瞬间张开嘴，却听不到声音。

光子号冲了出去，如同瞬间移动，环形的发射舱消失了，空间站消失了，就连那硕大的木星也不见了。

杜雪从座椅上跌落下来，紧接着是一阵抽离感，她又飘回到空中。随着失重的到来，古海明才呼出一口气。"你干吗跟来？"古海明抬起疲惫的眼睛。

"我是医护，你到哪儿我就到哪儿。"她也一身疲惫，四肢自由地荡在深海之中。

"关了重力系统，又延迟了发射，还擅自开了舱门。"古海明说，"乔麦记几个大过也不够啊。"

"是他……别想了，你怎么样？"杜雪担心地问。

"好着呢，不过也没事儿，这点时间造不成误差。"他看了眼仪表，"你帮我看看，那数字是多少，我看不太清。"

杜雪伏过去。"八四五千。"她说。

古海明笑了。

"你看啊，这就是光子抛射，用木星引力提速，已经超光速十分之一了，还只是测试，只要超过两千就算成功，就能飞出太阳系。"

"你是说……我们要飞出……"

"你害怕？"

杜雪摇了摇头。

"飞不出去，这次是测试，达到速度后基地会给信号，会返回的。"

控台响起来，通信自动接通了。

"古海明！你知道你在做什么吗？"里面传来郝德权的喊声。

"姓郝的，这都有通信卫星啦？"

"古教授！"郝德权重重地叹息一声，"你的身体还能承受这个吗？你觉得这样做就能让老师开心吗？梨教授尊重您，我也尊重您，我同样也会把一生留在这儿。"

"我就是要飞出去。"

"连命都不要了？"

"我的命就在这儿。"

"古教授！"

古海明关上了通信器。

速度显示七七八九，正在下降。

"我是不是做错了……"杜雪小声说，"什么命不命的，你的身体没事吧？"

"你做得太对啦，别听他瞎扯。"

"可我看你嘴角好像都有血了。"

"加速度太快了，正常的。唉？不对啊，"古海明看着仪表愣住，"怎么还是七七八九，速度不动了。"

"那怎么了？"

古海明打开了检测器。"一旦降速不可能停下……"他查找着，"纳米推进器！"他惊讶地喊出来。

"推进器怎么了？"

"这种速度下会产生扭矩抗力，他怎么还是用了这个推进器，我早跟他说了！"

"会有危险？"杜雪感觉不对。

"很凶险！可能会爆炸。"

杜雪吓了一跳。"你这不会又是吓我吧。"

古海明向四周巡视了一遍，目光落在舱门那。

"你快跟我到那边去。"古海明打开那间小舱，"这是出舱用的隔离间，你把这衣服穿上。"

古海明给她的太空服是舱外用的，他自己也穿上了，打开衣服上的九个按钮，太空服的内循环和通信系统都启动了。

杜雪产生了不祥的预感。"我们不会要出去吧，我可没太空漫步过，没经验，怪不得他不让你来呢。"

"只是为了保险。"古海明安慰着她，从隔离间退出来，伸手关上舱门，把杜雪锁在了里面。

杜雪惊讶地拍打舱门，古海明不理她，拿出他的原型机，冲着舱尾处把原型机启动，安放到地板上。一道光柱从原型机身下射了出来。

杜雪无论如何喊他也不回应，但杜雪没停下，一直拍打隔窗。

她眼睁睁地看着那里被熔出一个洞，"呼"的一声，太空从洞里露出身影，一股脑地吮吸着，一台设备从外部脱落，遥远地滚去了，而古海明攀住把手，将原型机伸出空洞之外，与那股向外吸的力量抗衡。

一片杂乱之后，杜雪望着那位老人，如年轻的宇航员一样，充满着自信，如同这样做过千百遍一样，那样娴熟地将舱体修复。他一点也看不出老来，不憔悴，仿佛那工作是他的生命，是他的一部分，是他已经记在骨头里，再也无法遗失的东西了。

原型机在外部修复着，洞口越来越小，直到关闭。

这时古海明才回身打开隔离舱，杜雪扶住他，摘掉他的头盔，叫他的名字。

"多少了？"古海明虚弱地问道。

"六四五四。"她摘下头罩，速度下降了。

古海明点点头。"脱离了。"

"你的原型机……"

"它完成使命了，所以我就说，爪子还是需要的。"

杜雪将他扶到座位上。"古教授，回去后你还是回地球疗养吧。"

"让我休息下吧，一会儿就要回基地了。"

杜雪点点头，不再吵他，就坐在他边上。

三个环形大舷窗外，无尽的宇宙就在眼前，虽然她不知道这光子号有多快，但能感觉到那些星星还很遥远，它们没有变化，还是安静地在远方明亮着。

"我现在已经有点你们说的那种感觉了。"窗外虽然空无一物，她又似乎觉得看到了许多很遥远、很真实、很巨大，也并非无法接近的世界。"我说不太出来，有时候觉得自己挺笨的，但你们都挺了不起，这里的人都挺好的，现在想想，郝站长人也不错，我一直还误会你呢。其实吧，都是好人，所以……唉？"窗外忽然出现了一个红色的东西。

"快看，是你的小提琴。哎呀，肯定是刚刚飞出去的，算啦，这样也好，至少它能替你飞出太阳系了。其实我听过你的故事，你是为了孩子才学的小提琴，是个好父亲，也是好科学家……唉，其实我这几天一直在想，我也不想走了，我觉得玲玲肯定也是要留在这儿，但我不知道为什么，不知道为什么也想像你们一样，就是想留在这儿，你说这是为什么呀？"她转过头去问。

在她身后，座椅轻荡荡的，仿佛有位悠闲的先生欣赏着音乐，回忆着人生。

可那儿什么也没有。

"古教授？"

他不见了。

杜雪转回头，广阔无垠的群星之中，那支游荡的小提琴被手一勾，回到了他的怀抱，古海明拥抱住它。

光子号的尾光在舷窗上映出一圈蓝，像画框，画框里的古教授穿着宇航服立在安静的宇宙里。

杜雪张开嘴，却看着他和那小提琴正越来越远。

她也如这宇宙一般安静。

古海明转过身，对着杜雪笑了。

杜雪用力摇着头，对着头盔里的对讲机泣不成声。

"我要走了。"他说，"这个速度正好。"

杜雪似乎回到了地球，眼前的星空又开始闪烁了。

古海明拉起小提琴，没有声音，可那悠远绵长的音节又似清晰可辨，在杜雪耳朵里回荡。

在浩瀚的宇宙中，古海明拉着提琴，双腿打动起来。他化成了活在宇宙中的鱼，自由、安逸地向着承诺的方向去了。

直到他变成了一颗星星，杜雪才将脸转向了摇篮的方向。

为什么要留下?

房泽宇,科幻作者,时装摄影师,短篇代表作《向前看》《青石游梦》,长篇作品《梦潜重洋》。《垃圾标签》获森雨征文银奖。《电与雷》出版收录于《大国重器》,《繁衍宇宙》出版收录于《另一颗星球不存在》。多篇作品参加科幻春晚,擅长悬疑幽默,风格多变。

我们的火星人

宝 树

1

已故科幻小说家、发明家沈星光先生（1944—1999）的事迹，笔者在《我们的科幻世界》一文中曾经报告过。因为事件本身的离奇曲折，文章发表后，引起了一定范围的轰动，有不少读者发来邮件或私信，质疑这是纪实还是小说，是否胡编乱造，是否在宣扬伪科学，又或者是抹黑他女儿沈淇小姐……让我着实难以招架。

还有些试图从中牟利的无耻之徒，这个说自己已经参透了"梦之箱"的制造方法，只要给他一万块就能造出来；那个说自己有沈淇早年的黑料，两万块可以爆料给我；还有人说手头有沈星光未发表的手稿，但笔迹都不对，显然是拙劣的伪造。

不过在这些困扰之外，也有令人振奋的好消息，一家老牌文学出版社打算再版沈星光的代表作，请我编选并撰写导言。我既然和沈伯伯有一段忘年交，也觉得义不容辞。我还打算写一篇比较翔实的沈星光传记，放在导言里，让读者深入了解这位不该被遗忘的科幻名家。当然，这需要家属的授权，我告诉了沈淇，她也很惊喜，表示会全力支持。她又跟我聊了一些沈家的情况，包括沈星光的祖籍、父母以及少年时的逸事等等，让我更深入地了解了沈星光的家庭背景和早年生活。

我手头有两本沈星光的集子，一部吴言老师主编的《二十世纪中国科幻小说史》，加上一些科幻作家的回忆录、访谈录中有关的信息，沈淇告诉我的家族情况，以及我自己和他的交往，大体可以拼凑出沈星光的一生。不过也不是没有遗憾，沈星光一九六五年大学毕业，之后有十年左右都是空白，"文革"后方调到上海机电二局。那些年的经历，沈星光从来没有告诉过女儿，也没有写进任何自述，如今就难以查考。不过考虑到那个年代本身的动荡扰攘，或许有些不足为外人道的遭遇，也不足为奇。料想和沈星光的科幻创作应该也没多大关系，可以一笔带过。

这时，却出现了一条意想不到的线索。

一天，微博上有一个叫"阿东莫夫"的账号给我发私信："宝树老师好，我想和您聊聊。"——毫无信息量。我本来不想搭理，但见这名字有点意思，问他："您有什么事吗？"阿东莫夫寒暄了一番，说自己是一个在北京的科幻迷，喜欢看我的科幻小说，特别是那篇《我们的科幻世界》。我不耐烦地纠正他，那不是科幻小说，是报告文学。

"哦，对，其实我找您就和这件事有关。"不想阿东莫夫回复说，"我发现家里可能有一件和沈星光有关的东西。"

我心想多半又是个骗钱的，问他是什么。阿东莫夫说，是一本早年的科幻小说，叫《战神的后裔》。

我当然知道这本书，这是郑文光先生的一部长篇小说，讲述未来人类在火星考察和建立定居点的故事，我早年就读过。

但这和沈星光有什么关系？难道他连郑文光和沈星光都分不清吗？

我还没问，阿东莫夫已发来一张照片，是《战神的后裔》的扉页，上面有几行已经有些褪色的钢笔字迹：

星光：

庄周梦蝴蝶，蝴蝶为庄周。

十年了，从"火星"回来吧。

CARPE DIEM

飞琼

一九八四年十月十七日

字迹清丽娟秀，似出于女子之手，从署名看，应该也是女性。这几行字意义不明，但似乎颇有内涵，不像是拙劣的骗局。我问阿东莫夫："这个'星光'就是沈星光吗？这本书是怎么到你手上的？"

阿东莫夫回答："这书是我爸的，有些年头了。我一开始也不知道这个星光是谁，最近看您的那篇小——报告文学才想起来，原来是沈星光！"

我一时不知说什么好，也许这哥们不是骗子，但显然逻辑思维能力堪忧，叫星光的多了去了，焉知不是张星光李星光，和沈星光可能没有任何关系。何况沈伯伯对于朋友赠书是很爱惜的，集中收藏在一起，他去世后沈淇也没有变卖，保留至今，又怎么会流落到旧书摊上呢？

考虑到人家也许是一片好意，我委婉地说："那似乎也不能确定就是沈星光吧，也许是另有其人？"

"嗯……也有可能，不过我想既然都在南川，应该就是他吧？"

"什么'都在南川'？"

"哦哦，忘了跟您说了，我爸也是南川人，就是你们南川一中毕业的。我也问过他，他说是当年在路边一个旧书摊买的。"

这个新的信息颇有分量，全国叫星光的固然成千上万，但在南川一个小县城里就未必有多少，何况送的还是一本科幻小说！这本书和沈星光有关的概率显著增加。

我又问了阿东莫夫一些书的情况，据他说书上干干净净，除了扉页上几句赠言外再也没有别的文字。他还热心地表示，可以把这本书送给我来研究。我有点不好意思，说："那谢谢了，我也送你本我新出的书吧！"最近我正好出了一本小说集，标题就取自这篇《我们的科幻世界》。

"哦，您的书就不用了，不过您有沈淇小姐的书吗？照片也行，能不能请她印一个唇印寄给我，嘻嘻……"

"这个没有！"我气恼地拒绝。什么人哪！

好不容易打发了这个低级趣味的宅男，我给沈淇打了个电话，问她知不知道一个叫"飞琼"的人，沈淇一片茫然："谁？没听说过，是新出道的漫画家吗？"

"哦……"我想了想，暂没提那本书的事，"没事，可能我搞错了……不好意思。"

"没关系，对了，我也正想找你，我的新书刚出版，最近要开发布会了！"

"啊，恭喜恭喜！是什么书啊？"

"你没看我朋友圈和微博吗，我画的科幻漫画，火星题材哦！"

"科幻……火星……哦，是那本啊……"我隐约想起来，好像是看到她出了一本叫我的什么火星的漫画，本来以为只是象征性的字眼，想不到还真是关于火星的！我颇感诧异，沈淇平常画的都是些"古言"或者都市类的恋爱题材，怎么想到画科幻故事？难道是受她父亲的影响？

"嗯，就是那本，最近出实体书了，首发式就在南川的星光书店举行，想请科幻圈的大咖评点一下，所以就想请你过来一趟，不知宝树君能否赏光？"

我问了下时间，正好也没别的事，就答应了。这两年因为疫情等缘故，我一直也没去过她重开的星光书店，这次正好可以回去看看。另外编撰选集以及为她父亲作传的事，若干具体事宜我觉得也有必要和她面谈一下。

这些日常琐事，说起来似乎已经和《我们的科幻世界》中的事件没什么关系了，不值得记述。但谁能想到，我原以为已经告一段落的神秘事件，原来不过是冰山露出海面的一角，而这次南川之行，竟会牵扯出背后更年代久远、更不可思议的秘密……

它关乎我们所熟悉的世界上的一切，也关乎另一颗我们从未真正了解过的行星；关乎渐行渐远的二十世纪，也关乎数十亿年前的往昔……

2

那天跟沈淇通话之后，我随即便查到，她新出的漫画叫

《我们的火星人》，大意是讲，一个十六岁的少女被选中成为宇航员（！），去火星考察，遇到风暴，被火星人所救，火星人其实是一个上古火星文明创造的、长生不老、容貌俊美的机器人（！！），二人在火星上展开一场浪漫的冒险之旅。少女回到地球上以后，火星男神竟然也跟来了，用超能力化身为XX集团霸道总裁（！！！），又找到少女，再续前缘……

说到这里还只能叫"我的火星人"，为什么叫"我们的"呢？这就是故事的创新之处了，原来火星男神的性别也可以变化，瞬间可以变成美艳不可方物的御姐（！！！！），这就吸引了另一个天才少年，让他倾心爱慕。三个人展开了复杂的三角恋爱，火星人有时候以男性的身份和少女宇航员谈恋爱，有时候以女性的身份被少年科学家追求……其间还有上古火星人复活，企图统治地球的伏笔，不过还没展开。

这个故事好像还挺火爆，在网络平台上连载时，点击率很高，但我看了简介，只觉得一个头两个大。我觉得这种书和科幻的关系纯属挂羊头卖狗肉，叫我当嘉宾，还要准备发言，真不知说什么好……

又过了两天，沈淇给我寄来了一套《我们的火星人》，一共三册，还只是第一季，看得出她画的人物场景还是很精美的，不过故事实在太言情风，直到踏上回南川的旅程，我连第一本都没翻完。

就在去南川之前，我收到了另一本和火星有关的书：阿东莫夫寄来的那本《战神的后裔》。如他所说，除了扉页那几行字外，书上并没有别的字迹可以作为线索，研究价值不高。

不过这几句话倒是越琢磨越有意思。"庄周梦蝴蝶，蝴蝶为庄周"出自李白的《古风》，讲的是人生如梦，变化无常，"CARPE DIEM"是一句拉丁语格言，意思是"把握当下"，虽然都不算生僻，但一位八十年代的女性能信手写来，这位"飞琼"的文化水平无疑是相当高的，不会是普通人。还有那句神秘的"从火星回来"，又是什么意思呢？即便与沈星光无关，背后也应该有一个有意思的故事吧？

而假设这个"星光"就是沈星光，那么"十年了"便指向一九八四年的十年之前，正是沈星光"空白"的那些年……这位女子，应该是在那段神秘岁月里和沈星光相识的人，而这一切，便和那消失的十年有关了……

我带着这些问题上了飞机，也带上了那本《战神的后裔》，想也许应该拿去给沈淇看看。路上无聊，先是拿出沈淇的漫画翻了翻，但还是看不下去，又翻开了这本八十年代的科幻小说，却多了一些思绪。这本书我年少时就已读过，讲的是二十一世纪末，主角薛印青等一批热血青年开垦和建设火星的故事。小说娓娓道来，细节丰满，还穿插了发现远古火星人化石的故事，但最大的包袱却是在最后：薛印青在返回地球时，遇到了一个黑洞，被吸入其中，结果竟然回到了一百年前，也就是一九八三年的地球，周围人对他所说的关于火星的一切，只当成是天方夜谭。故事以薛印青被困在了这个时代的悲剧结局而告终。

《战神的后裔》的雏形，是郑文光发表于一九五七年的短篇小说《火星建设者》，最初的故事时代设置在二十世纪末，不过到了八十年代再改写这部作品，这个时间点就显得不切实际了，所以不能不再往后推一百年。而主角最后被抛回到一九八三年的世界，又反映出科幻中神奇绚丽的未来与平淡落后的现实世界之间的错位。我感觉，飞琼送给（沈）星光这本书，让他"从火星回来吧"，或许也与之有关，也许是劝他不要再沉溺于科幻小说里的虚幻世界？

下飞机后又换乘汽车，路上不巧堵车，下午三点才到南川的星光书店。这家和我渊源颇深的书店大变样了，已经不再是前几年来看到的酒吧模样。听司机说，因为是美女漫画家沈淇开的，加上装修布置很有特色，这里已经成为一个小有名气的网红打卡地，很多年轻人还特意从上海、杭州等大城市赶来玩。

当我走进书店时，发布会已经开始，里面乌泱泱的都是人。我也来不及细看书店新貌，就被工作人员拉到了前头的嘉宾席上。一个长发且胡子拉碴的艺术家正面对观众发言，谈沈淇这部作品的创新之处，充满了各种专业词汇，什么分镜啊，构图啊，我也听不太明白。扭头便看到沈淇坐在嘉宾席的另一边，穿着某种银光闪闪的宇航服，科幻风十足，扮相就好像是书里的那位少女宇航员。她也不方便过来说话，只是对我点头致意。

漫画家讲完，下面就轮到我了，主持人简略介绍了我的身份，把我请上台去。我这次也没怎么准备，上了台，看着下面一双双眼睛凝视着我，不觉有些心慌，依稀记得坐的位置就是二十多年前和沈伯伯经常坐下来聊天的地方，小沈淇常常从我们身边擦肩而过，但当年哪里能想到今天会以这样的方式回到这里？

我收拾心神，清了清嗓子说：

大家晚上……不是，下午好，今天我很荣幸，被邀请来参加沈淇小姐新书的发布会，我是沈淇小姐的忠实粉丝，是读着她的书长大的（这个笑话下面居然也没几个人笑，沈淇好像还白了我一眼），这部《我们的火星人》呢，是结合科幻和漫画的一部创新之作。它继承了科幻中火星人故事的传统，让我想起威尔斯的《世界之战》、埃德加·巴勒斯的《火星公主》以及雷·布拉德伯里的《火星编年史》，当然还有我国的郑文光先生的《战神的后裔》，等等，但是大家知道，为什么在科幻中，关于火星人的作品如此繁荣呢？

没人说话，其实在场观众大部分都是年轻女孩子，我怀疑可能都没几个人听过这些名字，不过也只好硬着头皮说下去——说了一堆更没人知道的名字：

这要从上个——不，上上个——世纪说起了。一八七七年，那是一个火星的大冲年，当时意大利的天文学家斯基亚帕雷利用望远镜在火星表面看到了几组纵横交错的奇特线条，他认为这些是"水道"，并绘成图形。他的研究很快引起了其他人的兴趣，各国天文学家一一跟进，并相继肯定了他的发现。特别是法国的弗拉马利翁、美国的皮克林和洛威尔的研究，影响力非常大，把学界对火星"水道"的兴趣传播给了大众，后来就传成了所谓的火星运河。人们认为，这是火星人挖掘的人工水道，证明火星上有高度发达的文明！

听众还是没什么反应，不过这是我讲过好几次的题目，倒也渐渐说得流畅了：

　　洛威尔是火星文明说最热烈的鼓吹者，在十九、二十世纪之交，他接连出版了三本书：《火星》《火星及其运河》《火星：生命的居所》。在这些著作中，洛威尔将火星的运河和大气层、极冠等自然现象联系起来，以丰富的想象力勾勒出火星的生态系统，比如北半球夏天时，北极冰消雪融、极冠缩小，水流沿着河渠流向赤道，滋润北半球的植物生长；而半个火星年后北半球陷入冬季，南极的冰雪又融化，南极流出的河渠水位上涨，令南半球的植物欣欣向荣，火星人因地制宜，将河水通过运河引到农田中，灌溉了一个个绿洲……

　　今天我们大概很难想象，这些不是科幻小说，而是认真的科学假说。科学家既然都把这当成正经的科学理论来讨论，经过书籍报刊的宣传，普通人民当然就更相信这是事实了。这就出现了历史上一个前无古人、后无来者的奇特局面：从十九世纪后期到二十世纪中叶，有七八十年之久，从知识分子到受过教育的一般公民，许多人，甚至可以说大部分人，都相信火星上有智慧生命存在！直到六十年代美国的水手系列探测器掠过火星，拍到了荒芜的表面，才终结了这种盛极一时的假说。

　　人类对火星的兴趣，一时之间远远超过其他任何外星球。关于火星的科幻小说如雨后春笋一样冒了出来。最初，还只是相对简单的讽刺或奇幻故事，故事里的火星人就和小精灵差不多。不过到了一八九八年，科幻大师威尔斯出版了一部石破惊天之作《世界之战》，他笔下的火星人是对人类毫无同情心的异形生物，他们跨越太空，对地球发动了残酷血腥的侵略战争，几乎灭绝了人类！可以说，这是人类第一次感到外星文明的神秘、强大与恐怖，从某种意义上来说，现代科幻小说就诞生于对火星人的想象。因此——

我刚刚进入状态，工作人员却在下面开始按铃，无情地提示我，时间已经差不多了，的确，刚刚是我之前讲过的主题报告《火星科幻发展史》的开头部分，真要讲完得讲上一个多小时，现在当然不好喧宾夺主，我只好刚开头就匆匆结尾："因此……因此……沈淇小姐的这本新书《我们的火星人》传承了百年火星科幻史的精神，又赋予了它新的时代内涵和青春气息，我相信这部作品，一定能让大家拥有前所未有的阅读体验，以及对世界和人生更深刻的思考！谢谢！"

用这种东拉西扯的讲法，我避开了谈及压根没有看过的漫画，不过读者因此也没什么兴趣，下面稀稀拉拉响了几下礼貌性的掌声。

我刚下台坐定，掌声忽然雷动起来，欢呼声也随之响起，比刚才响亮十倍。原来是沈淇本人上台致辞。

3

沈淇先说了一些答谢的话，然后深情款款地说：

……正如宝树君所说，这本书受到了之前一些科幻名著的影响。大家可能知道，我父亲是上个世纪的一位科幻作家，写过一些有影响力的作品，这家书店也是多年前他开的；很惭愧，父亲的作品大都非常深奥，我现在也看不太懂。不过我记得小时候，就在这家店里，父亲经常把我抱在大腿上，给我讲故事，其中就包括许多火星和火星人的故事。我有时候问他："爸爸，火星在哪里呀？"他就拉着我的手，到外头去，抱起我，指给我看挂在树梢或者墙头上的一颗红色星星……

沈淇说到这里，不禁眼睛红了，声音也有些哽咽。我也觉得眼眶有点湿润。那些小时候的温馨片段，当时只道是寻常，多少年后重上心头，却早已找不回来了。

沈淇擦了擦眼睛，继续说：

虽然爸爸用心教过我，但即使到了今天，我还是在天上找不到火星。不过，火星在我心中一直是一个神秘而充满魅力的世界，爸爸讲的故事每次都不同，火星也每次都变得不一样。有时候上面挤满了驾驶着小飞碟，随时准备入侵地球的小绿人；有时候坐落着一些神秘的金字塔，能让人产生幻觉；有时候又仿佛只有漫天灰尘，但每一粒灰尘，都是一只会飞的小虫，它们一起组成了云团般的火星人……

这让我感到有些吃惊，沈淇这里说的几种火星人的想象，虽然经过几次转述不太确切，但应该是出自威尔斯的《世界之战》、温德鲍姆的《火星奥德赛》和斯特普尔顿的《最后和最初的人》。特别是后面两部，在国内相对冷僻，今天的科幻读者也不一定熟悉。想不到沈伯伯数十年前就可以信手拈来。

　　但我记得，我最喜欢听的还是"火星公主"的故事。我让爸爸一遍又一遍地讲，甚至开始自己给自己讲。我想象着飞行船掠过沙漠中的古老城堡，美丽的公主在运河边徜徉，勇敢的骑士在和庞大的独眼怪兽作战……这个故事给了我最初的启发，我想既然有火星公主，那会不会有一个火星王子呢？这个构思虽然幼稚，但和其他许多火星故事元素结合起来，在我脑海中浮沉了许多年，终于成为今天的这部《我们的火星人》。所以虽然出版公司劝我在上海或者北京开首发会，但我想，一定要回到南川，一定要在这里，在这个梦最初诞生的地方！

掌声再次雷动。我也不禁反思，自己是否有太多成见，其实沈淇对科幻文学的了解比我想象中深入许多，也的确吸收了许多养分，不过是换了一种形式表达，比我们那些同样是套路的平庸科幻小说，也许还更有生命力呢！我想回去以后，要仔细看一看她这部漫画。

沈淇的讲话不长，一会儿就到了最后的签售环节。书店里也摆了几本我的小说，也有二三十个读者找我签名。不过我很快签完了，沈淇面前的长龙却一点没缩短，看样子起码要签一个多小时。

沈淇在签书时，我就在书店的其他地方逛了逛，果然星光书店被沈淇搞得颇具匠心，分为"科幻区""奇幻区""二次元区"等几个区域，每个区域的装修风格都不一样，比如科幻区做成了类似一艘宇宙飞船内部的布局，有舰桥、控制台和舷窗等，窗外还有宇宙奇景；奇幻区与之有一条走廊连接，是一片幽深的魔法森林的样子，《魔戒》《哈利·波特》等名著就藏在一个个"树洞"里；二次元区又采用了投影，有许多动漫人物在书架边上起舞，仿佛进入了ACG的世界……虽然只有二三百平方米的面积，但巧妙运用几面镜子的反射，构成大得多的视觉效果，仿佛蕴含无数个神奇世界，难怪那么多人来打卡。

我自然对科幻区更感兴趣一些，信步走来。这里的科幻书籍着实不少，比许多大型书店收得都全，可见沈淇颇费了一番心思。不过这时候没什么读者，所有人都跑去排签名了，只有一个头发花白的妇人拿着一本小书低头在看。

"《我们的科幻世界》！"我瞅了一眼，不禁脱口而出。她拿着的这本书，正是我新出的那本《我们的科幻世界》。

我的声音不大，但妇人已经听到，抬起头看我。她脸上不少皱纹，显然已经上了岁数，但五官秀气，年轻时应该相当漂亮，衣着打扮也相当光鲜。她声音尖利地问："侬就是宝树伐？各本书是侬写的？"似乎带一点上海口音，本地很多人都是这样的，说话的时候喜欢往上海话靠。

刚才我在台上讲话，这位老阿姨显然看到了，所以知道我是谁。不过看来她之前就听说过我，现在还在读我的书，我不禁略有些得意，虽然这个年龄的读者不多见，但比起沈淇的那些少男少女粉丝来，这才彰显出真正的影响力嘛！

"对的，"我亲切地说，"我就是宝树，您是要签——"

老阿姨却从鼻子里发出一声冷哼，瞪了我一眼，放下书，扭头走了。

我呆了一下，觉得脸上发烧。还好没人看到，真是个怪人！

活动结束后，晚上由出版公司和沈淇一起宴请我们几个嘉宾。沈淇坐在另一桌，敬酒的时候和我聊了几句。我恭维道："今天你的演讲很动人，效果特别好！特别是沈伯伯抱着你看火星的桥段——"

"什么桥段，都是真事！小时候我爸确实跟我讲过很多火星人的故事……"她犹豫了一下，告诉了我实话，"不过坦白讲，大部分故事我没怎么听懂，也谈不上喜欢。但还是印在了脑海里。所以这次想画点科幻的漫画，这一个个火星故事都冒出来了。"

"就像小时候爸妈教我背的古诗词，当时不懂什么意思，只觉得很难记，但过了很多年还会信口念出来。"我感慨地说。

"就是这样的……说到这个，你对火星的科幻小说还挺了解的，是不是当年我爸跟你也经常聊这些？你们聊起来，肯定比我和他聊得深入多了。"

"对，不过也不完全是……"一些模糊的记忆闪现出来。

我告诉她，当年沈伯伯带我入门科幻小说，的确和我聊过不少关于火星的科幻名著，不过后来我自己读了几本科普书就不太爱听了，我跟他说，这些都是过时的老黄历了，什么火星运河，纯属子虚乌有。自从当年美国的水手几号探测器飞过火星，近距离拍下火星表面的照片以后，早就发现什么都没有，前沿的科幻作家也就不爱写火星人的故事了。

至于说登陆和殖民火星的作品，虽然说也有不少佳作，但在动辄宇宙大战、时空逆转的科幻脑洞之中，也并不特别吸引人。当年罗宾逊的"火星三部曲"国内还没引进，沈伯伯推荐我去读《战神的后裔》，说这是一本很有意思的书。我读完后胡批了一番，说故事平淡无味，比《飞向人马座》差远了。沈伯伯有点不太高兴，说毕竟是孩子，等你长大了再看吧。记得从那以后，沈伯伯就不怎么跟我聊这些方面了。

"不过，"我说，"他老人家对我的影响一直在那里，这几年我回过头研究了火星科幻的历史，重温这些早期作品，觉得还是有很多了不起的地方，拿《战神的后裔》来说，其中有老一代科幻人开发宇宙的热情，也有残酷冷峻的现实思考，这主要体现在——"

沈淇的电话忽然响了起来，她说了声抱歉，接了电话，忽然之间露出为难的神色。"什么？明天吗？我觉得还是……好吧，那我跟他说……"大概是工作上的棘手事。

沈淇打完电话后又被几个出版公司的员工拉走了，去另一桌应酬，只对我说了一句："对了，还有件事，我待会找你啊……"

我想大概是给沈星光出书的事情，也没多想。过了一会儿，那男漫画家过来敬酒，我们聊了几句，原来这位老师也是西安人，我如今定居西安，共同话题很多，聊得还挺投机。他性子豪爽，动辄就要干杯，但身边大都是不太能喝的女士，便拉着我拼酒。我也是笑着半推半就，不知不觉中，越喝越兴起，被他灌了快两斤白酒下去，最后怎么回的房间，自己一点印象也没有了。

第二天早上醒来，已差不多快九点了。我发现自己竟然没有脱衣服，躺在床边的地板上睡了一夜，可见醉得有多厉害。

我晃晃悠悠爬起来，宿醉的头疼还在折腾着我。我回想昨晚的情形，最后一两个小时的事却怎么也想不起来了，心中惴惴，希望自己不要出乖露丑才好。

这时候电话忽然响了，是沈淇："宝树，你醒了吗？"

"刚醒，对了，那个我昨天……"

"你也太不知深浅了，和姚哥拼酒，中招了吧？他这人就没醉过，我每次和他吃饭，都得喝趴下一群人。"

"我还好，至少自己回房间了……"

"什么啊，你都喝断片了，我只好找了两个男生送你回来，你还抱着他们叫……"不知怎么，沈淇没说下去。

我只觉脸上发烧，还好沈淇又转了个话头："对了，昨天我后来跟你说的你记得吗？"

"你后来跟我说的……什么？"

沈淇叹了口气："就知道你不记得了，你待会能不能过来一趟？"

"好啊，谈出版选集的事吗？"

"不是，是……"沈淇好像有点为难，但还是说了出来，"我妈要见你。"

我一个激灵，残存的酒意一下子散得无影无踪。"你妈？要见我？！"

"嗯……"

"不是，你妈怎么在南川啊？"我印象中，沈淇妈妈好像是在日本开一家中餐馆。

沈淇叹了口气，说："日本最近不是疫情严重么，中餐馆也开不下去了。我妈就先回国待一阵，刚结束隔离。我本来忙着发布会的事，让她先在上海住着，找老姐妹叙叙旧，但她还是提早两天过来了。"

"那她要找我，是……"

沈淇幽幽地说："还不是上次咱们那事，你还写成了文章……我妈看了很激动，一定要找你谈谈……"

"上次咱们那事……"

我最初丈二和尚摸不着头脑，但忽然间就想通了。这不是和尚头上的虱子——明摆着么！岁月不饶人，沈淇转眼也三十来岁了，一直没结婚，她妈当然很惦记这事，我谢宝树也是大龄未婚青年，小有名气的作家，和她青梅竹马……也许算不上，但那次我们在南川重逢，发现彼此关系匪浅，还在酒店房间里暧昧地待了一晚……按老一代人的观念来说……

我心神一乱，就没听清沈淇下面几句话说的是什么，只听到最后几句："……这事你别怪我啊，都是我妈逼的。"

"你妈逼的……不，我不是说你妈，我是……"我越说越乱，好容易才冷静下来，"那我一会儿就过去，回头见！"

我挂了电话，抱怨了一声："这些当父母的，怎么老是催我们年轻人呢？烦死了！"我赶紧去冲了个澡，又刮干净了胡子。

梳洗打扮一番，我又换了套衣服，出门买了两盒上千块的高档补品，按照沈淇发的地址，来到了星光书店旁边的一处小院，这是沈淇安置的新家。

沈淇已经等在了门口，看我提着大包小包上门，又惊奇地瞪大了眼睛。我也有些不好意思，欲盖弥彰地解释说："阿姨不是刚隔离完吗，那个……得吃点好的补补。"

沈淇不知道能不能理解这个逻辑，我一边换鞋，一边问她："对了，阿姨怎么称呼？"

"我妈姓茅——茅山的茅——叫茅丽敏。"

"茅阿姨好！"我从门口走进客厅，弯下腰，脸上挤出一个谄媚的微笑，但笑容顿时就僵在了脸上。

4

沙发上坐着的，正是昨天书店里那个怪怪的老阿姨。此时，她面前的茶几上，还放着我那本《我们的科幻世界》。她听到我进来，抬起眼皮审视着我，眼神十分锐利，仿佛要扎进我的五脏六腑。

"侬就是宝树啊？"茅阿姨看了半天，说了句和昨天差不多的话。

"啊，是……"我努力维持笑容，点头哈腰地说。

"妈，你先让人坐……"沈淇有些窘迫地说。

茅阿姨一挥手，让她别说下去。她一不问我父母籍贯，二不问我工作收入，三不问我家楼下车位多少钱，而是指着桌上的书问："各本书是侬写的伐？"

我点了点头，心中隐隐觉得有些不妙。

果然茅阿姨眼睛一竖，发了飙："各个事体侬哪能好乱写的？侬晓得吾同淇淇爸爸为撒要离婚？侬写得吾好像是嫌贫爱富，崇洋媚外，侬哪个眼睛看到的就瞎刚八刚？写文章要负责任的侬晓得伐啦?"说着眼睛都红了。

我被她一串连珠炮般的上海话打得溃不成军。虽然没全听懂，但也明白自己全然会错了意：当年沈星光在"清污运动"中受到打击，工作也丢了，回到老家南川，上海的妻子不愿跟来，抛夫弃女，离婚后远嫁日本。这个重要的事件，我在文中不能不提，就简略写了一小段，没有什么褒贬的议论，但显然沈淇母亲的形象不怎么光彩，她看了能高兴才怪。

这篇文章发表前，我也考虑过可能会侵犯沈淇的个人隐私，征求过她的意见。但沈淇同意了。她说自己最想要的就是给父亲正名，至于她年少时的幼稚想法，不论是否真和父亲的去世有关，写出来也是了了她的一桩心事。所以我还是发表了，但忽略了她母亲的问题。

沈淇见形势不妙，过来劝解说："妈，你别生气了，宝树他也没有恶意，只是不了解情况……"

"伊勿了解，勿了解就可以瞎三话四? 侬个小囡，各都拎勿清，脑子瓦特了……"茅阿姨把她也骂了进去。

我尴尬万分，如坐针毡，只好连连道歉，说自己考虑不周，下次一定删去，有必要的话，我还可以在媒体上公开澄清。

茅阿姨骂了半天，心情平复了一些，挥了挥手，改用稍显生涩的普通话说："算了，我都这把年纪了，别人说几句也没什么，反正人家也不晓得我是哪个。但是，这件事你写得不对，我知道你和淇淇爸爸当年是忘年交，写他当然是千好万好，但背后有很多事，你不晓得，连淇淇都不晓得。"

"是，是。"我只有唯唯诺诺。沈淇却问："妈，有什么是我都不知道的?"

"当年我们离婚的原因很多，但最重要的一点是……"茅阿姨犹豫了一下，还是说了出来，"你爸爸，是他自己有外遇！"

就这样，在我和沈淇的极度惊讶中，茅阿姨告诉了我们一段尘封多年的往事。

一九八一年春，上海。时年三十七岁的机电二局电子工程师、科幻文学界新星沈星光，与同事介绍的对象、二十五岁的公共汽车售票员茅丽敏喜结连理。从今天的角度看，双方的社会身份似乎有些差距，但在那个朴素平等的年代也很正常。茅丽敏虽然学历不高，但年轻漂亮，而且精明能干，同事们都觉得是沈星光占了便宜。

二人结婚后，一开始倒也和美。茅丽敏虽然不爱看书，更不看科幻小说，但对丈夫是一个知识分子，文理双全，还是十分骄傲的。沈星光也十分疼爱年轻的娇妻。第二年，茅丽敏生了一个女儿，取名沈淇。但女儿出生后不久，当年秋天，沈星光意外出了一场车祸，得了脑震荡，在医院躺了个把月。

车祸本身并不能说太严重，但车祸后，沈星光的性情起了变化，经常神情恍惚，工作上的事情连连出错，对家里也不管不顾，口中还常常念诵着"火星""飞船""轨道"等奇怪的话，似乎是在构思什么科幻小说。茅丽敏一开始也没太上心，但这些话中间却夹杂着一个人名，其频率之高让她不能不有些在意："feiqiong"。

"什么？"听到这里，我惊呼出声，一定脸色都变了。

"你怎么了？"沈淇诧异地问我，"难道我爸跟你提过这个人？啊，对了！你不是——"她显然想起了我曾经问过她是不是知道这个"飞琼"。

茅阿姨也狐疑地看着我们。"你们是不是知道什么？伊同拿刚过？"

"不是，阿姨……"我也不知道怎么说，"最近我确实查到有这个人，但也就是一个名字，其他的事一点都不知道的。我问过沈淇，她也不知道。"

"老高！高远！是伊刚把侬听的对伐？"

"高……谁啊？"我不明就里。

"沈星光的老同事……不过……应该不是他，要是他肯定什么都告诉你们了。"

"的确不是……阿姨，您继续说吧。"

茅丽敏最初还以为丈夫在构思小说，又或者是以前的普通熟人，但有一次，听到他在梦中说着什么：飞琼！等我，我会回来找你的……呜呜，可是我回不来了，回不来了啊……"做梦竟然都泪流满面。

她听到丈夫说这些梦话，听得满腹狐疑，后来她实在忍不住，质问了沈星光几句，沈星光支吾不答，反说她无理取闹。二人大吵一架，不了了之。

茅丽敏并没有放弃，她找到沈星光的一个老同事高远，单刀直入，问那个飞琼是谁，高远支支吾吾了半天，但终于告诉她："飞琼"全名叫萧飞琼，是当年他们在一起的同事，十多年前，沈星光和她处过对象，二人本来已经在谈婚论嫁，但因为萧飞琼的父亲是"反动学术权威"，在"文革"中受到冲击，二人被迫分手，后来调动到了不同的城市，断了联系。沈星光因此也郁郁寡欢，单身了好些年，快四十了才结婚。萧飞琼则似乎早几年结婚了，目前在北京某医学研究所工作。

茅丽敏明白了，沈星光还有这件往事，本来过了好些年，大概已经埋藏在心底。但因为上次的车祸，脑震荡好像把他的记忆震活了，让他翻起了心中从未忘却过的旧爱。

女儿刚刚出生，丈夫似乎也还没有真正出轨，茅丽敏本来想忍了这口气，慢慢等沈星光平复下来，沈星光那边也收敛了一些，大概高远和他也通了气。到了第二年春天，一次，她看到沈星光的笔记上记有一个学术会议的时间地点等信息，那个会议是医疗技术方面的，她虽然只有中学学历，也看得出来和沈星光搞的卫星设计没什么关系，又想起萧飞琼好像是这方面的专业人士，她心中嘀咕，难道是那女人要来？虽然总觉得是自己想多了，但她怎么也放不下这个猜疑。

事实证明，茅阿姨的直觉惊人地准确。那个周六，沈星光说要去开会，中午不在家吃饭，但他眼神闪烁，口气虚浮，一看就有问题。茅丽敏把孩子委托给邻居阿嫂照看，自己也跟了上去。沈星光上了一辆公共汽车，茅丽敏从后门也上了车，中间转了两趟车，沈星光神思游荡，完全没有注意到妻子在后头跟着。

汽车停在了华东交大门口，沈星光下了车，往大学里走去。进学校要出示证件，外人不让进。沈星光大概给门卫看了自己在科研单位的工作证，登记了一下就进去了。茅丽敏着了急，这时候正好有个男青年要进门，她便紧跟在青年身后，想要装成是同伴，一起进去。

门卫却并不好糊弄，对她说："同志，干什么的？证件呢？"

男青年以为在问自己，说了句日语，拿出了一个红本本，好像是留学生的学生证。茅丽敏反应过来，这应该是个日本留学生。改革开放好几年了，来上海的日本人着实不少，她在公交公司也培训过几句三脚猫的日语，当时灵机一动，也用日语说："初次见面，请多关照！"

日本青年一愣，用日语问了几句，茅丽敏也听不懂，继续说着似通非通的日语，一边笑着往里走，门卫见二人用日语交谈，以为都是日本学生，也就没拦着。茅丽敏进门后，对日本人说了句"思密马散（对不起）！"，不好意思看他，低着头就去寻找沈星光了。

沈星光也没走远，茅丽敏跟着他，不久后到了一个会堂之前，这时正好散会，许多人在说说笑笑往外走。这时候，茅丽敏见到了萧飞琼。

之前，她自然从来没见过萧飞琼，无论是真人还是照片。只知道萧飞琼既然是沈星光的老同事，那起码也年近四十了。视野中这个年龄段的女同志并不少，但茅丽敏一眼就被边上一个衣着朴素却神采飞扬的女子所吸引。她感到，这一定就是萧飞琼了。她梳着齐耳短发，戴着一副眼镜，穿着简单的白衬衫和碎花棉布裙，手上拿着几本厚厚的书，并不算特别漂亮，眼角的鱼尾纹也显出了年龄，但那种宁静优雅的气质、充满书卷气的目光，却让自信年轻美貌的茅丽敏打心眼里觉得妒忌和自卑。

"从那一刻起，我就死心了，我知道自己在他心里比不过她，永远也比不过。"茅阿姨惨然说。

5

茅丽敏没有猜错，沈星光当即迎了上去，萧飞琼看到他，似乎很惊讶，茅丽敏远远地不知道他们在说什么，想必是久别重逢的惊喜吧。总之，过了一会儿，两个人肩并肩，往另一个方向走了。

茅丽敏想追上去问个究竟，但她心里已经气馁，越来越冰凉，只觉得浑身无力，一屁股坐倒在地上，悲从中来，呜呜哭了起来。

"小界，你美事吧？"一旁有人怪腔怪调地问她，茅丽敏泪眼蒙眬地抬头一看，正是刚才那个日本留学生。茅丽敏反而哭得更伤心了。那个日本人手足无措，也在她身边坐下，递了张手帕给她。不知怎么，茅丽敏这时特别脆弱，特别想要向人倾诉，竟然说出了自己丈夫出轨的事，这留学生很有同情心，怕她出事，陪了她好半天，临走时双方互留了联系方式。

后来的事，茅阿姨就几句话带过了：回家后，她和沈星光狠狠吵了几架，夫妻关系濒临破裂。与此同时，那个日本留学生又来看她，对她展开了暧昧的追求，茅阿姨抱着报复丈夫的心态和日本人交往起来。沈星光后院起火不说，工作上也屡出差错，又因为写科幻小说的事受到批判，成了过街老鼠，最后在单位里待不下去，回了原籍南川。茅阿姨则离婚去了日本。

茅阿姨说到后来，已经是一把鼻涕一把泪。我听了也是一阵感慨。夫妻间的事，果然有许多不足为外人道的细节，我上次的说法的确很不公允，但谁能知道背后还有这么多事呢？

茅阿姨哭了一阵，慢慢平复下来，对我说："当年的事，我并不是没有错，扔下淇淇走掉，我这个当妈的始终是有罪过，但如果不是有萧飞琼的事，哪怕她爸爸受到再多冲击，我都会陪他一起走下去，你明白吗？"

我连连点头，不过沈星光与萧飞琼之间不知是怎么回事，又问茅阿姨详情。茅阿姨有些不耐烦，说："这些事我不知道——就算知道也恨不得忘掉。我只知道，他们在六七十年代谈过好多年朋友，后来不知怎么就断了，一九八三年那次见面，有没有后续，我也不清楚，不过到离婚前，我没发现他们还有往来。"

　　"那……"我想起事件中另一个若隐若现的人物，"那个高远，你后来还有联系吗？"

　　茅阿姨摇头："没有了，我出国以后几年，除了跟父母，其他亲戚朋友都断了联系，更何况，高远也不是我的朋友，是沈星光的……不过好像后来他们也闹翻了。"

　　"那是怎么回事？"

　　"好像是因为工作上出了什么岔子吧，那时候我已经在和沈星光办离婚了，他的事情我也不想多问，不知详情。"

　　"那高远后来……"

　　茅阿姨不耐烦地说："不是说了，后来就再也没见过了，算起来已经快四十年了，也不知道他还在不在世。"

　　的确，高远既然是沈星光的老同事，如果二人年纪相仿，那起码也有七八十岁了，近四十年沧桑巨变，还在不在人世的确难说……

　　过了一会儿，我告辞出门，沈淇送我出来，一边问我："你不是要给我爸写传吗，那萧飞琼的事怎么写？"

　　我小心翼翼地说："这个你放心，我不会乱写的。反正也就是一两万字的小传，主要讲他在科幻上的成就，私生活不用写那么多……"

"那怎么行，这样人物形象就不够丰满了呀。"

我扭头看她，只见沈淇微微笑着，目光狡黠，一副很八卦的样子。我倒是有些意想不到："原来你也想知道？"

"我爸人生中这么重要的一个女子，我之前竟然半点都不知道，当然会好奇嘛。"

"那你妈那边……"

沈淇叹了口气说："这事当然不能跟我妈细说，不过我真的很好奇，这个影响了我们家所有人命运的女人——对了，某种意义上也影响了你的命运——到底是什么人呢？和我爸又有怎样的感情纠葛？"

"这件事，也许还不光是男女之情那么简单……"我说。

"怎么说？"

我告诉了她那本赠书的事，沈淇大感兴趣，当即要来赠言的照片看了一番，说："没错，这背后肯定有一个非常有意思的故事……但从何查起呢？"

"你爸爸的手稿里会不会有线索？不管是小说、日记、笔记还是书信……"

沈淇的脸上露出愁容，长叹一声："你忘了么，那年我已经把他所有的手稿都塞进梦之箱，扔进河里了，这些都没有了。"

"那不只是和梦之箱有关的技术手稿吗？"

"我那时候哪分得清楚啊！精神状态也很不稳定，根本不敢看他写的是什么。其实这两年我也想找到一些爸爸留下来的文字，多了解他一点，但是几乎找不到什么了。"

那年沈星光意外去世，沈淇受到强烈刺激，做出非理性的举动，不能用常理去看待，我无奈地说："那如今也没什么好办法，只好问一位什么都知道的百晓生了。"

"谁这么厉害？"沈淇好奇地问。

"百度……"

的确，如今搜索引擎可以说是必不可少的利器。我先搜了一下"萧飞琼"，叫这个名字的人不多，大部分是玄幻修仙小说里的人物，真实的人寥寥无几，似乎也没有年龄、身份能对上的。

又搜了一下高远，这个名字就太多了，百科上有相关条目的人物超过三十个。我想这个高远，大概是近二十年前就退休的普通老人，网上未必有多少信息可言。不过我试着结合了几个关键词缩小了一下范围，却顿时瞪大了眼睛。

一九四〇年代出生、曾在上海机电二局工作的高远，竟然是个重量级的大人物。他在航天系统中发展很顺利，一路升迁上去，十几年前以副部级待遇荣休，还有几个含金量极高的头衔，如中国工程院院士、享受国务院特殊津贴专家、航天科学顾问委员会副秘书长等等。虽然不是公众知道的名人，但在相关行业中肯定是响当当的。

我给沈淇看高远的条目。沈淇也眼睛一亮，问："那我们怎么才能找到高远呢？"

我胸有成竹地说："高远是搞航天的，航天机构我的朋友不少，应该可以问到。"

之前有几个科幻作家与航天专家对谈，或者走进中国航天基地之类的活动，我的确加了十个八个业内人士的微信。想按照六度原理，找一个同系统的老人有什么难的？不过真的一问，发现完全不是这么简单。我认识的人和他都差了好几层关系，中间的一些人本身就是相关单位的高层领导，很难联系上。何况这个部门对涉密问题极其敏感，最警惕的就是外人打听来打听去，谁知道你要干什么？这种事也不可能跟别人一一解释。

费了很大的劲，我只打听到他晚年多病，住在京郊一所非常高级别的疗养院里，也不怎么见外人。我相信只要有人带个话，他未必不愿意见见老同事的女儿，但问题是找不到能带话的人。不软不硬吃了几次钉子后，我感到实在不能再问，否则没准会被当特务给逮起来。

我束手无策，只好跟沈淇讲了一下情况，退而求其次，在沈星光的藏书和遗物中翻找，想看看有什么线索，但一无所获。不，说一无所获也不确切，也确实有些有趣的发现，但应该和这次的事件没有任何关系，关于这些发现以及后面的故事，以后有机会我再报告给大家。

如果一定要说有什么收获，那就是以下这件事：见茅阿姨的那天下午，我收到一条微信，是我高中时的班主任沙老师发的。读过我上一篇记述的朋友应该还记得，沙老师对我不错。他问我是不是又回南川搞活动了，有没有空去他家里坐坐。

我略感愧疚，这次回南川有几天了，因为忙着沈家的事，也没想到去看看自己老师。我忙回复，和沙老师约了时间，当晚就上门拜访。刚坐下，沙老师就拿出一本书来，说要请我签名，正是我那本《我们的科幻世界》，里面还按语文老师的习惯圈了重点段落，显然他是读过了。

我有些窘迫，毕竟其中写了我许多不堪的往事，还把他老人家写了进去，也不知他看了做何感想。正想解释几句，沙老师却说："宝树啊，我看了你这本书才知道沈老师的来历，以前竟然一直不了解。"

我听他这意思好像别有所指："您是说，您也认识沈星光沈伯伯？"

"算是吧，其实我们做过一年多的同事。"

我忙问端的，沙老师说，当年沈星光从上海回到这个浙江小县城，虽然说是受了批判，但也属人才难得，被南川一中要去当了物理老师。那一年沙老师本人刚刚大学毕业，也分到南川一中来教语文，二人共事了一两年。

我十分激动，问他还记得沈星光多少事情。可惜，沙老师知道的也不多。他说沈星光四十多岁改行，虽然知识水平不成问题，但不善于教书，学生总是抱怨他出的卷子题目艰深生僻，经常考不及格，而且那些知识点高考也未必用得上；有些学生因为分数低而怀恨在心，搞他的恶作剧，在讲台上撒沙子，扎他的自行车轮胎，甚至偷他备课用的教材。沈星光勉强待了一年多，就辞职了。又过了几年，沙老师听说他开了家书店，不过没有多少来往了。

这点信息让我知道了沈星光初回南川时处境的困窘，写传记的时候当然也能够提上一笔，但显然也完全无助于搞清楚沈星光和萧飞琼的神秘往昔。

6

逗留南川的那几天，我虽然没有太多发现，但和茅阿姨的关系却奇迹般改善了。原来茅阿姨要在南川住一段时间，但她谁也不认识，生活比较无聊。我忽然想起上次回南川的时候，遇到过以前住对门的金阿姨，她现在领着一帮退休老人在南川的中心广场跳广场舞，热闹得很。晚上我和沈淇就带茅阿姨去广场上玩，果然见到了金阿姨，我们介绍她俩认识，两个人都是老上海，一见如故。以后茅阿姨晚上就出去跟着老年团跳舞，笑逐颜开，对我也和善了许多。

我趁她心情不错，又问了一些沈星光当年的事。茅阿姨说，当年沈星光在哪个单位，她确实也不清楚，曾经问过，但沈星光说是绝密单位，有组织纪律，不能透露。茅阿姨还耍过几次性子，最后见他实在不肯说也就算了，还觉得这人憨直可爱。不过，后来得知那段时间沈星光应该是和萧飞琼在一起，茅阿姨又觉得这种保密或者另有居心，又逼问过他一轮，但直到离婚，沈星光也没有松口。

还有一个问题，就是沈星光一九八二年九月份的那次车祸是怎么回事。茅阿姨说，当年没有监控视频，具体发生了什么也不清楚，听交警说，好像是沈星光好端端地骑着自行车上班，忽然东倒西歪，就像中风了一样，车子向边上溜过去。上海马路上何等车水马龙，一下子磕碰到了后面的一辆小轿车，人就倒下了。好在车速不快，没有出大事。虽然说主要是沈星光自己的责任，但单位还是报了医疗费用，对方还给了两百块的营养费。

至于具体起因，似乎是沈星光当时在攻关一个棘手的技术项目，加上还在写作，每天睡不到三四个小时，过于劳累而导致晕眩，这也是很常见的，并无可疑，所以也没有什么可以追查的地方。

转眼间，我在南川待了快一周，正事早已办完了，我觉得这么耗着不是办法，想要不要回家。不过这时候，一切忽然有了突破性的进展。

那天，我坐在星光书店的咖啡吧里，在网上查一些资料，沈淇风风火火地进来，一副喜上眉梢的样子，走到我面前说：

"收拾一下，我们要走了。"

"去哪儿啊，晚上有饭局？"我食指大动。

"什么啊，"沈淇扶额，"我是说，我已经联系上了高远老先生，明天下午四点钟去北京的疗养院见面，我们明天一早就出发吧。"

"联系上了高老？！你怎么做到的？"

"没什么难的，你不是查到他好像在香山温泉疗养院吗？我前天在抖音上直播的时候问了一下粉丝们，有个粉丝和我私聊，说她姐姐在那里当护士。我稍微花了点工夫，就通过她姐姐找到了高远。他一听说是沈星光的女儿要找他，非常高兴，说马上就要见我们。"

"这都可以？你到底有多少粉丝啊？"

"没多少，三百多万吧……"

"……"

"对了，你这两天查到什么没有？"沈淇问我。

我点点头，今天确实有些发现，能找回一点面子："今天我找到了一些新线索，已经有眉目了。"

"是我妈又告诉你什么了？"

"不用你妈说，我是想到一个非常简单的方向。高远和你爸是老同事对吧，所以只要在高远的履历上查到当年的单位，不也就知道你爸的单位了。"

"这前几天不是也查过，高远之前的履历也很简单，语焉不详的，就说在一个什么科学研究院工作，和没说一样。"

"一般网页是查不到，不过我托朋友搞来一套电子版的《中国航天技术编年史稿》，里面提到了高远，他当年可是在空间技术研究院的五〇一总体设计部，并且参与了'曙光一号'的设计工作！"

"什么曙光一号？"

"这个么，可是中国最早的载人航天飞船。"

"哦，就是杨利伟那个？不是叫神舟么？"

"不，"我叹了口气，"比杨利伟和神舟飞船要早很多、很多年……"

难怪沈淇一无所知，这段历史虽然已经解密，但了解的人还不多。

我国从六十年代中期，就秘密开始了载人航天的计划，在六十年代末专门成立了空间技术研究院，准备研制载人飞船，定名为曙光一号，同时开始选拔航天员进行集训。当时，刚刚起步的中国航天主要精力都用在卫星发射上，载人飞船研制进展十分缓慢。即便如此，到了七十年代中后期，也取得了若干成果，飞船有了总体设计，雏形已现，不少分系统都通过了地面试验和验收。当然，距离真正能发射上天还有许多关卡，最终因为财政困难，工程被迫下马。不过一些具体成果还是为二十多年后的神舟系列飞船打下了基础。

"原来是这样啊，"沈淇十分感慨，"想不到六七十年代中国已经在搞载人航天了，可惜没有成功，那么多航天员都没有机会上太空吧？"

"是的，等到第一艘载人飞船上天已经是二〇〇三年了，时间过去了三十年，他们也都老了。"

沈淇慨叹了几句，又回到正题："那我爸呢？他也在研发载人飞船？"

"不知道，这本书里没有提到他，就是高远在这个时期也就提到了一两次，在一大串的名单里，九十年代以后他在'921工程'——也就是神舟系列飞船的工程——中起到了比较重要的作用，相关内容才多起来了。不过从常理来说，你爸爸也参与早期航天工程的可能性很大，他后来搞卫星设计，也是属于航天部门的。"

"我爸爸一直保密，就是因为这个？"

"我想是的，那个时候工程虽然已经下马，但肯定还要求保密，按组织纪律来讲，不能向外透露。"

"那……有提到萧飞琼吗？"

"也没有，这本书今天我看了一下午，但只找到高远的名字，不过这也正常，参与工程的单位超过两百个，人物成千上万，不可能谁都有。"

"那还是去找高远吧，很多问题，只有问他了……"

第二天，我们坐高铁北上，奔赴京城。本来打算坐飞机，但现在高铁的速度和飞机也相差无几，又怕飞机晚点，所以选择了铁路。

和谐号动车组风驰电掣在时速三百多公里的轨道上，窗外的山水飞速掠过。我和沈淇有一搭没一搭地聊着天，她忽然问我："宝树，你说那个曙光一号，如果没有下马，不，如果说全力以赴去搞，能够成功吗？"

　　我想了想，说："这个问题我没研究，毕竟我也不是专家。不过从大背景来看，五六十年代的太空竞赛中，美苏都在飞速发展，一九五七年苏联第一颗人造卫星上天，一九六一年第一个航天员加加林进入太空，只用了四年左右，甚至到一九六九年阿波罗十一号登月……也就十二三年吧，现在看来真是不可思议的速度！我们的卫星上天其实也不算慢，一九七〇年就上去了，当年如果坚持载人航天，应该不是没可能成功吧？如果在七十年代中期我们就有载人飞船上天，比杨利伟早三十年，那可真是难以想象……"

　　"没准也就像高铁一样呢？"沈淇指了指窗外飞驰的景色，"当年我们也觉得这么快的铁路科幻小说里才会有，就算能搞出来，有一两条体验一下就不错了，要形成网络不知得多少年，但现在已经遍地开花了。但其他很多国家现在还没影子，我上次去美国，坐了趟火车，慢得像是穿越回了十九世纪的西部片……假如中国当年也因为一些负面问题放弃了高铁，那我们现在可能根本想不到这种生活是什么样子的。"

　　我默默点头，高铁的成功确实有不少偶然因素，差一点这棵科技树就没有生长起来。

　　"所以啊，你说，如果美苏，还有中国都像在六十年代那样拼了命搞航天，宇航能走到哪一步呢？也许今天人类早就到火星居住了吧？"

　　"这个么……我的确听说，美国六十年代有过载人登火计划，时间好像就放在八十年代初，真要全力以赴地搞，很可能登上火星，当然苏联等国也会追赶，宇航技术也许会迎来新的飞跃，那二十一世纪也许就会像《2001：太空漫游》里那样了……但话说回来，取消这些计划，偶然性中也有必然性，冷战时的太空竞赛，从经济角度讲一直得不偿失，主要还是为了地球上的政治需要，登月和太空站已经足够展示实力了。要走得更远，缺乏强大的动力，这和高铁完全不一样。”

“嗯，也是……”沈淇略有些失望，若有所思地望向窗外飞快消逝的风景，仿佛那是看不清的流光岁月。

7

我们下火车后立即打车，走了快两个小时，终于到了西郊的香山温泉疗养院。

这所京郊疗养院低调而神秘，依山傍水的风景佳处，坐落着几座雅致的小楼，门口和一些要道都有武警站岗，走几步就有人要看你的身份证或者核酸证明。

我们经过登记和查验之后，好不容易才走进一座小楼，还以为就要见到高远，谁料一位一身名牌、挎着古驰包的长发丽人走出来，大概三十来岁，把我们拦在走廊上，怒气冲冲地说：“我不管你们是通过什么不正当途径联系到我爸的，但他身体不好，疫情期间，不能见客，请你们不要骚扰他！我爸要有什么三长两短，唯你们是问！”

我和沈淇对视一眼，都没想到会遇到这一出，我说：“真不好意思，我们并没有别的意思，她父亲是高老的故交，想来问高老一些事而已。”

"我知道，不就是那个编故事给小孩看的什么科幻作家吗？"丽人居然也知道这事，还一副嗤之以鼻的样子，"你爸好像也死了很多年了，这事有那么急吗？我爸身体也不舒服，以后再说，你们走吧。"

沈淇勃然大怒，也不管她是什么身份。"你怎么说话的？你妈没教你懂礼貌吗？"

丽人好像成了一个被点着了的炸药桶，以和娇小靓丽的外形完全不符的分贝咆哮起来："干什么？你们还想在这撒野？保安！保安！"

我们很少见到这么莫名其妙毫不讲理的人，她一副狗眼看人低的样子，让我也怒火中烧，拿出手机就要拍摄。这年头，有什么纠纷都得先拍个视频，要不然哪说得清楚。

"拍什么拍？！不许拍。"丽人——不，泼妇——要抢手机，眼看就要扭打起来，几个安保人员已经火速赶到，把我们推到一边。

"让这些人滚！别来骚扰我的家人！"泼妇狠狠地说。安保人员也围了上来。

好汉不吃眼前亏，我拉了拉沈淇，沈淇却也发了牛脾气，说："我们是高老请来的客人，你有什么权力赶我们走？"

"我们家的事，当然我说了算——"

"琪琪！"忽然，一个苍老的声音从她后面传来，一个身材高大的老人在护士的搀扶下，颤颤巍巍地从卧房内走了出来。

我还以为他是在喊沈淇，一时没反应过来。泼妇赶忙去扶住老人："爸，你怎么出来了？"

"琪琪，让他们进来吧。"老人声音不大，却不容拒绝，然后又加了一句，"你也进来。"

高远年近八十，而且身体状况显然不是太好，走了几步路就在喘息。我开始觉得这女人说得也没错，也许这时候高老确实不适合见客。

我们跟着高远走进一间宽敞而有些陈旧的中式客厅，高远好不容易在沙发上坐定，慈祥地盯着我看了一会儿，感叹说："真像啊，像你爸年轻的样子……"

"您认识我父亲？"我奇怪地问，怎么没听说我爸还有这层关系啊？

沈淇干咳了两声。"高伯伯，我是沈淇，沈星光是我爸爸。"

高远一怔，笑了起来。"老了，糊涂了，我以为你们都是星光的孩子……那小沈，这位是……"

我不知该怎么说，那泼妇怀疑地说："爸，这人拿着手机东拍西拍的，没准是她找来的什么自媒体狗仔队，现在这些乱七八糟的人很多，为了点流量断章取义大肆炒作，你可千万别搭理。"

我还没想好怎么分辩，沈淇忽然落落大方地挽住我的胳膊："高伯伯，这是我的未婚夫谢宝树，也是我爸爸的学生，我们的事情，和他当然也有关系。"

我心中一跳，也顺杆往上爬："是，高老，我是沈老的学生，在那个科普作协工作，航天口也经常有往来，您单位空间科学中心的吴主任经常跟我提起您，我仰慕已久！"其实这吴主任我只是听过他做的一次报告，人家大概根本不认识我……

"好好，小伙子年轻有为……"高远笑了起来，"你们俩什么时候结婚啊？"

沈淇甜甜一笑。"都是疫情耽误的，本来今年就该办婚礼的，推到明年了。"

"要是你爸爸能看到就好了……"高远应该是想到故人，叹息了几声，"我孙子都九岁啦！对了，这是我的儿媳妇，陈琪。"高远把一旁还耷拉着脸的泼妇介绍给我们。我心想，还以为是你女儿呢，原来是儿媳妇而已，和她毫无关系的事，也不知道狐假虎威个什么劲……

高远下一句话，却解开了我这个疑惑："其实，是我叫琪琪来的，你们要打听的事，和她也有点关系——她的母亲，就是萧飞琼啊。"

我瞠目结舌，想不到我们一直要找的、不知多文雅知性的萧飞琼，居然是眼前这泼妇的母亲。

陈琪哼了一声，说："爸，你这话我就不爱听了，我妈和他们家有什么关系？早就没关系了。"

"历史是客观存在的，谁的主观意志也否定不了，当然，你母亲和星光确实已经没有了关系，不过这也是时代造成的悲剧啊。"

"按您这意思，敢情我就是悲剧的产物了？"陈琪嘲讽地说，又叹了口气，"就算他们曾经谈过一段吧，如今两个人都走了那么多年，还有什么好问的，我也是真不明白。"

我吃了一惊，我本来想通过高远找到萧飞琼，但没想到萧飞琼也已去世，难道一切秘密终将被掩埋吗？

我看了一眼沈淇，她显然也颇为吃惊，但随即冷静下来，说："高伯伯，一九八二年我父亲车祸后有脑震荡症状，然后就有很多奇怪的言行，包括去找萧女士……这个您知道吧？"

"知道，那时候我和你爸爸还在一个单位工作呢，当时小萧已经结婚好几年了，孩子都有了，她也很困扰，还给我打过电话。我也劝过你爸爸，但是他总是说'你不懂，你是永远不会懂的'，我说了他几句，不欢而散。后来他工作上也出了一些差错，差点酿成大事故，就调走了……我和星光本来是多年的朋友，那次闹僵了，他走了都没去送。后来听说他也没调去文联，回到老家去当了中学老师。我觉得自己也有点责任，唉……"

"这和您有什么关系？"陈琪不以为意地说，"都是她爸自己……"几句难听的话总算没说出口。

我感到沈淇的手在颤抖，忙紧紧地握住，让她冷静下来。沈淇却甩开我的手，站起身来。陈琪吓了一跳，往后一缩，沈淇却鞠了一个躬，说："陈女士，当年我爸爸可能有一些不得体的举动，干扰到您的家庭，很对不起，不过，这应该都是脑震荡引起的问题。"

她这么道歉，陈琪反而不知如何是好，愣了一会儿才说："也不是我对你爸有什么成见，但我爸之前知道我妈有过一个多年的对象，本来心里就有点……过了两三年，关系刚融洽了些，我妈去上海开会，你爸竟然去找她，那次会议上很多人都看到他们一起离开，好几个人给我爸打小报告，说得要多难听有多难听，后来我们家里经常闹得鸡飞狗跳，差点离婚……"

我们这才明白，为什么陈琪对沈星光的后人有这么大的敌意。从她的角度看，沈星光的举动可以说是毁了她家庭的温馨与幸福。

"也许不是脑震荡。"这时候，高远忽然来了一句，"那只是诱因，病根还在十多年前。"

我心中一跳，终于说到正题了。至少可以知道当年沈萧恋爱的细节了。

谁料高远却道："当年他在训练中出过事，差点死掉；虽然当时年轻体壮熬过去了，但后来还是影响了他的人生……"

"您说什么训练？"我们都摸不着头脑。

"你们不知道么……"高远笑了笑，"看来星光还真是保密了一辈子啊……沈星光，他当年可是中国最早的航天员之一！"

在我们惊讶的注视下，高远说出了当年那段早已埋没的秘史。

8

这件事到了今天，应该不需要保密了，实际上，大部分资料也已经解密。不过还有许多细节没有公开。更多的事情，压根就没有记录下来，只存在于我们几个老人越来越不牢靠的记忆里……

上世纪五六十年代，美苏展开太空竞赛，我国虽然科技才刚刚起步，也不甘为人后，开始了对航天事业的探索。当时比较现实的目标，还是火箭上天以及发射卫星等初级阶段的任务，但六十年代初，苏联和美国成功实现了把人送上太空，开始向月球以及其他天体进发，进展可谓一日千里。钱学森、赵九章等老先生提出，我国不能跟在别人屁股后面亦步亦趋，也应及早开展自己的航天计划。

一九六五年，国防科委到燕大、清大、华东交大等高校专门要了一批各专业的应届生过去，其中就有我和星光。我是搞机械工程的，星光是搞电子的，我们被分到了一个叫"科学仪器设计院"的单位，看名字完全不知道是干什么的，我们进去了才知道，其实这是新成立的航天研发部门。很多进去的人后来都成了火箭、卫星方面的元勋，但我们几个不一样，我们被分配到了一个特殊的部门，叫作"近地行星探测研究室"。具体的研究方向，是向太阳系其他行星发射探测器，主要就是——火星。

（"火星人！"我情不自禁地惊呼了出来，"你们要找火星人！"许多零碎模糊的线索，终于找到了汇合点。）

不错，小伙子，看来你也蛮懂的。我们刚入职的时候，美国人的探测器还没有到达火星，科学界仍然有很多人像当年的弗拉马利翁和洛威尔一样相信，火星上遍布着古老的城市、繁忙的运河，生活着科技发达、奇形怪状的火星人……其实，火星文明的传说，是人类航天最早的一大推动力。生长于十九世纪末到二十世纪的航天事业伟大先驱们：齐奥尔科夫斯基、赞德、冯·布劳恩、科罗廖夫……有一个算一个，都是火星的狂热爱好者。对航天界来说，登火可以说是生下来就内定的目标。

当然，中国的老百姓并不太了解和关心这些，我们还在为吃好饭而奔波，谁会关心在另外一颗行星上有没有智慧生命这种事呢！但我们的一流科学家，许多是在美国和欧洲的大学里留学的，有些还是科幻小说的热心读者，他们有着这样的视野和情怀。在他们的推动下，五院中也设立了这个有点务虚的研究室。我们的领导人也认识到，如果在火星发现有文明存在，那无疑将改变整个世界……在这场竞赛中，中国起步晚了，但还有机会，必须做好准备。

　　研究室主任是萧若水教授，也就是萧飞琼的父亲。他是大马的华侨，加州理工毕业的博士，是钱学森的直系师弟，四五年前辗转回国，本来在高校任教，刚刚被钱老请过来。他是"火星文明说"的热情支持者。飞琼那时候刚从北医毕业，因为父亲的缘故，也被抽调过来。我们在研究室的第一课，就是萧教授带着我们一起在天文望远镜里看火星的运河。我当时似乎也在米粒大的火星表面上看到了一些模糊的线条，为此激动不已……现在想来，都是错觉而已。

　　我们的研究工作开始了，主要是研习钱学森的《星际航行概论》、冯·布劳恩的《火星计划》等重要著作，进行从火箭推力到轨道力学、从气动外形到人体工学等各种推演，提出以目前可行的技术探测火星的方案。另外，萧教授还给我们布置了一个任务之外的任务，就是读科幻小说以打开思路，探索和外星文明打交道的可能方式。坦白说，在那之前，我看过的小说一只手都能数过来，更不用说是科幻小说，对我来说，这简直是打开了一个新世界的大门。

　　当时中国的科幻小说不多，我们读了老舍的《猫城记》、郑文光的《火星建设者》等一些重要作品，但更多的是一批英文和俄文的小说，比如韦恩鲍姆的《火星奥德赛》，里面想象的硅基生命给我们很大的启发；斯特普尔顿在《最初和最后的人》里设想的类似云团般的火星人我们也很重视，火星上充满沙暴，也没准火星人就是以细微沙粒的形式存在的生命呢！苏联作家阿·托尔斯泰的《艾丽塔》也给我们以启示，让我们留意环境问题对文明的影响……当时我们每周都要专门开一次

"科幻例会"，讨论火星人可能的生物特征、文明形态，以及地球人和他们最有效率的交流方式。

研究室本来没有几个人，我、星光和飞琼年龄相近，虽然具体科研任务不同，但经常在一起读科幻小说，畅想火星文明和人类的未来。其实我是水平最差的一个，文艺修养不如飞琼，想象力也不如星光，经常是听他和飞琼在一起你一言我一语地讨论那些玄而又玄的话题，什么宇宙的宿命啊，生命的起源啊，文明的发展历程啊，根本插不上话。星光的奇思妙想层出不穷，又博览群书，说起来滔滔不绝，飞琼望着他，眼睛里似乎在发光，那个样子我至今还记得……

（"我说爸，你当时是不是也喜欢我妈？"陈琪有些八卦地问。）

你这孩子……好吧，多少有那么一点，但我是一个务实的人，看得出来自己一点希望也没有，后来回老家找了媳妇，倒是结婚最早的……总之，星光和飞琼很快走到了一起，不过那个年代也没有多少花前月下，就是每天坐在一起工作，一起去食堂吃饭，晚上经常还要挑灯夜战……萧若水教授也很欣赏星光，同意他们在一起。

不过好景不长，一九六五年的秋天，从海外传来消息：美国的水手四号探测器已经掠过火星表面，拍下了二十几张照片，照片上并没有任何生命的痕迹，更不用说文明了。我们已经对火星产生特殊的情结，听到这个消息，未免有些沮丧。上面都打算裁撤这个研究室了，但萧教授提出了几点反对理由：首先，美国人的探测器只拍了那么几张照片，只覆盖了火星表面一点点的位置，说服力不够，假如外星球的探测器在地球上只拍下太平洋、撒哈拉沙漠以及青藏高原的大雪山等地貌，也许外星人也会认为地球上毫无生命。

其次，也非常可能的是，美国佬在进行战略欺骗！如果美帝的探测器发现了文明存在的痕迹，他们当然不想和全世界分享，因此发布了几张修改过的图片来麻痹国内外，而实际上在快马加鞭，要尽快独占火星。在冷战时期，这也是屡见不鲜的操作。比如美国曾经发布过一个错误的参数，试图误导别国对氢弹的研制，幸好被于敏同志发现了。

不过无论如何，火星看起来不像是有覆盖全球的、高度发达文明社会的样子，萧教授提出了一个假想：火星社会可能早在几百万年甚至几亿年前已经发展到了今天地球的水平，但是毁于类似于美苏争霸的两大阵营之间的热核战争，甚至可能使用了比核武器还要强大的反物质武器、黑洞武器之类，导致其表面生命荡然无存，只剩下一点痕迹。即便如此，那里仍然可能埋藏着知识与技术的巨大宝库，等待着我们去发现……只要我们能够抵达那里，哪怕只发现一点残缺的机械零件或者干瘪的生物组织，对科技发展也会有不可估量的价值。

因此，萧教授提出了一个雄心万丈的计划：五年内发射第一艘载人飞船，十年内实现载人登月，同时无人探测器应该飞抵火星，进行先期准备工作。在八十年代初，实现载人登火！这需要从现在，也就是一九六五年就开始争分夺秒，努力赶超。

萧若水的意见，得到了赵九章院长的支持，虽然上级领导顾虑步子太大，没有纳入正式的规划，但许多工作已经开展起来了。萧教授的想法对整个载人航天工程也起到了影响，像载人飞船在一开始的设计中，就不能只以抵达近地轨道为目标，而要考虑到后续登陆月球和火星的潜力……但一切刚刚起步，才过了不到一年，一九六六年的夏天，"文化大革命"开始了。

后面也就不用多说了，赵院长被揪出来批斗，后来受不了屈辱，自杀身亡。萧教授也好不到哪里去，他的出身是海外大资本家家族，已经极为反动，非批倒批臭不可了。他的"火星文明自毁说"也被人写大字报，说成是恶毒隐喻冷战，企图吓阻中国人民的革命斗志，又有人说组织工程技术人员看科幻小说是不务正业，蓄意用空想扰乱科研云云，总之，什么荒诞的罪名都有。萧教授在牛棚里被关了好几年，健康受到很大的损害，要不然也不会那么早就去世了。

我们一般技术员受冲击不大，但也都闲散了好几年。不要说登陆火星的计划，就是整个航天工程，还没起步也都停摆了。到了一九六八年，国家稍微恢复了一些正常运转。这时候美苏已经在登月方面进行竞赛，几乎每个月都有新的突破，院里也感到了压力，正式开始抓载人航天的事，曙光一号的名字也定下来了，暂定一九七三年进行发射，开始秘密选拔航天员。这时候，星光干了一件让人意想不到的事，他报名参加了航天员的选拔！

按早先美苏的惯例，航天员都是从飞行员中选拔的，飞行员的身体和心理素质都很理想，应该说最适合转为航天员。不过也有不利之处，飞机和飞船是完全不同的构造，航天员所需要的知识储备，如高等数学、天文学、力学等学科的知识以及对飞船结构和布局的熟悉等，一般飞行员很难具有，需要赶鸭子上架式的集中恶补。建国早期，我国的飞行员普遍学历不高，学习相关知识难免比较吃力，而预定的发射就在几年之后，时间紧迫。因此上级领导也考虑，或许可以在工程技术人员中选拔一些身体素质过硬的，和飞行员出身的航天员搭配，一个主要负责飞船的操控，一个负责设备的管理维修以及相关科研，相当于美国航天系统指令长和飞行工程师的区别。星光听到风声，就报名参加了选拔。

本来工程的很多细节都要保密，只能在航天部门内部招人，大部分技术人员也都是文弱书生，一看就不行，即便有一些报名的，稍微体检一下就刷下来了，最后连星光在内，总共只有三个人跟着那些飞行员一起参加集训。航天员的要求太高，训练太艰苦，那两个后来承受不住，也放弃了，最后只有星光一个人成了预备航天员，坚持训练。

但为此，星光也付出了沉重的代价：他和飞琼分手了。

9

"为什么？"沈淇有些摸不着头脑，"是萧阿姨不想让他当航天员吗？"

我稍微猜到一点："是家庭成分问题吧？"

"沈星光这种人，为了当中国的加加林就甩了我妈，有什么稀奇的？"陈琪在一旁插口说。

沈淇涨红了脸，要说什么，高远却摆摆手说："这事不那么简单。其实，即便在萧教授落难的时候，星光也经常去看他，甚至提出和飞琼结婚，是飞琼自己不同意，怕毁了他的前途；后来，'文革'最狂热的时期已经过去，科研还在继续开展，萧教授也恢复了一些工作，两个人要在一起，上面也未必会强行干涉，顶多是仕途无望。但是要当航天员就是另一码事，政治成分要百分之百地过硬，星光自己的出身也只能说是凑合，要是再和反动学术权威的女儿有婚姻或恋爱关系，所以……"

"那还不是一码事吗？"陈琪不屑地说。

"怎么说呢……"老人的脸上浮出凝重的表情，"我想，星光放弃一切，当上航天员，也许是萧教授、飞琼和星光一起做的决定。他们为的不是个人的名利，而是梦想中的火星计划！"

*　　　*　　　*

是的，萧教授没有放弃火星有智慧生命和文明的想法，相反，他对这件事越来越固执，甚至有点走火入魔。问题是，飞琼和星光也深受他的影响，成了他的铁杆追随者。

按照萧教授的设想，如果火星有文明或文明遗迹，那么无人探测器始终意义有限，载人任务是不可取代的。当时，美国的登月工程已经紧锣密鼓在开展了，阿波罗号飞船一艘艘发射上去，甚至成功绕月，在萧教授看来，这一切都是为了载人登陆火星的准备——这一点他其实是对的，当年主持NASA的冯·布劳恩的确有这个打算。

星光是萧教授的精神传人，他也和萧家父女一样虔诚地相信载人登火的必要性。后来飞琼对我透露过，星光如果能够作为航天员进入太空，不仅能够为载人航天积累丰富的经验，而且未来也可以担当大任，推动整个中国航天实现登火的理想。

但到了一九六九年八月，传来一个惊天噩耗：美国的水手六号和水手七号探测器相继飞越火星表面，最近距离只有三千公里左右，比当年水手五号要近得多。它们从不同角度拍摄了一系列高清照片，加起来有两百多张，照片上的火星仍是一片戈壁荒漠，还有许多撞击坑，连运河的一点影子都看不到。这就很难用覆盖范围太小，或者战略欺骗来解释了。火星有文明的假说被证伪了，所谓的火星运河被认为是上百年来观察错误和臆想的产物。其实之前的证据也已经非常明显了，有的人看得到运河，有的人看不到，所谓看到的运河，方位长短等也有很大出入，除了是想象，还能是什么呢？只是许多人被前辈大师的权威所蒙蔽，没有放下这个执念而已……

萧教授本来在"文革"中受到了巨大冲击，身体健康不佳，如今看到一生的寄托都化为泡影，毕生相信的科学假说也成了笑料，再也承受不了这个打击，没几天就中风了，第二年带着遗憾去世。临终前我去看过他，他还跟我说："我真的亲眼见过运河……真的……怎么会没有呢……"

虽说有这样的挫折，但就在一九六九年夏天，美国阿波罗十一号飞船成功登月，震惊世界，对我国也有很大的触动。出于种种考虑，国家还是坚持在搞载人航天，曙光一号继续在研制，星光的训练也变得更加艰苦。

航天员要受的训练非常多，包括上离心机高速旋转，超重最高达到十多个g，包括在自由下坠的飞机上进行失重训练，以及跳伞和野外生存训练……这些都还算是常规操作。但当年我们没有任何训练航天员的经验，和美苏关系都很恶劣，也没法向他们学习，只有自己摸石头过河。为了应付各种极端情况，科研人员设想出了千奇百怪的训练方式，比如零下四十度的耐寒训练，抽掉空气中大部分氧气的缺氧训练，以及在深水中模拟太空环境的潜水训练等等，有时候要熬上一整天，难熬得如同受刑，许多人因此放弃了。

到了一九七二年，星光也出了一次事故。最初星光完成得很好，观察的医生认为他没有问题，又注入了一些二氧化碳。但忽然间，他开始手舞足蹈、东倒西歪了，然后在密闭舱内昏了过去，昏迷中还有些胡言乱语，什么见到火星人之类的。不久后，他接到通知，不必再继续训练，回本来的岗位工作。换句话说，他被淘汰了。

星光自然十分沮丧，意志消沉。但要我说，这也未尝就是坏事。这几年飞船研制进程一直跟不上计划，近几年能发射飞船可能已经很渺茫了，又何必在遥遥无期的宇航训练中耗下去？

但星光回去之后，和飞琼也没有再在一起。经过了火星梦的破灭、她父亲的死，以及令人神志不清的训练之后，他和飞琼之间不免也有了隔膜。后来我还听说一件事：飞琼当时在航天医学研究室，星光要不要被淘汰的事情，其实本来是两可的，毕竟一个科技水平过硬的航天员不好找，而他在一般体检中没有大问题。但飞琼却推测他身体可能有隐患，还举例说，星光有一个表哥有癫痫病史，事故可能与之有关，还是让他回去了。这也好理解，她也是不忍心看到自己的恋人再在没有止境的训练中受苦。但星光知道后怒不可遏，觉得是飞琼出卖了自己，掐灭了他的太空梦想，我有一次见到他们好像吵得很厉害，飞琼哭着跑了，后来两个人的关系再也没有恢复过。过了一段时间，飞琼打了报告，申请调离了五院，那是一九七四年的事了。

后来，曙光一号的发射日程一拖再拖，终于化为泡影。"文革"结束后，因为国家重心的调整，载人航天计划也全部搁置，曙光一号终究停在了图纸上。原来的单位解散，人员分流，我和星光被调回到了上海，虽然还在航天部门，但转向了卫星设计……再后来的事情，你们应该也都知道了。

10

高远讲完了这个漫长的故事，已经是深夜了。我们也沉浸在长辈们半个世纪前的人生纠葛中，一时不能自拔。

沈星光人生中成谜的空白，至此已经补全：在大时代的激流中，进入秘密的航天机构，研究与外星文明的接触，甚至成了航天员……还有如歌如泣，爱恨交织的恋情！虽然最后事业付诸东流，而爱情也以怨恨的遗憾收场，一切都仿佛从未发生过，但又如何能令人忘怀！

我想，沈星光后来成为科幻作家，真正的根源也在这里。那些年对外星文明和人类未来的热烈讨论和思考，在艰苦卓绝的训练中仰望星辰的执着，梦想终于破灭的压抑，多少梦幻、希冀与遗憾，在若干年后如山洪迸发，化为笔下奔腾不息的才思。

"那一九八二年到底发生了什么，让我爸忽然又重新联系萧阿姨呢？"过了一会儿，沈淇问。

"那次脑震荡吧，也许只是诱因，病根十几年前就埋下了……"

高远说，那次事故后，沈星光住进了医院。他提了点营养品前去探望，沈星光似睡似醒，半睁开眼睛，看到他，虚弱地说："老高，你还活着啊，我还能见到你……"

高远愣了一下，心想这不应该是我说的话么？还没等他反应过来，沈星光又急促地说："你知道么，我们的梦想实现了，我踏上了火星，见到了火星运河，还有那些神秘的火星建筑，还有火星人，它们……不可思议，和我们所有的想象都不一样……你和飞琼，还有萧老师，你们要是在就好了，我要告诉你……"说着就要坐起来。

一旁坐着的茅丽敏忙按住他："医生说了，叫你别乱动！"

高远没想到沈星光一上来就提"飞琼"，他们已经好多年不提这个名字了，何况此时还当着他妻子的面。他只好尴尬地说："我们的大文豪住院了还在构思科幻小说呢，哈哈……"

茅丽敏满脸愁容地说："他这几天一直不清醒，尽说些谁都听不懂的胡话，医生说什么都不听，我怕他脑子真的被震坏了……"

"没事，过几天一定会好的……"高远安慰她说。这时候，沈星光却一把抓住他的胳膊："对了，飞琼在哪里？"

"啊，这……"

"她在哪里？我不记得了，我要找她，跟她说……说……"忽然间，他又好像耗尽了力气，松开了手，声音小了下去，眼睛又闭上了，似乎睡着了。

高远如蒙大赦，匆匆告别，茅丽敏送他出来，跟他说了一些沈星光的病情，说他有时好像连自己都不认识了，又提起很多她没听说过的人名，什么贺宏伟、江镇波、柳晓雨……高远一听，都是他们以前在五院时的同事熟人。茅丽敏又问萧飞琼是谁，说沈星光这几天梦里念这个名字最多，高远也只好说是以前一个关系好的同事，在茅丽敏狐疑的眼神中搪塞了过去。

高远从医生那里打听到，脑震荡的常见症状，是经常会遗忘一些事和想起一些多年前的往事，甚至产生幻觉，倒也不出奇。因为当年沈星光的大脑可能就在训练中被诱发了癫痫，加上脑震荡的影响，所以症状格外严重一些。但休养一阵，总会慢慢好转。

后来，沈星光果然逐渐康复。下次高远去探望他，他就正常多了，还问了一些工作上的事，说希望能早日回去上班。不过，偶尔沈星光还会分不清幻想和现实，有次他们闲聊，沈星光提起之前他们一起去什么地方野炊，高远没想起来是什么时候的事，沈星光说："就是苏联登月之后不久嘛！"

"苏联登……什么啊，苏联啥时候登月了？"

"一九七四年六月啊，"沈星光一脸郑重地说，"前半段非常成功，但联盟十九号登月舱的上升级点火失败了，季托夫他们只能在月球表面生活了整整七天，直到氧气耗尽而死……我们听了都很难过……"

高远也被他搞得有点恍惚，好像自己真忘记了一些重大的事件，好一阵才回过神："你到底在说什么呀？！哪有这些事？"

沈星光苦笑了一下："没什么，这些事压根没发生过，没发生过……"

高远稍微轻松了点，说："你呀你，又把小说构思当成现实了……"但他心里还是犯嘀咕，这种精神状态总归很不正常。

高远本来以为随着时间推移，沈星光总还能恢复常态，但沈星光似乎再也无法完全恢复正常，周围人对他的耐心也逐渐耗尽，除去他开始纠缠萧飞琼、和茅丽敏闹离婚的事外，他在工作上的表现也一落千丈。当时，上海机电二局负责风云一号气象卫星的研制，沈星光负责姿态控制系统，本来游刃有余的工作，病愈之后却似乎忘了一大半，连犯低级错误。而沈星光或许因为和茅丽敏天天揝架，脾气也变得越来越坏。有一次，高远发现他画的一张图纸存在一些严重问题，去质问他，说了几句。沈星光忽然勃然大怒，说："这些简单的问题，本来十年前就该解决了，为什么还来问我？"

"这不是你的图纸不对吗？这些接口完全不合标准啊。"

"他们本来就不该采用这种过时的设计，这么搞增加了多少重量？"

"胡搅蛮缠！不可理喻！"高远忍不住斥责了他，"你知道自己搞错了，赶不上进度，会连累多少人吗？"

沈星光却神经质一般狂笑起来："连累多少人？哈哈哈……到底是谁连累谁？我被你们连累还差不多！"

他这么不可理喻，谈话自然不欢而散。后来，沈星光冷静了一点，自己也觉得待不下去，正好市文联有意调他过去，他也就打算调走。谁料又遇到那次"清污运动"，最后也没去成文联，而是回了老家教中学。

又过了半年时间，到了一九八四年底，一次高远在收发室那里取信时，发现了一个厚厚的邮包，是萧飞琼寄来的，收信人是沈星光。他早已回南川去了，所以一直没人取，已经放了一个多月。高远也不知是什么，但想总应该寄给沈星光，设法打听到那所中学的地址，寄了过去。

"您没打开看看吗？里面是什么？"陈琪有些好奇，又有些紧张地问。我能理解她的心情，她母亲给另一个男人寄东西，这种事太过敏感了。

"我当然也有些好奇，不过毕竟是人家的私事，所以没打开……不过摸了一下，好像有一本书……"

沈淇和我对视了一眼，异口同声地说："《战神的后裔》！"

"没错！"高远惊讶地说，"二〇一二年，飞琼去世前夕，我去探望她，说起这事，她才告诉我，可你们怎么知道？"

"这本书就在我这里……"

我解释了几句，打开背包，拿出那本《战神的后裔》给他们看。这本书的来龙去脉，终于搞清楚了。当年，它其实是经过高远的手，再寄给沈星光的，但也许是地址有问题，也许是沈星光已经离开了中学，虽然到了南川，但最后也没有送到沈星光手上。不知怎么，落到一个叫阿东莫夫的科幻迷手里，最后交给了我。

而萧飞琼写下的几句寄语，结合起来看意思也比较清楚了。"庄周为蝴蝶，蝴蝶为庄周"，是说沈星光沉迷的火星之梦，早已该醒来，"CARPE DIEM"，把握当下，就是让他不要再胡思乱想，回到真正的生活中来。郑文光的这部小说，描写的固然是想象中火星开拓者脱离自己的时空，落入另一个时代的悲剧，但又何尝不是写出了大时代变迁中，沈星光、萧飞琼等老一代航天人壮志未酬的悲怆？萧飞琼偶尔看到了这本小说，勾起不知多少往事追忆，便寄了一本给沈星光，也劝他不要再沉溺旧梦……

高远看到萧飞琼的笔迹，也唏嘘了一番，擦了擦眼睛，说："那你们也看到那封信了吗？"

"什么信？"我没听明白。

"飞琼说，当年她去上海开会，星光不知怎么找到了她，说要请她吃饭。本来飞琼以为只是作为老朋友叙旧，但结果星光就像热恋中一样，表现得很亲密，说自己有多想她爱她，还说了许多疯疯癫癫、不知所云的话，情绪也十分激动。飞琼有些害怕，更怕瓜田李下说不清楚，会都没开完，当天就买票回去了。"

我和沈淇又对视一眼，原来这就是茅阿姨的故事的另一半。

"又过了几个月，飞琼收到了星光的一封厚厚的信，不知道写的是什么，想来多半是情书之类，里面不知有之前在一起的多少往事。飞琼犹豫了很久，一直没有拆封，最后狠下心肠，和书一起，给星光寄回去了。意思就是你写的信我不会看，以后不要再联系了。"

"原来是这样……"沈淇说，"但邮件从来没到我爸手上，我们根本没见过那封信啊。"

"是啊，"我慨叹，"书还有点价值，可能在废品收购站被留下来了，信可能早就化成纸浆了，太可惜了，多么珍贵的手稿，怎么就没有寄到呢——"

忽然之间，我浑身一震，脑海中一堆看似不相干的信息飞旋起来，撞在了一起，顿时火花四溅。

"等等，也许……我有一个猜想……不，还是等找到他再说。"

"谁啊？"沈淇问。

"微博上的那个阿东莫夫。"

联系上阿东莫夫并不难。毕竟他就在北京，第二天又是周六，我就约了他出来，在海淀区的一家咖啡馆见面。一见面我稍微吃了一惊，原来这阿东莫夫比我想象得要小得多，只是个十六七岁的中学生，人还没长开，见到我略有些局促。

我先感谢了他几句，然后拿出《战神的后裔》问他，这本书到底来历如何，阿东莫夫——他真名叫雷小东——挠挠头说："我跟您说过了，是我爸的书。我问过他，他说是上学的时候在书摊上买的，具体从哪来的，他肯定也不知道啊。"

"除了这书，就没别的了？比如中间夹的一个信封，几张信纸什么的……"

"这个真没听说。"

"那你……"我斟酌了一下措辞，"能不能带我见见你爸爸？我有些事想问他。"

"这……这叫我怎么说啊……我爸工作也挺忙的……"雷小东有些不太乐意。

我又说了几句，雷小东还是不肯应承。此时，背对着我们坐着的一个窈窕女郎站身起来，摘下墨镜，说："这件事对我们很重要，求你帮个忙，好不好？"

雷小东的眼睛忽然亮了。当然，这就是他的爱豆沈淇。

"你……难道你就是……和B站上的一模一样……"这家伙开始语无伦次，露出"死宅"的本相，"不会吧……"

沈淇绽放出迷死人的微笑，伸出手去："你好，我是沈淇。"

事儿就这么成了。

几小时后，我们把雷小东的父亲约了出来，同样是在这家咖啡馆里。他叫雷国栋，五十来岁，看上去有些疲惫，一副被生活压弯了腰的感觉，见到我们掩饰不住的不耐烦。我告诉他，那本书是沈淇父亲沈星光的遗物，关于其来历，有些事情想问他。我注意到，雷国栋的脸上有些微妙的变化。

"沈什么光？星光？"雷国栋沉吟说，"我不认识啊，我儿子不是跟你们说过了，那本书是我以前在路边摊买的，过去这么多年，现在肯定也找不到卖主了。"说着无奈地摊了摊手。

"那您当年买这本书的时候，有没有注意到边上还有一封信呢？"我提醒他。

"这个……好像没什么印象……不好意思。"

"是这样，我们查到，那封信是和这本书一起寄给沈星光的，"我客气地说，"应该是在一九八四年底或者一九八五年初寄的，当时沈星光在南川一中担任数学和物理老师，所以邮件是寄到了南川一中。我记得您也是南川一中的吧？您儿子说您是八四级的？"

"嗯，是……"

"那当年，您其实和沈星光同时在南川一中，对这位老师就没印象吗？"

"这个……不好说啊……过去这么多年了，很多老师同学我都忘了叫什么……"

"沈老师不太会教书，"我说，"因为一些事情突然转行，也不知道怎么跟学生相处，中间闹过一些不愉快，我听说有些学生还搞他的恶作剧，比如偷过他的书，这事您没听说过吗？"

雷国栋脸部变得僵硬，一下子站起身说："你是什么意思？"

"别误会，我只是想，这个邮包当初寄过来的时候，沈星光还在南川一中，那么他为什么没收到呢？可能是有学生想整他，偷偷拿走了，然后转手卖掉，所以您不久后就在路边买到了，这是最合理的解释。"

雷国栋的脸色还是好不到哪儿去。"也许吧……不过我实在没见过什么信件。我还有点事，失陪了。"说完就往外走。

"一万。"沉默了许久的沈淇忽然说了两个字。

"什么？"雷国栋回头问。

"我想说，"沈淇一字一顿地说，"那封信在别人手上一文不值，但对我们家人很重要，万一，我是说万一，您能找到的话，我可以出一万元买回来。"

雷国栋的脸色有了点变化，说可以回去开箱子找找，留了电话，让我们回去等消息。沈淇问我："你觉得他有多大可能能找到？"

"你看他那表情，当年肯定是他干了这件缺德事，既然书还在，那么信多半也在，这些都是他的'战利品'，找到的可能性应该不小。我们又出了那么高的价格，他如果手头有，应该能给我们，反正现在也不可能再追究他的责任，他有恃无恐。就是可恨，明明是你自己家的东西，还得花高价买回来。"

"算了，"沈淇一声长叹，"如果当年不是他拿走了，也会被我销毁的，现在估计也不再存在于世了……再说，如果爸爸当年收到了萧阿姨原封不动还给他的那封信，又会有多难过呢？还不如让他留个念想，对么？"

我答不上来。感情的问题，果然太复杂了。

晚上八点多，雷国栋打电话来："你们要的那封信找到了，不好意思啊，夹在我自己的一些信件里，一直没发现。"

我也懒得去计较这话的真伪。"找到就好，那明天我们去取。"

"那那个款子你看是打银行卡还是支付……"

"放心吧，明天见面我就打给你。"

"好嘞。"

挂了电话，我跟沈淇讲了一下情况，沈淇却急了。"这么重要的东西怎么能等到明天？你问他一下地址，我们现在就去取。"

我老谋深算地说："咱们不能显得太心急，要不然这人坐地起价，一万变两万，两万变四万，不就麻烦了？再说，那封信在他那躺了三十多年了，也飞不走。"

"话虽如此，但我总觉得……算了，也可能是我多虑了。没这封信，今晚都睡不着觉了。"

我大胆地说："既然我们都睡不着，不如去找间酒吧坐坐？"

沈淇似笑非笑地看了我一眼："好啊，我知道有一家不错的，离这里不远……"

好在我和沈淇在一起，因为我们刚坐下，还没喝上两口酒，电话又响了，还是雷国栋："不好意思，有个新情况啊。那封信刚才有人联系我，愿意出两万块，让我给他，这个……"

我大吃一惊："什么？你不能不讲信用啊！"

"价高者得嘛，你们要早点来就给你们了，哎！"

"什么话啊，这封信本来就是属于我们的！我说你总不能不——"我想教他几句做人的道理，但沈淇却一把抢过了电话，说了两个字的魔咒：

"五万。"

"好好好，放心，手稿一定留给你们！"雷国栋这人渣开心得从嘴巴笑到屁股，估计他给我们打电话就是这个用心。

"那说好了，我们这就来拿！"沈淇果断地说，拉着我就往外跑。

我一边跑，一边还是纳闷不已。"这玩意谁会跟我们抢？哪个名人手稿的收藏家吗？"

"收藏家能知道这些信息么？除了那个女人还有谁？"沈淇咬牙切齿地说。

我明白过来。"你是说陈琪？确实只有她了，可是她是怎么找到姓雷的？啊……对了……"

我琢磨出来，昨日在香山温泉，我提过那本书是来自微博上的阿东莫夫，这个网名并不常见，陈琪要联系上他，再通过他找到他父亲当然不难。得知我们急着要买回那封信，陈琪肯定也会出高价。

目前来看，雷国栋这个奸人一定会把我们出五万的消息告诉陈琪，让她出更高的价，我们必须尽快赶到雷家。我跟雷国栋打了电话，问清楚了地址，又叮嘱他无论如何不能卖给别人，然后打了辆车赶过去，跟司机说："师傅，有急事，最快速度开过去！"

司机白了我一眼："哥们儿，这可是北京。"

"你走四环呀！"

"走四环才堵……"

果然，刚开了两分钟，上了四环就堵死了，我们绝望地看着一路的车龙。

"这个疯女人，跟我们抢那封信干什么？"我含怒道，"我们拿到了也可以给她看啊。"

"女人的心理你不懂……"沈淇幽幽地说，"她就是不想让别人看到，她恨她妈和我爸之间的过往，大概怕你公布出来，所以想让这封信彻底消失在世界上……你跟雷小东说一声，让他务必把信给留下来！"

过了一个多小时，我们才到了雷家，狂按门铃。开门的是雷小东，见到我们一脸沮丧和尴尬，嗫嚅着说："沈淇姐姐，对不起……"

我情知不妙，还没问，雷国栋走上前来，一脸喜色地对我们说："不好意思，你们来晚了一步，那封信已经被人买走了。"

"哎呀，不是让你先别卖吗，等我们来再说啊！"我捶胸顿足地说。

"她上门来出了一个高价，"雷国栋稍微犹豫了一下，还是忍不住告诉了我们价格，"二十万！说只要同意就立刻付款，要不然就不要了，我想你们也未必能出这么多，所以……抱歉了啊！"

沈淇冷笑一声，打开手机银行，给他看了看里面的数字，我也没看清是多少，反正长长一串不知多少位："如果你等到我们来，我们本来可以把这张卡里面的钱都给你，你知道么？"

雷国栋的脸色一下子变了，从掩饰不住的欢喜变成了懊丧，我估计他会为此后悔一辈子。

"她走多久了？"我问。

"两三分钟吧……"

"可我们在楼下没见到她啊……对了，有可能是在不同电梯里错过了！"

想到这里，我拉着沈淇立马去追，可惜现实不是电视剧，我们追到楼下，又跑到小区外，连陈琪的影子都没见到，问门卫，门卫也摇摇头，懒得回答。

沈淇对我说："快，打电话给她。"

我掏出手机才想起来："我们好像没留她的联系方式……"陈琪和我们见面就很不愉快，当然不可能加个微信什么的。

我只好又打给雷国栋，问他要买家的电话，雷国栋大概也稍有歉疚，倒是痛快地给我们了。

沈淇拨通电话后，激动地说了一大串："陈琪，你是陈琪吧？那封信在你那对不对？你到底要怎么样才把我爸的东西还给我？你可以开个价，多高都可以，你说，你说话啊！"

陈琪好像在那边骂了一声，然后直接挂断了。我们再打过去，已经是关机状态。

12

沈淇把手机揣回包里，一言不发，快步走过一个街角，站住了，然后捂着脸哭了起来。

"别，别哭呀你……"我不知怎么安慰她，沈淇忽然靠在我怀里，"爸爸的信再也找不回来了，呜呜……"

我手忙脚乱地想推开她，不知怎么却又拥住了她，抚摸着她的秀发："那什么，我们还有办法的，我们去找高老，他说话陈琪一定会听的。"

我掏出手机，不过高老已经关机了。之前我们还留了那个沈淇粉丝护士的电话，但是打过去，人家说，这个点老人家早就休息了，我们也不是他的家人，为这点事，疗养院绝对不会去把人叫起来。这也是实情。

　　"要不然我们赶紧去趟疗养院？"我想着办法，"也许能让我们进去见高老……"

　　"算了，"沈淇无力地摆了摆手，"现在肯定也来不及了，做什么都没意义。那个女人拿到这封信，只需要十秒钟就可以让它从世界上永远消失。里面写了什么，再也不会有人知道。"

　　我想也的确如此，叹了口气。

　　"走！"沈淇忽然拽着我，"我们去喝酒。"

　　可惜这地方没什么酒吧，我们找了个路边摊，要了点啤酒，默默喝了几杯。我忽然想起一件事："雷国栋应该知道那信的内容吧？要不我们问问他？"

　　"算了，"沈淇说，"我再也不想和这个人打交道，我爸爸和萧阿姨之间的感情，如果从这个王八蛋嘴里说出来，简直是一种亵渎，想想就恶心。"

　　我却没有死心，悄悄给雷国栋发了一条微信，问他记不记得信上写了什么。他很快回了条语音：

　　"神神叨叨的，好像是小说吧，什么世界大战，宇宙飞船，火星人什么的……就是小孩看的那种东西。我当年就没看明白，刚才又翻了一下，还是没懂。这些科幻小说的手稿很值钱吗？"

　　世界大战？宇宙飞船？火星人？

雷国栋的话里似乎隐藏着巨大的信息量，但可惜已经问不出什么了。

我回到沈淇身边，还没说几句话，又提示收到一条信息，是陈琪发来的。我打开一看，是几张照片，第一张是一个脸盆里放着厚厚一沓信纸，从侧面拍的，上面的文字只能看到几行，也看不清楚内容，但依稀是沈星光的笔迹。

第二张照片，是这些纸被点燃了，在熊熊燃烧。

第三张照片，是一脸盆的灰烬，还剩下少许的残片，有的上面还带着一两个字，什么"火星""空间站""轨道"，也是沈星光的笔迹。

毫无疑问，那封信已经被烧成了灰，想造假也造不出这种逼真的效果。

"陈琪这个疯婆娘！"我忍不住骂道，"疯了！完全不可理喻！"

沈淇看到，却并没有那么惊讶，只是说："你看，我说吧，没用的。"

"她到底看到了什么才会这么疯？"

"她大概一个字都不会看，这对她来说只是必须清除的污点。"

"你怎么知道？"

"因为，因为当年我烧掉我爸那些手稿的时候，也是类似的心态……"

我叹了口气，事到如今，一切都永远成为不可解读的秘密了。我和沈淇碰了碰杯，仰头干了一杯。

不知喝了多少杯酒，聊了多少往事，夜已深了，我一抬头，在小区的楼宇之间，看到了一颗火红色的星星正在升起。这个故事和它有关吗？无关吗？无论如何，它曾经照见过五十多年前的沈星光与萧飞琼，他们以比我们更饱满的时代激情，仰望着它，憧憬着它，决心征服它……它知道一切，可惜什么也不会告诉我们。

沈淇顺着我的目光看去，也说："那颗是火星吧？"

"是啊，火星，寄托了沈伯伯这一代人，不，应该说是好几代航天人的梦想，可惜，我们现在还没登火，都不知道再过二十年行不行。"

"其实画那本漫画的时候，我开始有点理解我爸的感觉了，"沈淇说，"想象自己飞到火星上去，探索那个遥远的世界，再回望地球，是夜空中一颗明亮的蓝星……你说，要是他真能登上火星，那会是什么感觉呢？"

这句话提醒了我，我想到了什么。

"也许那封信的确是一篇科幻小说，沈伯伯是想给萧阿姨描写一下登上火星，发现火星文明的样子，在想象中完成一生的夙愿吧……"我凝望着那颗红色的星星，想象着，在那个遥远的世界，多少人类幻想中的爱恨交织在那里上演，一代又一代，而它永远不变地凝望着我们这颗纷纷扰扰的蓝色邻居……咦？

火星好像移动起来了，短短一分钟不到，就明显越过了两颗星星。

"火星动起来了！移动火星！流浪火星！是被外星人劫持了吗？"我面对着科幻小说中才有的诡异场景，叫了起来。

"真的有火星人啊，带着火星飞走了……"沈淇也兴奋地叫。

"那个……"旁边一个大学生模样的青年回过头，有点不好意思地说，"你们说那个红点吗？那应该是颗人造卫星吧……"

我们尴尬地沉默了三秒钟，然后又大笑起来，笑着抱在了一起，又唱又跳。

仿佛有漫天星光洒在我们的身上。亿万星系，万亿星辰，火星在哪里？没人知道，没人关心。浩瀚宇宙，苍茫银河，每一处都隐藏了太多无人知晓的奥秘。

我记不清楚是怎么回去的了。但第二天早上，我发现沈淇和我又睡在了同一个房间里。当然，并没有什么香艳的故事，两个人都衣服完好，在地板上睡得四仰八叉。

我昏昏沉沉地爬起来，去洗了把脸，看了看手机，发现雷小东昨晚给我发了一条信息："对不起，宝树老师，我太无能了。那封信我没能留下来，我爸妈鬼迷心窍，一定要卖给那个女的，我怎么劝也没用。请您跟沈淇小姐解释一下。"

我苦笑了一下，回复了一句："算了，命该如此。"

雷小东又回："对了，后来你们找到那人了吗？"

我也不知怎么说好，这些跨越半个世纪的爱恨情仇怎么说得清楚？只能简单地说："没有，联系不上。"

"唉，可惜了。不过我之前有点好奇，在我爸卖掉之前就把信的内容都拍下来了，好像倒是一篇很有意思的小说，如果你要看的话我可以发给你……"

我不敢相信地瞪大了眼睛，然后叫了起来：

"沈淇！沈淇！沈淇——"

13

五分钟以后，我和沈淇贪婪地把头凑在一起，在手机上读着这封沉睡了近四十年的神秘信件。

*　　　*　　　*

飞琼：

对不起，又打扰了你的生活。犹豫了很久，我终于决定再给你写一封信，对你说清楚一切。至少是说清楚我能弄清楚的部分。

我首先要做的是道歉。很对不起，上次在交大，我太冲动了。我一见到你，就拉着你，急着把一切告诉你，甚至有些不合适的亲密动作，但没有想到一些基本事实，一些我自己都还没有充分理解的事实。我一定把你给吓坏了吧？你最初的笑容变得僵硬，甚至恐惧，我嘟嘟囔囔，吵吵嚷嚷，却什么也没说清楚。你匆匆离去，我也没有了弥补的机会，我想我欠你一个清楚的解释。所以，我写下了这封信。

但从何说起呢？就从去年秋天那次车祸说起吧。

那天我醒来时，发现自己躺在一家医院里，身上包着许多绷带，头疼欲裂，我心里一片茫然。护士进来，告诉我是在上海瑞金医院……但我总觉得哪里不对，似乎我根本不应该在上海，在这个我熟悉的城市，而应该在某个完全不同、无法企及的远方，但我是谁，我又应该在哪里呢？

渐渐地，我回想起了自己的名字和家乡，想起了我从小到大的生活，我的父母和启蒙老师，我的大学时代和工作，然后我突然想起了你，飞琼。我想起在单位的迎新会上初次见到你，你穿着一身淡绿色的"布拉吉"和白布鞋，分开人群，就像明月照亮夜空。你献唱了一曲《莫斯科郊外的晚上》，我之前从不知道，一个女孩子的声音竟能如此美妙！一点又一点，我想起你埋头工作的认真，想起你阅读科幻小说的痴迷，想起了我第一次向你表白时的场景，那时候我们正在读齐奥尔科夫斯基的《宇宙航行》，俄文的表达非常难懂，不过当我们弄通了一个难点之后，你一时激动地抓住了我的手，然后又放开。我忽然想到但丁的诗句，大着胆子对你说："那一天，我们再也读不下去了"，你顿时明白了我的意思，抬头望我一眼，又低下头。哦，我怎能忘记你那羞怯而热情的眼神！

对不起，也许我不应该说这些。也许对你来说，这只是一段时过境迁的经历，但那个场景，那个我们相爱的场景，让我一下子记起了后面的一切，说"一切"也不确切。由于某种类似"退相干"的基本原理，我一半的记忆正在迅速消逝。在我试图写下来之前，其中一大半都已经被遗忘了。我所能说出的，大部分只是已经消失的记忆所留下的虚影或印痕。

但我仍然知道了我是谁，我做过什么，以及为什么会在这里。这听起来是废话，我知道我是沈星光，是在上海工作的一个工程师，因为昨天的车祸住院……但实情并非如此，飞琼，我来到这里，是跨越了不可思议、不可想象的遥远距离。

看，我又要把你说糊涂了。还是从一个我记得相对清晰的记忆碎片说起吧：那是一九六九年的八月二十七日，萧教授激动地找到我们，拿给我们看一份刚刚分发的内参文件，是一张五天前外国报纸的复印件:《纽约时报》的头版头条。几次翻印后文字已经模糊不清,但我一看就看到了那行大字:"MARTIAN CANALS VERIFIED（火星运河已被证实）",以及旁边配的一张太空拍摄的照片:异星表面,颜色深沉的狭长山谷中,明显有一条波光闪动的河流或者说水道,如黄河九曲,如丝带飘动,如梦如幻。

这张照片是水手六号拍到的。拍摄时间在那一年的七月底,紧接着阿波罗十一号登月之后。其他还有一两百张照片,包括更多的河道和一些宏伟奇特的建筑,美国政府最初想要隐瞒,但仍然泄露了。当我们看到这些照片的时候,整个世界也正在为火星文明的发现而震惊。

火星存在运河的假说,在近百年的猜想和争论后,终于被证实了。那一刻我们彼此对视,眼神中不知是欢喜抑或恐惧。从那一天起,整个世界变得不一样了。

请不要觉得这是一个精神病人的谵妄之语。我清楚地知道,在这个世界上,这件事从来没有发生过。但是飞琼啊,也许这个世界的存在本身就和它相关。

我记得,随着火星文明初步的证实,世界各国,当然主要是美苏两国的太空竞赛,立刻升级了,一切资源都向着探火而倾斜。而我们五院也很快接到了最新的最高指示,老人家幽默地说:**要知道火星人长什么样子,就要自己上火星去瞧一瞧!**

在那以后,国家支持航天工程的力度又比以前翻了好几倍。全国军民以巨大的热情和决心,咬紧牙关支持了我们的工作。我们在一九七〇年成功发射了东方红一号卫星,此后工作重心转向载人航天,终于在一九七四年把第一个中国人———一位叫方国军的航天员——送上了太空。

此时我早已参加了航天员的培训，也一直摩拳擦掌，希望能有朝一日，代表中国人进入太空。不过坚持了三四年，还是没有通过后续的训练，被淘汰了。我颓唐了一段时间，但你用你的爱和温柔拯救了我。一九七四年，我们结婚了，过了两年，你就生了一个可爱的女儿，我们给她取名叫沈淇。

（"什么？"沈淇惊呼出声，"这怎么可能……"不过她没有说下去，而是不吭声地继续读下去。）

因为国际局势的紧张，我们在一九七五年离开了北京，搬到了大三线，也就是四川西昌航天基地。我们继续从事飞船的研制工作，小沈淇也一天天长大。虽然工作繁忙，但深山里生活简单惬意，远离了政治风云的干扰。我们一家三口，有时候还有高远一家，偶尔还去附近的山里采蘑菇和木耳，或者在小溪边捞鱼野炊，过着幸福而平静的生活。

但外面的世界在激烈的剧变中。从七十年代初开始，美苏向火星发射了大量围绕火星运行的卫星，美国是海盗系列，苏联是宇宙系列，这些探测器拍摄了数以十万计的照片，进一步确认了火星表面的确会不定时地出现类似于"河道"的奇特现象，其出现与消失没有明显规律可循，也许出现三天就永远消失了，也可能长时间不断地消失和重现，这也是关于当年火星运河一直存在激烈争议的原因。

这些运河之间纵横交错，网络复杂，但最终通向一个位于南极极冠地带的"中枢"，那里有许多晶莹剔透的巨型人造物，它们簇拥在冰雪之间一个面积约为十几平方公里的地带，其中最醒目的是一座高达一千五百米的半透明高塔。科学家们戏称之为"水晶塔",其他的许多技术细节,如今我已经难以想起了。

很显然,如果火星有文明,那么答案一定在那座水晶塔里。美苏的航天机构先后往火星南极发射了十多个登陆器和火星车,一半左右失败了,另外一半成功登陆,其中又有一半移动到了水晶塔附近,拍下了一些令人着迷的照片。但当它们试图从这些神秘建筑上提取物质分析的时候,就会被强大的电磁干扰所瘫痪。这至少证明,这里还有在运行的机器系统。但没有人类到场,光靠无人设备是无法搞清楚火星的奥秘的。

不过,火星探测的初期成果已经很令人振奋了,比如在火星沙土中,火星车发现了某种古怪的粉末,经过显微分析,发现是一种从未见过的结构,后来被命名为碳纳米管,强度、柔韧性和导电性能都非常优越,在工业上拥有不可估量的前景。其他还发现了一些新的合金、塑料乃至疑似的文字符号之类,但大部分是各国自己掌握的绝密信息,绝不外传。

但可以肯定,这些发现不过是火星宝藏的门口掉落的几个铜板,微不足道。而只有载人登火,才能真正打开这个宝藏紧闭的大门!

我们星球上两个争斗了几十年的超级大国竭尽所能地发展航天技术,都想在对方之前率先登上火星,如果能打开火星文明的宝藏,就可以取得对方永远无法超越的技术优势。而如果让对方成功,自己就永远无法翻盘了。一开始,美国人因为成功登月的优势领先了许多,土星五号、土星七号等大推力火箭成为美国建立太空霸权的利器。而苏联人在问题百出的N1火箭上连连挫败。但好景不长,苏联很快放弃了N1火箭,把所有的宝都押在了核热火箭上，有了惊人的技术突破，实现了后来居上。一九七四年，季托夫等三名苏联航天员成功被核热火箭送上了月球，不过因为技术故障永远留在了那里。但从那时以后，登月对双方都已经不是问题了。

与此同时，美苏开始建造空间站，很快从单体空间站跨越到了组合式空间站。高远告诉我，在这个世界，苏联的礼炮号和美国的天空实验室也在七十年代发射升空。但比起我所见过的那些真正的空间站，它们只能算是小孩的玩具。想象一下，长达三百米、五百米甚至更长的桁架上挂着上百个功能舱室，宛如一条巨大的蜈蚣飞翔在太空里，又或者是直径达到数百米的巨轮在近地轨道上旋转，几百名航天员生活在其中，几乎是一座城市，各国的外交官员甚至在太空站举行过会谈……这是美苏在七十年代一系列不计成本的发射所缔造的奇迹。

这些空间站的根本目的，是作为火星飞船的组装工厂和出发港。往返火星的载人飞船，预计总重量将达到一千到一千五百吨，是阿波罗飞船的几十倍，无法一次性从地球上发射，而只能先后发射不同组件，在空间站组装起来，再前往火星。

那是一个突飞猛进的时代，却也是一个走向毁灭的时代。美国人在一九七一年果断结束了越战——靠在河内扔下一枚五百万吨当量级的氢弹。苏联从来没有入侵过阿富汗，比起赢得火星这至高无上的奖赏，地球上的蝇头小利微不足道。但巨大的太空项目支出掏空了这些超级大国的国库，人民的生活越来越困苦，经济危机和动乱不断，得克萨斯一度宣告独立，被国民警卫队荡平，而波罗的海的几个加盟共和国试图脱离苏联，结果亦是血流成河。

更可怕的竞争发生在我们头顶上。因为不顾一切追求速度，每个月都有许多的探测器、飞船、卫星和空间站模块被送上太空。航天器的事故不断，平均每年都有三四起大型悲剧发生，动辄导致几名到几十名航天员的牺牲。而双方又都怀疑是对方下的黑手。有些在近地轨道失控或爆炸的卫星或飞船，又给其他的航天器带来了巨大的风险。一九七五年，苏联卫星上脱落的一枚小小碎片，以高速撞上了美国的天空实验室二号，在它表面砸出一个大洞，包括登月第一人阿姆斯特朗在内的三名航天员被吸入太空，尸骨无存，这险些引发了一场战争……

中国在做什么呢？当然，我们不能和那两个超级大国相比。的确，我们成功地用曙光一号将自己的航天员送入太空，一度也举国欢腾……但之后一切都进展相对迟缓，我们的国力支撑不起大型空间站，大推力火箭也直到七十年代末期才有了进展，研制成功了堪与土星五号相比的长征九号。我们预计在一九八二年能够实现登月……但这一切离登火的理想还是太遥远了。话说回来，其他航天科技强国，如英法和日本，也早已退出了这场过于艰巨的竞争，但中国人仍然以微薄的资源坚持着。

一九八〇年，美国共和党的罗纳德·里根入主白宫，美苏登火的竞争越发白热化。因为要使用最节省燃料的霍曼转移轨道，登火的窗口期每两年多才出现一次。冯·布劳恩计划在一九八二年的大冲年登上火星，这让苏联人别无选择，必须把登火定在同一时间。如果让对方首先登上火星，获取了火星人的先进技术，自己迟到两年多以上，那一切还有什么意义呢？七十年代末，苏联为了建成自己的深空监测网络，需要在非洲和南美各建一个地面站，为此，他们介入了好几个国家的政局，美国自然又要从中作梗，双方掀起了数场局部战争，死亡人数以数十万计……唉，那些层出不穷的动荡扰攘，我已经记不清有多少了。

但我仍清楚地记得那个日子：一九八一年十一月十二日，美国的阿瑞斯号和苏联的齐奥尔科夫斯基号飞船在空间站组合完成后，在几个小时内先后点火，从近地轨道出发，分别载着五名和四名船员，踏上了前往火星的漫长之旅。你自然清楚，这个时间窗口是精心计算好的，火星和地球都在持续运动中，此时出发才能在地球和火星轨道之间画出一个相切的椭圆，进入最为经济方便的霍曼转移轨道。这将是一场耗时八九个月的漫漫苦旅。

而一天后，在这个时间窗口的最后几小时里，从西昌航天基地发射了长征九号丙火箭搭载的飞船共工二号，进入了霍曼转移轨道，中国终于加入了这场人类历史上最伟大也最狂野的大赛跑。

参加这场比赛的运动员就是我。

十一月十三日下午五点二十七分，在震耳欲聋的轰鸣和震动中，我，航天员沈星光，离开了中国，离开了地球，离开了你，飞向了那颗我们曾魂牵梦萦的行星。

14

这是怎么做到的呢？飞琼，你应该还记得，这正是你的父亲、我的恩师萧若水教授早在六十年代就设想过的简单廉价的登火方式：把乘员压缩到只有一个人，所需的生命维持物资就会大为减少，加上其他一些节省设计，最大限度地减少载重，以一艘登月飞船的规模就可以发射。

当然，如果只有一个乘员，进行半年或更长的旅程，其心理压力是远远超过一组队员在一起的，一旦在长达半年的旅途中生理或心理上出了问题，整个任务也就作废了。但是我们相信，中国的航天员是用特殊材料做的人，能够克服这些问题。退一步讲，即使不幸有去无回，其损失也远远小于搭载五六个航天员的大型飞船。

更棘手的问题是，我们的技术是可以飞到火星，但很难在登陆后重新上升，返回太空。火星的重力比月球大得多，而且还有大气的影响，小型登陆舱再度升空困难重重，而且和轨道器对接也需要其他航天员在轨道器中操作。我们也想过很多种解决方案，比如事先发射一艘能够自动登陆的返回飞船，或者将大量的燃料空投到火星上，而升空后可以由计算机程序自动对接……不过，这些方案以当时的技术而言都是不可行的。

然而萧教授从未真正放弃过这个计划。他在一九七一年去世了，但在他去世前夕，我们一起完善了诸多细节，并提交给了院里，希望投入更多的资源在这个方向上进行探索。但上级并不赞许，仍然希望以更稳妥的方式进行登火。现实是残酷的，我们的家底在数十年内都无法和美苏相比。

在火星竞赛的最后几年，我又找到领导，重新提出了这个计划，这是以我国目前的航天水平唯一可能和美苏同时抵达火星的方案。上级本来还持否定态度，但正巧副总理刚刚访问过美国的约翰·肯尼迪空间站，见到了巨大的火星飞船组合体的雏形，很受触动。他找到航大基地，直截了当地问，我国有没有可能在一九八一年底发射去火星的飞船。

中央都发了话，我们的计划就又放到了台面上，但最终代之以一个修订版：中国将会发射一艘飞船，但这次的任务不是登火，而是只进行一次环绕火星的载人飞行任务。在火星轨道上停留数十天后，飞船再取道金星，利用金星的引力加速效应返回地球。副总理对这个计划还是比较满意的，并亲自将飞船命名为"共工号"，既有古老的中国神话渊源，又囊括了"共产党人的工程"之意。

我们就这么紧锣密鼓地准备起来了。但敌人也是极度狡猾的——在窗口期前三天的夜里，发生了一次震惊世界的恐怖主义袭击：三枚末端制导的弹道导弹从北冰洋底下的潜艇中发射，穿越太空，飞向中国西昌。其中一枚击中了发射架，那里长征九号火箭和共工号飞船已经就位，被炸得粉碎；另两枚更可怕，它携带了中子弹弹头，精准地摧毁了两处隐蔽的航天员宿舍，十六名航天员以及二百多名其他工作人员遇难。虽然还有十来个航天员活下来了，但也受到中子流的强烈辐射，健康被严重损害，无法再执行任务。

这是一次精心策划的行动，旨在摧毁我国的航天能力，以扼杀中国这一登火的潜在对手，一定是美苏两国中某一家所为，但双方都否认了，而且现场没有留下任何有力证据，孱弱的我们无从判断，更无力报复。

我们唯一的报复，只能是完成任务，不顾一切地完成这次飞行任务。

发射架被毁了，但中央早已想到这一层，在大山深处还藏有一个发射井，其中有着备份的长征九号火箭和共工二号飞船，和被毁掉的几乎一模一样；但问题是几个梯队的航天员都非死即伤，几乎没有合适的对象，只剩下一个人，一个早已经被淘汰了的前预备航天员……

他叫沈星光。

载人绕火工程指挥部给我打了个电话，让我自己决定。

坦白讲，接到电话后，我感到一股无法承载的巨大压力压在肩头，几乎喘不上气来。我不想去，我也不敢去。但我知道自己一定会去，因为这是唯一正确的选择。这是你和我，还有萧老师早在许多年前就选择好的道路。

飞琼，没有必要再讲述我临行前的那些泪水，讲述我们肝肠寸断的告别，讲述我怎么狠心推开号哭着抓着我裤腿的女儿，讲述起飞后那些哽咽到说不下去的通话了。没有任何记忆的你不用去承受这些痛苦的回忆。

说一些你没准会感兴趣的吧：我起飞的过程极为痛苦，噪声、震动、过载……一切都和训练时不一样，之前已经上过太空的那些航天员，他们告诉我的，也远不如我自己体验的万一。我感到自己的五脏六腑都在震颤和错位，以为自己就要死去了……我感到深深的懊悔，如果这样死去，还不如像那些航天员一样被炸死来得痛快……

但几分钟后，痛苦渐渐减轻，重力也逐渐削弱，直到我感觉自己已经不再被重力所束缚。我已经进入了近地轨道。整流罩打开了，阳光洒满了小小的指令舱，我如饥似渴地透过巴掌大的舷窗，望向下方——或者上方，我已经分不清了——略微显出弧形的中国大地，我认出了四川盆地、中原大地、山东半岛、宝岛台湾……亚洲边缘的海洋闪耀着蓝光，笼罩在光晕般的大气层中，美得难以置信。忽然间，我又感到一切都是值得的。此时此刻，我代表着祖国和人民，代表中国人，踏上了前往另一颗行星的伟大征程。

但这些想法又转瞬即逝，八个月漫漫苦旅中真正的烦恼才刚刚开始。它们千奇百怪，层出不穷。比如我有很长一段时间，并未感到失重后飞翔般的快乐，而是觉得自己仿佛一直被倒吊起来，感觉非常不适应，却又无法摆脱。

这倒还是小事，为了节省燃料，共工二号只有两个舱室，一半以上空间还被两年旅行所需要的物资占据，空间非常小，加上遍布着仪表、面板、线缆，连转个身都艰难，我好像是待在一具飘浮的棺材里。我每天都要花一个小时伸缩腿脚，否则肌肉就会萎缩，我甚至准备了一根电棒，过几天电击自己一次，让四肢痉挛起来，以保证神经的基本活动。

虽然说是"棺材"，但这里却并不寂静，飞船内各种设备运行的声音，嘈杂交错，就好像在一个繁忙的工厂车间里。虽然之前我也受过噪声训练，但并不是像这样日日夜夜，无止无休。我都不知道自己是怎么熬过来的……

饮食方面就更不用提了，飞船并没有先进的食物循环系统，所以有整整一个货舱来储存我的食物。不过水分仍然是可以（而且必须）循环利用的，每天我自己的尿液蒸馏后，变成饮用水，加上一种味道千篇一律的压缩饼干，就构成了一日三餐，不过这已经是比较容易忍受的部分了。更可怕的是，舱内的散热装置非常差劲，导致温度经常在三十度以上，比我在上海最热的夏天还要难熬。

据说美国航天员的待遇要好得多，他们那里不仅温度宜人，而且每天可以洗澡，但我只能用湿毛巾擦一下身体，三天一次。我们在很多方面都无法相比，他们有几百立方米的宽敞服务舱，有旋转产生的人造重力，带了牛排和火鸡，还有可以放电影的微型计算机，而我的飞船比起二十年前加加林的东方号好不到哪里去……

我唯一的"娱乐设施"是一部新研制的微缩胶卷放映机，这样我可以携带一百多本书上天。不过绝大多数也都是任务必需的技术资料，另外有一套《毛选》和一部《鲁迅文集》。我都读了个滚瓜烂熟。我用毛主席的《论持久战》为自己打气；鲁迅尤其让我感到一种奇特的亲切，我们的故乡相去不远，时代也仅隔了半个世纪，许多风俗都很类似；当年我就是坐着《故乡》和《社戏》中的乌篷船，离开家乡去了上海，但曾经翻译过《月界旅行》的鲁迅先生又能否想到，几十年后又将有一个家乡人，乘着一艘大小差不多的小船，飞向四亿公里外的另一个星球呢……

不过对我来说，每天最大的安慰还是和你以及淇淇通话，尽管每一天延迟都在增加，令人焦躁的沉默越来越长。但你们熟悉的声音仿佛是一根细细的丝线，跨越了宇宙空间，将我这漂泊的灵魂和日益远离的故乡连了起来，也将这场伟大而残酷的竞赛和那些一去不返的宁谧岁月连了起来……

齐奥尔科夫斯基号在我前方，阿瑞斯号在我后方，彼此相距仅仅几万公里之远，这对于飞船来说不过是几个小时的路程。不过因为众所周知的原因，我们之间没有进行通信，大家都相互提防着。奇妙的是，即便如此，我也感到一丝安慰，毕竟在距离地球千万公里之外，仍然有同类和我近在"咫尺"。

不过苏联人很快就先行一步了。深空监测系统发现，齐奥尔科夫斯基号并没有在进入霍曼转移轨道后熄火，转为无动力飞行状态，而是继续耗费燃料，不断加速。我们判断，苏联的核热火箭水平又上了一个新台阶，比外界预期的效率更高，加上他们也减少了船员的数量，所以并不打算走霍曼转移轨道，而是开辟了一条更快速的转移轨道，经过计算，他们能够比我以及阿瑞斯号提前大约五十天到达！指挥部告诉我，美国人对此感到十分担忧，北约临时在欧洲大西洋沿岸进行演习，华约组织也举行了针锋相对的军事操演，形势剑拔弩张。对我来说，因为本来就没有登陆的打算，所以倒还没有太受到打击，能够用自己的眼睛近距离看一眼火星，我也就满足了。

大概在我出发后第三个月，地球已经变成了星空深处一个蓝色的小点，火星还在遥远的地方，难以辨认。这时候，指挥部告诉我一个惊人的消息：苏联人乐极生悲，犯了致命错误，他们的核热发动机虽然效率很高，但辐射屏蔽装置出现问题，航天员受到了超量的核辐射，很快就一个个都病倒了，据说有人已经死去。苏联方面秘而不宣，不过CIA的间谍从莫斯科挖到了这个绝密情报。受到舆论压力的美国政府迫不及待地公诸天下，苏联方面一口否定，说是美帝国主义为了诋毁苏联伟大成就的造谣。但美国放出了苏联人一段绝密的通话录音，是地面的专家对齐奥尔科夫斯基号人员进行抗辐射医学治疗方面的指导，问题终究难以掩盖了……

"北极熊"的挫败，当然会令我们稍微松一口气。但对航天员的不幸遭遇，我一点也没法感到幸灾乐祸，而是产生了同样的恐慌。为了抵御空间辐射，共工二号裹上了厚厚的铝板，不过我仍然时常会感到头晕和恶心，即便根据最乐观的估计，漫长的旅途中我所受到的辐射也超过地球上的安全标准两倍以上。我不能确定，自己的身体内部是否已经被宇宙射线的洪流所穿透，某种可怕的病变是否已经在我身体深处酝酿。可能这只是臆想，但种种生理和心理的问题加起来，让我整个人的健康状态越来越恶化。

关于这次旅行，越到后面我的记忆就越模糊。我真的在那艘棺材般的飞船上度过了八个月的时光吗？我每天都在干什么？我还和地球上的指挥部有着正常的通话联系吗？那些和你以及淇淇的通话，有多少是真实的，有多少是我想象出来的？有时候，我甚至感觉好像你们就在我身边……后面几个月里，我昏昏沉沉，似梦似醒。好在在无动力飞行阶段，也不需要我进行多少操作，否则我大概难以胜任。

但在旅途的最后阶段，又一个惊人的消息把我从昏睡边缘唤醒了。齐奥尔科夫斯基号果然出事了，在接近火星时，它并未进行减速，而是擦着火星的边掠过去，没人知道飞船上发生了什么，据说经过半年多核辐射的侵袭，已经没有活人了。这艘幽灵般的飞船将成为绕着太阳运转的一颗小行星，在黑暗的宇宙空间中永远飘荡下去。

峰回路转，美国人松了口气，毫无疑问，他们将是最后的胜利者。随着美国登火时刻的临近，地球上的局势也变得一天比一天紧张。我只能通过指挥部的转述得知大概：因为齐奥尔科夫斯基号的惨败，苏联领导人勃列日涅夫在焦虑与愤懑中去世，原克格勃主席安德罗波夫接任总书记。

在这场日趋疯狂的竞赛中，中国仍然争取到了一个难得的荣誉：因为飞行速度稍快，共工号比阿瑞斯号提前一天抵达火星，成为第一个进入绕火轨道的人类。渐渐地，火星从飞船的后方出现了，并日益靠近我，仿佛是一艘巨轮在分开波浪，追上一条小舢板。我带着激动的心情，看着它一点点变大，从和地球上差不多的小红点，变成了一枚带着美丽纹路的小红果，然后它变得更大，更红……之前从未有人用肉眼目睹过这一幕奇景：一片壮丽而苍凉的红色大地，带着亿万年的沧桑与神秘向我迎来。

一九八二年七月二十八日，是共工二号正式抵达火星的那一天。此时，指挥部和我之间的时差已经超过了半个小时，我只能靠自己摸索进入火星轨道。想着苏联人的可怕教训，我小心翼翼地启动了发动机，观察着仪表上的参数，点火后慢慢减速，顺利进入数千公里高的绕火轨道。火星如在我面前转动起来，那赤红色的地表，深邃的峡谷，绵长而闪亮的河道，水晶般的南极建筑，以及大地上一些难以名状，但必然有智慧成分的几何图形，在我面前一一呈现，尽管之前各国的探测器拍到了不知多少万张图片，但用自己的眼睛在火星上空亲眼见证这一切，感觉又完全不同。那时候，我激动地想，也许人类付出这二十多年的辛劳，都是值得的，都是为了这一刻——我还是太天真了。

仅仅十几个小时后，阿瑞斯号也安全抵达火星，好整以暇，准备登陆。八月九日，里根总统宣布，经过周密的准备，以尤金·塞尔南为首的三名美国航天员成功地乘坐登陆器，在火星南极软着陆，距离水晶塔的距离仅约两公里。他说，美国宇航员即将进入神秘的水晶塔，与火星人（或者火星人遗留下来的某种智能系统）进行第一次接触。但此后很多天，美国政府对接触的详情都秘而不宣。

几天中谣言四起，有人说美国人已经得到了超级强大的火星技术，很快就能研发类似《星球大战》中死星那样的超级武器，摧毁苏联；也有人说，这是一种脑波武器，能够直接在火星上发射，让共产主义国家的人民转变意识形态。仿佛这种武器已经开始使用了一般，东欧和苏联的一些加盟共和国开始发生动乱，东西柏林之间也发生冲突，苏军入侵了西柏林，与北约直接进入了战争状态……

在重重压力之下，白宫终于羞羞答答地承认真相：当日阿瑞斯号在降落时受到尘暴的冲击，未能成功实现软着陆，地面和轨道器上的队员也失去了联系。经过多日努力，始终联系不上，推测航天员都已经遇难……

苏联人理应松一口气，但双方早已没有任何信任，也许他们仍然怀疑美国人在隐瞒真相。两天后，留在太空、准备等待时机返回地球的阿瑞斯号轨道器蹊跷地发生爆炸。两名留守阿瑞斯号的航天员也都遇难。这样，即便塞尔南等人还在火星上，也无法回到地球了。美国人怀疑是苏联的那些火星探测器对阿瑞斯号发射秘密导弹，或者进行跟踪撞击，但苏联一口否认，说是美国人自己操作失误或者被流星体撞击，嫁祸给自己。美国人找不到证据，但仍然宣布一切是苏联的阴谋，甚至有谣言说，之前登陆失败也是苏联进行电磁干扰的结果，民众的愤怒燃烧到了极点……

从那时到最后的总爆发还有大半个月的时间，许多具体的过程我已经想不起来了，一些相互矛盾的信息无法判断对错，也难以把发动战争的责任归诸哪一方，反正，最后的结果是一样的：在持续的柏林危机之中，美国两院授权总统出兵东德，同时，苏军的铁流从几个方向涌入西欧……第三次世界大战开始了，不过比前两次要"简短"得多，持续还不到一周。不知哪一方先使用了核武器，但双方都不再克制：九月十一日，从美苏遍布大陆的发射井和隐藏在大洋深处的核潜艇中，总计超过一万枚核弹疯狂地呼啸而出，飞奔到这颗蔚蓝色行星的各个角落，种下无数烟云蘑菇……

这一天日出的时候，世界大部分地区还和往常一样，到日落的时候，已经有上万朵蘑菇云升起，几千座城市毁灭，数十亿人直接死亡，苏联、美国、欧洲、中国、印度、巴西……无一幸免，人类迎来了自己的最后一天。

当然，我什么也没看到，但又什么都看到了：那天，当我在轨道上望向地球的方向，我看到的不是一颗蓝莹莹的宝石，而是一个白得发亮、宛如金星的光点。那是一万多颗原子弹和氢弹爆炸后所形成的覆盖整个地球的尘埃云团。

当天，基地向我通报了一切，他们告诉我目前已经和北京及各大城市失去了联系，声音中充满了绝望。我在恐惧与焦灼中问了很多问题，但是信息要传回地球还需要四十分钟，我听不到回答。然后，飞琼，我听到了你的声音，你平静地说："星光，我们这里撑不了多久了，去做你一直想做的事吧。"

"什么？"我不觉发问。

你当然听不见，但你仿佛回答了："你知道我说的是什么。"

我明白了你的意思，身体禁不住地颤抖。

"不要，我会回来的！不要放弃，等着我！"我大叫着。

"不要回来，去找他们，这是我们的——"

这时，传来一阵许多人的惊呼，然后是剧烈的爆炸声，掩盖了你剩下的半句话，然后一切就陷入了沉寂，只有一些干扰的"沙沙"声。来自地球的声音中断了，永远中断了，我拼命叫着你和沈淇的名字，但永远也不会再被你听到。我望向地球的方向，仿佛看到一朵巨大的蘑菇云在中国腹地狰狞地升起，但当然什么也看不见，只有模糊视线的泪水。

我在轨道上等了整整两天，但没有等到地球方向的任何电波。我无法再自欺欺人，一切都结束了。

只有你的声音还在我脑海回荡。

15

飞琼，你记得吗？一九六六年春天，在那场大风暴开始之前，有一天我告诉你自己正在思考从火星返回的问题，你说了一句："为什么要返回呢？"

我惊讶地看着你，你解释说，为什么要回去？如果事先投下一些补给物资和机械，也许我们就能在火星上建立基地，我们利用飞船自身的循环系统，能长期生活在火星表面。为了祖国的火星探索事业，我们可以在火星上待三年、五年、十年……直到祖国的航天技术发展到能够带我们回去，那想必也用不了太多年月……你和我，就我们两个生活在火星上，走进那神秘的峡谷，沿着古老的运河漫步，探索火星文明的奥秘……

"但是，如果找不到补给物资呢？"我问，"万一中间出了问题，或者降落地点不对，那就非常危险了……"

"那就去找他们呀。"你"咯咯"笑着说。

在太空漫长的八个月里，我也并非每天只是昏昏沉沉忍受煎熬。为了打发时间，我在脑海中也想出了可能登陆火星的方式。用来返回地球的指令舱，实际上也是可以登上火星的。我算出了轨道参数，主发动机的点火时间，进入大气层的位置、角度和速度，降落伞的减速，以及最后的姿态调整和缓冲发动机点火。当然一切都不靠谱，共工二号以每秒约四公里的速度围绕火星运行，一丁点的延误或提早都可能导致数十公里以上的误差，更不用说会像阿瑞斯号登陆器一样坠毁了。对我来说，这本来只是一个思维游戏。

但现在，已经没有选择了。回到世界末日后没有你也没有孩子，甚至没有人类的地球，对我已经毫无意义。我启动了发动机，降低速度和轨道，我一遍又一遍地从火星南极上空经过，观察着冰雪中那些越来越清晰的神秘水晶塔，但在数百公里的上空，顶多只能看到影影绰绰的一些轮廓。迄今为止，还没有人类或人造物接近过它们，看到过它们正面的真容，我会成为第一个吗？还是会像不幸的美国航天员一样，陨落在异星冰冷荒芜的表面？

时机成熟了，当速度已经只有数百米每秒的时候，我将共工二号的指令舱和服务舱分离，钻进指令舱里，让它降落。此时高度已经降低到百余公里，重力开始起作用，指令舱进入了火星大气层，在气流的冲击下产生了尖锐的呼啸声，窗外摩擦产生的红橙光芒闪耀着，整个舱室如同在火海中燃烧。火星的大气比地球稀薄很多，但飞船仍然剧烈颤抖着，让本来被过载折磨的我更加难受，好在随着速度的快速降低，这个过程比较短暂。离地面几十公里高的时候，我在驾驶椅上挣扎着望向窗外，看到红黄色的大地仿佛摇晃着向我冲来，一条运河就在脚下，但南极的水晶塔在遥远的前方，几乎落入地平线外了。该死的，一定是前面某一步误差太大，导致我的着陆位置远远偏离了原定的降落地点。这是不可改变的，指令舱不是飞机，我不可能在火星大气层里自由飞行，只能就这么落下去了。

在离地面还有大约十公里时，我打开了数百平方米的降落伞，这本来是为在地球上降落准备的，然而薄薄的火星大气减速的效果远不如地球，指令舱仍然快速坠落，控制面板显示速度仍然超过八十米每秒，这本来也在我的计算中，但事到临头，我仍然慌张得手都颤抖起来。我设法调整着返回舱的姿态，让缓冲发动机点火，希望能够平稳落地。但剩下的燃料也没有多少了，早一秒或者晚一秒都会铸成大错。

我成功地完成了减速，但最后仍然出了差错，指令舱姿态略有些倾斜，在落地的一刹那，像被抛下的骰子一样翻滚起来。因为考虑到着陆时可能出问题，我们的指令舱有一个安全设计，落地的瞬间，我的身边弹出了三个巨大的气囊，把我裹在中间，以免受到冲击，但我仍然感到仿佛是被巨人握在手里揉捏，不禁大叫起来。

指令舱停下了滚动。我感到胸部剧痛，摸了一下，至少已经断了两根肋骨。这就是八九个月在太空漂流的下场，骨质早已疏松得不成样子，诸多安全措施仍然无法保护我的骨骼，还好没有把我的胸腔压扁。

我在指令舱里又待了几个小时，设法让自己习惯回到我身上的重力，虽然还不到地球的一半，但我却觉得身体好像被大力往下拽一样难受。但我待不了太久，这里的氧气、水和食物不能长期维持，我吃了点东西，吃力地穿好了笨重的航天服，然后进入气密室，最后开启了外部舱门。

阳光洒了进来，火星遍布砾石的戈壁大地扑入眼帘。想到我可能是第一个踏上火星大地的人，一股兴奋油然而生，甚至让我忘却了身体的痛苦——只是短时间内。舱门的方位是倾斜的，我艰难地爬出去，不想脚下一软，又摔倒在火星的沙土中，好不容易挣扎着才爬起来。我没有像阿姆斯特朗一样，用一个漂亮的脚印铭记人类的伟大时刻，只留下一片狼藉的沙土，好在也没有人会来瞻仰。

我跪在地上，抓了一把沙土，握在手心，又打开看，火星的一部分静静躺在我手上，对亿万年来第一次被外星人俘获这件事反应平淡。我倾斜手掌，它们就平静地飘落下来，复归母体。我不禁想，我很快也会躺在它们之中，变成它们的一部分。

我站起身，环顾周围，四面只有无尽的红色土壤和破碎岩石，直到和昏黄天空相接的地平线上，看不到壮丽的水晶巨塔，也看不到任何文明的标志，这颗星球仿佛从来就没有生命，没有文明，仿佛一切都只是人类在地球上的一场幻梦，而人们为这个梦，毁灭了自己的家园……不，也许人类本来就具备自我毁灭的天性，火星对此不负任何责任。

从我进入大气层时见到的最后景象判断，飞船距离南极极冠至少还有两百公里之遥，而水晶塔区域还在南极极冠之内数百公里，我的体力无论如何无法走到那里，更何况宇航服中所储存的氧气，只能维持区区八个小时。

我记得在高空中见到，着陆地点附近有一条细细的运河，具体有多远呢？也许只有几公里，也许有几十公里……我大概可以撑到那里，虽然我也不知道，走到那里去有什么意义。除了运河本身，我们的探测器从来没有拍到河边有任何生物或文明的迹象。

我努力从脑海中还记得的些许地貌特征，以及返回舱落地翻滚的痕迹来判断方向，然后一步步前进。大半年都没有使用过双腿，即便有过锻炼，肌肉仍然萎缩了，让每一步都觉得腿脚酸软，如果不是火星而是地球的话，我真怀疑自己能否再站起来。

苍凉的红色大地无声地吸纳了我沉重的步伐。比地球上明显小一圈的太阳挂在天边，仿佛随时会落下，但一直没有落下。这里属于极地附近，自然有极昼现象，但也更令我难以辨明方向，也许根本就是走错了。但我早已不知道正确的方向在哪里，只有走下去，我想走到自己氧气耗尽，再也走不动的时候，就躺下来，永远待在这颗我曾魂牵梦萦，但终究不属于我的星球上。

这是人类最伟大的一次漫步，也是最后一次漫步。

我并不害怕，我还有什么好怕的？这是我毕生的梦想，如今竟然奇迹般实现了。我一边走着，一边想着过去的人生，主要是想着你，想着淇淇，想着我们在地球上那些平凡而欢乐的日子。一次，我甚至蹲下来，在火星的土壤上写下了我们一家的名字：飞琼、星光和淇淇。但有谁能看到呢？如果是月球，也许还能等到一万年后新的人类文明（如果有的话）到访的那一天，但这里是火星，顶多几个月后，席卷星球的尘暴就会埋没一切……

我走累了，坐在一座小土丘下休息了一会儿，一看时间才过去了一个多小时。想到每多坐一分钟都是浪费氧气，我又站起身来继续行走。这片亘古的红色荒漠，让我想起了许许多多读过的科幻故事。远处一块形状奇特的石头，让我觉得也许是火星的智慧鸵鸟在跟我打招呼；尘土飞扬的地平线，又仿佛是克拉克笔下奔腾的火星食草动物……但是不，这些都是无端的幻想，而我现在在火星上，这是真正无可改变的现实，和地球已经毁灭、我的妻子和孩子都已葬身火海一样的现实……

我再度泪流不止，却擦不到自己的眼泪。泪水模糊了眼前的一切，好在这只是短暂的。为什么要哭呢？顶多在半天之后，我就又可以见到亲爱的你和孩子了，过程将会很快。眼下，就让我继续这次人类最难得的漫步吧！

耳边响起了报警声，我抬起手臂，看了看上面的简易显示面板，它告诉我二氧化碳过滤器运行出现问题，这意味着航天服内的二氧化碳含量正在缓慢提高，已经越过了百分之零点五，我应该立刻返回飞船进行修理，但我已回不去了。

我只好关掉报警声，不去理会，继续走着。苍茫的红色大地上，那些火星科幻中的幽灵们继续来来往往，时有时无。又过了不知多久，我看到在太阳的对面升起了一个形状不规则的飞行器，不由有些诧异，那是什么？它看起来大概有半个月亮那么大，以缓慢但明显的速度在天边移动着，时隐时现。对了，我忽然明白了，这是一艘飞船，一艘地球来的飞船，它来救我了！

我盯着飞船看着，挥着手，不由自主地大叫着。它果然看到了我，向我飞来，像一架飞机一样，在我面前降落。升降梯放下，我看到了你，飞琼，拉着我们的淇淇，微笑着向我走来，叫着我的名字，我太幸福了，幸福得战栗起来，想要去迎接你，但忽然想到，为什么你们穿着夏日的裙子，却没有穿宇航服？不，不……这是不可能的……

我擦了擦眼睛，你和孩子都消失了，那"飞船"又回到了天边。我忽然明白，它压根不是飞船，而是火卫一，这颗被火星捕获的小行星，每七个小时就围绕着火星转上一圈，这些本该是常识，但我已经丧失了判断力。我看了一眼手臂上，液晶屏提示我，二氧化碳含量已经上升到了百分之一，这是那些幻觉的根本原因。我知道，但没有任何办法。

我又休息了一会儿，用吸管喝了几口水，并且排了尿，感觉舒服了一些，眼前的沙丘依然无穷无尽，看不到有任何河流的迹象。我走着走着，一脚高一脚低，感到越来越晕眩。我昏倒过多少次？又多少次产生那些难以名状的幻觉？我都不知道自己是怎么熬过来的……

不，我根本没有熬过来，我告诉自己，其实我早在好几年前就被淘汰了，回到了普通人的生活。我和你结婚了，生了一个可爱的女儿叫沈淇，在三线基地过着平凡而幸福的生活。火星只是偶然出现在我梦中的一个幻影，但我怎么会忽然到了这里，在这颗红色星球上呢？这一切是真实存在的吗？还是那些无尽梦魇中的又一个迷梦？又或者，那些平淡静好的岁月才是虚幻的梦境？也许现在还是在最后那次恐怖的训练里，后面十年的历史都是我想象出来的，也许压根也没有发现什么火星运河……

　　　　庄周梦胡蝶，胡蝶为庄周。
　　　　一体更变易，万事良悠悠。
　　　　乃知蓬莱水，复作清浅流。
　　　　青门种瓜人，旧日东陵侯。
　　　　富贵故如此，营营何所求。

　　这是你喜欢的一首诗，我曾经嘲讽过其中的"封建知识分子情绪"，但此刻莫名浮现在脑海。真奇妙啊，两千年前的庄子早就知道了一切。生命是无尽的变易，梦境与现实是错位的游戏，真与假何凭何据，是与非谁能知晓，哦，宇宙，你是一团没有任何确定性的概率云……

　　各种稀奇古怪的幻影充满了火星大地，我看到了章鱼般的火星人在我面前舞动着触手，看到了鸵鸟般的火星人在远处跳跃，看到了无数猫脸怪人在远方的城市中狞笑着，看到了乘坐飞行船而来的火星公主，她宛然又变成了你的模样，对我低语：来吧，来吧，我的爱人……

　　我不知道自己在这个状态有多久，也许只有几分钟，也许有几个小时。后来我一定是昏迷过去了，因为当我再次有意识的时候，是航天服发出异常尖锐刺耳的报警声，我迷迷糊糊地醒过来，发现自己卧在一片沙壤中，我花了好长时间才意识到发生了什么，我越来越喘不上气，胸中的憋闷已经到了极点，让我甚至都感觉不到肋骨的疼痛了。我看了一眼显示屏，二氧化碳的含量已经上升到了百分之四，接近致死的边缘，我顶多还有十分钟，也许五分钟。

我惨笑起来，忽然有一股冲动，脱掉这该死的宇航服，摆脱这些闷热浑浊的气体，呼吸一口真正火星上的新鲜空气。我知道这不理性，但到了这一步，谁还需要理性呢？

我正要拉开航天服拉链的时候，忽然感到眼前的景色有点异样，仿佛不远处少了一片地面，远处的一片岩石悬空在近处的沙土上。我挣扎着往前走了几步，很快发现，横亘在我面前的，是一条大约十几米深的凹陷谷地。

一条闪着波光的河流在我脚下流淌着，伸向远方。

16

这一定又是幻觉，我模糊地想。

但我也不在乎了，能见到它让我欢乐。我跌跌撞撞地奔向这条运河，它又长又直，在阳光下波光粼粼，和那些古老的火星科幻小说描写的几乎一模一样。我到了河边，望向河水，静静流动的河水中映照出一个穿着笨拙宇航服的人影。我朝他挥了挥手，他也朝我挥了挥手。

很久很久以前，久得像上辈子读过的一些句子莫名浮现在我的脑海：

> 他们到达运河边上。在夜色之中运河显得悠长、笔

直、冰凉、潮湿，映着倒影。

"我一直想看看火星人，"迈克尔说，"他们在哪儿，爸爸？你答应过的。"

"就在那儿。"爸爸说。他把迈克尔扛到肩膀上，直指着下面。

火星人就在那儿——在运河里——水中映照着他们的倒影。

在微波荡漾的水中，火星人默不作声，目不转睛地望着他们，对视了好久，好久……

句子清晰得仿佛是早上才读的，但我想不起来来自什么书，是谁写的，克拉克还是海因莱因，或者阿·托尔斯泰……谁在乎呢？反正此刻在产生这些作品的星球上，所有人都化为了混合在一起的灰烬，不必区分了。

"就在那儿。"我喃喃说，蹲下来，不知怎么，想伸手去摸水中的倒影。

但我什么也没摸到。

这不是说没有摸到影子，而是连水也没有摸到，我的手掌掠过的地方，水面奇怪地凹陷了下去，避开了我的手，让整个影子变得扭曲起来。

我又挥动了一下手，水面继续"躲开"了。

这可不是在任何小说中读到过的场景。

我有些好奇地盯着眼前的水面，才发现，那根本不是水，甚至根本不是液体。

它像是一张水色的绸带，正在轻柔地拂动着。仔细看去，表面似乎又是由无数正在滚动的细小点阵所组成的，每一个都像针尖一样几乎不可见。但它们聚在一起运动着，互动着，各种复杂的纹理花纹出现又消失，最终形成了一条河流般的外形。

我们许许多多的谜题都有了答案：何以在气温为零下几十度的火星表面，竟然有着水道，而它们的出现和消失又全无规律。迄今为止到访过火星的十几个火星探测器，只有两三个曾经接近过它们，但也只是拍了几张照片，还没进行采样分析，否则一切也许早就揭晓了。

因为所谓的运河，根本不是河流，而是"火星人"本身……

但这也是事后诸葛亮，当时我几乎已经丧失了分辨真实和幻象的能力，很快就连思维的能力都丧失了，我滚倒在河边，拼命喘着气，被垂死的痛苦所折磨着。

我眼前发黑，只是恍惚看到，那些活的"河水"涌上岸，围在我的周围，表面变幻出各种形状。然后它们从下面托住了我，其中伸出一条条柔软的触手，企图伸进我的宇航服里，我好像听到了面罩破碎的声音……

我感到眼前发黑，很快就什么都看不见了，一生中的诸多场景从我眼前掠过，最后一个是你和我诀别时哭泣的模样……然后意识也归于黑暗……

然后，似乎也没过多久，朦胧中又有了光。我看到自己，穿着破碎的宇航服躺在运河边上。一脸痛苦的模样，已经死去了。

我看到自己……

是的，我看到了我自己的尸体。然后我意识到，我此时也已经不是自己了，我属于那条"河"，那些"水"。它们以远远超过人类电子计算机亿万倍的效率工作着，在我咽下最后一口气之前，我已经被它们所研究、分析、复制、上载了，进入了它们的世界。

我真的成了"火星人"……

接下来的事情，我不知道该如何形容。我的意识已经变得无比清晰，我的思维能力也比最正常的状态还要活跃，那种感觉难以言表。我仿佛跟随着它们随波逐流地旅行了很久，又仿佛只是一瞬间，我就被传送到了那座伟大的水晶塔中。那仿佛是另一个空间的入口，又是一切的归宿。我感到自己在无尽智慧的大海中漂浮着，拼命汲取着养分。

它们不分彼此，向我开放了一切生命与思维的奥秘，但我能理解的只有一小部分。如今能够记住的，更是不到其中的万一。

我看到了四十亿年前火星生命的起源，那些在深海中萌芽的细胞，与地球本来相去不远，但随即走上了完全不同的道路。地球上发展出了多细胞生物，而火星上微生物则结成了松散的海洋共生体系。海水覆盖着整颗星球时，曾经有遍布整颗行星的微生物网络，但随着海洋的干涸，大量微生物死亡，而生命进化的步伐也因此加快，不同的共生网络相互竞争而又相互渗透，不断地改良和更新，直到最后智慧思维的出现。在十亿年前，海洋已经基本蒸发殆尽，但火星微生物群设法在残留的湖泊间挖通了大量的渠道，生存下来，并以南极为中心，形成了遍布星球的"运河"网络，这事实上也是火星本身的大脑。它们时而是一，时而是多，以星球的规模感受着，思索着，争论着，变革着……

但那亦已经是远古往事了！早在地球的寒武纪之前，火星文明已摆脱了生物阶段，不再需要湖海的栖身之所了。它们进入更高的维度，成为某种我无法理解的智慧形式。它们已进行过星际航行，对宇宙有着深邃无极的了解，但仍然选择了留在太阳系和火星上。那些天文学家观察了一个多世纪的"运河"，每条都是由万万亿亿的纳米智慧体组成的整体，它们的出现与隐藏，是这颗星球本身的思维活动，而水晶塔中储存着天文数字的知识与历史，也是接收从宇宙深处传来的高维波信息的装置。它们以这些波动和宇宙深处那些更为不可思议的超级文明保持着联系。

　　而火星人也观察着地球，观察着自生命创始以来的整个历程。火星人有一个专门储藏地球生命的数据库，但环银河上下，他们有所接触的文明不知有多少亿亿万万种，地球对它们来说是一种过于简单的生命系统，压根不算什么，它们也从未有过入侵地球的意愿。人类关于火星人那些幼稚的想象，甚至不够资格令它们发笑。

　　我想告诉他们地球上发生的事情，但它们已了如指掌。我想问它们，为什么不帮助人类逃离毁灭的宿命。但这又是不需要问的，就像不需要问人类为什么不介入两窝蚂蚁的争斗。它们目标的伟大和深邃远远超出了我的理解，我唯有匍匐和崇拜，提不出任何疑问。

　　但我很快又明白了，这也是错误的。火星人观察着我们的一切，这种观察不是从外部去观看，而是以某种方式进入地球生命的内部，进入动物和人意识内部。它们从内在方面感受到了人的爱与恨、恐惧与野心、道德与诱惑。它们深切地理解我们。但说到底，也无须进行任何干涉。

因为，它们同时进入和理解所有的世界。

飞琼，你还记得艾弗莱特的多世界假说么？我们也曾经热烈地讨论过这种理论。它这整体上是错误的，但有一些正确的成分。宇宙本体的某些投影构成了多重世界的现象。我跟随着它们的认知维度，见到过人类主宰的世界，或者恐龙统治的世界；海豚进化出智慧的世界，社会性昆虫占领地球的世界；地球毫无生命的世界，火星毫无生命的世界，金星人主宰太阳系的世界；人类在十万年前就灭亡于瘟疫的世界，人类在一千年后迈入银河的世界……

我并不是说，这些世界都现实存在，也并不是说，这些世界不存在。存在、现实这些词是具有误导性的，对它们也毫无意义。一首歌存在吗？一道彩虹存在吗？一个倒影存在吗？与其说存在，不如说是显现和变化，宇宙的琴弦中早已蕴含了所有的乐曲，它们饶有兴味地倾听着也弹奏着，二者对它们来说，也是一体。

它们一直在进行着与宇宙合一的歌唱，这是它们的艺术也是科学，是历史也是未来。我的到来，也许稍微触动了一下它们。对于我们这种位阶比它们低下太多的生命居然还能克服那么多障碍来到这里，它们似乎也略觉赞许，仿佛人类见到一只蚂蚁能够走出一座迷宫。它们兴致勃勃地再次拨动了宇宙的琴弦，我感到所有的火星智慧体都合唱着，舞蹈着，并以一种神秘的方式，和宇宙中其他的智慧体产生共鸣。

我融入它们之中。我看到量子涨落，时光流动，星河旋转，我看到宇宙爆炸，万物生成。一个个星球上，生命兴起又衰落，我看到诸国融合又分裂，我看到各种生命在苦乐交织中寻找希望，追求幸福，或成或败，又归于寂灭的虚空。我看到了所有的世界，又什么都没有看到，甚至宇宙都不存在，只有一首无限繁复又最最简单的乐曲。它超越一切，记着一切，悲悯一切，救赎一切。如果要用一句话来形容，那正是《神曲》的最后一句话：

是爱啊，动太阳而移群星。

那乐曲旋律无穷，幻化亿兆，我追随着一个个绝美的乐章，仿佛以灵态在无限个宇宙中穿行着，经过了亘古岁月。从一个宇宙到另一个宇宙，从一个星系到另一个星系，又不知过了多久，我仿佛进入了一个虫洞，看到前方隐隐出现了一些东西，它们很快变得清晰起来，行人、汽车、建筑……看上去那么陌生，又那么熟悉……

终于，我发现自己又有了身体和四肢，我是骑在一辆自行车上，两边是马路上熙熙攘攘的行人和车辆，我不知道发生了什么，在一片茫然中放开了车把，车子一下子失控了，让我撞上了一辆小汽车……

然后等我醒来，就在这里了。在上海这家医院里。算起来，时间是我在火星上死去的同一天，却是在这个人类从未发现过火星文明的新世界上。在这个世界上，一九六九年的水手六号和七号并未拍下任何火星文明的照片，此后整个历史就开始分岔，最后变得完全不同。我花了很长时间才明白了这一点：第三次世界大战并未爆发（或者说尚未爆发）；人类没有拜访过月球之外的其他天体；空间站只是一个雏形；中国没有把任何人送上过太空，但迎来了改革开放的新时代……

我想，我们的火星人大概认为，这是能够馈赠给我的，最好的一个世界了吧。

但我永远无法回到自己的"家"了，我永远失去了我亲爱的妻子，还有我的小女儿，我的淇淇……唯一的慰藉是，在这个世界，我也有一个叫沈淇的女儿。虽然和我记忆中的那个淇淇完全不同，但也同样可爱，也许这就是这个世界送给我的最好的礼物了。

别了，飞琼。写到这里，我忽然明白了，这封信并不是写给你的。她是你，却又不是这个你。你和我，我们曾经相爱过，但真正和我生死相依的人儿，却是另一个宇宙中的你。真正应该收到这封信的人，永远不能再收到它了。或者，那个飞琼根本未曾存在过，就像那个淇淇不存在一样。如果是这样，那么我不知道是该感到欣慰还是悲伤。但每次我想到，也许她们还在那里，在那个已毁灭世界的某个角落里活了下来，守望着我的归来，总令我的心感到像被针所刺透一样痛楚。我如何，如何才能摆脱这样的痛苦啊！

无论如何，飞琼，你是这个世界上唯一一个可能理解她，也理解我的人。我把这一切告诉你，并非还有任何的企图，只是希望你能明白。我清楚地知道，这个世界的你已经找到了自己的幸福，在这个世界的我搞糟了一切之后，这幸福生活实在来之不易。如我所知，这个星球上还有几十亿人能够继续追求自己的幸福，已经是无比幸运的偶然了。我记得，在另外多少个世界里，人类因为各种原因都灭亡于二十世纪下半叶，不一定因为火星，也可能是因为某种威力比核武器更强大的新式武器……而这个世界，或许是最有希望走出冷战，也走向一个新未来的了……

因此，请幸福地生活下去，飞琼，而我也一样。坦白讲，我的感情生活一团糟糕，我的事业也遇到了严重问题，但比起我所来的那个世界已经好了太多了。我还有一个女儿，这些日子以来，我同样爱上了这个孩子，她成了我的精神支柱。也许，守护她平安成长，就是我在这个世界上能够守护的最大幸福了。能找到这样的幸福，在所有的宇宙中，也算是一种幸运了吧。

沈星光

一九八三年五月二十五日

尾 声

我们读完了这封长长的信，久久不语。然后沈淇轻声啜泣起来。

良久，沈淇擦了擦眼睛，说："这……这到底是什么？"

我也花了很久才找到词汇："这……这应该是一篇科幻小说吧。"

"真的……真的是一篇小说吗？"

"还能是什么？"我挤出一个笑容说，"他总不会真的第一个登上火星吧……"

"但为什么要写给萧飞琼呢……"沈淇还是一片迷惘。

"大概……我想他是因为失去了萧阿姨而遗憾，又总是梦想着登上火星，所以就想象了这样一个世界，在其中他和萧阿姨在一起了，还生了一个同样叫沈淇的孩子，加上那些训练的影响，还有脑震荡……写着写着，他也分不清真假了……"

"嗯，是这样吧……也没有别的可能了……"

我们对视了一眼，都从对方眼中看出了潜台词：没有别的可能，除了那最明显的一种。

但这怎么可能呢？

"这封信，该怎么处理呢？"沈淇换了个话题。

"我想想吧……这样……"

我们商量了一下，整理了一份沈星光的信件，稍微删去了一些感情方面的描述，送到了高远老人的手上，我想他应该会想看一看，看看他挚爱的航天事业在另一个平行宇宙中会变成什么样子。至于告不告诉陈琪，我请高老决定这件事。实际上，沈星光所怀恋的，只是他幻想出来的另一个世界的萧飞琼，而这个世界的萧飞琼，婚后并没有和沈星光有任何纠缠不清的地方，连他的信都没有拆开过。如果陈琪聪明的话，对此总应该可以释怀吧……

几个月后，我和沈淇抽空去了一趟西昌航天基地。这是"另一个世界"中，沈星光和萧飞琼的"家"。我们当然找不到那个不存在的家。但在基地的社区，我总觉得好像能看到沈星光和萧飞琼，还有另一个小沈淇，他们手拉着手，欢声笑语，一起出行……

西昌航天基地有个深夜观星的旅游项目，正逢疫情时期，几乎没几个人报名，但我和沈淇去了，我们被拉到一个远离基地的山头上，在川西群山间支起一顶帐篷，我们就坐在帐篷里，望向美丽的夏夜星空：银河高悬，牛女对望，时见流星渡河汉，不知道是否能传去相爱的信息。

我们等了许久，直到银河西沉，一颗孤独的红色的星星才从天边升起。这是一颗最近的星星，却和最远的银河一样神秘不可测。

我拍了拍身边快睡着了的沈淇："淇淇，火星升起来了。"

沈淇爬起来，打了个哈欠问我："这回没错吧？你都搞错好几次了哦。"

我有点尴尬："不会错的，和观星软件上的位置一模一样，这回真是火星。"

"嗯……"沈淇看着遥远的火星说，"你说，爸爸真的上去过吗？四十年前……"

这个问题，这些日子以来一直萦绕在我心头，我常常想象着，记忆中那个开书店的沈老伯，在一九八二年，穿着带有中国国旗标志的宇航服，跋涉在火星的荒漠中，总觉得不可思议。

"我不知道……"

沈淇沉默了一会儿，问："对了，你还记得梦之箱吗？"

"怎么会不记得，没有它我们也不会——等等，你是说——这是因为——"

我望向沈淇，夜色中她的星眸闪动，点了点头。我明白了她的意思。

当年，沈星光为什么要造梦之箱，始终是一个难解之谜，难道真的只是出于某种固执，为了实现一篇科幻小说中的创意吗？但他甚至进入了箱子，将自己烧死……这一切是为什么呢？也许过了许多年之后，他仍然放不下那个世界的萧飞琼和沈淇，想要回去，找到她们，甚至逆转那个世界毁灭的结局。

再者，沈星光何以能造出梦之箱？虽然说他科技方面的知识精深，但造出这种神奇的存在，所需要的知识大概远远超过现在人类所能掌握的范畴。沈星光毕竟不是爱因斯坦，怎么可能用现实中能够买到的那些元件造出这么不可思议的机器？也许，是他在火星上的时候，和火星人融为一体的时候，看到了宇宙万物的内在机理，回到这个世界之后，还残留着一些火星文明中知识的记忆？

我们讨论了一阵，和之前多少次讨论一样，始终没有结果，这一切终究是永远无法证实也无法证伪的猜想。过了一会儿，沈淇又说：

“对了，前一阵我读完了那本《战神的后裔》。”

“啊，我最近也常常想到那本书……”我说。

“其实爸爸，某种意义上，就是薛印青吧。”

“是啊，同样被困在一个不属于自己的世界里……我很后悔。”

“后悔？”

“那本《战神的后裔》虽然没有送到你爸手上，但他后来当然也读过，读到薛印青的结局，一定也有无限的感慨吧。那年他还推荐给我看，可惜我没看懂，胡说八道一通，后来他就没再跟我聊这方面了。但如果我当年看进去了，多跟他聊几句，也许二十多年前，沈伯伯就能告诉我这个秘密……”

“爸爸连我都不说，怎么会告诉你呢……”沈淇说，“但我也记得，有一次我问他，那些火星的故事到底是真是假，爸爸指着火星说，故事都是人写的，但是也许在那星球上，隐藏着比所有这些故事还要不可思议的秘密……"

"也许他所指的，就是这个秘密。"我指着在星海中徜徉的火星说。

沈淇也看着天边的星辰，妙目流转，说："但是……但是最近我也一直在想，如果爸爸所写的是真实的，我们这个世界为什么一直没有观测到火星人或者火星文明呢？前一阵我们的祝融号火星车不都上去了吗？还是什么都没有发现。难道火星人真的把我们送到了一个火星人早已灭绝的世界？"

我想了想说："但假如你爸爸写下的内容是真实的，这就有点不合逻辑：你想，如果这个世界不存在火星人，当年的斯基亚帕雷利，还有洛威尔他们就不可能观察到火星生命活动产生的运河，从而一开始也就没有火星人的传说了。"

"但在我们这个世界，水手六号和七号是从来没有拍到过什么运河的，对吧？"

"对的。所以在这个世界上，洛威尔他们看到的运河只能是一种错觉。沈伯伯写下的，终究只是自己的幻想，虽然是蛮好的科幻题材。不过……不过如果多元宇宙的说法是正确的，那么在无限宇宙中的某一个里，一定也有一个沈星光登上过火星，遇到过火星文明，但那个沈星光和这个，他们……难道……"我也觉得自己有点被绕晕了。

"好了，"沈淇微笑着，把头靠在我肩膀上，"这些事可以想一辈子，现在，我们还是好好地看看星星吧，它们真美啊……"

我们凝望着天穹上无尽的繁星，繁星也同样凝望着我们，眨着眼睛。那些无尽的星辰，似乎一伸手就能抓到，却又几乎是绝对的遥不可及……

好在最美的一颗，已经落在了我的身边……

CARPE DIEM……

不知过了多久，沈淇依偎在我身边睡着了。我也感到倦意涌上来，蒙眬将睡，但忽然间，一个刚才错过的念头如闪电划过脑海。

不，我的推理还是有漏洞。

事实上，如果沈星光的故事是真的，火星人也不需要把沈星光送到一个火星生命和文明灭绝了的世界上。这个宇宙中最善良无私的文明，大概也不会为其他文明灭绝自己。但它们只需要做一件事，对它们来说不费吹灰之力，就可以做到。

它们稍微改写了一点点时间线，创造了一个新的平行宇宙：一九六九年，当地球人派出探测器靠近时，火星人隐藏了自己，隐藏水晶塔和所有的"运河"，不再对地球人显现。至少在地球文明发展到能够摆脱自毁可能之前，它们不会再出现了。

但这也就意味着，其实它们还在那里。现在，迄今，在那个世界看似荒凉的表面之下，仍然有"水道"流动，有高维波装置发出波束，和宇宙连通。亿亿万万的火星生命体在那里存在着，活动着，思想着，和整个宇宙一起，观察着我们的原始世界，甚至现在就观察着地球，观察着——我们。

我仿佛看到，面前出现了一个古早科幻故事中的"小绿人"，跳到了我跟前，把长得畸形的手指放在怪异的嘴巴前面，做了一个"嘘声"的手势，然后微微一笑……

我擦了擦眼睛，眼前一无所有，只有星空下沉睡的山峦。

"你果然还在那里么？"我望向群星中那个小小的红色光点，喃喃说，"我们的火星人……"

宝树，科幻作家、译者，中国作协科幻文学专委会委员，北京大学博古睿研究中心学者。著有《观想之宙》《时间之墟》等五部长篇小说，中短篇作品发表约百万字并出版多部选集，屡获中国科幻银河奖和华语科幻星云奖的主要奖项，多部作品被译为英、日、意、德等外文出版。主编有科幻选集《科幻中的中国历史》等，译著有《冷酷的等式》《造星主》等。

金鱼的颜色是太阳

苏莞雯

一

　　她见到江痕的时候，他正凌空接过一记传球，身体轻巧地腾跃，下一秒便灌篮成功。

　　她怔怔地看着，想到"气势如虹"四个字。

　　这里是不拘号空间站，载人航天器中的庞然大物。现在他们所在的这个篮球场只是体育中心的一部分，而体育中心又仅占整个空间站不到十分之一的面积。

　　大，且不仅是大。

　　不拘号里布局分明，生活中心、科研中心、商务中心、娱乐中心与体育中心一应俱全。算上居民与游客，总人口已突破两万。严格来说，她更像游客，而江痕这种职业太空篮球运动员则算得上是本地居民。

　　一轮训练结束，队员纷纷下场。

　　她连忙操控起腰间的迷你变重力系统，向江痕移动。

　　"你好，江队长。"她尽量让声音听起来自然放松，"我是科研中心的林翊竹，来给你们送配件的。"

　　江痕原本在和队友讨论着什么，此时循着声音抬眸，看向停在一米外的她。

林翌竹汗湿的两手背在身后，悄悄握紧。"我看教练不在，所以就直接来找你了。"

她才不会承认，她就是趁着教练刚好出去才过来的。她此行的目的，就是能和江痕说上话。

江痕是太空篮球运动员中的天之骄子，十九岁就一战成名，唯一的遗憾在腿上。

不过在太空篮球里，双腿的残障不是致命问题，只需要一套变重力系统就能让他在空间站赛场上行动自如。如今二十六岁的他已经战绩赫赫，是上届太空男篮冠军队伍的队长，也是卫冕MVP。

"嗯。"江痕从队员手里接过毛巾，擦着额间与后颈。他看起来不太热情，但还是将另一只手伸向林翌竹。

林翌竹鬼使神差地和他握了手。皮肤相触的瞬间，她被他身体的热量灼了一下。

江痕眼底闪过一抹意外之色。

林翌竹瞬间反应过来，他手心微微向上，是在跟她要配件，不是打算握手。

她立刻抽回手，垂着头掩饰爆红的脸。在他面前，她总是无法自控地做蠢事。

在腰间摸索一阵后，她才顺利解下配件包，向前递出。

"小姑娘，你是工程师吗？"江痕身边的队员突然问她。

"不是，我是材料学的研究生。"林翌竹有些不好意思，"还没毕业，在给导师做助理。哦，江队长用的配件，我也参与了设计。"

江痕是神经损伤导致的瘫痪，两腿无法用力，对变重力系统的使用消耗大，需要特制的配件，连螺丝钉都是专门配置的。

"厉害啊，以后就是科学家了。"队员说话大大咧咧，刚才的尴尬仿佛已不存在。

林翊竹悄悄将视线转向江痕，只见他目光垂落在配件包上，有些分神。

果然还是和以前一样，没有多看她一眼。

回到科研中心的研究室后，林翊竹脸色有些发白，呼吸也急促了些。虽然算是空间站的常客，但她的太空病一直都没怎么好转过。

有一点刺激，就要发作。

或许是见到了江痕，也或许是想到马上就要启程回地球，总之心情颇有些波动。她解下变重力系统后就出现了定向障碍，一时间不知上下左右。头晕得厉害时，她给自己贴了一片防呕吐皮肤贴，然后咬着牙在电脑上把这日的工作报告写完。

报告上传后，她钻入睡眠舱，拧开 AR 投影灯，睡下。

太空病里最麻烦的一种要属幽闭恐惧症。因为幼儿时期有在电梯内被困的噩梦，林翊竹至今在封闭无光环境下都会产生类缺氧的症状。

空间站里头，狭窄封闭幽暗的地方比比皆是，过去没有 AR 投影灯时，林翊竹不愿进入睡眠舱休息。同门的周学姐总说她离了地球就像离了水的鱼儿，简直是自我折磨，亏她爸爸能同意宝贝女儿万里赴险。但每次学校里有了前往空间站驻站研究的机会，她又总是第一个跑去报名。

她现在用的这盏灯，能在视觉上将狭窄的空间"改造"成有温泉的丛林，不算强烈的光线会从头顶的"枝叶"穿透下来，而她就像温泉里的一颗蛋，可以什么都不想。

一觉醒来，已是晚餐时间。林翊竹去了用餐区，路上总感觉有目光追着她，如芒在背。周学姐见了她也是一副欲言又止的笑嘻嘻模样，她没忍住，上前询问出了什么事。

周学姐的目光瞟向近处的公示屏，又冲她挤眉弄眼。

科研中心的工作报告都会在公示屏上同步更新，此刻屏幕中也只是滚动着一些寻常的科研消息。

周学姐看林翊竹一脸茫然，说了个提示："我的太阳？"

林翊竹反应了两秒，接着脑袋"轰"地炸开了。恍惚间，她猜到自己做了什么蠢事。

"我的太阳"——这滚烫的四个字，只出现在她前一晚的私人日记里，确切地说，是想到马上能见到江痕而写下的暗恋日记。

日记的内容不算复杂，林翊竹甚至能背得出来：

"明天又能见面了，我的太阳。你的配件今晚归我保管，我要把它们一点点焐热。虽然猜到我们是没有结果的，但又有什么关系呢？我还是那么喜欢你……"

看到林翊竹如遭五雷轰顶的神色，周学姐笑着拍拍她的肩离开了，留她一人独自凌乱。

就是再迟钝她也反应过来了——她入睡前把暗恋日记当作工作报告发布了！

怎么办？四舍五入，这就是公开告白了，还是当着全科研中心人的面！

事情已经过去了几个小时，公示屏上的信息也换了几波，如今无法补救，也没必要补救了。她现在只希望这糗事只有少数人注意到。应该不会被远在体育中心的江痕看到吧？

只要没看到就好。她还可以假装坦然，投入工作。

隐隐地，她又期盼他会看到，甚至来找她。毕竟明天之后她就要离开空间站，这次回地球至少要待半年。

一整个晚上，林翊竹都守在研究室里对着自己负责的生态箱发呆。生态箱里游动着几条金鱼，和她一样神色恍惚。直到凌晨三点，她才回到睡眠舱，盯着AR投影灯营造出来的小世界，嘴角抿起苦涩的弧度。

她不再是一颗浮在温泉里的蛋了，而是被烈焰炙烤得冒烟的蛋。

为了转移注意力，她开始强迫自己想些别的。比如这只AR投影灯是什么时候得来的？每隔一段时间她总能收到一只新的。现在是不是又有花样更多的灯了？她一直以为这是科研中心的福利，但周学姐却说她没有收到过……

煎熬复煎熬，困意终于来袭，她合上了眼皮。

第二天，江痕在体育中心的一间休息室里被队员叫住："队长，我看到今天回地球的空间站人员名单了，那啥，你家小姑娘……"

队员说得含糊，但还是被江痕瞪了一眼。

昨天有人把一份署名为"研究助理林翊竹"的告白宣言截屏传到体育中心，在篮球队内算是个爆炸新闻。虽然告白中没有明确写到"我的太阳"是谁，但有心人一下子就和江痕对号入座了。要不是江痕全程冷着脸，几个按捺不住的队员几乎要跑去研究室认小嫂子了。

队员摸摸鼻子，讪讪道："我是说，小姑娘要回地球了。"

江痕继续低头给手腕缠绷带，淡淡地"嗯"了一声。

"不是，你光'嗯'是什么意思啊？不去送送人家？"队员也好奇，面对这么高调的示爱，江痕心里就没半分波澜么？明明他……

江痕面上冷淡，声音更淡："看来你是太闲了，去做五十组拉伸。"

二

林翊竹回到地球继续学业。

半年一晃而过，这期间她只当江痕没有看到她的暗恋日记，一切还和以前一样平淡且平静。在毕业之前，她等到了又一次前往空间站的机会。

飞船对接成功后，科研中心的常驻人员来为林翊竹这一批人接风。在餐厅一落座，一桌人迅速开启闲聊模式。聊得最多的，还是当下最受欢迎的太空竞技项目——太空篮球。

林翊竹还在感慨空间站里的菜色比半年前丰富了不少时，就听到有人说："哎，你们知不知道之前有人在公示屏上对江神告白了？"

手中的筷子一顿，林翊竹整个人仿佛被按了暂停键。

知情者周学姐冲说话的人使了使眼色，让他别提了。

在场者多半领会了学姐的意思，霎时安静下来。最后，还是林翊竹壮着胆子开口问："江神他……也知道了？"

"知道啊，肯定知道。"虽然多数人已经反应过来当事人之一就在场，但还是有察觉不了气氛的人接上话。

林翊竹强行让自己冷静，抱着死马当活马医的心态，深吸一口气："他有说什么吗？"

"他啊，看着挺不耐烦的，而且提这件事的队员都被他罚惨了。"

就算答案在意料之中，林翊竹的心还是一下子沉到了海底，拿着筷子的手也软趴趴地降落到桌面，再也没能抬起来。

到最后，林翊竹也不记得这顿接风宴到底吃了什么。直到她的视野中飘过一抹金红，她才恢复了点理智，眼睛也有了亮色："全域计划已经启动了？"

"目前还是试行期。"周学姐回答她，"下个月会进行最终评估，通过了才算是正式启动。"

全域计划是在林翊竹上次离开前就定下的项目。大量科研金鱼被"放生"到空间站全域，空间站的微重力环境与水域相似，加上室内含氧量与温湿度的可控性，这些金鱼只需经过少量的改造就能自由活动。在所经之处，金鱼可以完成环境监测、信息传输、物品运载等任务。

"我就不明白，你们研究室折腾金鱼这么久，它们真就比机器人要好？"饭桌上有人提出这个问题。

"怎么，看不起金鱼？"周学姐说，"金鱼的平均寿命可以达到八岁，这一点就不比机器人差多少。现在巡逻机器人能做的工作，金鱼也基本能实现。而且啊，金鱼可是活生生的生物，对空间站整个生态的改善是很有意义的。"

林翊竹也点头："金鱼的鳞片本身就是很好的材料，我们只需要简单做点覆膜工作，就能让鳞片吸收太阳能，成为光照工具。"

幽暗中，金鱼会带来太阳的颜色。

脆弱的金鱼之于永恒的太阳，就像人类之于太空。

死亡之境往往也是生机之源。

林翊竹回到研究室后，就一头扎入全域计划的监测和完善中。她知道了江痕的态度，便想让自己彻底断了对他的念想。她叮嘱自己，从此工作就是她的全部。

她还认领了一条专属金鱼，取名哼哼。

哼哼的尾鳍宛如一把扇子，蓬松又舒展，游动起来时灵动漂亮，唯独神色颇凶，总是叫她情不自禁想起某人。

她不再写日记，只是常常在给哼哼保养鳞片的时候，顺便把它当作倾诉的树洞。多数时候，她对哼哼说的也是工作上的事，那个名字她已经很久没有提起。但就算刻意回避江痕的信息，林翊竹也没法真的屏蔽掉这个人。毕竟江痕是公众人物，他的动向总会成为新闻。

最近的新闻都在猜测：本赛季状态持续低迷的江痕，可能有退役的计划。

"有那么多人喜欢他呢，我算什么？普通球迷吗？那就当作是球迷吧，时间久了我一定能忘记他。等他退役了我立刻换偶像，哼。可是他真的要退役了吗？以我的了解……"这天林翊竹一边逗弄哼哼，一边忍不住嘀咕起心头所想。

"小林？"导师敲了敲研究室的门，"准备一下，跟我去一趟体育中心。"

"啊？哦，好的！"林翊竹一边答应，一边慌了神。

去体育中心，那不就意味着可能遇上江痕？

"老老老老师！"林翙竹叫住导师，"我们去体育中心……做什么？"

"讨论运动员变重力系统的更新。"导师见林翙竹神色慌张，笑了笑，"你不用紧张，不是让你去谈。到时候有些资料帮我一起带回来就行。"

林翙竹穿戴好变重力系统，随导师和几名学长学姐一同出发。虽然她今天可以一言不发，但这一趟一定会见到江痕的吧？见了他该怎么表现才显得大方自然又不卑不亢？她完全没有头绪。

不知不觉间，一行人已经走在体育中心的长廊上。走廊的重力值被设置得与地球接近，不过四周每一扇紧闭的大门之后，都是为了配合训练而造的另一种微重力环境。

导师和前辈们在一间训练室前停下，对着门口处的重力数值调整自己的变重力系统，以确保身体能在稍后快速适应新环境。

林翙竹落在后头，脚步倏然顿住了。

她挣扎已久的内心终于做出决定："老师，我……去个洗手间！"

导师看向有些心虚的她，微微点头："那等下会合。"

林翙竹松了口气，转身逃走。只要拖延得够久，今天就可以不和江痕碰面了。

走廊的另一头有间健身房，林翙竹在门前犹豫片刻，决定去里头放松放松。进门前她调整好腰间的变重力系统，推门而入后先是晃了晃，然后整个人徐徐飘起。等适应了微重力后，她往里游去。

健身房面积不小，里头陈列着各种器具，人也不少。除了运动员，空间站的其他人员也需要持之以恒的锻炼，以对抗长期失重状态下的身体变化。林翊竹目光掠过功率自行车、企鹅服等常见器具，最后落在了弹力带攀岩墙上。

她心情不佳，想试试攀岩。

在腰上扣好保护绳后，她便心不在焉地朝着墙壁攀爬起来，不知不觉间就上到了平时不会去的高处。意识到有点冒险后，她开始下降。

一切还算顺利，只不过在距离墙根两米左右的位置，她因为分神踩空了一脚。失衡的瞬间，她蓦地攥紧手上的拉力绳，身子在半空有些剧烈地晃动。

一只手臂向她伸来，环着她的腰部，将她稳住。

林翊竹僵住，愣愣地看着几乎是瞬间就靠近的人。

他竟然在这里。

在意识到那人是江痕的下一秒，她听见了"咔嗒"一声，低下了头。

江痕将她的腰绳扣在可提供支撑的扶手处。

他刚松开她，又顿了顿，伸手把她的身体彻底扶正。

她眨眨眼，心猛烈地颤抖了一下。而扰乱人心的祸首全程一言不发，此刻早已游向几米之外，指导起他的队员。

虽然这不过短短数秒的接触不代表什么；虽然她在他眼中大概和其他路人没有区别，刚才只是顺手捞了她一把；虽然……

她的思绪只迷途了一瞬，就回到了暗恋他的那些日子。

刚才他明明是打算直接离开的，却多扶了她一把，会不会是因为担心她出现定向障碍？

心动。

可他连她的名字也没有喊过，真的认识她吗？

心痛。

心脏在岩浆上跳了几轮之后，林翙竹摆正了自己的位置：虽然暗恋无疾而终了，但她还是一名老球迷呢。

球迷支持心爱的球员有问题吗？

没问题！

回到研究室之后，她已料定今晚会是一个不眠夜。

翻开带回的新资料，她在3D打印机前摩拳擦掌，想要亲手打磨新规格的配件。运动员使用的变重力系统和普通人的不同，对灵敏度和瞬间应变性能要求极高，因此被设计为通过脚趾压力感应来操控。而江痕这种下肢残障的情况更为特殊，需要增设一套趾压神经响应配件。

测量计算、样品制作、材料配比……每一个步骤都要十足的注意力，一不小心出错可能就要从头再来。

一夜过去，窗外越来越亮。阳光完全洒过来时，一套配件也成型了。

她将最后一枚树脂螺丝旋紧，做完所有的收尾工作，然后将配件放入测试仪中。看到各项数值良好的那一刻，困意也全部消失不见。

"真不错！"周学姐不知何时已经进了研究室，"照你这一晚的成果，我们很快就能调整到最优值了，你立功啦！"

"谢谢学姐！我好爱你！"

"去睡吧。"学姐浅笑盈盈，似乎能理解她心情激动的原因。

“我再过会儿，还有件事想做。”

林翊竹回到自己的工作桌前，从抽屉里取出一张纸，开始手写一封信：

“江神你好，我是你的一名普通球迷。

“最初我是被你的天赋所吸引，毕竟你的每一次出手都过于行云流水又惊心动魄，轻松就把客场变成主场。后来我才知道，你的成绩来自哪里。

“人们偏爱奇迹。但比起奇迹，我现在更钟爱持续燃烧的太阳。无论耀眼的日子还是平凡的日子，你始终心无旁骛的身影已成为我最大的热源。

“即便是风云四起的当下，我知道你也一定能用平常心击溃流言。而我这名普通球迷，也愿满腔真诚地投入日常，善待有你照耀的每一秒。”

林翊竹没有署名。她把信默读了两遍，然后对折又对折，塞进一只袋子里。

“哼哼，帮我一个忙。”

她将袋子系到哼哼身上，又通过计算机给哼哼设定目的地。

哼哼凶着一张脸，但还是摆动尾巴出了研究室，向体育中心缓缓游去。根据设定路线，它会将这封信带给江痕。

三

即将于月底举行的太空篮球总决赛备受关注，除了空间站里的球迷，地球上还有大批粉丝对总决赛的实况转播翘首以盼。

江痕的队伍虽然成功挺进半决赛，但他个人的表现只能算差强人意。开赛前一周，本届篮协轮值主席从地球飞抵不拘号空间站，对所有球员进行赛前慰问。

队员们都为江痕捏了一把汗。

轮值主席林百川以严厉著称，对江痕更是一向寄予厚望。结合本赛季江痕的低迷表现，不知道林主席要发多大的脾气。

这场慰问，险！

到了与球员握手时，林主席在江痕那儿多停顿了片刻。

江痕与他视线相交，手中感受到他的用力。

"你到底在急什么？"林主席嗓音低沉而富有压迫力。

他看过这一赛季来江痕的训练记录——他挑战了不少不擅长的东西。

江痕身体条件特殊，如果说他是一名偏科生，那就只有利用好自己的优势才能维护地位。做不成天才，便只能被碾进泥里，没有中间选项。

可眼下的他，就像一名脱离了剧本的演员，不听话又失分寸。

江痕目视前方："我想跳出舒适区。"

林主席笑了一声。

"但我只为得胜者颁奖。"

林主席走后，队员们都暗暗松了口气。唯有江痕表情平淡，若有所思。

"瞧瞧，小金鱼体力不错啊，都游到训练场来了。"有人感慨了一句，江痕抬眸，看到一串金鱼正在赛场边晃荡着。

两天前，他也遇到了一条金鱼。确切说，那金鱼是特意来找他的，因为它身上的"小帐篷"里有一封写给他的信。

信中人说自己是普通球迷，但他一看就知道是谁的风格。有一点絮絮叨叨，也有点可爱。而且，温暖又明亮，不带一丝一毫的阴霾。

到底谁是谁的太阳？

他鬼使神差地没有把金鱼放走。

"说起来啊，我还记得队长前天让我帮他去买软性生态箱，偷偷养金鱼呢。"一名队员意有所指地看着江痕，"就是不知道是为了谁？"

"什么？养金鱼？"不明所以的队员插入了话题。

"听说空间站的金鱼厉害了，自己能游能吃，还能干不少活儿。"

"那有什么，还不是要派纳米机器人给它们清理粪便。"

"我觉得金鱼挺有人情味，总比到处都是机器人的空间站有意思。"

"嘿，你们不知道吧？我用鱼眼识别查过了，队长扣下的那条金鱼是有户口的，户主就是科研中心的那个小姑娘。"

听见队员又想拿"小姑娘"开玩笑，江痕瞥了对方一眼："你知道她是谁吗？"

刚成为职业球员的头几年，江痕和他的队员就见过林翊竹。她经常来看训练，但一直很安静。后来一些人听说她父亲是篮协的高层，也就是今年的轮值主席林百川。

"啊？谁啊？该不会是我未来嫂子吧？"队员故作不知。

江痕又有些突兀地说："我不打算改变现在的生活。"

队员糊涂了。"队长，你在说什么？"

江痕看向他们。"有多少人能一直生活在空间站里？"

他能，她不能。

他知道她有太空病，两个人的差异太大，他的光芒要在空间站才能绽放，而她更适合地球。

队员皱眉道："你该不会是不敢承认对人家有意思吧？不会吧，我们队长怎么可能是个自怨自艾的人！"

江痕瞪了他一眼。但想到被自己强行留在身边的那条金鱼，他也对矛盾的自己哑然失笑。

他往金鱼的"小帐篷"里塞了一盏崭新的AR投影灯，想送出，又迟疑。

他不知道太空病是一种什么体验，虽然他腿脚不好，但在太空中的适应力却很强。所以他只能把自己凌空灌篮时脑中浮现的那些山川河谷送给她。

过往是偷偷地送。

这一次呢？

林百川完成头一天的慰问工作后，就去了不拘号的科研中心看望女儿。

"这次做完总决赛颁奖嘉宾，我就回地球了。"林百川对林翊竹说，"你考虑考虑，跟我一起回去。"

"爸……"林翊竹皱着脸，"怎么这么突然？"

"不突然。我问过你导师了，你的专业回地球也能做科研。"林百川仍是一派不怒自威的样子，"你难不成打算一辈子都在这里养金鱼？"

"爸！这是太空生物学和材料学的有机结合，怎么能叫养金鱼呢?"

"就算这是划时代的发明,别忘了你有幽闭恐惧症,根本不合适在太空久住。"

幽闭恐惧症的确是林翙竹的死穴。这一点上,她比金鱼还脆弱。

林百川沉声问:"跟我坦白,来这里后有没有呕吐过?"

如果病症到了呕吐的地步就算得上大事了,在微重力环境下会有被呕吐物噎住的风险。

"绝对没有!"林翙竹信誓旦旦。

两人僵持了片刻,林百川叹一口气:"幽闭恐惧症不是不能治愈,但是你来了这么多次空间站了都没好转,证明这里不适合你。而且空间站的运作不如地球成熟,就这么大点地方,每天上报的工作疏漏不计其数,你怎么确保自己不会出意外?"

林翙竹垂下眼。

"你只要同意,其他的手续我会帮你弄好。"林百川直截了当道,"好好想想,总决赛之前给我答复。"

四

哼哼从林翙竹这儿出发送信之后,一直没有按原计划回到研究室。

林翙竹检查了哼哼的活动路线和当前定位,怀疑它被困在体育中心内,也不确定那封信送到没有。

这天林翙竹向导师请了假,独自前往体育中心寻找哼哼,顺便调查金鱼的路线设计是否存在不合理之处。

如果能借机看江痕一眼，就更好了。

自从把自己定位成江痕的普通球迷之后，林翎竹感觉她已经比以前放得开了。她并不要求他能多看自己一眼，但这不妨碍她想看他很多眼。

运气不错，根据哼哼的定位，她一路找到了距离球员休息室最近的大厅。对篮球经理人说明来意后，经理人表示会在球员和工作人员中帮忙询问哼哼的下落，还让她在大厅里稍作休息。

趁着这空当，她检查起附近的金鱼通道。

空间站内不同区域存在不同的重力值，但专设的金鱼通道能保持相对稳定的重力环境，方便金鱼通过。

"林主席的女儿?"陌生的声音响起。

林翎竹回头，看到一名球员在身后。他手里拿着毛巾和饮用水，看样子只是路过。

"我是徐力扬。"球员主动伸手。

"哦，我知道你。"林翎竹同他握了手。江痕的队友她都知道，各有性格。

眼前这个人虽然不像江痕不能正常行走，但右小腿是义肢。同为残障运动员，他常被媒体称为"小江痕"。

在她印象中，这个人有点阴沉。

"来找人? 队长?"

"不是!"林翎竹连忙摇头，但脸色止不住有点泛红。

"你应该知道吧，总决赛可能是他的退役赛。"

"啊? 这不是谣言吗?"

"谣言？他可是签了协议。本赛季个人得分达标了才会继续留在赛场上。他现在还差九十八分，要在最后一场比赛里拿到，你觉得有多少可能性？"徐力扬露出一个令人不太舒服的笑容，"他本赛季的每场平均分是五十六分。"

"可是他拿过一场一百三十四分。"林翎竹想要争辩。

"那是巅峰时期，当时他二十三岁，现在二十六了。"

林翎竹有点摸不准徐力扬的立场："你讨厌江痕吗？"

"大家都希望他能留下，但是我不会因此迁就他。"徐力扬说。

林翎竹皱眉。"不需要你迁就，他自己可以做到最好。我一直都相信他。"

徐力扬嗤笑一声："你以为他是因为什么才状态低迷的？"

"什么意思？"

徐力扬没有停留多久，他走了以后，林翎竹两手扶在舷窗旁的栏杆上，面色微白。

江痕在休息室门口出现，一眼就看到她的背影。他拎着一只手提袋上前，在她身边停下。

"林翎竹。"他叫了她一声。

这是她的名字第一次出现在他口中，但她无心回味。

"不舒服？"他问。

林翎竹不敢看他。

刚才徐力扬留下的话还在刺激着她，他毫不讳言她的公开告白把江痕的事业搅得一团乱。

当时的她不愿面对。"可他为什么要在意我？那么多球迷……"

"你是林主席的女儿，这还不够吗？我们全队都知道你。"徐力扬的目光带有责备，"还怕这件事传不到林主席那里？"

"什么？我爸也知道了？"

"否则他为什么要打压队长？"

这番话听起来，就是在说林主席知道了女儿的心思，又看不上江痕，暗中给他施压。

"这不可能！"她反驳，她相信父亲绝对不是会公报私仇的人。

"你随便找人问问就知道，队长状态下滑就是从你公开告白以后开始的。"徐力扬不客气地说，"你倒是一脸无辜，可你知道我们这种人走到今天有多不容易吗？"

林翊竹怔住了。

就算这件事和林百川无关，十有八九也和她有关。哪怕是一场蝴蝶效应，她……她也难以脱罪。

林翊竹不断回想着这些，握着栏杆的手指都泛白了。

片刻后，她侧过头对着江痕，但还是没敢看他的眼睛："对不起。"

面对这没头没脑的道歉，江痕有些蹙眉。眼前的女孩眼睑微垂，看着像是一个被抛弃的可怜小孩。

"要不要喝点水？"他问。

"好。"

江痕将手提袋扣在栏杆上，转身去了取水柜。把水瓶递给她的时候，他不经意碰到她的手指，冰冰凉凉的。

"谢谢。"她轻声说。

他不再说话，但也没走。

她捧起水瓶吸了一口，缓缓咽下。冷静一些后，便意识到江痕正在对她这样一个罪人释放善意，还浪费了宝贵的训练时间。

难得有了一次独处的机会，但她此刻只有自责，一开口就是告别："明天就是总决赛，我就不耽误你了。"

"总决赛之后，不管结果如何，我会申请一个月的旅行时间。"江痕有些突兀地说。

"啊？"

"我很久没有离开空间站了，想去看看不了解的世界。"

林翊竹意外于江痕主动挑起了话题，更意外于他竟用这种熟稔的口吻和自己说话。

意外过大，导致她没能接上一句话。直到江痕离开，她才发现栏杆上落下了一只手提袋。

打开手提袋，里面是一只手掌长的小方包。她将它带着，去近处的休息室找江痕。休息室空了，她又去最近的训练场，他果然在。

"你不小心把它丢在外面了，我担心是什么重要的东西……"林翊竹一心去找江痕，这时才觉察到身边投来的各种视线。

她慌得有些退却，想要快点逃走。

江痕留意到她的神色变化，又瞥向左右，决定收回本想说的话，修改为："寄存在你那儿。"

"啊？"

"我要上场训练了。"江痕说，"先放你那里，明天比赛后再给我。"

林翊竹反应不过来，愣愣的。

刚才江痕的声音不轻不重，身边的队员都听到了。他就不怕又传出什么流言吗？

江痕经过她身边，收起落在她身上的目光，只留下三个字："说定了。"

她的心颤了下。

回过神来时，他已经在场上了。

如果是往日，听到这话的她该被多大的幸福感包围。但此刻江痕越是给她善意，她的负罪感便越是收也收不住。

回科研中心之前，林翊竹去了一趟篮协办公室见林百川。

她一路回想林百川急着将她带回地球的那番谈话，有点绝望。恐怕他是真的知道她公开告白的那个乌龙了。

对于女儿的出现，林百川有几分意外，更大的意外是她的话。

"爸，这次赛后我跟你一起回地球。"

林百川在她身上投下探究的目光，以他对女儿的了解，父女之间至少会有几个回合的拉锯战。

但女儿看起来不仅没有不情愿，反而有一些急切："明晚就走是吧？我先回去收拾行李了。"

像个小逃兵。

但不管怎么样，算是符合他预期的一个结果。

林百川点头。"你想明白了就好。"

五

总决赛当天，林翊竹和周学姐一行人到现场观战。

篮球赛场由庞大的躯体和结实的墙体组成，高度有五层楼房高，运动员的活动空间十分宽广。观众席环绕赛场而设，可容纳近千名球迷。

林翊竹在观众席落座，系上安全带，不由自主地紧张。

她还记得徐力扬的话——如果这场比赛江痕不能拿下九十八分，那么这就是他的退役赛。

"太空篮球是令人赏心悦目的现代篮球，在微重力环境下，运动员攻守转换节奏极快，整体速度比陆地篮球有了大幅度提升。"解说员的声音从广播中流出，"太空篮球考验的是极大维度的空间应变能力，最重要的是把对手带入自己的节奏中。让我们拭目以待，今晚谁能在场上占据主动……"

太空篮球诞生至今不到二十年，仍属于新兴赛事，现场解说是少不了的。为避免影响球员，正式开赛后解说将改为耳机传送。林翊竹和其他观众一样从座位上取出单边耳机，戴上。

比赛在一声庄严的哨响中开始。第一节伊始，江痕的表现不算突出，林翊竹身边甚至有球迷失望的嘘声传出。但在第一节尾声时，他靠几次成功的抢断和灌篮进入状态。

"空中接力，漂亮！"解说从林翊竹耳畔流出。

与此同时，她看到江痕转身跃起，抬高的右臂在半空带出一条无形的轨迹。对比他的雷厉之势，篮球就如同罩上了慢镜头，笔直无误地撞进他有力的掌心，逃无可逃。

两股不同流速的时间仿佛在"砰"的接球声中汇合，这之后，林翊竹只觉得外界的一切声音都被隔绝，而她仿佛置身一片真空中。

意识被缓缓分解，又渐渐重组为一句话，与那封被不慎公开的日记里所写的句子重叠了：但又有什么关系呢？我还是那么喜欢你。

呼吸，乱了一下。

回神之后，耳边流淌出的解说告诉她，第一节结束，而今天的江痕"找回了状态"。

第二节一开始，江痕就是一系列刺激眼球的抢断、带球、灌篮，接连得分。

"熟悉太空篮球的观众应该知道规则，在微重力环境下想得三分需要先在三分线外把球扔向篮筐，同时允许球员在篮球脱离篮板范围前补扣一次。江痕刚才连续几个三分球都是特别高难度的远抛，而且球一打上篮板他人就到了篮下，直接往里扣。这一波下来，基本是把别人给看傻了……"

解说员似乎打开了放飞自我的开关，连声音都在手舞足蹈。

"距离上半场结束还有四十二秒！目前江痕个人场上得分是五十九分，已经达到了本赛季个人最好水平。当然球迷对他会有更高的期待，阔别已久的江神能否真正回归？这场比赛真的会成为他的退役赛吗？接下来我们也拭目以待。"

"江痕又出手了！这次又是挑战三分？现在距离上半场结束不到二十秒。球进了！等等，可惜越线了，现在三分变两分。"

虽然这一投有点遗憾，但并不妨碍队员对江痕的信心。从看到江痕状态升温开始，队员们就有意识地尽量给他传球。

"队长！"队员又一记传球，江痕迅速移动，伸手准备拦球。

距离上半场比赛结束只剩八秒，但以他的判断足够完成一次灌篮。

篮球向他飞来，同时一个影子迅猛上前抢球。

两个身影在半空高速相撞。

观众席一阵"哗"声响起，谁也没想到，与江痕抢球的不是对手，而是同队队员——徐力扬！

徐力扬抢球成功，上篮，压哨扣下两分。

然而寥落的掌声，还不及徐力扬一声泄愤似的低吼来得响亮。

以犀利的哨声为界，上半场结束。

若不是安全带的限制，林翊竹整个人几乎要弹出座椅，好将江痕的状态看得更清楚一些——他在刚才的冲击中被撞偏数米，紧绷的身体此时开始下坠。

队医迅速上前，稳住江痕的身体。也是在这时，林翊竹看见他坚毅的脸上也有了痛苦的神色。

他受伤了！

六

半场休息时间。

教练和队医聚在江痕身边紧张讨论。

另一边，徐力扬被同队队员拦住。面对脸色不友好的队友，他红着眼说："干吗？我不是故意的！"

"你不是故意的？"队员伸手扯他队服领口，"对，你只是想出风头！所以就算不是这一次会撞上他，也会是下一次！"

"谁说的只准他出风头？我就不需要机会？"

两人互相推搡，又迅速被人拉开距离。

江痕这边，队医迅速处理了他受伤的右臂。他的脸色已经有所缓解，一字一顿地说："我、没、事！"

面对他的逞强，教练沉默片刻。谁都知道这场比赛对江痕的重要性，也理解他想要拿分的心情。

"给他做个上场前的检查。"教练对球员助理说。

"教练，队长的变重力系统有点失灵！"助理检查后说，"趾压神经响应配件要换一套。"

"去拿备用的，快！"

一阵忙碌之后，助理和队员们辅助江痕换上了新配件。

"树脂螺丝怎么少了一枚？"助理声线不稳。

一枚螺丝的缺席，也能影响神经响应的数值。

一点数值的改变，就会导致人在空中各种俯冲与提升动作的偏差。

"拿备用的来！"教练催促。

或许是后勤机器人的失误，或许是队员们的推搡碰撞影响，助理一时间没能找到匹配江痕的备用螺丝。

"刚换下的那套不是也有螺丝？"教练当机立断，"拆下来！"

"找不到了，会不会是刚才撞击的时候弄丢的？"

"那就是还在场内了！"

可是，偌大的篮球场，要如何找一枚近乎透明的螺丝钉？

"拆我身上的给队长！"有队员高声说，"我不上场了！"

"你犯什么晕！队长的螺丝规格不一样，是特别定制的。"

"那去把做配件的人找来，兴许还有办法？"

很快，有人找到林翊竹身边的周学姐，告知了紧急情况。

"翊竹，江神的螺丝是你负责打印的吧？规格和材料配比你清楚吧？现在回去重新打印来得及吗？"

林翊竹很想点头，想要替江痕抓住希望，但还是不得不坦白告知："比赛结束之前做不到。"

下一秒，她又拉住周学姐："可能还有一个办法！"

周学姐听过她的想法后连连点头："我这就去组织！"

她按林翊竹的提议，集结了游荡在附近的数十尾金鱼，进入赛场寻找遗失的树脂螺丝。

金鱼的巡逻队不会破坏比赛，也不会惊扰观众，算是一个理想的方案。

而不理想的地方在于，需要等待。

且这种等待缺乏保障。

中场休息时间快要到头，教练将目光转向一名替补席的队员："第三节你替他上场！"

在江痕喊出"教练"二字时，教练一手按住他的肩膀，目光沉沉："你先休息。"

这一休息，可能意味着缺席第三节甚至接下来的所有比赛。

江痕死死咬着牙，一声不吭。满腔热血被击散，脸上只留下不甘、怒意和无力。

饶是再强大的人，关键时刻却因为一枚小小的螺丝钉而与理想无缘，这当中的讽刺与苦涩，只让江痕连哭也哭不出来。

有队员忍不住了，发出一声痛骂，再次用绷起血管的手扯住徐力扬："还不是因为你不懂事？这比赛对队长有多重要，谁会不知道要把球让给他？"

徐力扬恨恨道："放开我！"

"我不放！"拳头扬起，"这是你欠队长的！"

一只手突然上前，猛地拽住要挥拳的队员，将其拉开。

徐力扬一愣，抬头与闯入视野的江痕对视。

江痕发红的目光撞进他的眼里："所有人都给我记住，徐力扬从来不欠我任何东西！"

徐力扬不说话了。他也没料到那个抢球的动作会引发这么大的麻烦。总有人说他是欠考虑的性格，会在无意中伤害别人。他不服气，从来没服气过。但眼下的感觉更糟糕，他不想用这种方式"打倒"江痕。

队员们也在沉默。竞技体育本来就不存在让与不让、欠与不欠的说法，就算想要留下江痕这个队长，也得用篮球的精神留下他。

两方因为不同的心思而同时无言时，观众席上的林翊竹解开了安全带，以最快的速度独自离开现场。

她还有一个方案。

在她打包好的行李里，留着一套作为纪念品的同款配件，也包括树脂螺丝。

现在去行李舱找到它，还来得及！

七

林翊竹一心向行李舱赶去，指尖都抑制不住地颤抖着。

按原计划，今晚比赛结束后她就和林百川一起离开空间站，所以她提前把行李托运了。

行李舱十分低矮，而且不设灯光，通常也不会有人进入。林翊竹打开了手机电筒就往里钻去，顾不得别的情绪，连忙根据行李标签翻找自己的包裹。

一大片黑暗披在身上。

虽然有手机电筒充当光源，但眼前依然算得上阴森。对于有幽闭恐惧症的人来说，这里的每一秒都难挨。林翊竹控制了几回，还是抑制不住那股涌上来的情绪——不仅仅是眩晕，更是……

想吐！

这不是个好兆头，她没有随身带防呕吐皮肤贴，得早点离开，否则类缺氧的状况有可能会因为呕吐物堵塞呼吸道而变成真正的缺氧。

"找到了！"

随着她话音落下的，是舱门关闭的声音。

她眼神微晃了下，刚才竟忘了空间站的舱门都有三分钟自动关闭的设计。

舱内应该有开门按钮，但她一起身就被周边紧密堆积的行李绊了一跤，一时摸不到开关，而且越急越乱。

她深呼吸两口气，看着为数不多的手机电量，开始用程序查找附近的金鱼。

金鱼也是运输工具，可以把螺丝送走，而且附近一定有金鱼通道。

手机反应了半分钟就有了结果，最近的金鱼……竟然就在舱内，而且与林翊竹的定位重合！

她眉心蓦地一跳，低头看向腰间。那里正好挂着要还给江痕的小方包。因为担心自己忘记了，所以今天她一直将它带在身上。

她不敢迟疑，将手伸向那儿。才刚刚拉开拉链，就有什么从手边蹿了出来。

掌心一滑，眼前忽地有了一簇光亮，像是从太阳那儿偷来的光彩，凝结在拳头大的生命体中。

林翊竹抬头，进入眼中的金红色，有着又大又蓬松的尾鳍，还有一张满不在乎的臭脸。

"哼哼？"

为什么哼哼会在江痕的包里？

林翊竹放弃了猜想，她打开哼哼背上的小帐篷，手心里落入了一只小小的东西。顾不上查看是什么，她就先将树脂螺丝塞回小帐篷，又用手机里最后的电量设定了哼哼接下来的行驶路线。

手机自动关机，电筒也暗下，哼哼成了黑暗里唯一的光源。

光源依照设定开始移动，行驶在离开她的路线上。

如果还能正常呼吸，她此时应当松一口气。

在那变得不太灵光的脑子里，此刻想得最多的是：真好。

既然哼哼在江痕的包里，就说明她那封信的心意已经送到了，真好。

"冲呀，我的……太阳……"

暗下去的视野中，哼哼载着她的希望游进了金鱼通道，离开。

最后一点光，也熄灭了。

林翊竹开始忘记自己是谁，像一条干涸的鱼儿跌倒在半空，又抽搐地挣扎了下，这才发现沁出冷汗的手心，被什么硌着。

是刚才从小帐篷里取出的东西，感觉是熟悉的形状，还带着一个按钮。

她用力按了按，有光升起。

竟然是……AR投影灯？

她撑着眼皮看了眼，好似是一条银龙般的瀑布。有飞鸟迎着水幕，盘旋而上。那飞鸟，分明就是她。扑面而来的水雾压制住胸口那股汹涌的力量，她使劲做了个吞咽动作，解除了呕吐的危机。

只可惜脑子仍在闷响，眼皮也越来越沉……

几分钟后，漂浮在角落的单边耳机里响起了解说员的声音。

"距离第三节结束还有不到三分钟，江痕被教练重新换上了！他拒绝了队医让他回到休息室的要求，做了几组拉伸动作来证明自己没有大碍。除了伤势，大家关注的装配问题似乎也在刚刚解决了……

"江痕开始组织进攻，所有人落位。他命中了一记两分球，随后接连造成对手的犯规，四罚全中！

"三分球补上一手，没有？转身投篮，再来！有了！

"可以看到他已经筋疲力尽，但也完全享受到了比赛的乐趣。他的使命已然完成，输赢也显得不那么重要了。

"距离比赛结束还有最后四秒，江痕！又是江痕！气势如虹！他依靠一记灌篮锁定胜局，带领球队赢得了本场比赛的最终胜利！"

与激情澎湃的解说声相比，林翊竹保持着飘浮的昏睡姿态，已许久没有反应。

八

"嗡——"在昏沉中，林翊竹听到门似乎震动了。

然后是人声："里面太挤了，只能让一个人进去！"

须臾，有人进来，将她抱在怀里。

那拥抱的力度很轻，似乎害怕伤她分毫，却又让她几乎喘不过气来。

她感到自己被人带着绕过层层叠叠的行李，不断移动。

勉强张了张眼，四下一片漆黑。

她的意识还不由自主，口中喃喃起来："瀑布呢？"

气势磅礴的瀑布不见了。

揽着她的人僵了一瞬，明白过来她说的是AR投影灯后开口："影响视野，就先关了。你……难受？"

林翊竹没回答，他就继续解释自己是怎么找过来的："上场的时候还没有多想，赛后才发现那条送东西来的金鱼是你的。没找到你，就去查了金鱼的路线……"

他感受到怀中的女孩颤了一下，像鱼儿在扑腾。

大概是终于清醒过来了。

"怎么……是你！"她音色清亮了一些，又带着颤抖，"江队长？"

"是我，江痕。"

林翊竹又有了无法呼吸的感觉，但和坠入黑暗的那种不同。

近处就是他的胸膛，她无处安放的手拽住他的衣服，迅速染上了一片湿汗。

"你……人真好。"她再度声如蚊呐。

好人江痕不知道怎么回答，在黑暗中打量她片刻。"看你应该没事了。我带你出去。"

林翊竹确实没有受到预想中的折磨。不知道是AR投影灯起了作用，还是送走哼哼后那句"冲呀，我的太阳"让她意识到自己并不是什么也做不了……

现在她脑中如一池气泡，不断浮起问题，问题又一个个"砰砰"裂开。

距离门口只有一步之遥时，她用力拉了拉他。

江痕停下了。

"那个投影灯，是你给我的吗？"她小声问。

"嗯。"

"那以前我收到的那些，也是你给我的？"

如果回答是肯定的，那不是说明过去他就认得她了？

小球迷心跳如鼓。

有几尾发光的金鱼从门口闯了进来，无声无息地游荡在左右，也让江痕的脸忽明忽灭。

林翊竹忽然有些埋怨，这些金鱼怎么不晚点进来，她还没有趁着黑暗偷偷回抱一下江痕呢。下次再也不会有这样的机会了。

等等，她会这么想，难道是已经不那么怕黑了？

门外有伸手准备接人的工作人员，林翊竹又有了一种急迫感："对不起。那个日记，我是不小心发出去的。不知道给你带来那么大的麻烦，真的对不起。"

她觉得自己说话毫无逻辑，又担心有些话如果现在不说，以后更加说不出口。

世界安静了一瞬，然后她感觉江痕圈着她的手臂变紧了。

这是一个真正的拥抱。

林翊竹突然心里有点慌，但进退不得。

"你比我勇敢多了。"江痕出声，"要不然我还不知道我会有机会。"

金鱼队伍乖巧地环绕着两人，林翊竹却觉得那红彤彤又亮橙橙的金鱼已经化作传说中的走马灯。

他在说什么？

什么机会？

是她想的那个意思吗？

医生说幽闭恐惧症的病因之一是心理上的逃避。林翊竹大概是擅长逃避的，她怔愣几秒后，放弃了把他的话问清楚的渴望，而是有些没头没脑地说："我以后，一定要给金鱼加上好看的AR投影灯。"

口气还有几分恶狠狠。

只是眼泪不争气，瞬间浸湿了双眼。

江痕突然心疼起来，动作轻柔地捧着她的脸："我说过，不管这次比赛结果如何，我都会申请一趟旅行。你愿意……和我一起去吗？"

舱室里再次陷入沉默，但并不让人害怕。林翊竹终于逃不出这个话题："你在邀请我？我……听错了吗？"

江痕用额头轻轻碰着她："要不要给我们一个重新认识的机会？"

林翊竹的眼泪再也止不住了。

她以为他们就要分路而行，然而他刚才亲自掉转了她的航向。

九

十几分钟后，本届太空男篮总决赛的颁奖典礼将在赛场内举行。

江痕被队员唤回，林翊竹也被周学姐接走，回到观众席。

"真的没事了？"周学姐心有余悸。

"已经好多了。"

林翊竹心中还有一个担忧，只是刚才没敢当着江痕的面问出口。她知道江痕的队伍取胜了，但他个人最终拿到九十八分了吗？今后他还能继续留在赛场上吗？

刚系好安全带坐稳，耳机中的解说音就传来："江痕全场砍下一百零二分，是本场比赛当之无愧的MVP。他的传奇经历诠释了这样一句话：命运以痛吻我，我愿报之以歌。他曾踏足山巅，也曾落入低谷，但今晚他用行动证明了，他的职业球员之路还远远没有终点！"

看着江痕从林百川手中拿过金色的奖杯时，林翊竹的眼眶再一次湿润。

典礼之后，林翙竹在一派热闹中拥抱了林百川："爸，我想过了，今晚不和你一起回去了。"

林百川似乎并不意外："你啊，就是容易吃亏的性格，从来不会好好衡量利弊。"

"你怎么知道我就吃亏了呢？"林翙竹瞥向近处被队员们簇拥在一起庆祝的江痕，眼中也染上自豪的神采，"当我全心全意去为一件事努力的时候，这种尽兴的感受不就是我赚到的？"

她一直都知道，林百川强硬严厉的外表之下，是一名慈父。

果然，看到女儿得意的眼神，林百川只能无奈地揉揉她的脑袋。

在同江痕一起旅行之前，林翙竹参加了全域计划的评估答辩会。

会上，专家委员先是提出了科研金鱼投放以来产生的一些问题，例如排泄物和鱼骨骼的清理难题。之后，由导师领头阐述解决思路和后期方案，以便委员会重新评估该计划是否能正式通过审核。

研究室的每个成员都有陈述的机会，周学姐向委员会递交了一份加急赶出的补充方案，并解释道："未来我们可以向大众开放金鱼的调度和使用权。初期会优先给登记在册的太空病群体权限。在他们需要帮助的时候，相信小小的金鱼也能为他们带去一份温暖和便利。太空是我们的一处新家园，希望人们不要因为对太空病的忧虑望而却步。最后，感谢我的学妹林翙竹以切身经历验证了以上思路的可行性。"

周学姐话音一停，会上所有人的目光一下子都落在了林翊竹身上。

林翊竹没有准备导师和周学姐那般具体可行的方案，但她准备了一番心里话。

她起身鞠了一躬，说："从一种重力，到无数种可变可控的重力；从冷冰冰的空间站，到拥有不止一种生物共存的太空生态园；从一味探索宇宙，到诞生太空篮球这种焕发宇宙人新生机的生活……我们人类从来没有拒绝给自己多一种可能的机会。虽然会有各种问题存在，但就像……"

林翊竹顿了顿，深吸一口气给自己胆量，脸色微微泛红："就像从暗恋的苗头开始，到不可自拔地去关注、去理解、去支持一个人，我们在这种过程中走向成熟。哪怕遇到麻烦，哪怕把自己的生活搅得天翻地覆，我们甘之如饴。"

林翊竹得到全域计划正式通过的消息时，已经和江痕一起坐在了机舱内。他们先抵达了最近的月球机场，又在那里乘坐空天飞机，准备去往地球。

"我很意外，你旅行的目的地竟然是地球。"林翊竹看向江痕，"你很多年没回过地球了？"

"嗯。"江痕笑了笑，又轻咳一声，"着陆后，你要照顾一下我。"

他手边是折叠好的轮椅。地球的重力环境不同于空间站，他无法在那儿像鱼儿一样自由。

林翊竹捏了捏他轻抚轮椅的手："你是在……跟我撒娇吗？"

江痕有些自嘲地笑了笑。他对人说过，不想改变现在的生活。但他却最清楚，生活由不得他不改变。

"现在可以告诉我了吗，为什么这个赛季一开始你会状态低迷？"

林翊竹听林百川说，江痕这个赛季的心态像是在和什么较着劲。

江痕看向女孩，有点尴尬。

"我是一名运动员，年龄增长，体能下降，未来总要从场上退下来，等着我的终归是黯淡的生活。"

她的意外告白是一个希望，但希望也令人焦虑。

向往新生的鱼儿挣扎着，想要窥见一种可能存在的新生活，却又受制于自身的脆弱。

"不管总决赛我是赢还是输，这个结果都是一样的。"他诚实地说。

林翊竹忽然知道了这趟旅行意味着什么。他在向她展示他生活里最狼狈的一面，没有战绩耀眼，没有力挽狂澜，只有充满不便的平凡日常。他在用这种方法，让她看清自己是不是依然喜欢他。

如果她接受不了那一面的他，还可以撤退。

偏偏，她已经打定主意前进。

"不，不一样的。"她的手指钻进他的指缝中，"只要你还是那个拼尽全力的你，多黯淡的日子你都能撑得起来。"

十指扣紧。

"不对，不是你，是我们。"她又纠正道。

江痕的嗓子不知何时变得喑哑。他郑重点了下头："好，是我们。"

空天飞机开始滑行，从地面腾起，跃入沉沉宇宙中。

航程的延长线上，是那颗蔚蓝色的星球。

后头，太阳的光芒倾泻过来。

苏莞雯，科幻作家、独立音乐人，北京大学艺术学硕士。擅长在日常生活场景中展现惊奇想象。2021年获第十二届华语科幻星云奖2018—2020年度新星银奖。代表作《三千世界》《龙盒子》《我的恋人是猿人》《九月十二岛》。《九月十二岛》获豆瓣阅读小雅奖最佳连载奖，《三千世界》获第四届广州青年文学奖。

后　记

　　本书源起于 2021 年，"科幻作家走进中国空间站"活动。

　　2021 年上半年，中国航天领域成就卓著。4 月 29 日，中国空间站天和核心舱成功发射，顺利进入太空；5 月 22 日，祝融号火星车安全驶离着陆平台到达火星表面，在火星留下第一个"脚印"；月球车玉兔二号在月球背面工作超过 30 个月昼……

　　身处新一轮太空探索热潮的公众对星辰大海的向往再次被点燃。如何用科幻讲述中国航天故事，传递中国人的宇宙观，也是科幻文化品牌未来事务管理局正在思考的问题。

　　2021 年 5 月 22 日，恰逢中科院第十七届公众科学日，未来事务管理局与一批优秀科幻作家共同走进中国科学院空间应用工程与技术中心，与航天工作者近距离交流。

　　科幻作家们参观了筑梦星空展厅，了解中国载人航天工程三步走发展战略及发展历程，在模拟的实验舱内感受天宫空间站这一国家太空实验室的魅力。之后，科幻作家们走进科研场所与科学家们沟通交流，了解太空制造技术，共同畅想未来的太空工厂；了解仿真技术如何辅助支撑空间站内的科学实验分析及生命周期运维；了解空间站大数据的利用和处理以及如何对空间站上的科学实验载荷进行远程操作和控制。

在随后的交流对话环节，空间应用中心特别邀请了我国首批航天员赵传东以及航天领域的科学家与科幻作家们一起，围绕空间站与科幻的话题进行了探讨，并结合我国探月、探火任务，畅想未来人类的太空生活图景和建造太空城市的可能性。他们不仅探讨现实技术，还将目光投向远处，探讨中国航天为中国人能够走向深空做出的远景规划。

"科幻作家走进中国空间站"活动提供了一个契机，让最富想象力的科幻创作者有机会感受航天技术及空间应用的最前沿，也启发了他们的科幻创作。感谢中科院空间应用工程与技术中心对活动的支持，参与本次活动的科幻作家们从这里出发，思考中国有了空间站之后将会有哪些改变，畅想人类探索更广阔太空的图景。于是，就有了本书所呈现的一个个"后空间站时代"的故事。感谢各媒体对活动的报道和关注，感谢中科院空间应用工程与技术中心孔健、饶骏、张智慧等各位老师的组织统筹，感谢张璐、刘亦飞、韩培、牛冉等各位专家的倾情参与。

感谢为本书创作、编辑、出版付出努力的所有人。

@我们的空间站

未来事务管理局

2022年7月

图书在版编目（CIP）数据

造访星辰：飞往太空的中国故事 / 江波等著. —
南京：译林出版社，2023.2（2024.5重印）
　ISBN 978-7-5447-9461-9

　Ⅰ.①造… Ⅱ.①江… Ⅲ.①幻想小说－小说集－中
国－当代 Ⅳ.①I247.7

　中国版本图书馆 CIP 数据核字（2022）第 193101 号

造访星辰：飞往太空的中国故事 江　波 等/著

策　　划　姬少亭　李兆欣
责任编辑　吴莹莹　侯擎昊
特约编辑　武甜静
装帧设计　好谢翔
校　　对　王　敏
责任印制　颜　亮

出版发行　译林出版社
地　　址　南京市湖南路 1 号 A 楼
邮　　箱　yilin@yilin.com
网　　址　www.yilin.com
市场热线　025-86633278
排　　版　南京展望文化发展有限公司
印　　刷　江苏凤凰通达印刷有限公司
开　　本　880 毫米 ×1240 毫米　1/32
印　　张　14.25
插　　页　2
版　　次　2023 年 2 月第 1 版
印　　次　2024 年 5 月第 2 次印刷
书　　号　ISBN 978-7-5447-9461-9
定　　价　69.00 元